古文獻研究集刊

GU WEN XIAN YAN JIU JI KAN

（第三輯）

趙生群　方向東　主編

鳳凰出版傳媒集團
鳳　凰　出　版　社

圖書在版編目(CIP)數據

古文獻研究集刊:第三輯/趙生群,方向東主編.一南京:鳳凰出版社,2009.11

ISBN 978-7-80729-555-6

Ⅰ.古… Ⅱ.①趙…②方… Ⅲ.古文獻學—中國—文集 Ⅳ.G256.1-53

中國版本圖書館 CIP 數據核字(2009)第 195588 號

書　　名	古文獻研究集刊(第三輯)
主　　編	趙生群　方向東
責任編輯	王華寶
出版發行	鳳凰出版傳媒集團 鳳凰出版社(原江蘇古籍出版社) 南京市中央路 165 號　郵編 210009 發行部電話 025—83223462
集團網址	鳳凰出版傳媒網　http://www.ppm.cn
照　　排	南京理工出版信息技術有限公司
印　　刷	南京大衆新科技印刷有限公司 南京市浦口區大橋北路京新村 546 號　郵編:210031
開　　本	880×1230 毫米　1/32
印　　張	11.375
字　　數	295 千字
版　　次	2009 年 11 月第 1 版　2009 年 11 月第 1 次印刷
標準書號	ISBN 978-7-80729-555-6
定　　價	30.00 圓

(本書凡印裝錯誤可向承印廠調換,電話:025-58849828)

目　録

樸齋筆談[①]

錢　玄

自敘

有斗室焉，食於斯，息於斯，學於斯。惟具一桌一榻，書籍被服，別無長物，顏此室曰樸齋，亦聊自解嘲而已。輟教十數年來，深居簡出，賓朋鮮至。讀書似有所得，輒拉雜記之。猶晤言一室，相與縱談商榷也。因命之曰樸齋筆談。吴江錢玄，時年八十有一。庚午重陽。

秦漢之際字數

近年來有些學者認爲秦漢之際字數約爲三四千字。其根據是《漢書·藝文志》。

《漢書·藝文志》："漢興，閭里書師合《蒼頡》、《爰歷》、《博學》三篇，斷六十字以爲一章，凡五十五章，并爲《蒼頡篇》。"

以爲合并後的《蒼頡篇》只有三千三百字，這就是秦漢之際

① 原文分《樸齋筆談》一至八，刊發於《文教資料》1993 年第 5—6 期，1994 年第 1—6 期。本次收入時，依據《文教資料》，將八篇文章并爲一篇，並將簡體字轉換爲繁體字，對引文進行了校改。

的總字數。如《文物》1975 年第 4 期,高亨、池曦朝《試談馬王堆漢墓中的帛書老子》一文即主此説。其他學者也有類似的説法。這種説法是不符合事實的。《藝文志》明説《蒼頡篇》爲"閭里書師"所編,即是作爲童蒙識字的課本,如後世的《千字文》、《百家姓》,所以決不能以《蒼頡篇》三千三百字作爲秦漢間所有通用文字的總數。即以童蒙識字課本而言,字數多少也各書不同。

> 《漢書·藝文志》:"至元始中,徵天下通小學者以百數,各令記字於庭中。揚雄取其有用者以作《訓纂篇》,順續《蒼頡》,又易《蒼頡》中重復之字,凡八十九章。"

則揚雄所輯的童蒙識字課本的字數爲五千三百四十字,多出二千四十字。這些多出的,既不是漢時新造的字,也不是冷僻字,還是日常用字。所以當時實際全部字數必超出五千三百字。

清李鴻藻輯《十三經集字》(亦名《十三經不二字》,光緒六十年刊本)一書,統計十三經全部不同之字如下:

按先後次序累計:

1.《四書》2328 字。(即《四書》中出現不同的字數。)

2.《五經》2426 字(即《五經》中出現的不同字,較《四書》增加 2426 字。《五經》中不同字共 4754 字。下同此累計。)

3.《周禮》310 字。

4.《儀禮》77 字。

5.《左傳》394 字。

6.《公羊傳》55 字。

7.《穀梁傳》24 字。

8.《孝經》2 字。

9.《爾雅》928 字。

《十三經》不同字共計 6544 字。

如果再加上先秦諸子、甲文、金文、竹簡、帛書等用字不見於《十三經》者,則秦漢間字數,無疑有六七千字。《説文解字敘》:“凡倉頡以下十四篇,凡五千三百四十字,群書所載,略存之矣。”則許氏亦以秦漢之際字數超過五千三百四十字,所以只説“略存之矣”。可見認爲只有三四千字者,其不符事實,極爲明顯。

我想如能將我國文獻分爲幾個時期,運用電腦技術統計文獻中所用文字,則可確知每個時期用字之數及遞增的情況。這是研究漢字的一項極有意義的基礎工程。

人均食米

先秦古籍中,言及人均食米之數者有好多處。但各書所述不同。茲分條列出,並折合現在的分量。

一、《周禮·地官·廩人》:“凡萬民之食食者:人四鬴,上也;人三鬴,中也;人二鬴,下也。”鄭玄注:“此皆一月食米也。六斗四升曰鬴。”據古器測算,戰國後期一升,約合 201 毫升,即今之 0.2 市升。則一鬴爲今一斗二升八合。

上(豐年):月四鬴——合今每日食 1.7 市升。

中(中年):月三鬴——合今每日食 1.2 市升。

下(荒年):月二鬴——合今每日食 0.8 市升。

二、《靈樞經》:“人食一日中五升。”合今每日食一市升。

三、《漢書·食貨志》引李悝之説云:“食人月一石半。五人終歲爲粟九十石。”合今每日食一市升。

四、銀雀山出土竹簡《王法》:“歲十月,卒歲之食具,無餘食七石九斗者,親死不得含。”疑“九斗”爲“八斗”之誤。言於歲終如無七石八斗之食糧者,親死不得行“飯含”之禮。飯含見《儀禮·士喪禮》,小斂時,在尸口中含米及貝玉等。七石八斗爲半年之糧,每人月食一石三斗,日食四石三合。合今 8.6 合。

五、《墨子·雜守》:“斗食,終歲三十六石;參(叁)食,終歲二十四石;四食,終歲十八石;五食,終歲十四石四斗;六食,終歲十二石。斗食五升,參(叁)食參(叁)升小半;四食,食二升半;五食,食二升;六食,食一升大半。日再食。”這是說戰時節約糧食的措施。根據儲糧情況,士卒每日食米分爲五級:斗食,每日一斗,此爲平時士卒所食之數。叁食,三分其斗,每餐食其一,一日兩餐,日食其二。四食,四分其斗,每餐食其一,日食其二。五食,五分其斗,每餐食其一,日食其二。六食,六分其斗,每餐食其一,日食其二。云“日再食”,指每日兩餐。依此折算如下:

1. 斗食,歲 36 石——日 1 斗——今 2 升
2. 叁食,歲 24 石——日 6.6 升——今 1.32 升
3. 四食,歲 18 石——日 5 升——今 1 升
4. 五食,歲 14.5 石——日 4 升——今 0.8 升
5. 六食,歲 12 石——日 3.3 升——今 0.66 升

六、睡虎地出土秦簡《秦律十八律·司空律》:“居官府公食者,男子参(叁),女子駟(四)。”“叁”、“四”同《墨子·雜守》之“叁食”、“四食”。此言在官府勞役者,男子每日食 6.6 升,合今 1.32 升;女子每日食 5 升,合今 1 升。

七、《管子·田蓄》:“中歲之穀,糶石十錢,大男食四石,月有四十之籍,大女食三石,月有三十之籍。吾子食二石,月有二十之籍。歲凶穀貴,糶石二十錢,則大男有八十之籍,大女有六十之籍,吾子有四十之籍。”籍,人丁稅。人丁稅依穀貴賤而更動。言大男四石指月食之數。但與《周禮·廩人》中歲月食三鬴(一石九斗二升),李悝說人月食一石半,均相差甚遠。疑《管子》所言,爲規定人丁稅率之標準,故較實際爲多。

以上所舉人均食米之文獻資料,數字不盡相同。這是由於各種因素所致,如時代、地域、豐歉、糧食品種及精粗、人事勞動、量器制度等之差異。大致說來,以《漢書·食貨志》引李悝說“食人月一石半”,及《靈樞經》“人食一日中五升”爲得其中,折合今日爲日食一市升,即一市斤半左右,則與今日人均食米之數亦較接近。

古田畝產量

先秦古籍言田畝產量之具體數字者不多見。《漢書·食貨志》引戰國李悝(前455—前395年)的話,涉及到這個問題。

"今一夫挾五口,治田百畝,歲收畝一石半,爲粟百五十石,除十一之稅十五石,餘百三十五石。食,人月一石半,五人終歲爲粟九十石,餘有四十五石。石三十(一石,價三十錢),爲錢千三百五十,除社閭嘗新、春秋之祠,用錢三百,餘千五十。衣,人率用錢三百,五人終歲用千五百,不足四百五十。不幸疾病死喪之費,及上賦斂,又未與此。此農夫所以常困,有不勸耕之心,而令糴至於甚貴者也。是故善平糴者,必謹觀歲有上、中、下孰。上孰其收自四,(大熟年可收平常年之四倍,六百石。)餘四百石;中孰自三,餘三百石;下孰自倍,餘百石。小飢則收百石,中飢七十石,大飢三十石,故大孰則上糴三而舍一,(餘四百石,公家買進三百石,餘一百石,農民自用。故曰"糴三舍一"。)中孰則糴二,下孰則糴一,使民適足,賈平則止。小飢則發小孰之所斂、中飢則發中孰之所斂、大飢則發大孰之所斂而糶之。故雖遇饑饉、水旱,糴不貴而民不散,取有餘以補不足也。"

這是一段難得的寶貴資料,記述戰國時期農家一年的收支情況。其中談到常年平均產量爲一畝爲一石半。遇最好年成一畝產量六石,大荒年一畝僅產三斗,相差懸殊。李悝又說:"治田勤謹,則畝蓋三升(當爲'斗'字),不勤則損亦如之。"這又是指治田勤怠的差別。

1972年山東臨沂銀雀山漢墓出土竹簡中有《田法》一篇,其中也涉及先秦田畝產量。

“歲收:中田小畝畝廿斗,中歲也。上田畝廿七斗,下田畝十三斗。大(太)上與大下相複以爲率。”(載《文物》1985年第4期)

與《田法》篇一起的有十三篇,有篇名而無全書書名。因這十三篇與《孫子兵法》、《孫臏兵法》、《尉繚子》同出一墓,所以可確定它也是戰國時作品。云“中歲”指中等年成,别於熟年、荒年。云“中田”、“上田”、“下田”指田的優劣。云“小畝”,指百步爲畝。周代原爲百步爲畝,到戰國時各國田制加大,而且各國不同。據竹簡《孫子兵法·吳問》云:范、中行氏一百六十步爲畝,韓、魏以二百步爲畝,趙氏以二百四十步爲畝。《田法》説:“中田小畝廿斗,中歲也。”與上引李悝説“歲收畝一石半”比較接近,所以《田法》所説的小畝與李悝所説的都是指周代通常的百步爲畝,故稱小畝。小畝畝產15斗至20斗,大概可以代表當時中等年成的生產水平。如果以古畝折合今市畝,古斗折合今市斗、市斤,就可與解放前和近年的產量作比較。

1. 古畝折合今畝:1古畝(百步爲畝之小畝)約合今0.29畝。

2. 古斗折合今市斗:古1斗約合今2市升。古畝產20斗,合今4市斗,畝產15斗合今3市斗。

3. 古產量折合今畝產量:古畝產20斗者,折合今畝畝產爲10市斗;古畝產15斗者,折合今畝產爲13.7市斗。

如以1市斗爲15市斤折算,則今畝產量爲150市斤—207市斤。

古代的畝產量當然無法與現在一般畝產均在1000市斤以上相比。但解放以前,一般畝產亦僅300斤或低於300斤。與古時產量比,所增無幾。這一事實充分説明由於封建土地所有制的束縛,農業技術不發達,所以兩千年來畝產量停止不前。

代田法、區田法

西漢時期曾經試行過兩種作物高產法:一種是漢武帝時趙

過的代田法;另一種是漢成帝時氾勝之的區田法。成效均極顯著。

《漢書·食貨志》:"(趙)過能爲代田,一畝三甽,歲代處,故曰代田,古法也。后稷始甽田,以二耜爲耦,廣尺深尺曰甽,長終畝,一田三甽,一夫三百甽,而播種於甽中,苗生葉以上,稍耨隴草,因隤其土,以附苗根,故其詩曰:'或芸或芓,黍稷儗儗。'……言苗稍壯,每耨輒附根。比盛暑,隴盡而根深,能風與旱,故儗儗而盛也。其耕耘、下種、田器,皆有便巧,率十二夫爲田一井一屋,故畝五頃。用耦犁,二牛三人,一歲之收,常過縵田畝一斛以上,善者倍之。"

古一畝爲廣一步,長百步,成長條。代田法爲一畝開三條溝,謂之甽。溝兩邊高地爲隴,一畝有兩條隴。下種在溝中,及苗生時,則分期將隴土上的土連同所除之草加培於根部,至暑隴平,則根深,可耐旱及風。同時可以多吸收水分和綠肥。明年將隴改爲甽,甽改爲隴,故稱代田。代,更換的意思。其實這就是《周禮·地官·大司徒》所說的"一易之地"、"再易之地"的輪耕法。《周禮》所說的是一百畝大片田地輪耕,而代田法是在一畝田地内輪耕,其理相同。縵田是指一般不出甽的田,其產量當然不及代田法。

《後漢書·劉般傳》李賢注引《氾勝之書》云:"上農區田法:區方深各六寸,間相去七寸,一畝三千七百區,丁男女種十畝,至秋收,區三升粟,畝得百斛。中農區田法:方七寸,深六寸,間相去二尺,一畝千二十七區,丁男女種十畝,秋收粟,畝得五十一石。下農區田法:方九寸,深六寸,間相去三尺,秋收畝得二十八石。旱即以水沃之。"

《文選》卷五十三,嵇康《養生論》:"夫田種者一畝十斛,謂之良田,此天下之通稱也。不知區種可百餘斛。"李善注:

"區,音鄔侯切,一曰謂區隴而種,非漫田也。"按區,通"漚"。

區田之法,於隴上挖許多坑,用以積水防旱,坑愈密,產量愈高。如上農區田法,挖三千七百坑,產量可達百石。

這兩種作物高產法,均適宜於北方旱地,種植黍稷之類作物。採用精耕細作的方法,其最高產量竟高出當時一般產量數十倍,其次者亦有數倍。其法在當時所以不能推廣,一方面是農民思想保守,墨守舊法;而更重要的原因,爲所用勞力多,或須用牛耕,而且需用重肥,此均非一般農民所能具備的。

漢官吏假日

漢代官吏辦公五日之後,得一日休假,謂之"休沐",指可返家沐浴,處理家務及休息。

唐·徐堅《初學記》卷二十:"休假亦曰休沐。《漢律》:'吏五日得一日下沐。'言休息以洗沐也。"

《漢書·霍光傳》:"光時休沐出,桀輒入,代光决事。"

《漢書·孔光傳》:"沐日歸休,兄弟妻子燕語,終不及朝省政事。"

《漢書·萬石君傳》:"建老白首,萬石君尚無恙。每五日洗沐歸謁親。"文穎注:"郎官五日一下。"

上引數例均言休沐歸家,可知漢朝中自大臣至一般官吏在平時均住在官署,至休沐乃得返家。

《漢書·楊惲傳》:"惲爲平通侯,遷中郎將。郎官故事令郎出錢市財用,給文書,乃得出,名曰'山郎'。移病盡一日,輒償一沐。或至歲餘不得沐。其豪富郎日出遊戲,或行錢得善部。貨賂流行,傳相放效。惲爲中郎將,罷山郎,移長度大司農，以給財用。其疾病休謁洗沐皆以法令從事。"師古注："言出財用者，雖非休沐常得在外也，貧者實病，皆以沐假償之也。"

休謁，或稱"請謁"，猶今言請假。從此例可知漢代官吏之休沐及病假等，均有法令規定。

除五日休沐，逢節日官吏亦有假日。

《漢書·薛宣傳》："及日至休吏，賊曹掾張扶獨不肯休，坐曹治事。宣出教曰：'蓋禮貴和，人道尚通。日至吏以令休，所繇來久。曹雖有公職事，家亦望私恩意，掾宜從衆，歸對妻子，設酒肴，請鄰里，壹笑爲樂。'"師古注："冬夏至之日不省官事，故休吏。"

冬至、夏至爲假日，則其他如元宵、端陽、中秋等，應亦定爲假日。

朝中大臣則有特殊假日，曰賜告、予告。漢一般官吏病假滿三月，仍不能到職辦事者，即免職，至病癒後另行任用。但如有功大臣，可以准其繼續請假養病，謂之賜告。

《漢書·高帝紀》："高祖嘗告歸之田。"孟康注："古者名吏休假曰告。……漢律：吏二千石有予告，有賜告。予告者在官有功最，法所當得也。賜告者，病滿三月當免，天子優賜其告，使得帶印綬，將官屬歸家治病。至成帝時郡國二千石賜告不得歸家。至和帝時，予、賜皆絕。"

按"告"爲告假之省，今言請假。賜告、予告，均爲准其請假之意。

《漢書·汲黯傳》："黯多病，病且滿三月，上常賜告者數。”

《漢書·疏廣傳》:“即日父子俱移病。滿三月,賜告。廣遂稱病篤,上疏乞骸骨。”

此均爲賜告之例。予告者,凡二千石以上官吏,如九卿、郎將以至郡守尉等,有大功者,依例可給予在官休假。

《漢書·馮野王傳》:“今有司以爲予告得歸,賜告不得,是一律兩科,失省刑之意。”

這裏所說的“歸”,指離京歸原籍老家。

賜告、予告均爲對大臣的特殊優待,不同者,賜告爲有病而准其續假;予告則特給休假。

又有“予寧”,爲家有父母三年之喪,准其返家治喪,假期三年。

《漢書·哀帝紀》:“博士弟子父母死,予寧三年。”師古注:“寧謂處家持喪服。”

漢代法律,凡二千石以上大吏,身負重任,不能久離職守,所以不給三年治喪之假,不行三年之喪。博士弟子尚未任官職,故准予給喪假。

東漢儒者授徒之盛

漢武帝時,設五經博士,教授學生,初僅五十人,稱博士弟子。至成帝增至三千人。及東漢後期,順帝時(126—144 年),太學生竟至三萬餘人,有學舍二百四十房,一千八百五十室。詳《後漢書·儒林傳》。在一千七百餘年後的今天,世界各國的大學,其在校學生人數三萬人的,恐怕也是罕有的。這是東漢時的官方學校——太學的學生人數。當時還有大儒私門所授的學生,其數量也十分驚人。一人授徒均以千百計,前後同門者以萬計。其較著者,如:

《後漢書·馬融傳》:"融才高博洽,爲世通儒,教養諸生常有千數。涿郡盧植、北海鄭玄皆其徒也。……常坐高堂,施絳紗帳,前授生徒,後列女樂,弟子以次相傳,鮮有入其室者。"

《後漢書·鄭玄傳》:"(馬)融門徒四百餘人,升堂進者五十餘生。融素驕貴,玄在門下,三年不得見,乃使高業弟子傳授於玄。玄日夜尋誦,未嘗怠倦。會融集諸生考論圖緯,聞玄善筭,乃召見於樓上。玄因從質諸疑義,問畢辭歸。融喟然謂門人曰:'鄭生今去,吾道東矣。'玄自游學十餘年,乃歸鄉里,家貧,客耕東萊。學徒相隨已數百千人。及黨事起,乃與同郡孫嵩等四十餘人俱被禁錮……時年六十,弟子河內趙商等自遠方至者數千。"

《後漢書·樊儵傳》:"儵删定《公羊嚴氏春秋章句》,世號'樊侯學'。教授門徒前後三千餘人。"

如再以《後漢書·儒林傳》所載儒者私人教授生徒之數計之,則不可勝數。兹摘録如下:

劉昆:"教授弟子桓五百餘人。"(引號内爲《後漢書·儒林傳》原文。下同。)洼丹:"徒衆數百人。"楊政:"教授數百人。"張興:"弟子自遠至者著録且萬人,爲《梁丘家宗》。"(著録,猶今之同學録。張興治梁丘《易》,故弟子同學録稱《梁丘家宗》。)歐陽歙:歙因罪"下獄,諸生守闕爲歙求哀者千餘人"。曹曾:"從(歐陽)歙受《尚書》,門徒三千人。"牟長:"長自爲博士及在河內諸生講學者常有千餘人,著録前後萬人。"宋登:"教授數千人。"孔季彦:"門徒數百人。"楊倫:"弟子至千餘人。"包福:"弟子自遠方至,著録數千人。"薛漢:"教授常數百人。"杜撫:"弟子千餘人。"董鈞:"常教授門生百餘人。"丁恭:"諸生自遠方至者,著録數千人。"甄宇:"講授常數百人。"樓望:"諸生著録九千餘人。"張玄:"著録千餘人。"李育:"常避地教授,門徒數百。"穎容:"聚徒千餘人。"蔡玄:"門徒常千人。其著録者萬六千人。"

《後漢書・儒林傳》總結云:"若乃經生所處,不遠萬里之路,精廬暫建,贏糧動有千百。其耆名高義開門受徒者,編牒不下萬人。"這是實況記載。其中也包括慕名投帖拜師,而未身受其教者,所謂私淑弟子。

東漢時太學生三萬,經師私家授徒各千數。人數既多,在教與學不免存在問題。范曄《後漢書・儒林傳》謂安帝以後,"博士倚席不講"。順帝時學員則"章句漸疏,而多以浮華相尚,儒者之風蓋衰矣"。但這僅是一個方面。如果從東漢後期的政治大局來看,這數以萬計的學員,在當時推動清議的潮流中,在反對宦官、外戚擅權的鬥爭中,起了顯著的作用,挽救了東漢王朝衰敗的統治。

金與黄金

先秦古籍言"金",有三種意義:一、金屬之總稱。二、專指銅。三、指黄金。玆分别舉例言之。

《書・洪範》:"五行:一曰水,二曰火,三曰木,四曰金,五曰土。"

此五行中之金,指金屬之總稱。

《易・繫辭上》:"二人同心,其利斷金。"

《易・説卦》:"乾爲天,爲圜,爲君,爲父,爲玉,爲金……"

此亦泛指堅剛之金屬。

《説文·金部》:“金,五色金也。”

《説文》以“金”之本義爲金屬,這個解説是正確的。上古金屬中最早和最常用的是銅。故以金專指銅。

《書·舜典》:“金作贖刑。”孔傳:“金,黄金。”又《書·呂刑》:“墨辟疑赦。其罰百鍰。”孔傳:“六兩曰鍰。鍰,黄鐵也。”孔穎達疏:“《舜典》云:‘金作贖刑’,《傳》以金爲黄金,此言黄鐵者,古者金銀銅鐵總號爲金,今别之以爲四名。此傳言黄鐵,《舜典》言黄金,皆是今之銅也,古人出金贖罪,悉皆用銅。”

按孔疏説是。漢代贖罪,乃始用黄金。墨刑最輕,《呂刑》説贖罪須百鍰,鍰,六兩,百鍰約合三十八斤。約折合今十九斤。大辟須千鍰,約合今百九十斤。若爲黄金,決非罪人所能具備。《周禮》全書除“金版”之金指黄金外,凡言金,均指銅。

《周禮·考工記》:“攻金之工:築氏執下齊,冶氏執上齊,鳧氏爲聲,栗氏爲量,段氏爲鎛器,桃氏爲刃。金有六齊:六分其金而錫居一,謂之鐘鼎之齊;五分其金而錫居一,謂之斧斤之齊;四分其金而錫居一,謂之戈戟之齊;參分其金而錫居一,謂之大刃之齊;五分其金而錫居二,謂之削殺矢之齊;金錫半,謂之鑒燧之齊。”鄭玄注:“凡金多錫,則刃白且明也。”

此攻金之工,所製刀、劍、矢、戈、戟、鐘、鼎、鏡、農具、量器等,均以銅爲之,只是所含之錫比例不同而已。《呂氏春秋·别器》云:“金柔錫柔,合兩柔則爲剛。”蓋銅錫相合則堅,其色白而有光。故刀劍鏡燧,其中含錫較多。凡含錫多者,謂之美金,含錫少者,謂之惡金。

《管子·小匡》:"美金以鑄戈劍矛戟,試諸狗馬;惡金以鑄斤斧鉏夷鋸欘,試諸木土。"

按《國語·齊語》亦有同樣的文句。有人以爲美金是指銅,惡金是指鐵,非是。

《周禮·秋官·職金》:"受其入征者,辨其物之媺惡與其數量,楬而璽之,入其金錫于爲兵器之府。"

此所云之"金",亦指銅。金與錫同入於兵器之庫製作兵器。職金之金,亦指銅。又如:

《周禮·秋官·大司寇》:"以兩劑禁民獄,入鈞金,三日乃致于朝,然後聽之。"

"鈞金"爲原告及被告所繳納之保證金。此金亦指銅。

兩周金文常云:"擇其吉金,用作宗彝。"或云"王錫金……"此金均指銅。今出土兩周兵器,如戈戟劍矢等均爲銅制。近人容庚藏"越王劍",據説至今鋒芒閃耀,猶可斬殺。古籍所載之干將、莫邪名劍亦均銅制。

《史記·秦始皇本紀》:"收天下兵,聚之成陽,銷以爲鐘鐻金人十二,重各千石。"《集解》:"應劭曰:'古者以銅爲兵。'"《索隱》:"《三輔舊事》云:'銅人十二,各重三十四萬斤。'"

可見至戰國後期大量兵器都是銅制。春秋時已有鐵,但一般用以製作農具,到戰國後期始有鐵制兵器,數量不多。或説秦始皇銷毀兵器,並非表示不再用兵,而目的爲更換銅制兵器爲鐵制兵器,這種說法是有一定道理的。

春秋已開始用黄金爲幣,一般稱黄金,以别於當時稱銅的金。但有時亦簡稱爲金。

《管子·國蓄》:"以珠玉爲上幣,以黄金爲中幣,以刀布爲下幣。"

《國語·晉語二》:"晉夷吾求入國,許賂秦公子縶黄金四十鎰。白玉之珩六雙。"韋昭注:"二十兩爲鎰。"

《戰國策·齊策四》:"遣太傅齎黄金千金。"

《戰國策·秦策一》:"白璧百雙,黄金萬鎰,以隨其後。"

《吕氏春秋·異寶》:"荆國之法,得五員者,爵執圭,禄萬擔,金千鎰。"

這裏的金都指黄金。

春秋、戰國時,黄金已作爲流通貨幣。以黄金製成金版、金鉼兩種形式。

《周禮·秋官·職金》:"旅于上帝,則共其金版。饗諸侯亦如之。"

《爾雅·釋器》:"鉼金謂之鈑。"《釋文》:"鈑亦作版。"

按舊説金版即金鉼,不確。據近年在河南扶溝縣古城村及安徽壽縣先後出土大批楚國金幣,可分别爲兩類:一類爲金版,其形如平版,版上印有 18 至 21 印記,如"郢爰"、"陳爰"、"盧金"等。一版重 250 克至 266 克不等,約合當時一斤左右。其使用時,可以割成小塊,稱其重量。出土亦有已切割成小塊的。另一類爲鉼,其形底平面,上突起,如餅形,大小不等。其小者 90 克,其大者重 258 克,亦約合一斤。沈括《夢溪筆談》卷二一云:"壽州八公山側土中及溪澗之間,往往得小金鉼,……予嘗于壽春漁人處得一鉼,言得于淮水中,凡重七兩餘,面有二十餘印。"沈氏所言應爲金版,不是金鉼。戰國時黄金的價格,略見於《管子》。

《管子·輕重甲》:"粟賈(價)平,釜四十,金賈(價)四千。"(此據王念孫《讀書雜志》校)

《管子》:"無金則用其絹,絹三十三,當金一鎰;無絹則用其布,布百兩,當一鎰。"布帛一兩,即一疋,爲四丈。

從這裏,可知在戰國平常年歲,米一釜,即六斗四升,價四十錢;一石米,價六十餘錢。黄金一斤,值四千錢。又二十兩黄金相當於絹三十三疋,或布一百疋。

漢代使用黄金的數量更鉅,實爲驚人。

《日知録》卷一一"黄金"條:"漢時黄金上下通行,故文帝賜周勃至五千斤;宣帝賜霍光至七千斤;而武帝以公主妻欒大,齎金萬千;衛青出塞捕首虜之士,受賜黄金二十餘萬斤;梁孝王薨,藏府餘黄金四十餘萬斤;……《漢光武紀》言王莽末,天下旱蝗,黄金餘萬斤;一斤易粟一斛。是民間亦未嘗無黄金也。"

漢代黄金價格,略可考知者,如:

《漢書·食貨志》:"(王莽居攝)黄金重一斤,直錢萬。朱提銀重八兩爲一流,直一千五百八十,它銀一流直千。"

則漢代黄金其值較戰國時貴一倍多。爲當時白銀之三倍至五倍。

《書·舜典》孔穎達疏引鄭玄《駁五經異義》云:"贖死罪千鍰,鍰六兩大半兩,爲四百一十六斤十兩大半兩銅,與今贖死罪金三斤,爲價相依附。"

從此處可知東漢時黃金之價約爲銅的一百三四十倍。此與漢初黃金一斤值萬錢(五銖錢)相近。

《漢書·東方朔傳》:"酆鎬之間,號爲土膏,其賈畝一金。"

《漢書·李廣傳》:"李蔡以丞相坐詔賜冢地陽陵當得二十畝,蔡盜取三頃,頗賣得四十餘萬。"亦即黃金四十斤。

可知當時黃金一斤,僅買良田一畝,如一般田畝,則約可買八畝。

黃金與米的比價,則以荒年、熟年糧價相差甚巨。如《漢書·高帝紀》:"關中大飢,斛米萬錢。"但"漢文帝時,穀石數十錢"(《御覽》卷三五引《新論》)。

湖北江陵張家山247號漢墓出土竹簡《秦讞書》中有一例述及:漢高祖七年,有人盜官米三百六十三石八斗,賣得金六斤三兩錢萬五千五十。(見《文物》1993年8期)

按依此計算則當時江陵之米價每石二百九十錢,與關中米價每石萬錢大不相同。如據《史記·貨殖列傳》:"上不過八十,下不減三十,則農末俱利。"此言一斗米之價不宜超過八十錢,亦不宜低於三十錢。則西漢平時米價約五百錢左右,亦即一斤黃金約合米二十石。

總的說來,漢時黃金充斥,遠不似後世之貴重。

殺與戮

殺、戮兩字在字書中常互訓。如:

《說文·戈部》:"戮,殺也。"《說文·殳部》:"殺,戮也。"

但在古刑法中,殺與戮不同。殺是殺其生者,戮是既殺之而又辱其尸。

《周禮·秋官·職官敘》掌戮,鄭玄注:"戮,猶辱也,既斬殺又辱之。"

《國語·晉語九》:"三奸同罪,請殺其生者,而戮其死者。"韋昭注:"陳尸曰戮。"《國語·魯語下》:"防風氏後至,禹殺而戮之。"

殺,死刑。古以墨、劓、宫、刖、殺爲五刑,以殺爲最重,故亦稱大辟。

《書·吕刑》:"大辟疑赦,其罰千鍰。"孔傳:"大辟,死刑也。"

殺刑又有輕重兩種:輕者謂之殺,即砍頭;重者謂之斬,即腰斬。

《周禮·秋官·掌戮》:"掌斬殺賊諜而搏之。"鄭玄注:"斬以鈇鉞,若今要斬也;殺以刀刃,若今棄市也。……罪大者斬之,小者殺之。"

《史記·李斯列傳》:"論腰斬咸陽市。"

《漢書·張蒼傳》:"蒼(坐法)當斬,解衣伏質。身長大,肥白如瓠。"

此亦指張蒼將受腰斬之刑,故"解衣伏質"。

殺刑除砍頭、腰斬外,又有縊殺。縊必須懸梁,懸梁如懸磬,故縊殺亦謂之磬。這是對貴族的照顧,既可全尸,又不殺於市朝,而秘密縊殺於郊野。

《禮記·文王世子》:"公族其有死罪,則磬於甸人。"鄭玄注:"不於市朝者隱之也。甸人掌郊野之官。懸縊殺之曰磬。"

還有一種殺刑是車裂,以車分裂人之肢體,這是一種酷刑。

《墨子·號令》:"失火以爲亂世者車裂。"又云:"歸敵者父母、妻子、同產皆車裂。"

《戰國策·秦策》:"商君歸還,惠王車裂之,而秦人不憐。"

車裂亦謂之轘,亦謂之軫。

《周禮·秋官·條狼氏》:"誓僕右曰殺,誓馭曰車轘。"鄭玄注:"車轘,谓車裂也。"

《左傳·襄二十二年》:"轘觀起於四竟。"杜預注:"轘,車裂以徇。"

《史記·龜策列傳》:"頭懸車軫,四馬曳行。"即指車裂。

《鶡冠子·王鈇》:"害百姓者,軫以徇。"此軫即指轘。

戮是行殺刑以後對尸的處置,以表示辱其尸。戮尸的方式有四種:膊、焚、辜、肆。

膊,死刑以後,劈其胸膛。今俗語"開膛剖肚"。這是戮尸中最重的一種。

《周禮·秋官·掌戮》:"掌斬殺賊諜而搏之。"鄭玄注:"搏當爲'膊諸城上'之膊,字之誤也。膊,謂去衣磔之。"鄭玄注乃引《左傳·成二年》文。杜預彼注云:"膊,磔也。"按搏(膊)應爲"疈(副)"之借字。《周禮·春官·大宗伯》:"以疈辜祭四方百物。"鄭玄注:"疈,疈牲狗也。"《山海經·中山經》:"皆一牡羊副。"郭璞注:"副,謂破羊骨(應爲胸字)磔之以祭也。"副、疈一字。《說文·刀部》:"副,判也。《周禮》曰

'副辜祭'。疈,籒文副。"搏(膞)與副音近義通。《方言·七》:"膞,披牛羊之五藏謂之膞。"此爲《掌戮》搏字之確詁。搏(膞)、副、辜、磔義略同,或用於戮尸,或用於磔生之祭。均指劈其胸膛。

焚,行死刑之後,焚其尸體。

《周禮·秋官·掌戮》:"凡殺其親者,焚之。"鄭玄注:"親,緦服之內。焚,燒也。"

《左傳·昭二十二年》:"獲鄩肸,壬辰,焚諸王城之市。"則凡叛臣亦用焚之戮刑。

《後漢書·董卓傳》:"乃尸卓於市。天時始熱,卓素充肥,脂流於地,守尸吏然火置卓臍中,光明達曙,如是積日。諸袁門生又聚董氏之尸,焚灰揚之於路。"則既殺之,又剖其腹,再焚其尸,兼用膞與焚兩種戮尸方式,亦所以泄民憤。

辜,死刑之後,不埋,暴露于野,任其乾枯,亦謂之磔。

《周禮·秋官·掌戮》:"殺王之親者,辜之。"鄭玄注:"辜之言枯也。謂磔之。"鄭注以辜爲枯之借字,又釋爲磔。因此辜刑在焚之下,則較輕,不同於膞,故不以劈胸釋之。蓋辜、磔本有輕重兩義,其重者爲疈辜,即劈胸;其輕者爲枯其尸。《說苑·善說》:"朽者揚其灰,未朽者辜其尸。"此辜亦乾枯之意。《漢書·景帝紀》:"改磔爲棄市。"顔師古注:"磔,張其尸也。"張即暴露之意。《韓非子·內儲說上》:"采金之禁,得而輒辜磔。"《睡虎地秦墓竹簡·法律答問》:"甲某遣乙盜殺人,受分十錢,問:乙高未盈六尺,甲何論?當磔。"此辜磔及磔,或即指《掌戮》之辜的戮尸之刑。

肆,行死刑之後,陳其尸於市三日。漢謂之棄市,是戮刑之最輕者。

《周禮·秋官·司戮》:"凡殺人者,踣諸市,肆之三日。刑盜於市。"鄭玄注:"踣,僵尸也。肆,猶申也,陳也。"

《左傳·襄十一年》:"晉人踣之。"杜預注:"踣,斃也。"則踣即殺的意思。

四種戮尸方式之外,還有梟首。砍頭後懸其首於木杆上。

《墨子·號令》:"犯令者父母妻子皆斷,身梟城上。"

《史記·秦始皇本紀》:"盡得毐等,衛尉竭、內史肆、佐弋竭、中大夫齊等二十人皆梟首。"裴駰《集解》:"縣首於木上曰梟。"此史書中常見。即今數十年前亦仍有其事。

鞭尸亦爲戮尸之一種方式。

《史記·伍子胥列傳》:"伍子胥求昭王,既不得。乃掘楚平王墓,出其尸,鞭之三百,然後已。"

也有戮行于殺刑之前者,謂之生戮。但生戮之方式未見記載。

《睡虎地秦墓竹簡·法律答問》:"譽敵以恐衆心者,戮。戮者何如?生戮,戮之已乃斬之之謂也。"

明 刑

明刑是古代處罰輕罪的一種制度。有兩種情況可用明刑處罰:一種是行爲惡劣,侮辱尊長,説話不知忌諱,但尚未觸犯刑法者。經官吏三次斥責其罪過,三次鞭罰;然後去掉他帽子,背上木牌,上書姓名、罪行;坐在官府門外的嘉石上,以示衆;坐了幾天,再參加勞動;期滿釋放。

《周禮·地官·司救》:"凡民之有邪惡者,三讓三罰,三罰而士加明刑;恥諸嘉石,役諸司空。"鄭玄注:"邪惡,謂侮慢長老,語言無忌,而未麗於罪者。……罰,謂撻擊之也。加明刑者,去其冠飾,而書其邪惡之狀,著之背也。嘉石,朝士所掌,在外朝之門左,使坐焉以恥辱之;既而役諸司空,使事官作之也。坐役之數,存於司寇。"

《周禮·秋官·大司寇》:"重罪旬有三日坐,期役;其次九日坐,九月役;其次七日坐,七月役;其次五日坐,五月役;其下罪三日坐,三月役。使州里任之。"

此乃依罪之輕重,分明刑坐役之日數爲五等。期滿後,由州里之人作保,始可釋放。

另一種情況,因過失而觸犯刑律,不是故意犯罪,則減輕用明刑。處理與上一種情況的人基本相同,也要背上木板,參加勞動。不同的是不坐嘉石,晚上關在監獄中。期滿釋放後三年内還不能與一般居民並列在一起。如果期未滿,不服從改造而越獄者,死刑。

《周禮·秋官·大司寇》:"凡害人者寘之圜土而施職事焉,以明刑恥之。其能改過,反于中國,不齒三年。其不能改而出圜土者,殺。"鄭玄注:"害人,謂爲邪惡已有過失麗於法者。以其不故犯法,置之圜土繫教之,庶其困悔而能改也。寘,置也。施職事,以所能役使之。明刑,書其罪惡於大方版,著其背。反于中國,謂舍之還於故鄉里也。不齒者,不得以年次列於平民。出,謂逃亡。"

明刑制度，在後代也採用其中一部分作爲處罰的方式方法，如掛木板、勞動改造等。

古婚禮雜記

社會學家以爲人類在太古時代曾經有過掠奪婚，這也許是可信的。在我國古代禮制中還保存着掠奪婚的痕蹟。下邊舉幾件事說明：

從“婚”“娶”兩個字，就可以說明這個問題。“婚”在先秦古籍中，都寫作“昏”，“婚”字是後來造的。爲什麽婚娶叫昏？因爲古時婚禮行於黄昏時候。爲什麽婚禮要行於黄昏呢？

《儀禮·士昏禮》在“士昏禮”大題下，鄭玄注：“以昏爲期，因而名焉。必以昏者，取其陽往而陰來。”

《說文·女部》：“婚，婦家也。禮娶婦以昏時，婦人陰也，故曰婚。”

許、鄭兩家都是以陰陽解釋。但婚娶是男女雙方的事，在古代倒是以男方爲主，何以婚禮屬陰事呢？可見其說牽强難通。其實婚禮之行於黄昏，是掠奪婚遺傳下來的。打家劫舍，只能行於黄昏，不宜行於白晝。與男女陰陽全無關涉。

“娶”字古籍常作“取”，後來才造“娶”字。“取”的本義就是捕取的意思。

《說文·又部》：“取，捕取也。從又，從耳。《周禮》：‘獲者取左耳。’《司馬法》曰：‘載獻聝。’聝者耳也。”

按古代在戰爭中獲得俘虜，割取左耳，向上級報功計數，故“取”字從又從耳，“又”表示手。娶妻謂之“取”，這不是來自掠奪婚嗎？

男女婚嫁，乃大喜之日，理應張燈結綵，吹吹打打，賀客盈門。但古禮書記載,婚嫁之日,男女家均不舉樂,無賓客。《儀禮·士昏禮》記載婚禮的全部過程,其中確無作樂及賓客的事。

《禮記·曾子問》:"孔子曰:'嫁女之家,三夜不息燭,思相離也。取婦之家,三日不舉樂,思嗣親也。'"鄭玄注:"重世變也。"孔穎達疏:"所以不舉樂者,思念已之取妻,嗣續其親,則是親之代謝,所以悲哀感傷,重世之改變也。"

《禮記·郊特牲》:"昏禮不用樂,幽陰之義也。樂,陽氣也。昏禮不賀,人之序也。"

女家三日不息燭,因爲思念骨肉分離,這還近乎情理。男家應爲想到自己結婚,亦即標誌親的代謝,此解是說不通的。其實這正是掠奪婚留下的影子。女家被搶,當然心有餘悸。男家搶了人家的人,不敢作樂慶賀,怕女方或第三者的追擊。這才是確切的解釋。

古婚禮有陪嫁制度,叫"媵"。凡天子娶后,諸侯娶夫人,嫁女之國,除嫁一女爲后、夫人外,還要將新婦的妹或侄女陪嫁;還有與嫁女之國同姓之二國,亦各陪嫁三女。所謂天子、諸侯"一侯九女"。這是事實,在《春秋》及三傳中都有具體史實記載。

《公羊傳·莊十九年》:"媵者何?諸侯娶一國,則二國往媵之,以侄娣從。侄者何?兄之子也。娣者何?弟也。諸侯壹聘九女。諸侯不再娶。"何休注:"必以侄娣從之者,欲使一人有子,二人喜也。所以防嫉妒,另重繼嗣也。"

《左傳·成八年》:"衛人來媵共姬,禮也。凡諸侯嫁女,同姓媵之,異姓則否。"杜預注:"必以同姓者,參骨肉至親,所以息陰訟。"陰訟指男女奸私及爭吵等訟事。

注解說實行媵制是爲了減少后妃間妒忌和爭吵,這完全是後人的諛美之辭。這是大規模的掠奪婚的殘餘。古代合族而居,搶的不是一家一女,而是一族中的大批女子。所謂“不再娶”,不就是“一次性”掠奪嗎?

以上說了一些事例,決不是證明周代還有掠奪婚,而只是說明在周代婚禮中仍保留着太古時代掠奪婚的痕蹟。至於掠奪婚,在以後的漫長時代裏,偏僻地區還是有發生的,俗稱“搶親”。如魯迅《祝福》中的祥林嫂就是一個例子。

離婚已成爲現在社會的熱點問題;在先秦離婚也是中上階層常有的事。當然古今離婚,在本質上有差别。現在離婚,可以由男方或女方提出,也有男女共同提出。而古代的離婚,只有男方有權提出。所以古代離婚叫“去”,即離開的意思,也叫“出”、“棄”。如“七去”也叫“七出”、“七棄”。

《大戴禮記·本命》:“婦有七去:不順父母,去;無子,去;淫,去;妒,去;有惡疾,去;多言,去;盜竊,去。……婦有三不去:有所取,無所歸,不去;與更三年之喪,不去;前貧賤,後富貴,不去。”“無所歸”指娘家已無人。“與更三年之喪”謂曾爲翁姑服三年喪。

《儀禮·喪服》:“出妻之子爲母期。”賈公彦疏:“七出者:無子一也,淫佚二也,不事舅姑三也,口舌四也,盜竊五也,妒忌六也,惡疾七也。”

《公羊傳·莊二十七年》何休注:“婦人有七棄(下文與《大戴禮記·本命》同)。”

“七出”在當時尚未成爲法律條文,但是社會各階層竟奉行不違,所以當時出妻者甚衆。與出妻相應的,女子再嫁也是常事。這裏舉幾件事,即可瞭解當時的情況。

據《禮記》記載,孔子上下四代或三代,有二人出妻,一人再嫁。

《禮記·檀弓上》:“子上之母死,不喪。門人問諸子思曰:

‘昔者,子之先君子喪出母乎?’曰:‘然。’‘子之不使白也喪之,何也?’子思曰:‘昔者先君子無所失道,道隆則從而隆,道污則從而污。伋則安能?爲伋也妻者,是爲白也母;不爲伋也妻者,是不爲白也母。’故孔氏不喪出母自子思始也。”

子上,名白,孔子的曾孫,子思之子;子思,名伋,孔子之孫,伯魚之子。子思曾出妻,亦即子上之出母。據《儀禮·喪服》齊衰杖期章:“出妻之子爲母。”又《喪服傳》:“出妻之子爲父後者,則爲出母無服。”此“爲父後者”指父之嫡長子而父已卒者。子思當時還在,則子上應爲出母服一年之喪,故門人疑而問子思。這是説子思不使子上服出母之喪是不合理的。也有人説子思之出妻已再嫁,故子思不使子上服出母喪。這兩種説法都有道理,未知孰是。但子思曾出妻是肯定的。下文“子之先君子喪出母”,後來的注解也有兩種説法:一種以爲“先君子”指子思之父伯魚,孔子曾出妻,伯魚爲出母服喪。並且引《檀弓上》:“伯魚之母死,期而猶哭。夫子聞之,曰:‘誰也哭者?’門人曰:‘鯉也。’夫子曰:‘嘻!其甚也!’伯魚聞之,遂除之。”作爲孔子出妻的證據,謂伯魚爲出母服喪,已過一周年,而仍哭泣,故孔子止之。另一種説法,以“先君子”指孔子,謂孔子之父叔梁紇曾出妻,孔子曾爲出母服喪。清江永《鄉黨圖考·聖蹟》:“近甘氏紱辨孔子無出妻之事,云《檀弓》載門人問子思曰‘子之先君子喪出母乎’,此殆指夫子之于施氏而言,非謂伯魚之于开官也。初叔梁公娶施氏生九女,無子。此正所謂無子當出者。《家語·後序》所謂叔梁公始出妻是也。此説甚有理,施氏無子而出,乃求婚于顔氏,事當有之。其後施氏卒,夫子爲之服期,蓋少時事。門人之問明云‘子之先君子喪母’是謂夫子自喪出母,非謂令伯魚出母服也。子思云:‘昔者,吾先君子無所失道,道隆則從而隆。’此語尤可見孔子雖有兄孟皮,妾母所生,則孔子實爲父後之子,在禮爲父後者爲出母無服,聖人以義處禮,父既不在,施氏非有他故,不幸無子而出,實爲可傷,故寧從其隆而爲之服,設有他故被出,則當從其汙,不爲之服矣,所謂無所失道是也。若伯魚之母死,當守'父在爲母期'之禮,過則當除,故抑其過而止之,何得誣爲喪出母也。”這兩種說法都說得通,但實證都不足,難定是非。可是叔梁紇與孔子兩人之中必有一人曾出妻,這是可以肯定的。

《禮記·檀弓上》:“子思之母死于衛。柳若謂子思曰:'子聖人之後也,四方於子乎觀禮,子蓋慎諸。'”鄭玄注:“子思,孔子孫,伯魚子。伯魚卒,其妻嫁於衛。”伯魚卒年五十歲,時孔子七十歲,孔子七十四歲卒。

根據上引《檀弓》兩段記載,當時士大夫階層的孔子一家,在三代或四代之内,有出妻者兩人,再嫁者一人,其頻率是比較高的。就在《檀弓》一文中還有兩個母親再嫁的例子:

《禮記·檀弓上》:“公叔木有同母異父之昆弟死,問於子游。子游曰:'其大功乎?'狄儀有同母異父之昆弟死,問於子夏。子夏曰:'我未之前聞也。魯人則爲之齊衰。'”

“同母異父之昆弟”,則其母爲再嫁,或被出而再嫁,或夫死而再嫁。當時再嫁是常事。故子思爲再嫁之母舉行喪禮,讓四方之人來參觀。這與後世提倡貞節之風,大不相同。

以上說的是當時士大夫階層的情況。最上層的君主情況又怎樣呢?據《春秋》所載,魯國國君的女兒就有兩個被遣返娘家。

《春秋·宣十六年》:“郯伯姬來歸。”《左傳》云:“郯伯姬來歸,出也。”謂魯國國君之女,嫁于郯國之君而被出,遣返魯國。《左傳·莊二十七年》:“凡諸侯之女,歸寧曰來,出曰來歸。”

《春秋·成五年》:“杞叔姬來歸。”這也是魯國國君之女嫁于杞國之君而被出。

像這類國君之女被出的事,在其他各國一定也有,只是因爲《春秋》專記魯國及與魯國有關的事,所以别國的事没有記載而已。這種國君女兒被出遣返的事,與後世俗語說"皇帝女兒不愁嫁",又是大不相同。

現在離婚,一般是雙方感情破裂,訴諸法庭。而古代的出妻,據禮書記載有一套禮節。男方派使者帶上女方嫁時的器物,護送婦人回娘家。到了女家,代主人向女方主人說一套引過自責的話,女方主人也自責教誨不嚴。

> 《禮記·雜記下》:"諸侯出夫人,夫人比至于其國,以夫人之禮行,至以夫人入。使者將命曰:'寡君不敏,不能從而事社稷宗廟,使使臣某敢告於執事。'主人對曰:'寡君固前辭不教矣。寡君敢不敬須以俟命。'有司官陳器皿。主人有司亦官受之。"

此記諸侯出夫之禮。

> 又《雜記下》:"妻出。夫使人致之曰:'某不敏,不能從而共粢盛。使某也告於侍者。'主人對曰:'某之子不肖,不敢辟誅,敢不敬須以俟命。'使者退,主人拜送之。"

此記一般人出妻之禮。

如果雙方真能出於內心這樣做,那堪稱禮儀之邦的"文明離婚"。恐怕這僅僅是儒家的粉飾吧!

黄帝與蚩尤

在中國古代史上,以黄帝爲當時正統的一族首領,蚩尤是叛亂的異族的首領,黄帝戰勝蚩尤,常作爲正統戰勝叛亂的典型。儒家經典的《尚書》從《堯典》開始,沒有上及黄帝等事,但在商周的文誥中引到蚩尤作亂的事,如:

《史記·殷本紀》引《書·湯誥》:“昔蚩尤與其大夫作亂百姓,帝乃弗予,有狀。先王言,不可不勉。曰不道毋之在國。女毋我怨,以令諸侯。”

《書·呂刑》:“若古有訓,蚩尤惟始作亂,延及于平民,罔不寇賊鴟義,奸宄奪攘矯虔。”

這些記述都很平實,無荒誕不經之事。到戰國後期的《山海經》,多記神怪之事,開始將黄帝、蚩尤神化。

《山海經·大荒北經》:“蚩尤作兵伐黄帝,黄帝乃令應龍攻之冀州之野。應龍畜水,蚩尤請風伯、雨師,縱大風雨。黄帝乃下天女曰魃,雨止,遂殺蚩尤。魃不得復上,所居不雨。”

後至秦漢之際,盛行黄老之術,爲了突出黄帝的威武功業,又加以誇張和神化。1973 年長沙馬王堆漢墓中出土的帛書《經法》、《十六經》等,説黄帝首有四面,可以洞察四面八方。

《十六經·立命》:“昔者黄宗質始好信,作自爲象,方四面,傅一心。四達自中,前參後參,左參右參,踐立(位)履參,是以能爲天下宗。”黄宗即黄帝。《尸子》:“子貢曰:古者黄帝四面,信乎?”

言黄帝戰勝蚩尤之後,剝其皮作箭靶;取其髮作旗上的裝飾;取其胃作皮球;取其肉作肉醬。這些無疑是誇張。

《十六經·正亂》:“於是出其鏘鉞,奮其戎兵。黄帝身遇之(蚩)尤,因而擒之,剝其□革以爲干侯,使人射之,多中者賞。劗其髮而建之天,名曰之(蚩)尤之旌。充其胃以爲鞠,使人執之,多中者賞。腐其骨肉,投之苦醢,使天下啞之。”

到漢代讖緯盛行,將黃帝、蚩尤的故事更進一步神化。

《史記·五帝本紀》唐張守節《正義》引緯書《龍魚河圖》云:“黃帝攝政,有蚩尤兄弟八十一人,並獸身人語,銅頭鐵額,食沙石子,造立兵仗刀戟大弩,威振天下,誅殺無道,不慈仁。萬民欲令黃帝行天子事,黃帝以仁義不能禁止蚩尤,乃仰天而歎。天遣玄女,下授黃帝兵信神符,制伏蚩尤。帝因使之主兵以制八方。蚩尤沒後,天下復擾亂,黃帝遂畫蚩尤形像,以威天下,天下咸謂蚩尤不死,八方萬邦,皆爲弭服。”

《史記》記黃帝、蚩尤事極爲平實,無神怪之事。其言僅數十字。

《史記·五帝本紀》:“蚩尤作亂,不用帝命。於是黃帝乃徵師諸侯,與蚩尤戰於涿鹿野,遂禽殺蚩尤。”

《史記·五帝本紀贊》曰:“學者多稱五帝尚矣,然《尚書》獨載堯以來,而百家言黃帝,其文不雅馴,薦紳先生難言之。……余并論次,擇其言尤雅者,故著爲本紀書首。”

所謂“不雅馴”就是指神怪荒誕之辭。司馬遷作《史記》,正確對待過去的史料,分清真實的記載與神話、傳說,謹慎地取捨,這種態度,永爲後來的史家所取法。

古食禮雜談

古飲食之禮極爲煩瑣。這裏只談古食禮之異於後世者若干事。

古人在食前必洗手，其盥洗方式有二：一種是一般人平時自行沃洗。

《儀禮·士冠禮》："夙興，設洗，直東榮，南北以堂深，水在洗東。"鄭玄注："洗，承盥洗者棄水器也。士用鐵。水器，尊卑皆用金罍，及大小異。"

此自已以罍中之水沃手，棄水流於洗中。則不須人侍奉。另一種是尊貴者盥洗之法：

《禮記·內則》："以適父母、舅姑之所，及所……進盥，少者奉盤，長者奉水，請沃盥，盥卒，授巾。"

此言平時爲父母、舅姑盥洗，故須一人沃水，一人在下奉盤承水。

《儀禮·少牢饋食禮》："宗人奉槃東面于庭南，一宗人奉匜水西面于槃東，一宗人奉簞巾南面于槃北。乃沃尸。盥於槃上。卒盥，坐奠簞，取巾，興，振之三，以授尸，坐取簞，興，以受尸巾。"匜，盛水器，用以沃盥。槃，承棄水之器。巾，用以洗後拭手。

此記爲尸盥之禮。尸，尊者，故一人取匜沃水，一人在下奉盤承棄水，一人授拭巾，須三人侍奉。

飯前洗手，並用沃水沖洗之法，這是合乎衛生的，可惜這優良的禮俗沒有傳下來。

古人臨食之前要行食祭。取每種菜肴少許，置於俎豆之間，表示報答開始造此食物者。

《周禮·天官·膳夫》:"以樂侑食,膳夫授祭,品嘗食,王乃食。"鄭玄注:"禮,飲食祭,承有所先。"

《論語·鄉黨》:"雖疏食菜羹,必祭,必齊如也。"皇侃疏:"祭謂祭食之先也。夫禮,食必取食種種出片子置俎豆籩地,名爲祭。祭者報昔初造此食者也。"

據《周禮》記載,有"九祭",說食祭的各種方式。

《周禮·春官·大祝》:"辨九祭:一曰命祭,二曰衍祭,三曰炮祭,四曰周祭,五曰振祭,六曰擩祭,七曰絕祭,八曰繚祭,九曰共祭。"

舊注各有不同解釋,殊難定論。其中較爲明顯者,如祭酒用衍祭,祭肺用絕祭、繚祭等。

這種食祭之禮當時上自天子、下至士大夫都實行,至於勞動人民是否奉行,則不得而知。至秦漢已廢止。

古人吃飯不用箸,用手抓,所以飯前要洗手。不能在臨吃之前搓手,不能把飯捏成團,不能把自己吃剩的放到飯器裏。

《禮記·曲禮上》:"共飯不澤手,毋摶飯,毋放飯。"孔穎達疏:"古之禮,飯不用箸,但用手,既與共飯,手宜潔淨,不得臨食始捼莎手乃食,恐人穢也。取飯作摶,則易得多,是欲爭飽,非謙也,去手餘飯於器中,人所穢也。"

古時已有箸,即今之筷,亦稱梜。但吃飯不用箸,或因承古俗未改。

《禮記·曲禮上》:"飯黍毋以箸。"孔穎達疏:"飯黍無用箸,當用匕。故《少牢》云:'廩人溉匕與敦。'"按飯食不用箸,亦不用匕。孔疏說非。匕,匙。《少牢》所云,謂以匙將黍稷從煮飯之甑而盛於飯器之敦。箸,亦稱"梜"。《禮記·曲禮上》:"羹之有菜者梜,其無菜者不用梜。"鄭玄注:"梜猶箸也。今人或謂箸爲梜提。"

吃飯用手,至秦漢以後已改用箸。

凡祭祀完畢之後,國君帶領群臣按貴賤等級次序吃祭祀所供之食,謂之"餕"。餕的本義是食饌之餘。

《禮記·祭統》:"夫祭有餕,餕者,祭之末也,不可不知也。是故古之人有言曰:'善終者如始',餕其是已。是故古之君子曰:'尸亦餕鬼神之餘也。惠術也,可以觀政矣。'是故尸謖,君與卿四人餕。君起,大夫六人餕,臣餕君之餘也。大夫起,士八人餕,賤餕貴之餘也。士起,各執其具以出,陳于堂下,百官進,徹之,下餕上之餘也。凡餕之道,每變以衆,所以別貴賤之等,而興施惠之象也。"

"百官"指沒有參加祭禮的一般官吏。他們排在最後,但也可以吃到一些殘羹。"進",應爲"餕"字。這段文章的中心思想是在上者要照顧在下者,所謂"施惠"。如果在上者不留情,那末在下者還能吃到什麼呢?這段文章倒是漫畫的一個很生動的題材。不僅有吃的,還有拿的。君有祭,將祭肉分送給大臣,謂之"受脤",大臣家祭送祭肉給國君,謂之"歸脤"。

《左傳·昭十六年》:"受脤、歸脤。"杜預注:"受脤,謂君祭以肉賜大夫。歸脤,謂大夫祭,歸肉於公。"

天神地祇,烈祖烈宗,他們對所供的大牢、少牢,實在是絲毫未動,結果都在大小百官的肚中。由此可見,今日假借各種名義的"公款吃喝"之風,其由來久矣,僅是形式有變化而已。

先秦城郭

古城郭之制:據《周禮·考工記·匠人》:"匠人營國,方九里。"這裹的"國"指天子的都城。方九里,指九里見方。(古1里爲180丈,合今414米,9里爲3.72公里。)《周書·作雒解》:"及將致政,乃作大邑成周於中土。城方千六百二十丈。"則《作雒解》所云正合"方九里"。又《續漢書·郡國志》劉注引《帝王世紀》說成周云:"城東西六里十一步,南北九里一百步。"則小於"方九里"。以上爲天子都城大小見於文獻者。

據近年在陝西進行西周都城豐、鎬兩處考古所獲資料:豐邑總面積約6平方公里,鎬邑總面積約4平方公里。則鎬邑較接近《考工記》之"方九里",豐邑則略大於"方九里"。(見《文物》1979年10期《西周都城豐鎬遺址》。)

諸侯都城之制:據《周禮·春官·典命》:"上公九命爲伯,其國家、宫室、車旗、衣服、禮儀皆以九爲節。侯伯七命,其國家、宫室、車旗、衣服、禮儀皆以七爲節。子男五命,其國家、宫室、車旗、衣服、禮儀皆以五爲節。"鄭玄注:"國家,國之所居,謂城方也。公之城蓋方九里,宫方九百步。侯伯之城蓋方七里,宫方七百步。子男之城蓋方五里,宫方五百步。"則諸侯最大之國,其都城與天子相同,亦九里。是以鄭玄又疑天子都城爲十二里。其實《考工記》、《周禮·典命》均爲設想,未必與實際相符。在春秋、戰國時,諸侯大國其權勢大於周天子,則其都城與天子相等,有何可疑。《左傳·隱公元年》:"都城過百雉,國之害也。先王之制,大都不過三國之一,中五之一,小九之一。"雉是計算牆面積的單位。一雉三堵。長一丈,高一丈謂之堵。一雉長三丈,高一丈。三百雉九百丈,適足五里。鄭國當時爲中等諸侯國,其國都方五里。《孟子·公孫丑下》:"三里之城,七里之郭。"三里爲最小之國的國都。以上爲諸侯國都見於文獻者。

近年考古發掘古城遺址甚多,其中有諸侯國都,範圍大小不一。玆舉三例：

山東曲阜魯國古城，是列國都城中較早的一座，大概不遲於西周晚期。據1979年全面勘察，城近橢圓形，東西長3.5公里，南北寬2.5公里，至今城垣猶存。目前已發現11座城門，東、西、北各三座，南面二座。各門都與城內大道相通。其佈局可能反映西周時期的遺制。

山東臨淄齊國都城，據1971年發掘，該城由東北大城與西南小城兩城嵌築組成。大城周長14公里，小城周長7公里。則其範圍大於魯城。小城爲齊國宫殿區；大城爲官吏及部分平民所居住之處，有冶金、手工業場所。

河北易縣燕國的都城，是列國都城遺址中範圍較大的一座。據近年勘察，東西長8公里，南北寬4公里。是由東西兩個面積相近的城連接而成。東城築于戰國中期，西城築于戰國後期。

（以上均録自《新中國的考古發現和研究》）

有人將近年考古發掘古城遺址的規模大小分爲三類：

日人左原康夫撰、趙叢蒼譯《春秋戰國時代的城郭》一文中就古城規模分三類："一、城最長邊爲4500米以上（約合古里10里以上），如安邑、邯鄲等。二、最長邊爲2500—3600米（合古里6—8里），如雍城、曲沃、晉陽、曲阜等。三、最長邊爲2000米以下（合古里約4里），如滎陽、渭城等。"

（載《文博》1989年第6期）

有一件事值得一提：據考古發掘，河北邯鄲的戰國"趙王城”,城牆特別講究。牆壁面上保存有輕微的錘窩和明顯的麻布紋。古代都是泥築的城牆,應是爲使城牆壁面平整美觀,在夯築脱版後,特意墊麻布拍打所致。還發現採用層層套接的“凹”字形瓦體,作爲由城牆頂向下排泄雨水的槽道設施。(見《新中國的考古發現和研究》278 頁)從“趙王城”的講究,不由得想起《史記·滑稽列傳》所說的“秦二世欲漆城”,優旃唱“漆城蕩蕩,寇來不能上”的故事。如果真的實現漆城,那將比趙王城更勝一籌。

都城之中有小城,稱中城。據文獻載天子及大國方三里,小國方一里。中城爲王宫:中爲路寢,左宗廟,右社稷,前有三朝,後有三市。

《尚書大傳》:“古者百里之國,三十里之遂,二十里之郊,九里之城,三里之宫。七十里之國,二十里之遂,九里之郊,三里之城,一里之宫。”此“三里之宫”、“一里之宫”即指中城。《春秋》有兩處言“城中城”,見《成公九年》及《定公六年》。杜預注以中城爲魯邑名。江永《春秋地理考實》:“《穀梁傳》云:‘城中城者,非外民也。’則是魯城之内城耳。蓋城其内城,則内城以外之民竟外之,故非之。范注云:‘譏公不務德政,恃城以自固,不復能衛其人民。’是也。以爲邑名誤矣。”按江説是。因中城爲城中之城,故稱。中城猶今北京之皇城,亦稱内城。《考工記·匠人》:“左祖,右社,面朝後市。”即指中城之佈局。上述齊國都城臨淄有大城及小城,小城爲宫殿區。此小城亦中城。

城外围有郭,郭與城的大小比例無定數。《戰國策·齊策六》:“五里之城,七里之郭。”則郭大于城不到一倍。《孟子·公孫丑下》:“三里之城,七里之郭。”則大于一倍。近年在山東臨沂銀雀山西漢墓出土竹簡《守法》(戰國時作品),説到有郭大于城三倍的。

《守法》:“萬乘之國,郭[十]七里,城方九里,城高九仁(仞),池[廣]百步,國城郭……郭方十五里,城方五里,城高五里,城高七仁(仞),池廣八十步,大縣……”

《周書·作雒解》:“城方千七百二十丈,郛方七十二里。”“郛”同郭。依此則郭爲城之八倍,顯有錯誤。或疑“七十二里”應爲“二十七里,”則郭爲城之三倍,較合情理。古時城外之郭,一般依地形自然條件而修築,有的即借用山脊,不另作牆。所以城與郭之大小比例無定規。

古人取火

上古取火之法有兩種:一種鑽木取火,始於石器時代;一種用凹面小銅鏡在日光下取火,始於青銅時代。至南北朝時開始用燧石打火。到近百年才開始用火柴。

人類開始取火,這是人類文明跨進一大步。其功績或大于今日進入原子能時代。關於這一點,古人也認識的。

《韓非子·五蠹》:“上古之世,……民食果蓏蚌蛤,腥臊惡臭,而傷害腹胃,民多疾病。有聖人作,鑽燧取火,以化腥臊,而民悅之,使王天下,號之曰燧人氏。”

在西周、春秋、戰國時,鑽木取火和凹鏡取火同時採用。平時鑽木作火,祭祀時或用凹鏡取火。人們平時身上常帶着這兩種取火工具。

《禮記·內則》:“左右佩用:左佩紛帨、刀礪、小觿、金燧;右佩玦、捍、管、遰、大觿、木燧。”這裏的“金燧”即指凹面銅鏡,“木燧”即指鑽木取火的木材。

怎樣鑽木才能發火？據實驗：用較硬的木材，做成杆子，用它鑽較軟的木片，才能發出火星，然後用易燃之物，如麻縕、艾草等，及時引火。爲了便於鑽磨，常在木片上鑿出凹槽。這種鑽木取火的工具，近年在居延、敦煌等地多次發現(參見孫機《漢代物質文化圖說》348頁。文物出版社)。

據古籍載：鑽木取火的木材，四季要更換，不同的季節用不同的木材，這叫"變國火"，而且作爲一項國家的政令。

> 《周禮·司爟》："掌行火之政令，四時變國火，以救時疾。"鄭玄注："鄭司農說以鄹子曰：春取榆柳之火，夏取棗杏之火，季夏取桑柘之火。秋取柞楢之火，冬取槐檀之火。"皇侃《論語》疏："改火之木，隨五行之色而變也。"

皇侃以五行解釋，當然不可信。但這種習俗在當時確乎實行。《管子·禁藏》亦云："鑽燧易火"，《論語》也提到：

> 《陽貨》："宰我問：'三年之喪，期已久矣。……舊穀既沒，新穀既升，鑽燧改火，期可已矣。'"這是說木燧已更換了一遍，即言已過了一年。

爲什麼四季更換木燧，可以免時疫，這不得而知。

金燧是用銅、錫合金鑄成的凹面鏡，古時作爲在日光下取火的工具。金燧與木燧一樣常佩於身。金燧亦稱"夫燧"。

> 《周禮·秋官·司烜氏》："掌以夫燧取明火於日。"

金燧用銅錫合金鑄成，取其鏡面光亮。

> 《周禮·考工記》攻金之工："金錫半謂之鑒燧之齊。"鄭玄注："鑒燧，取水火於日月之器也。鑒亦稱鏡。凡金多錫，

則刃白且明也。”

金燧亦稱陽燧。

《淮南子·天文訓》:“故陽燧見日,則燃而爲火。”高誘注:“陽燧,金也。取金杯無緣者,熟摩令熱,日中時,以當日下,以艾承之,則燃得火也。”陽燧即金燧。云“金杯無緣”,言金燧面凹,如金杯之底。

金燧在日光下取火,其理與後來用玻璃凹鏡取火相同。但用法不同,銅凹鏡之聚光焦點在鏡的上面,故將引燃之物置於鏡上;玻璃凹鏡之焦點在鏡的下面,故將所燃之物置於鏡下。關於銅凹鏡在日光下有一焦點,《墨子》中的《墨經》已說明其原理,焦點名曰“鑒中”。

1981年在紹興306號戰國墓出土金燧一件,徑3.6釐米,鏡面内凹,光可鑒人。又天津藝術博物館藏漢燧鏡。有銘文曰:

五月五,丙午火燧,可取天火。保□祥兮,宜子孫,君子宜之,長樂未央。

《論衡·率性篇》亦說及燧鏡:

陽燧取火於天,五月丙午日中之時,消煉五石,鑄以爲器,磨礪生光,仰以向日,則火來至。此真取火之道也。

文中說宜於五月丙午鑄造燧鏡,與漢鏡銘文相合。

信史三例

近百年的學術界曾前後發生兩起疑古思潮。前一次在晚清,廖平、康有爲等今文學家爲了鼓吹變法維新運動,提出"托古改制"、"新學僞經"等說法,以爲古文經創自孔子的托古改制,又經劉歆竄亂作僞。今之經傳、諸子所載古史均不可信。這種思想在當時有一定影響。後一次在"五四"之後,由所謂"古史辨派"掀起的。他們一方面受今文學家的思想影響,另一方面不適當地套用外國歷史的觀點和受西方社會學的思想影響。把中國古代文化的發展估計得比較遲、比較低。懷疑古書都是後人僞作,把古史看作茫昧無稽。這股疑古思潮對青年學者影響較深。但近幾十年來,經許多學者的科學論證,以及考古發掘出土大量上古文物,基本上批判糾正了這種疑古思想。認爲要用辯證觀點和方法對待古代文獻史料,分清真實的歷史記載和設想、傳說、神話。古代的文獻除了少數以外,基本是可信的。這裏舉信史三例,說明古書記載的真實。

例一:

《春秋》所載的史實是可信的,證據很多,這裏舉《春秋》記日蝕的事。近代天文學發達,能推算古代及未來之日蝕。西人著《蝕經》,上自公元前 1208 年,下至未來之公元 2161 年,上下 3000 餘年間共有日蝕 8000 次,每次注明年、月、日,並圖繪所能見到日蝕的地區。據《蝕經》推算,春秋 242 年中,魯國地區能見者有 60 次以上。今《春秋》記載 37 次,其中 30 次年、月、日與《蝕經》完全吻合。其餘 7 次如移其月,亦可相合;或移易其年,並改其月,即可相合者。此均係傳鈔錯誤所致。如《襄·二十一年》九月、十月兩月均書日蝕;《襄·二十四年》七月、八月兩月均書日蝕。同一地區,不可能兩月連見日蝕,此顯係錯簡或鈔録錯誤。至於有 20 餘次未載者,或以適逢陰雨而不可見,或當時史官失載,或原本所載不止 37 次,而後人傳鈔脱漏。古書轉輾傳鈔而有錯誤、脱漏,這是難免的,但決非捏造作僞。其中 30 次完全吻合,既說明推算之準確,又說明記載之真實。《春秋》的日蝕記載爲世界最早的珍貴的日蝕記録。則《春秋》之稱爲信史,是當之無愧的(關於《蝕經》之介紹,詳洪業《春秋經傳引得序》,載

《春秋經傳引得》)。

例二:

殷墟甲骨文的發現,對古史的考訂起了很大的作用,也糾正了對古史抱虛無主義的偏向。王國維《殷卜辭中所見先公先王考》及《續考》兩文,根據大量卜辭考訂殷商的帝王及世次,其結論與《史記》中的《殷本紀》及《三代世表》所載,基本相符合。

> 《殷卜辭中所見先公先王考》:"有商一代二十九帝,其未見卜辭者:仲壬、沃丁、雍己、河亶甲、沃甲、廩辛、帝乙、帝辛八帝也。而卜辭出於殷墟,乃自盤庚至帝乙時所刻辭,自當無帝乙、帝辛之名,則名不見於卜辭者於二十七帝中實六帝耳。又卜辭中人名若□甲、若祖丙、若小丁、若祖戊、若祖己、若中己、若南壬、若小癸,其號與之之禮,皆與先王同,而史無其人。……今由種種研究,知卜辭中所見之諸帝,或名亡而實存。至卜辭所有而史所無者,與夫父某、兄某等之史無其人以當之者,皆諸帝兄弟之未立而殂者,或諸帝之異名也。……於是卜辭與《世本》、《史記》間毫無抵牾之處矣。"

此爲文中考訂殷帝之結論。按在王氏之後,又有卜辭出土,經學者考訂,卜辭中有"雍己"、"河亶甲"、"沃甲"三帝(見《甲骨文合集》),則卜辭中所未見者,僅三人。

> 《續考》:"《史記·殷本紀》、《三代世表》及《漢書·古今人表》所記殷君數同,而於世數則互相違異。據《殷本紀》則商三十一帝(自注:除大丁爲三十帝),共十七世。《三代世表》以小甲、雍己、大戊爲大庚弟(《殷本紀》大庚子),則爲十六世。《古今人表》以中丁、外壬、河亶甲爲大戊弟(《殷本紀》大戊子),祖乙爲河亶甲弟(《殷本紀》河亶甲子),小辛爲盤庚子(《殷本紀》盤庚弟),則增一世,減二世亦爲十六世。今由卜辭證之,則以《殷本紀》所記爲近。"

此文中考訂殷世數之結論。

《史記·殷本紀》記載爲公元前16世紀至前11世紀的歷史事實,它與地下出土的3000年前的卜辭,基本符合,這樣的歷史記載,難道不是信史嗎?

《史記》中的《夏本紀》、《殷本紀》、《周本紀》及《三代世表》等,均採用《世本》的記載。《殷本紀》是信史,則《夏本紀》所載也可能真實的,這當然還是一個推理,要靠考古地下出土的文物來驗證。

例三:

《周禮》原有《天官》、《地官》、《春官》、《夏官》、《秋官》、《冬官》六篇。在秦漢間佚《冬官》一篇。漢初即以内容近似的《考工記》充代。《考工記》也是先秦古籍。晉代曾于戰國楚墓中發現古文《考工記》。

> 《南齊書·文惠太子傳》:"襄陽有盜發古塚者,相傳云是楚王塚。……得十餘簡,以示撫軍王僧虔。僧虔云是科斗書《考工記》,《周官》所闕文也。"按晉人稱古文爲科斗文。是知《考工記》爲先秦古籍。

《考工記》在中國古籍中是一本十分奇特的書。書中敍述攻木之工、攻金之工、攻皮之工、設色之工、刮摩之工、搏埴之工,六種工種製造、建築的各種器物、宫室。對器物、宫室的取材、工藝、大小尺寸等細節,敍述十分詳細。其所述一般均符合實際及科學原理。兹舉攻金之工中的"六齊"一事。

六齊是鑄造銅合金器物時,青銅與錫之六種不同器物的比例。

> 《考工記》:"金有六齊:六分其金而錫居一,謂之鐘鼎之齊;五分其金而錫居一,謂之斧斤之齊;四分其金而錫居一,謂之戈戟之齊;參分其金而錫居一,謂之大刃之齊;五分其

金而錫居二,謂之削殺矢之齊;金錫半,謂之鑒燧之齊。”

近代學者對六齊有不同解釋。其中的“金”有的學者謂指該金屬器之總稱,如“六分其金而錫居一”指銅爲5/6,錫爲1/6。有的學者謂金專指銅。則銅爲6/7,錫爲1/7。現在多數學者主張後者的解釋。依此計算,列表如下:

器物名稱	含銅%	含錫%
1. 鐘鼎之齊	6/7=85.71	1/7=14.29
2. 斧斤之齊	5/6=83.33	1/6=16.67
3. 戈戟之齊	4/5=80.00	1/5=20.00
4. 大刃之齊	3/4=75.00	1/4=25.00
5. 削殺之齊	5/7=71.43	2/7=28.67
6. 鑒燧之齊	2/3=66.67	1/3=33.33

經學者將出土商周青銅器分鐘鼎(1類)、工具(2類)、兵器(3、4、5類)、鑒燧(6類)四大類作化學分析,其分析結果:

一、鐘鼎類:先秦鐘鼎平均含錫爲14%—16%。與《考工記》之“鐘鼎之齊”基本一致,此比例完全符合此類器物的功能要求。

二、工具類:“斧斤之齊”的比例是符合工具類器物使用要求。實物化驗結果,其比例與“六齊”一致。

三、兵器類:早期兵器,經化驗其含錫量均低於14%;後期有高到18%,很少超過19%。《考工記》三種兵器含錫量平均爲25%,與化驗結果略有差異。

四、鑒燧類:即銅鏡。經化驗含錫量平均爲23%,並常加入6%左右的鉛。“鑒燧之齊”配料比例基本正確,含錫量偏高些。

古代由於技術限制,尚不能爲成品作化學分析,所以《考工記》的“六齊”中的銅錫比例是冶鑄前配料的比例。因爲在冶煉過程中,金屬都要發生氧化而有損耗,各種金屬氧化程度又不同,損耗亦不同。錫的損耗要大于銅。故配料的比例與化驗的結果的比例必然有一定的差異。(以上摘自吳來明《“六齊”、商周青銅器化學成分及其演變的研究》,載《文物》1986年第11期。)

《考工記》的“六齊”是古代冶金工人在長期生產實踐中得出的合乎科學的總結,有人稱爲世界最早的生產技術的檔案。

古代奴婢市場

最早時期的奴婢大都來自戰爭所獲的俘虜。比較大的戰爭,俘虜的數量是十分驚人的。如康王伐鬼方,據金文《小盂鼎》,俘虜13081人。這些俘虜都成爲國家的奴婢,並以俘虜賜給將帥。如:

《左傳·宣十五年》晉荀林父滅赤狄,晉侯賞荀林父“狄臣千室”。狄臣,指北狄的俘虜。

金文《叔夷鐘》,齊靈公滅萊,叔夷有功,賞“萊僕三百又五十家”。

也有大量奴婢來自罪人的家屬沒入官府的。

《周禮·天官·敘官》:“酒人,奄十人,女酒三十人,奚三百人。”鄭玄注:“古者從坐男女,沒入縣官爲奴,其少才知以爲奚。”從坐,家中有人犯罪,其家男女即沒入國家爲奴婢。縣官,在漢時指國家。

也有家貧出賣子女爲奴婢。在戰國時奴婢已作爲商品,在市場上與牛馬牲畜相似,公開交易。

《周禮·地官·質人》:“掌成市之貨賄、人民、牛馬、兵器、珍異。凡賣儥者質劑焉:大市以質,小市以劑。"鄭玄注:"人民,奴婢也。大市,人民、牛馬之屬,用長券。小市,兵器、珍異之物,用短券。"這充分說明當時把奴婢視同牲畜。

秦時也有奴婢市場。

《漢書·王莽傳》:"秦爲無道,……強者規田以千數,弱者曾無立錐之居。又置奴婢市場,與牛馬同欄。制於民臣,顓斷其命。"

到漢代賣買奴婢更盛。漢高祖時,因戰爭荒年,民不聊生,曾明令可以賣子。

《漢書·食貨志》:"漢興,接秦之敝,諸侯並起,民失作業,而大饑饉,凡米石五千,人相食,死者過半。高祖乃令民得賣子,就食蜀漢。"

《漢書·嚴助傳》:"間者數年歲比不登,民待賣爵、贅子以接衣食。"注引"如淳曰:淮南俗賣子與人作奴婢,名爲贅子。三年不能贖,遂爲奴婢。"

社會貧富差別越大,奴婢賣買越盛。富者之家,奴婢以百計、千計。

《漢書·司馬相如傳》:"臨邛多富人,卓王孫僮客八百人,程鄭亦數百人。"師古注:"僮,謂奴。"

《漢書·王商傳》:"今商宗族權勢,合貲鉅萬計,私奴以千數。"

在西漢時,罪人家屬沒入官府爲奴婢者,人數過多,國家無力負擔他們的生活,所以把大批奴婢賞賜給大臣,或在市場上出賣。

《漢書·貢禹傳》:"又諸官奴婢十萬餘人,戲遊無事,稅良民以給之,歲費五六鉅萬,宜免爲庶人廩食。"實際就是賜給大臣及在市場出賣。

《漢書·外戚傳》:武帝賜金王孫女"錢千萬,奴婢三百人,公田百頃"。

《漢書·郊祀志》:"武帝賜樂大童千人。"

《漢書·毋將隆傳》:"傅太后謁使者買諸官婢,賤取之。復取執金吾官婢八人。"買諸官婢,即買官家在市場上出賣的官婢。賤取之,低價買進。

當時,奴婢在市場交易中與牲畜一樣,均使用商業上一種特殊的計量單位。

《史記·貨殖列傳》:"馬蹄躈千,牛千足,羊彘千雙,僮手指千。"躈,通"竅",尻。指一馬四蹄一竅爲五,故"馬蹄躈千",即馬兩百匹。"牛千足",指牛兩百五十頭。"羊彘千雙",指羊豕各兩千頭。人有十指,"僮手指千",即奴婢一百人。這是當時商人的暗語。此亦可以說明奴婢確已成爲"會說話的勞動工具",完全商品化了。

奴婢成爲商品,可以賣買,那末,他的價格怎麼樣呢?據西周《曶鼎》銘文,以奴婢之值爲四斤銅。

《曶鼎》:"我即賣女(汝)五夫,□父用匹馬絲束。……賣茲五夫用百寽。"銘文記載奴婢賣買糾紛的事。大意是:初約定以馬一匹和絲一束買奴婢五人。後來賣者不願履約,因改用銅百鋝買奴婢五人。"寽"通"鋝"。一鋝爲六兩大半兩。則百鋝約合四十餘斤。古一斤合今 256 克,約爲半市斤。則古四十斤爲今二十市斤,一奴婢僅值銅四斤。

據資料,西漢時一奴婢值爲一萬至一萬五千錢。

江陵張家山248號漢墓出土《奏讞書》竹簡:"(漢高祖)六年二月買婢媚……價值萬六千。"(載《文物》1993年8期)

《古文苑》載王褒《僮約》:"神爵三年(前59年)正月十五日,資中男子淵從成都安志里女子楊惠買夫時戶下髯奴便了,決買萬五千。"

居延漢簡:"小奴二人直三萬,大婢一人直萬。"(見勞幹《漢奴隸制度輯略》)

據《漢書·武帝紀》云:"牡馬匹二十萬。"則當時二十個奴婢之值只等於一匹牡馬,亦即馬貴於人二十倍。

地道戰術

《墨子》是先秦諸子著作中最奇特的一部書。書中的《經上》、《經下》、《經說上》、《經說下》四篇,講了有關名學(邏輯學)、力學、光學、數學等科學知識;又以這些科學原理運用在軍事科學方面,寫了《備城門》等十一篇。

《墨子·備城門》等諸篇,敍述各種進攻和防禦戰術。

《備城門》:"今之世常所以攻者:臨、鉤、衝、梯、堙、水、穴、突、空洞、蟻傅、轒轀、軒車。敢問守此十二者奈何?"

這裏提出的十二種進攻戰術,即在《備城門》諸篇分述各種相應的防禦戰術。其中"突"、"穴"、"空洞"三種,似都講攻城時用的"地道戰術"。但這三種有何區別,則因《墨子》書有殘缺,很難分辨。只能就攻與守兩方面作綜合說明。攻方的總目的,在城外挖地道,攻入城内。也可以挖到城牆下,設法倒壞城牆,然後大軍攻入城内。

《墨子·備穴》:"敢問古人有善攻者,穴土而入,縛柱施火,以壞吾城。城壞,或(城)中人爲之奈何?"

所謂"縛柱施火"即先挖空城下的土,用柱撐住,最後用火燒柱,使城牆下塌,然後大軍入城。後人也有施行這種戰術的。

《周書·韋孝寬傳》:"又於城四面穿地作二十一道,分爲四路,於其中各施梁柱,作訖,以油灌柱,放火燒之,柱折,城並崩壞。"

這種戰術近似今之爆破法。防守一方,就得以地道戰對付地道戰。在攻方未挖至城内時,即設法破之。

《墨子·備城門》:"適(敵)人爲穴而來,我亟使穴師選士,迎而穴之,爲之具内弩以應之。"又云:"穴隊(隧)若衝隊(隧),必審如(知)攻隊(隧)之廣狹,令邪穿其穴,令其廣必夷客隊(隧)。"

要採用以地道戰對付地道戰的戰術,首先要偵察敵方地道的廣狹和方位。防守方面的地道要從横裏穿通敵方的地道。但怎樣才能偵察敵方地道的方位呢?

《墨子·備穴》:"備穴者城内爲高樓,以謹侯望適(敵)人。適(敵)人爲變築垣聚土非常者,若彭有水濁非常者,此穴土也。"

在高樓瞭望,如看到敵方有堆泥土、淌流污水等非常情況,說明敵方在挖地道。守方須偵察敵方地道的位置。

《墨子·備穴》:"穿井城內,五步一井,縛城足。……令陶者爲罌,容四十斗以上,固幂之以薄鞈革,置井中,使聽耳者伏罌而聽之,審知穴之所在,鑿穴迎之。"

用大腹小口的瓦甕,口上蒙上薄革,如鼓。人在井裏,伏在瓦甕上,可以聽到敵人挖掘地道的方位。後人也提到這種"地聽"的方法。

唐·李筌《太白陰經》:"地聽:于城中八方穿井,各深三丈,令人頭覆戴新甕,于井中聽,則城外五百步之內有掘城道者,並聞於甕中,辨方所遠近。"

這是完全合于聲學原理的。在迎戰中,防守方面既探得敵人地道方位,也可以採用火攻的戰術。

《墨子·備穴》:"令陶者爲瓦竇,長二尺五寸,六圍,中判之,合而施之穴中,偃一覆一,善塗其竇際,勿令泄……置康(糠)若炭其中,勿滿。……穴內口爲灶,令如窯。令容七八員艾,灶用四橐,穴且遇,以頡皋衝之,疾鼓橐,熏之。……然則穴土之功敗矣。"

《周書·韋孝寬傳》:"又于塹外積柴貯火,敵人有伏地道內者,便下柴火,以皮韛吹之,吹氣一衝,咸即灼爛。"

這就是說,守方知道敵人地道的所在,就挖地道迎之。在道口裝上瓦筒,放糠、炭、艾草,並用皮革做的韛,亦稱橐,即今之鼓風箱,用力鼓風,使煙火衝向敵人的地道。這樣就可以攻破敵人的地道戰術。《墨子·備城門》諸篇所述,都是從戰爭實踐中總結所得的有效的寶貴經驗。所以都爲後人取法。

最近,在江蘇邳州市邳城鎮發現一條長達 3 公里的古地道。洞高呈 2×1.5 米長方形。洞頂及兩側均用石板砌成。洞寬、高均爲 2 米左右,洞內又發現少量青銅碎片。專家鑒定爲戰國時地下戰道,用於伏擊敵人。

抗戰期間,在安徽亳州發現一條古代的地下通道,盤旋曲折,且有上下層,全長 2000 米。或説此爲 1800 年前曹操所建"隱兵道"。曹氏習兵法,嘗爲《孫子兵法》作注。此皆取法於《墨子·備穴》篇之意。

春秋四夷

四夷,一般指西方邊遠地區的少數民族,即南蠻、北狄、東夷、西戎。他們都是與華夏族不同血統之民族,生活習俗、語言文字也與華夏不同。但是,這種解釋只適用于秦漢以後,在先秦,特别在春秋時期,四夷並不都是與華夏族不同血統的民族,他們有的與華夏同宗同祖,僅是因生活方式不同,或者文化較爲落後,或者不服從王命及大國的命令,不按時納貢而被稱爲夷狄。如:

> 《孟子·離婁下》:"舜生於諸馮……東夷之人也。文王生於岐周……西夷之人也。"

這裹並不是説舜、周文王是出生夷狄,而是用"東夷"、"西夷"來表示偏僻邊遠地區。

> 《國語·周語下》引《書·大誓》云:"戎商必克。"《書·康誥》:"天乃大命文王,殪戎殷。""戎殷"即"戎商"。

殷商是華夏民族,只因爲亡國而稱之爲戎,含鄙視的意思。下面再舉一些春秋時期的事例來説明。

戎、狄都在黄河以北,春秋時與晉國最靠近,所以晉國與戎狄的關係比較密切。據《左傳》記載,晉獻公娶了四個戎女,一個叫“大戎狐姬”,就是晉文公的母親,一個叫“小戎子”,或說她是大戎狐姬的妹子,陪嫁來的,生夷吾。另外兩個是驪戎的女兒,一個叫“驪姬”,生奚齊;一個是陪嫁來的妹子,生卓子。狐戎、驪戎都是姓姬。

《左傳·莊二十八年》:“(晉獻公)又娶二女於戎,大戎狐姬生重耳,小戎子生夷吾。晉伐驪戎,驪戎男,女以驪姬,歸,生奚齊,其娣生卓子。”

狐戎、驪戎既然是姬姓,與周天子及晉侯是同宗同祖,當然與華夏同一血統。大概他們以游牧爲生,與華夏不同,故稱戎狄。

晉文公重耳,出奔到狐戎他的外祖家,他外祖爲他娶了一個狄女,跟從重耳出奔的趙衰娶了這狄女的妹子,生趙盾。

《史記·晉世家》:“重耳遂奔狄,狄,其母國也。是時重耳年四十三。……至狄,狄伐咎如,得二女。以長女妻重耳,生伯儵、叔劉;以少女妻趙衰,生盾。”按《史記》説“狄”,《左傳》説“戎”,可見當時戎、狄兩族的界限也不很嚴。

春秋時期,晉國與戎狄通婚,晉國許多臣子是戎狄,如狐戎一家,就有狐突、狐毛、狐偃、狐射姑(即賈季)等,均爲晉國的名臣。這充分證明他們不是與華夏不同血統的民族。

在晉國的南部有姜戎,晉國曾與姜戎聯合擊敗秦國,即有名的殽之戰。

《春秋·僖三十三年》:“晉及姜戎敗秦師于殽。”

姜戎是“四嶽之裔胄”(見《左傳·襄十四年》),與齊國同姓,則他是華夏族,非異族可知。

蠻、夷都在東南方,極大部分與齊、魯兩國接壤。如“萊”是一個小國,在齊國的東邊,即現在的昌邑。在《書·禹貢》中說“萊夷作牧”,稱作“萊夷”(《禹貢》是戰國時期的作品)。但是他姓姜,與齊國同姓。與管仲並稱的齊國名相晏嬰,就是萊人。可見萊地的文化也不很落後。那末爲什麼稱他爲夷呢?主要是指其不服從齊國的命令,終被齊所滅。

魯國的南邊有個邾國,姓曹,顓頊之後,也是華夏族人。孟子,鄒人,鄒原來就是邾的地方,可見這裏文化也不會太落後,但當時被視爲夷,原因也是不服從魯國的命令。《春秋》中記魯伐邾的,竟有15次。後被魯所滅。

齊魯之南有淮夷,在淮水流域,淮夷是一個總稱,包括許多小國,其中最大的爲徐夷。《詩》、《書》都提到伐淮夷、徐夷的事。

《詩·大雅·江漢》:“既出我車,既設我旟。匪安匪舒,淮夷來鋪。”據《詩序》:“《江漢》,尹吉甫美宣王也,能興衰撥亂,命召公平淮夷。”毛傳:“淮夷,東國,在淮浦而夷行也。”

《詩·大雅·常武》:“戒我師旅,率彼淮浦,省此徐土。”

這兩首詩是說西周時伐淮夷、徐夷的事。

《詩·魯頌·閟宫》:“淮夷來同,莫不率衆,保有鳧繹,遂荒徐宅。”

這是春秋時魯僖公征淮夷的事。《書·費誓》舊說爲周公之子伯禽始封魯,出兵征淮夷、徐夷。

《書·費誓》:“徂茲淮夷,徐戎並興,善敹乃甲胄,敿乃干,無敢不弔。”

也有人認爲這也是魯僖公事。這裏有的是淮夷、徐夷並舉。

淮夷是總稱,有許多小國。據《左傳》所載有偃姓的英、六、桐、巢、蓼、群舒等。偃姓是舜的臣子皐陶之後,當然是華夏。徐是淮夷中最大的國,姓嬴,與秦同姓,伯益之後,也是華夏族。因爲反抗周王朝與魯國,所以很早就被稱爲夷。

長江流域吳越,是華夏族,而常被視爲南蠻,說他們"斷髮文身,裸以爲飾"(《左傳·哀七年》),文化落後。吳是周太王之子太伯之後,因太王欲立季歷以及昌,太伯、仲雍二人奔吳。他們是姬姓,與周天子、魯侯是同姓。越姓姒,是夏的後人,也是華夏族。

在春秋時期,幾個大國提出"尊王室,攘夷狄"的口號,要攻打哪個國家,只要給他套上夷狄的帽子,就師出有名。以上說的萊、郳、淮夷等,都是屬於這種情況。這裏再舉秦、楚兩個典型例子。

秦國處於西北,姓嬴,伯益之後,是華夏族。在西周晚期,戎狄侵擾周王室,秦襄公幫助抗拒,並保駕周平王遷都於洛。因爲有功于王室,周平王封秦爲侯,賜岐山以西之地。秦與鄰國晉也很和好。晉文公之能返國執政,秦國出了力。秦晉互通婚姻,所以後來凡兩姓聯姻,謂之"秦晉之好"。可是到晉文公死後,兩國發生利害矛盾。晉聯絡姜戎,打敗秦國,這是有名的殽之戰。《春秋》記這件事:

> 《春秋·僖三十三年》:"夏四月,辛巳,晉人及姜戎敗秦師于殽。"
>
> 《穀梁傳·僖三十三年》:"不言戰而言敗,何也?狄秦也。其狄之何也?秦越千里之險入虛國,進不能守,退敗其師徒,亂人子女之教,無男女之別,秦之爲狄,自殽之戰始也。"

作《春秋》者及修《春秋》之孔子,是否含有"狄之也"的意思,現已不得而知。但從《穀梁傳》說"秦之爲狄,自殽之戰始也",則可知秦已從一個保衛王室有功之國,轉身之間竟成爲夷狄。

楚國在南方,姓芈,出自顓頊高陽之後。高陽是黄帝之孫,昌意之子,則楚是地道的炎黄子孫。但當時都視他爲南方之蠻夷。楚武王熊通亦自稱蠻夷。

《史記·楚世家》:"(楚熊通)三十五年,楚伐隨。隨曰:'我無罪。'楚曰:'我蠻夷也。今諸侯皆叛相侵,或相殺。我有敝甲,欲以觀中國之政。請王室尊吾號。'隨人爲之周,請尊楚。王室不聽。還報楚。三十七年楚熊通怒曰:'吾先鬻熊,文王師也。早終,成王舉我先公,乃以子男田令居楚,蠻夷皆率服,而王不加位,我自尊耳。'乃自立爲武王。"

熊通自稱蠻夷,是對中原諸侯的諷刺。意思是你們中原諸侯互相殘殺,反而稱我蠻夷。現在我這蠻夷倒要跟你們中原諸侯較量較量。當楚國向外擴展,中原大國就以"尊王攘夷"的口號,名正言順地把蠻夷這頂帽子套在楚國頭上。

《左傳·僖四年》:"春,齊侯以諸侯之師侵蔡,蔡潰,遂伐楚。……師進,次于陘。夏,楚子使屈完如師。師退,次于召陵。……屈完及諸侯盟。"《公羊傳》:"師在召陵,則曷爲再言盟?喜服楚也。何言乎喜服楚?楚有王者則後服;無王者則先叛。夷狄也,而亟病中國。南夷與北狄交,中國不絶若綫。桓公救中國,而攘夷狄,卒怗荆。以此爲王者之事也。"

韓愈在《原道》一文中説:"諸侯用夷禮,則夷之;進於中國,則中國之。"這是最概括、最明確地説明春秋時期華夏與夷狄的劃分不是根據血統種族的不同,而是憑服從不服從王室和中原大國的命令來區别的。

秦漢以後,國家趨於統一,大多數居住在中原或靠近中原地區的民族,逐漸融合於華夏,除了一些血統不同於華夏的邊區少數民族,不再有實爲華夏而被視爲夷狄的情況。

古代婦女服兵役

戰國時,諸侯各國戰爭頻繁,兵源不足,有時婦女也要服役參戰。

《墨子·備城門》:"守法:五十步丈夫十人,丁女二十人,老小十人計之。"又云:"廣五百步之隊,丈夫千人,丁女子二千人,老小千人,凡四千人而足以應之,此守術之數也。"

《墨子·號令》:"諸男子有守於城上者,什六弩、四兵。丁女子、老少,人一矛。""丁女"指成年女子,亦稱壯女。

婦女在軍中擔任防守,築防守工事,掘陷阱,拆房屋,堅壁清野等工作。

《商君書·兵守》:"三軍:壯男爲一軍,壯女爲一軍,男女之老弱者爲一軍,此之謂三軍也。壯男之軍,使盛食厲兵,陳而待敵。壯女之軍,使盛食負壘,陳而待令。客至而作土以險阻及耕格阱。發梁撤屋,給從,從之,不洽而熯之,使客無得以助攻備。"客,指敵人。

男女必須分別編部隊,不相混雜。

《墨子·號令》:"女子到大軍,令行者男子行左,女子行右,無並行。"

《商君書·兵守》:"慎使三軍無相過,壯男過壯女之軍,則男貴女而姦民有從謀而國亡。喜與其恐有蚤聞,勇民不戰。"

這是說壯男與壯女的隊伍,要少接觸。怕發生男女事端,削弱戰鬥力,以致戰敗國亡。

旗語

依照事先約定的規則,用不同的旗子,或揮揚旗子的不同方式代替語言表達,這叫旗語。其最簡單的,如車站站長手揚紅、綠旗,表示停止、開行。在通用報話機前,船隻航行亦常用旗語代替對話。我國在兩千幾百年前于作戰時也使用旗語。

《墨子·旗幟》:"守城之法,木爲蒼旗,火爲赤旗,薪樵爲黄旗,石爲白旗,水爲黑旗,食爲菌(茜)旗,死士爲倉英之旗,竟士爲虎旗,多卒爲雙兔之旗,五尺童子爲童旗,女子爲姊妹旗,弩爲狗旗,戟爲旌旗,劍盾爲羽旗,車爲龍旗,騎爲鳥旗,凡所求索,旗名不在書者,皆以其形名爲旗。城上舉旗,備具之官致財物,物足而下旗。"

城上需要物品或招呼某種人,則舉不同旗號表示。唐杜佑《通典》卷152也有類似的記載。這説明此種方法後代還沿用。

徽章

徽章是現在通行的東西,各行各業都佩有徽章。這東西源遠流長,在二千幾百年以前早就通行。最早通行的徽章是一條紅布條,縫在衣背上。

《左傳·昭二十一年》:"揚徽者,公徒也。"

在背上飄飄的,所以叫"揚徽"。徽亦名"揮"。

張衡《東京賦》:"戎士介而揚揮。"薛綜注:"揮爲肩上絳幟,如燕尾。"

則徽亦有縫在肩上的。軍隊的士卒也用不同顏色的布做徽章,分別所屬部隊,並寫上姓名。

《尉繚子·卒令》:"卒有五章:前一行蒼章,次二行赤章,次三行黄章,次四行白章,次五行黑章。"又《兵教》:"將異其旗,卒異其章。左軍章左肩,右軍章右肩,中軍章胸前,書其章曰某甲某士。"

據《墨子》説不僅士卒有徽章,官吏、百姓也有徽章。古代軍政不分,軍民不分。軍的統帥就是由卿、大夫擔任的,士卒都是從百姓中臨時抽調來的。

《墨子·旗幟》:"城中吏、卒、民,男女辨異衣章徽。城上吏置之背,卒於頭上;城下吏、卒置之肩,左軍於左肩,右軍於右肩,中軍置之胸,各一。"

據《周禮》記載,將帥和各級地方官吏在戰時都佩上徽章,上面寫明職別、姓名、地域。

《周禮·夏官·大司馬》:"辨名號之用,帥以門名,縣都各以其名,家以號名,鄉以州名,野以邑名,百官各象其事。以辨軍之夜事。"鄭玄注:"號名者,徽識所以相別也。……被之以備死事。"

鄭玄以爲被上徽章是爲了死後可以辨認。這説法是不全面的。被上徽章主要是在作戰中辨别身份及統屬關係。戰國時,曾有用假徽章襲擊敵軍的事例:

《戰國策·齊策一》:"秦假道韓魏以攻齊,齊威王使章子將而應之,與秦交和而舍,使者數相往來,章子爲變其徽章,以雜秦軍。"高誘注:"變易之,使與秦旗章同。"

從這裏可以説明徽章之重要。

角度名稱

今日常用的角度名稱,如 90 度爲直角,大于 90 度爲鈍角,小于 90 度爲鋭角。鈍角、鋭角不表示具體度數。《周禮・考工記》有泛指角度及近似鈍角、鋭角的名稱,並對大小不同的幾種角度,有特定的名稱。

《考工記・冶氏》:"(戈)已倨則不入,已句則不決。"
又《冶氏》:"倨句中矩。"
《考工記・磬氏》:"倨句一矩有半。"
《考工記・韗人》:"鼓長四尺,倨句磬折。"

戈,由援、胡、内三部分及戈柄組成。援,横出之刃,可以啄人,亦可以勾人。援下垂而附於柄者,謂之胡。其本謂之内,貫於柄之鑿孔,而出在外。援與胡不是直角,援略向上仰。這裏説的"倨",是大于直角而上仰。"已倨","已",太,過分的意思。云"已倨則不入",説如果援過分上仰,則不易啄人。"句"同"勾",指下曲,即小于直角。云"已句則不決",説如果援過分下曲,則不易勾人。"倨"猶今言鈍角;"句",猶今言鋭角。如"倨句"連用,爲角度之泛稱,包括直角、鈍角、鋭角。如上引《冶氏》、《磬氏》、《韗人》之例。

《考工記》中又有幾種不同角度的特定名稱:矩、宣、欘、柯、磬折等。

《考工記・車人》:"車人之事:半矩謂之宣,一宣有半謂之欘,一欘有半謂之柯,一柯有半謂之磬折。"

矩,直角 90°。亦爲木工用以量正方之工具。《孟子·離婁上》所說的“不以規矩,不能成方圓”。現在木工還用矩這種工具。

宣,45°。鄭玄注:“頭髮皓落曰宣,半矩,尺三寸三分寸之一,人頭之長也。柯欘之木頭取名焉。”鄭氏以矩、宣、欘、柯等均爲表示長度之名稱。非是。程瑤田《磬折古義》:“宣之言發也。當是起土勾鉏之最勾者。《釋名》:‘鎛,迫也,迫地去草也。’宣之勾地僅半矩,用以去草,夫亦迫地之至矣。豈宣即鎛乎?”程氏以爲宣義爲發,而引申爲勾形除草之器,如鎛。所解似嫌迂曲,故程氏亦自以疑詞言之。按:宣借作楦。俗稱楦頭。削木如鞋,置鞋中,使鞋不變樣。楦之前部如鞋頭,削成鋭角,約近 45°。故以名之。

欘,一宣有半,爲 67°30′。《管子·小匡》:“惡金以鑄斤斧、鉏夷、鋸欘。”《墨子·備城門》作“居屬”。指耕地用的鋤一類的工具。欘之刃與其柄之角度,略向下勾,爲 67°30′,故以名之。

柯,一欘有半,爲 101°15′。柯,斧頭的柄。斧刃與斧柄或成 101°15′之角度,故以名之。

磬折,一柯有半,爲 151°52′30″。磬折本指磬之股與鼓二部分之角度。《考工記·磬氏》:“倨居一矩有半”,則磬折爲 135°。這裏所說磬折,角度略有不同。

以上這些各種不同角度的名稱中,矩,既是直角的名稱,又是工人劃直角用的工具,則宣、欘、柯、磬折等,也可能既爲各種不同角度的名稱,又爲劃各種不同角度的工具,如現在作幾何圖時用的三角板。有了這種工具,在製作器物時,既方便,又準確。可惜在現存的古籍中,除《考工記》外,沒有提到過。或者《考工記》所舉的這些名稱,除“矩”外,其餘只是指“車人”在製造車子部件時用的名稱和工具,由於通用不廣,所以就消失了。

後來創造“象限之法”,即用具體數字表示角度的大小。象限法即於圓心劃縱横兩綫相交,分成四份,謂之四象限。每一象限分爲 90 度(以°表示);一度爲 60 分(以′表示);一分爲 60 秒

(以″表示);一秒爲 60 芒(以‴表示)。這樣表示角度的大小是最簡便又最精密的方法。

弧度表示法

弧,指有規則的曲綫。如果從數學上說,弧是指圓周之任意一段曲線。弧度,表示弧綫的彎曲深淺程度。現在表示弧度的方法,根據"象限之法",分圓心爲 360 度,凡弧綫對圓心的角度若干度,則其弧度即若干度。角度愈大,則弧度大,表示弧綫彎曲愈深。角度愈小,則弧度小,表示弧綫彎曲愈淺。關於"象限之法"參見"角度名稱"條。

《周禮》說到器物的弧度時,另有一種表示法。

> 《周禮·夏官·司弓矢》:"天子之弓合九而成規,諸侯合七而成規,大夫合五而成規,士合三而成規。句者謂之弊弓。"《考工記·弓人》同。

這裏說四種不同弧度的弓。"合九成規",言合九弓而成一圓周。凡合者多,其弧度爲淺;"合三成規",則合者少,其弧度最深。如以今之弧度表示法言之:則"合九成規",其弧度爲 40 度;"合七成規",弧度爲 51 度強;"合五成規",弧度爲 72 度;"合三成規",弧度爲 120 度。

《考工記》說到刊削竹簡的削刀,形狀也彎曲,亦以"合……成規"表示。

> 《周禮·考工記·築氏》:"築氏爲削,長尺博寸,合六成規。""合六成規",則其弧度爲 60 度。

《周禮》所說的弧度表示法,它的精密度當然不及後來以角度來表示的弧度法。但它已開始把弧綫和圓周連繫起來考慮,說明已經有等分圓周的概念。這是後來運用"象限"弧度表示法的濫觴。可見前人的智慧是驚人而可貴的。

多神的王國

我們華夏民族,在上古時代沒有宗教,但有宗教思想。宗教與宗教思想是不同的:宗教必須有教主、經典、信條、儀式等要素;宗教思想是人們對自然界、人的生死等不可思議的現象,產生敬畏、崇拜的思想,並以各種行爲表示出來。世界上各個民族,在上古時代都有各種各樣的宗教思想,但不一定有宗教。

我們民族,在上古具有極濃厚的宗教思想,因此產生各種各樣的神。自然界的天地、日月星辰、山陵江湖、風雲雷電、動物、植物都有各自的神,真可以說是一個多神的王國。

由於社會的不斷發展,人們的思想認識也在不斷變化。因此對神這個概念也會發展變化。大致有三個階段:

一、自然神　　二、神的人化　　三、人的神化

天是人類最早感覺到的最敬畏的對象,也是人們最早崇拜的神。較早的文獻中有"天"、"昊天"、"旻天"。如:

> 《孟子·離婁上》引《書·太甲》:"天作孽,猶可違;自作孽,不可活。"
>
> 《詩·大雅·抑》:"昊天不忒,回遹其德。"
>
> 《詩·小雅·雨無正》:"旻天疾威,弗慮弗圖。"

這些都表示人們把天看作純自然的神。後來,人們常把天看作跟人間的帝王一樣,主宰天下一切,所以稱它"上帝"。這就是開始把神人化了。如:

> 《詩·周頌·時邁》:"丕顯成康,上帝是皇。"
>
> 《詩·周頌·臣工》:"明昭上帝,迄用康年。"

人們又想到天這樣遼闊,只有一個上帝統治不了,要有幾個上帝來統治。在戰國時期,五行學説盛行,與上帝配合起來,就產生“五帝”。

《周禮·春官·小宗伯》:“兆五帝於四郊。”鄭玄注:“兆,爲壇之營域。五帝:蒼曰靈威仰,大昊食焉;赤曰赤熛怒,炎帝食焉;黄曰含樞紐,黄帝食焉;白曰白招拒,少昊食焉;黑曰汁光紀,顓頊食焉”。

五帝,指蒼、赤、黄、白、黑五色帝。靈威仰、赤熛怒等奇怪名稱,是鄭玄根據漢代緯書的説法。這些都是星座名稱。

上帝也有子女,人間的帝王是受命於天帝,爲天的兒子,故稱天子。這樣天神十足是人化了。

什麼叫人神化呢?如上文提到的蒼、赤、黄、白、黑五色帝都有配食者;大昊、炎帝、黄帝、少昊、顓頊等,這五位原來都是人間的帝王,現在它們配食於天帝,這就是把人神化了。

以上是説天神的發展變化,其他的神也是一樣。如黄河是北方最大的河,當然有河神,開始也是自然神,後來河神人化,稱河伯,並且要娶新婦。這就是“河伯娶婦”的故事。湖南的湘水,是古代楚國境内的大江。開始也是有湘水的自然神,後來湘水神人化,稱“湘君”、“湘夫人”。《楚辭·九歌》中有《湘君》、《湘夫人》兩首歌,屈原所作。後人又説:湘君是堯的長女娥皇,爲舜的正妃,故稱君,其二女女英,也是舜的妃子,降稱夫人。這樣娥皇、女英本是人,已神化爲神。社、稷,一個是土地之神,一個是穀神。開始也是自然神。後來説,共工之子句龍配了社,成爲後土之神;舜的農官也即周的祖先后稷,名棄,配了稷,后稷成爲穀神。這也是神人化和人神化的典型例子。

神也像人間一樣,有等級,分大中小三級,祭祀的規格、儀式,大小神不同,也分大祀、次祀、小祀。

《周禮·春官·肆師》:"立大祀,用玉帛牲牷;立中祀,用牲幣;立小祀,用牲。"鄭司農注:"大祀,天地;次祀,日月星辰;小祀,司命已下。"

天地大祀,只有天子能主祭;老百姓只能小祭。小祭亦稱群祭,數量最多。茲舉"七祀""八蜡"兩組群祭爲例。

《禮記·祭法》:"王爲群姓立七祀:曰司命,曰中霤,曰國門,曰國行,曰泰厲,曰戶,曰竈。王自立爲七祀。諸侯爲國立五祀:曰司命,曰中霤,曰國門,曰國行,曰公厲。諸侯自立爲五祀。大夫立三祀:曰族厲,曰門,曰行。適士立二祀:曰門,曰行。庶士、庶人立一祀:或立戶,或立竈。"鄭玄注:"此非大神所祈報大事者也。小神居人之間,斯察小過,作譴告者爾。……司命,主督察三命。中霤,主堂室居處。門戶,主出入。行,主道路行作。厲,主殺罰。竈,主飲食之事。"

在群小祀中也有等級,天子祭七神,諸侯五,大夫三,士二,庶士、庶民只有一祀。事實上並不照此行事。如《禮記·士喪禮》"疾病禱於五祀",則士也可以祭五祀。又鄭玄注云:"今時民家或春秋祀司命、行神、山神、門、灶在旁,是必春祀司命,秋祀厲也,或是合而祀之。山,即厲也。"則漢時民間亦祀五祀。

司命,是主管人的命運之神,是七祀中最重要的神。鄭玄注說"督察三命",孔穎達疏引漢代緯書《援神契》說:"命有三科,有受命以保慶;有遭命以謫暴;有隨命以督行。"受命,指年壽;遭命,指行善而遇凶;隨命,指善得善報,惡得惡報。這三種命運都掌握在司命手中。

中霤,是宅神,主管家宅安寧。《禮記·郊特牲》:"家主中霤而國主社,示本也。"可見中霤在家中是主神,好比一國的社稷。中霤,原指室之中央。古人穴居,穴中央開洞取明,有水下滴,故稱中霤。

門、行、戶,這三個是主管出入之神。《儀禮·聘禮》使者將出行,“釋幣于行”。鄭玄注:“今時民春秋祭祀有行神,古之遺禮乎。”則漢時尚有行神之祭。又《聘禮》使者歸,“釋幣于門”。此門即門神。還有一種行神之祭,叫“犯軷”。其禮,以殺死的犬牲置於地,車輪碾過犬牲。

《周禮·春官·大馭》:“掌馭王路以祀,及犯軷,王自左馭,取下祝,登,受轡,犯軷,遂趨之。”鄭玄注:“行山曰軷。犯之者,封土爲山象,以菩芻棘柏爲神主,既祭之,以車轢之而去,喻無險難也。”轢,車輪輾過。

犯軷亦稱“祖”,《詩·大雅·烝民》:“仲山甫出祖。”鄭玄箋:“祖者將行犯軷之祭也。”《禮記·月令》亦有門神、行神之祭。

厲,主管殺罰、災害之神。祀厲神可以消除殺罰、災害。《左傳·昭七年》:“子產曰:‘鬼有所歸,乃不爲厲。’”反過來說:鬼無所歸成爲厲。泰厲是古帝王之無後者;公厲是古諸侯之無後者;族厲是古大夫之無後者。這些都是古人的無稽之談。

厲神有些像“儺”。《論語·鄉黨》:“鄉人儺,朝服而立於阼階。”儺是祀神以逐疫鬼。儺,亦作難。《月令》季春:“命國難。”仲秋:“天子乃難。”季冬:“命有司大難。”《禮記·郊特牲》又作“鄉人禓”。《周禮·夏官·方相氏》也提到難。

《方相氏》:“掌蒙熊皮,黄金四目,玄衣朱裳,執戈揚盾,帥百隸而時難,以索室驅疫。”鄭玄注:“蒙,冒也。冒熊皮者,以驚驅疫癘之鬼,如今魌頭也。”

魌頭,即今假面具,黄金四目,即指假面具可怕之狀。

厲是神,祀厲神以除災害。但儺未言祀神,而僅言驅鬼,或文不具。

近年河南浚縣衛墓中出土革制面具四具,懸於墓壙四隅。

面貌極爲醜惡。據《周禮》云,方相氏也負責入墓壙驅木石之鬼魍魎。此即方相氏驅鬼後留於墓中者。於此可見《周禮》所記方相氏“黄金四目”之面具及方相氏驅鬼之職,均爲實事。

灶,爲主飲食之神。《禮記·禮器》:“夫奥者,老婦之祭也。盛於盆,尊於瓶。”鄭玄注:“奥,當爲爨,字之誤也。或作竈。老婦,先炊者也。”則灶神是小神,家家戶戶都能祭祀。《論語·八佾》:“王孫賈問曰:‘與其媚於奥,寧媚於竈,何謂也?’子曰:‘獲罪於天,無所禱也。’”奥是室西南隅,尊者所居,亦祭祀所在。這是說:與其討好權貴者,不如討好權貴左右的人。據說灶神後來兼司命之職,稱“東廚司命”。歲終要把家中人善惡向上帝彙報。所以人們特别敬奉灶神,希望他在上帝面前說好話。現在偏僻鄉村,仍有信奉灶神的。

以上是講七祀。

八蜡:蜡是求索的意思。在十二月索求萬物之神而祭之。有八神,故稱八蜡。八神指:先嗇、司嗇、農、郵表畷、貓虎、坊、水庸、昆蟲。

> 《禮記·郊特牲》:“天子大蜡八,伊耆氏始爲蜡。蜡也者,索也,歲十二月,合聚萬物而索饗之也。蜡之祭也,主先嗇而祭司嗇也,祭百種以報嗇也。饗農及郵表畷、禽獸,人之至,義之盡也。古之君子,使之必報之。迎貓,爲其食田鼠也;迎虎,爲其食田豕也,迎而祭之也。祭坊與水庸,事也。”

先嗇、司嗇:先嗇指神農,司嗇指后稷,這是古代傳說中對農業有大功的人,故立爲主管農事的神。先嗇是主,司嗇是從。

農、郵表畷:農,古之田畯,有功於民,死後爲神。《詩·豳風·七月》:“田畯至喜”,田畯是農官。郵表畷,郵,屋宇。是田畯在田間井旁所居之處。因人而及其屋,也作爲祭祀的對象。

貓、虎:貓吃田鼠,虎吃田豕,都是田中之害,所以祭而報之。

坊、水庸:均指田中的溝渠,有蓄水、排水之功效,故也作爲祭神。

八蜡所祭的神都是有關農事的,最初是民間農家之祭,後來發展成爲國家的大祭,各地區也有蜡祭,規格大小不同而已。蜡祭時,主祭者白皮帽、素服,參加祭祀的黃冠、黃衣。用管樂吹豳頌《七月》,擊土鼓伴奏。

《禮記·郊特牲》:"皮弁、素服而祭。素服,以送終也。葛帶、榛杖,喪殺也。蜡之祭,仁之至,義之盡也。黃衣、黃冠而祭,息田夫也。野夫黃冠。黃冠,草服也。"

《周禮·春官·籥章》:"國祭蜡,則吹豳頌,擊土鼓,以息老物。"息老物,言息農夫之勞,送萬物之終。

《周官·地官·黨正》:"國索鬼神而祭祀,則以禮屬民而飲酒于序,以正齒位。"鄭玄注:"國索鬼神而祭祀,謂歲十二月大蜡之時,建亥之月也。"此言黨正主持鄉閭之蜡祭,並飲酒於學校。

以上七祀、八蜡,僅是群神中的一小部分,已經可以說明那時是神鬼不分,神物不分,有功於人者奉爲神,施虐於人者也奉爲神,真是無往而非神。所以說,我們華夏民族在上古時代是多神的王國,是十分確切的。

報仇與調人

據《周禮》記載,古代設有"調人"的職官,專負責調解民間糾紛。其性質正像現在居民委員會的調解委員。但古代調人主要調解"報仇"的問題。爲血親報仇,這是奴隸社會及早期封建社會的習俗。大概《周禮》反映戰國時的情況,當時的社會矛盾激化,常發生鬥毆殺傷的事,所以"報仇"就相應成爲一個社會熱點。從實際出發,當時的調人就以調解民間報仇問題爲主要職責。

殺傷,有幾種不同情況。一種是故意殺傷人者。凡被殺傷者之家屬可在當地負責刑事的官吏那裏登記,説明情況,即可自行報仇,報仇者無罪。

《周禮·秋官·朝士》:"凡報仇讎者,書於士,殺之無罪。"

士,指負責刑事的官吏。因爲故意殺人者,其罪本應判爲死罪。或以逃避在外,官府追捕未獲,今報仇者代而殺之,故報仇者無罪。似乎凡屬於這種情況,可以不通過調人調解。

另一種情況是過失殺傷人,被殺傷之家屬不能自行報仇,須由調人調解,過失殺傷他人的牲畜亦由調人調解。

《周禮·地官·調人》:"調人掌司萬民之難而諧和之。凡過失而殺傷人者,以民成之。鳥獸亦如之。"鄭玄注:"過無本意也。成,平也。"

過失殺傷人,其罪較輕。經調人和鄉里人證明確爲過失殺傷,采取賠償等方式,促成雙方立證和解。如過失殺傷他人牲畜,亦賠償損失,由調人從中和解。

如果被殺傷之家屬不願和解,則調人采取強制隔離的方式,使過失殺傷人者遠避,被殺傷之家屬不得再追蹤報仇。最遠者到四夷之地,最近亦必離國。如過失殺傷人者不遵照調人所説遠避,則調人發給報仇者以瑞節,報仇者可逮住殺傷人者至官,治應得之罪。

《調人》:"凡和難,父之讎辟諸海外,兄弟之讎辟諸千里之外,從父兄弟之讎不同國。君之讎眂父,師長之讎眂兄弟,主友之讎眂從父兄弟。"鄭玄注:"和之使避於此,不得就而仇之。九夷、八蠻、六戎、五狄,謂之四海。主,大夫君也。"

瑞節,作爲憑證,表示官府命令逮捕。雖過失殺傷人,亦應治以一定之罪。不論故意殺人,或過失殺人,如果恐怕被殺家屬報仇而再殺其家屬,那是罪上加罪。可通告各國,逮捕後,治以重罪。

《調人》:"凡殺人有凡殺者,使邦國交讎之。"鄭玄注:"反,復也。復殺之者,此欲除害弱敵也。邦國交讎之,明不和,諸侯得者即誅之。"

又如所殺的人,本是應該處以死罪的人,則被殺的家屬不得報仇。如果報仇,就處以死罪。

《調人》:"凡殺人而義者,不同國,令勿讎,讎之則死。"

按"不"字衍文。言即使同在一國,也不能報仇。

《周禮·秋官·朝士》:"凡盜賊軍鄉邑及家人,殺之無罪。"

言如有盜賊圍攻鄉村家宅,爲自衛而殺死盜賊,無罪。這就是所謂"殺人而義者",盜賊的家屬當然不能報仇。

《左傳·襄二十二年》:"鄭游眅將歸晉,未出竟,遭逆妻者,奪之,同館于邑。丁巳,其夫攻子明,殺之,以其妻行。……子展……求亡妻者,使復其所;使游氏勿怨,曰:'無昭惡也。'"

游眅(子反)搶了人家的新婦藏起來。後來,新婦的丈夫把子反殺了,帶着新婦避在外處。鄭國大臣子展,把他們找回來,並且命令游家的人,不能報仇。這也是"殺人而義者"的例子。

《禮記》、《大戴禮記》也提到報仇的問題，並説殺人者遠避外處，可免報仇。

《禮記·曲禮上》："父之讎弗與共戴天，兄弟之讎不反兵，交遊之讎不同國。"鄭玄注："父者子之天，殺己之天，與共戴天，非孝子也。行求殺之，乃止。不反兵，恒執殺之備，不同國，讎不吾避，則殺之。"

《禮記·檀弓上》："子夏問於孔子曰：'居父母之仇，如之何？'夫子曰：'寢苫，枕干，不仕。弗與共天下也。遇諸市朝，不反兵而鬥。'曰：'請問居昆弟之仇，如之何？'曰：'仕弗與共國。銜君命而使，雖遇之不鬥。'曰：'請問居從父昆弟之仇，如之何？'曰：'不爲魁。主人能，則執兵而陪其後。'"鄭玄注："干，盾也。魁，猶首也。"

《大戴禮記·曾子制言上》："父母之仇，不與同生，兄弟之仇，不與聚國，朋友之仇，不與聚鄉，族人之仇，不與聚鄰。"

這些記載中所提到的，仇者如遠避外處，可不報仇，指的是故意殺人者。《周禮·調人》所指的是過失殺人。如故意殺人者，乃《周禮·朝士》所説，"殺之無罪"。《禮記》、《大戴禮記》所反映的是春秋、戰國初期的情況；《周禮》反映的是戰國後期的情況，兩者不同。説明：戰國後期，社會矛盾更尖鋭，毆鬥、報仇之風，愈來愈盛，官府已無力治理，只能放任當事人自己去報仇解決。當時，又應運而產生了專爲毆鬥、報仇服務的新的社會階層——遊俠、刺客。這種現象當然與法治精神背道而馳的，當時的法家就大聲疾呼，反對儒、俠，反對報仇。以爲儒家鼓吹孝、義等，成了報仇的理論基礎；遊俠用行動支持了報仇行爲。

《韓非子·五蠹》："今兄弟被侵必攻者廉也，知友被辱隨仇者貞也，廉貞之行成，而君上之法犯矣。"又云："儒以文亂法,俠以武犯禁,而人主兼禮之,此所以亂也。”

法家把報仇看作是犯法行爲,這對維護法制的統一,有一定的進步意義。

古代法醫檢驗

我國醫學在先秦已相當發達。據《周禮·天官》所載,國家設有醫政的專職官吏,“醫師”是醫官之長,主管醫藥的政令。其下又分別設“食醫”、“疾醫(内科)”、“瘍醫(外科)”、“獸醫”諸科,均有專職之人。除醫治一般病人,還擔任驗傷、驗尸、檢驗傳染病等有關法醫的工作。

1975年在湖北雲夢睡虎地戰國秦墓中出土有關秦國法律的竹簡,其中有《封診式》一類,舉了一些有關法醫檢驗的案例。如檢驗一具無名尸首的案例:

“診首□鬊髮,其右角痏一所,袤五寸,深到骨,類劍蹟;其頭所不齊戔戔然。”

大致說:檢得這人頭髮短,右額上有傷,長五寸,深見骨,像是劍砍的。其被割斷的頸部短而不整齊。又如檢驗吊死者的案例:

“令令史某往診。令史某爰書:與牢隸臣某即甲、丙妻、女診丙。丙死(尸)縣(懸)其室東内中北壁權(椽),南鄉(向),以枲索大如大指,旋通繫頸,旋終在項。索上終權,再周結索,餘末袤二尺。頭上去權二尺,足不傅地二寸,頭北(背)傅壁,舌出齊唇吻,下遺矢弱(溺),汙兩卻(腳)。解索,其口鼻氣出渭(喟)然。索蹟椒郁,不周項二寸。它度毋(無)兵刃木索蹟。”

大致說，命令史某前往檢驗。令史某檢驗後的報告說：本人與牢隸某和甲以及死者丙的妻子、女兒，對丙尸進行檢驗。尸體懸掛在東北牆的房椽上，用粗麻繩結成圈套，束於頸上。尸體離地二寸，舌吐出，流出屎溺。解去繩索後，口鼻有氣排出。繩索在尸體上留下淤血痕蹟。其他部位查無刀刃、木棒、繩索等傷痕。證明丙尸確係自縊。

又載有檢驗一名患麻風病的病人的檢驗報告：

> “某里典甲指里人士五（伍）丙，告曰：‘疑癘，來詣。……’令醫丁診之。丁言曰：‘丙毋（無）麋（眉），艮本絕，鼻腔壞，刺其鼻不嚏。肘膝□□□到□兩足下奇（踦），潰一所。其手毋（無）胈。令號其音氣敗。癘也。’”

大致說，某里的里正甲送來該里的人叫伍丙。報告說：“這人疑是患麻風病的。”命醫師丁檢驗。丁檢驗後，報告說：“丙沒有眉毛，鼻梁已斷，鼻腔已壞，探刺鼻孔，不打噴嚏。走路不正常，有一處潰爛，手上沒有汗毛，他發音嘶啞，是麻風病。”

以上三份法醫檢驗報告，敍述了檢驗程式和檢驗所得的情況，都非常詳盡，並且作出了合乎醫理的結論。這說明在戰國時法醫檢驗制度已經有一定的規範，至後世我國法醫制度更爲完善。《唐律》中列有專條，宋代則有《洗冤録》等有關法醫檢驗專著，科學性很強，至今仍有參考價值。

禱雨之祭——雩

我們的民族是在多災多難的自然環境中鬥爭發展成長的。在四千年前的虞夏時期，曾遭到過長期的洪水，“湯湯洪水滔天，浩浩懷山襄陵。”（《史記·五帝本紀》引《尚書》）到商湯之時，旱魃爲虐，五年大旱（有的說七年），五穀不登，民無可食。傳說湯以自己爲犧牲，祈禱上帝求雨。

《吕氏春秋·順民》:“昔者湯克夏而正天下,天下大旱,五年不收。湯乃以身禱于桑林,曰:余一人有罪,無及萬夫,萬夫有罪,在予一人,無以一人之不敏,使上帝鬼神傷民之命。於是剪其髮,磨手,以身爲犧牲,用祈福於上帝,民乃甚說,雨乃大至。”

北方少雨缺水,旱災較水災更嚴重。《詩·大雅·雲漢》描寫周宣王時遭大旱,呼天喚地的悲慘情景。

《雲漢》:“王曰於乎! 何辜今之人? 天降喪亂,饑饉薦臻。靡神不舉,靡愛斯牲,圭璧既卒,寧莫我聽。……旱既大甚,則不可推,兢兢業業,如霆如雷。周餘黎民,靡有孑遺。昊天上帝,則不我遺,胡不相畏,先祖於摧。”

大意是:我們有什麼罪? 遭到這個大難。什麼神都祭過了,什麼犧牲璧玉都貢獻完了。可是天還沒有赦宥我們。這樣的大旱,我們的老百姓,快死光了。希望我們的祖先來解救我們。

由於旱災的不斷發生,就形成了一種禱雨祭祀的禮制。因祈禱時,舞而呼籲,所以叫雩。雩禮有兩種:一種是正雩,每年夏曆四月定時舉行,祈風調雨順,五穀豐登。天子參加祭祀上帝,有歌舞,又有盛樂。諸侯以下,祀勾龍、后稷等神,有歌舞,無盛樂。

《禮記·月令》仲夏之月:“是月也,命樂師脩鞀、鞞鼓;均琴、瑟、管、簫;執干、戚、戈、羽;調竽、笙、箎、簧;飭鐘、磬、柷、敔。”鄭玄注:“爲將大雩帝,習樂也。”仲夏,爲夏正五月。

又《月令》:“命有司爲民祈祀山川百源,大雩帝,用盛樂。乃命百縣雩祀百辟卿士,有益於民者,以祈穀實。”鄭玄注:“陽氣盛而常旱,山川百源,能興雲雨者也。衆水始所出爲百源。雩,吁嗟求雨之祭也。雩帝,謂爲壇南郊之旁,雩五精之帝,配以先帝也。自'鞀、鞞'至'柷、敔'皆作,曰盛樂。凡他雩,用歌舞而已。百辟卿士,古者上公若句龍、后稷之類也。……天子雩上帝,諸侯以下雩上公。"

《左傳·桓五年》:"凡祀,啟蟄而郊,龍而見雩。"此雩亦指正雩,有定時。龍,指東方七星宿之總稱。謂七宿中有星于黃昏時出現,可舉行正雩。此時當夏正四月。

正雩的舞亦可用於宴會,稱《桑林》之樂。

《左傳·襄十年》:"宋公享晉侯于楚丘。請以《桑林》。……舞,師題以旌夏。"杜預注:"桑林,殷天子之樂名。"湯以身禱雨于桑林,後因名其樂爲《桑林》。樂師在首舉綴有雉羽之旌旗。宋爲商之後,故得用此《桑林》之樂。

另一種叫"旱雩"。在秋季遭旱災,則舉行,無旱災,不舉行。舉行時只有歌舞,無盛樂。

《周禮·春官·司巫》:"掌群巫之政令。若國大旱,則帥巫而舞雩。"

《春秋》全書載魯國舉行旱雩二十一次。均在夏正的五、六、七月,亦即周正的秋七、八、九月。有時久旱不雨,一月內舉行兩次旱雩。

《春秋》言雩者凡二十一次。或言"秋",或言"七月"、"八月"、"九月"。《左傳》有的說"旱也",有的無傳。此均指旱雩。《左傳·桓五年》:"秋,大雩。書,不時也。"不時,指不是規定時間舉行的正雩,因旱災而無定時舉行的旱雩。《春秋》體例,凡不時的旱雩記録,定時的正雩不記録。可見二十一次都是旱雩。《春秋·昭二十五年》:"秋,七月上辛,大雩;季辛又雩。"《左傳》云:"秋,書再雩,甚旱也。"這是指一月內舉行兩次旱雩,說明旱的嚴重。

凡雩必有舞。正雩,天子祀上帝,應用大舞,所以《月令》說"執干、戚、戈、羽"。這是大舞用的道具。諸侯及地方的正雩以及旱雩均用小舞,稱皇舞。皇舞,以羽覆首及衣,並手持羽以舞。

《周禮·地官·舞師》:"教皇舞,帥而舞旱暵之事。"鄭玄注:"旱暵之事,謂雩也。暵,熱氣也。鄭司農云:'皇舞,蒙羽舞。書或爲翌。'"按《說文·羽部》,"翌,樂舞,以羽䎱自翳其首,以祀星辰也。從羽,王聲。讀若皇。"則"翌"爲本字,"皇"爲借字。

《周禮·春官·樂師》:"有皇舞。"鄭玄注:"鄭司農云:'皇舞者,以羽冒覆頭上,衣飾翡翠之羽。'玄謂,皇,雜五采羽如鳳皇色,持以舞。"

舞雩所以用羽者,自來說法各異。

《春秋繁露·五行·五事》:"雨者,水氣也,其音羽也。"《釋名·釋天》:"雨,羽也,如鳥羽,動則散。"

此皆以羽、雨音同,故求雨用羽。惠士奇《禮說》以爲《說文·鳥部》:"鷸,知天將雨鳥。"故舞雩冠之以礻鬲。恐均臆說。按各種舞多以羽爲飾。如《舞師》"教羽舞,帥而舞四方之祭祀"。則不獨舞雩用羽。

參加舞雩之人數,各書不同。少者云八人,多者云七十二人。

《春秋繁露·求雨》:"春雩之制,小童八人,服青衣而舞。"《公羊傳·桓五年》何休注:"使童男女各八人舞而呼雩,故謂雩。"此或本《論語·先進》:"冠者五六人,童子六七人,浴乎沂,風乎舞雩,咏而歸。"

《御覽·禮儀部》引《漢舊儀》:"舞者七十二人;冠者五六三十人;童子六七四十二人。"

此或以正雩與旱雩而不同,或以天子大雩與諸侯地方之雩而不同。今已不可詳考。

旱雩,由巫向神祈禱。如巫禱而不雨,則或殺巫以祭神。

《禮記·檀弓下》:"歲旱,穆公召縣子而問然。曰:'天久不雨,吾欲暴尪而奚若?'曰:'天久不雨,而暴人之疾子,虐,毋乃不可與?''然則暴巫而奚若?'曰:'天則不雨,而望之愚婦人,於以求之,毋乃已疏乎?'"鄭玄注:"尪者面向天,覬天哀而雨之。"

《左傳·僖廿一年》:"夏大旱,公欲焚巫尪。臧文仲曰:'非旱備也。脩城郭,貶食省用,務穡勸分,此其務也。巫尪何爲,天欲殺之,則如勿生,若能爲旱,焚之滋甚。'公從之。"杜預注:"巫尪,女巫也,主祈禱請雨者。或以爲尪非巫也。瘠病之人,其面上向。俗謂天哀其病,恐雨入其鼻,故爲之旱。是以公欲焚之。"

鄭玄、杜預注均爲不經之談。蓋用人犧牲禱雨,爲遠古之遺俗。猶如《史記·滑稽列傳》載爲"河伯娶婦"之事。臧文仲、縣子之言,均合仁義正道。《荀子·天論》:"雩而雨,何也?曰:無何也,猶不雩而雨也。"是爲至言。

祭祀立尸

祭祀立尸,這種禮儀在先秦時常行,到漢代就不再行,所以後人對這種禮儀不很熟悉。

古代祭祀鬼神都要立尸。用一個活人代鬼神受祭,這叫尸。先説祭祖宗——即祭鬼的尸。

人死至三月下葬,下葬後要祭祀,叫虞祭。虞祭時開始做主,並且立尸。

《禮記·坊記》:"祭祀之有尸也,宗廟之有主也,示民有事也。"

《公羊傳·文二年》:"丁丑,作僖公主。……虞主用桑,練主用栗。"

此言虞祭始用桑木作神主。

《禮記·檀弓下》:"虞而立尸,有几筵,卒哭而諱。生事畢,而鬼事始已。"孔穎達疏:"未葬由生事之,故未有尸。既葬親形已藏,故立尸以繫孝子之心也。"

什麼人可以爲尸,均有規定。凡爲尸者必須與死者同姓並且同昭穆。故卿士大夫,均以死者之孫或與孫同輩分之人爲尸。

《禮記·曲禮上》:"禮曰:君子抱孫不抱子。此言孫可以爲王父尸,子不可爲父尸。"鄭玄注:"以孫與祖昭穆同。"

昭穆是宗法制度規定的宗廟、墓地排列的次序。始祖居中,其二世、四世、六世……爲昭,在左;其三世、五世、七世爲穆,在右。立尸須與死者同昭穆,故子不能爲尸,孫可以爲尸。如無孫,則以與孫同輩之同姓兄弟爲之。

但父在則孫亦不可爲尸。以避免爲父者祭時向親生之子跪拜。

《禮記·曲禮上》:"爲人子者……祭祀不爲尸。"黄以周《禮書通故·肆獻祼饋食禮》:"凡祭祀不爲尸者,不安其父之拜獻,故主祭者之子不爲尸。祭時拜獻者惟主人,加爵者惟長兄弟一人,衆兄弟不拜獻。如無無父之孫,衆兄弟之子自可爲尸,不論其有無父。"

喪中婦女立女尸,以異姓之女爲之。喪畢吉祭婦女不再立尸。

《儀禮·士虞禮·記》:"男,男尸;女,女尸,必使異姓,不使賤者。"鄭玄注:"異姓,婦也。賤者,謂庶孫之妾也。尸配尊者,必使適也。"

按"必使異姓",指不用夫家之同姓女子,如孫女、侄孫女等。喪事畢,宗廟吉祭,婦女與夫合食,不再另設女尸。

天子、諸侯以孫輩中之有爵者爲尸,天子以卿爲尸,故稱公尸。

《公羊傳·宣八年》何休注:"禮,天子以卿爲尸,諸侯以大夫爲尸,卿大夫以下以孫爲尸。"

《詩·大雅·既醉》:"令終有俶,公尸嘉告。"毛傳:"公尸,天子以卿,言諸侯也。"

指諸侯有功,入爲天子之卿作尸,謂之公尸。庶人無祿,祭祀時不用尸。

《大戴禮記·曾子天圓》:"無祿者稷饋,稷饋無尸。"盧辯注:"庶人無牲,故以稷爲主。"

言一般平民無俸祿,祭祀無牛羊豕等,只有飯食而已。不再立尸。

凡尸所穿衣服爲所祭者最尊之服。

《儀禮·士虞禮·記》:"尸服卒者之上服。"鄭玄注:"上服,如《特牲》士玄端也。"

玄端是士最尊之禮服。

《周禮·春官·守祧》:"掌守先王先公之廟祧,其遺衣服藏焉。若將祭祀,則各以其服授尸。"

以上所說的是宗廟祭鬼立尸的事。古代祭天地、社稷、山川,以及中霤、國門、國行、泰厲、戶、灶等神均用尸。

《國語·晉語八》:"宣子以告祀夏郊,董伯爲尸。"

是祭天地用尸之例。

《周禮·秋官·士師》:"若祭勝國之社稷,則爲尸。"

勝國,指亡國。祭亡國之社稷用尸,則祭本國之社稷亦必立尸。

《禮記·月令》鄭玄注:"祭五祀,用特牲,有主有尸。"

尸既代鬼神受祭,故尸尊,凡見尸必下車,奏樂迎送,表示尊敬。大祭祀,天子諸侯親自在舞位樂尸。

《禮記·曲禮上》:"爲君尸者,大夫士見之,則下之,君知所以爲尸者,則自下之。尸必式,乘必以几。"鄭玄注:"尊尸也。下,下車也。"

《詩·小雅·楚茨》:"神具醉止,皇尸載起,鐘鼓送尸,神保聿歸。"

此以鐘鼓迎送皇尸之事。

《禮記·祭統》:"及入舞,君執干戚就舞位,君爲東上,冕而揔干,率其群臣,以樂皇尸。"

此天子諸侯,作舞樂尸之事。

祭祀立尸之禮,在周代以前已有。今考古出土殷商時青銅禮器,器上常有圖畫銘文。據王國維考證,以爲有一種圖畫銘文乃祭祀立尸之形。

《禮記·禮器》:"夏立尸而卒祭,殷坐尸,周旅酬尸。"

據此則夏代已有立尸之禮。

王國維《觀堂集林·說俎下》:"殷代器銘屢有(圖一)語,其異文或作(圖二),或作(圖三)。《殷虚書契》卷七第二頁亦有此字。自宋以來均釋爲'析子孫'三字。余謂此乃一字,象大人抱子置諸几間之形。子者,尸也。《曲禮》曰:'君子抱孫不抱子',此言孫可以爲王父尸,子不可爲父尸。……是古之爲尸者,其年恒幼,故作大人抱子之形,其上或兩旁之非,則《周禮》所謂左右玉几也。"

如王氏之說,則可證明殷商已有立尸之禮。

圖一 圖二 圖三

祭祀立尸至漢代已不行,祭祀時僅用木主或掛祖先神像設祭。但據史書記載,至南北朝時,偏僻地區仍有祭祀立尸之禮。

《通典·禮八·立尸義》:"周隋《蠻夷傳》:'巴梁間每秋祭祀,鄉里美鬢面人,迭迎爲尸以祭之。今柳道州人,每祭祀迎同姓丈夫婦人伴神以享,亦爲尸之遺法。'"

古代禮俗,往往在中原地區已經廢止不行,而邊區卻仍通行。漢劉歆《讓太常博士書》:"夫禮失求之於野。"也就是這個意思。

象徵性的刑罰

據文獻記載,唐虞之世,曾經施行過"象刑"。凡是犯了罪,可以不真的施刑,而以不同的服飾來代替各種刑罰。如犯的罪應判爲面上刺字的墨刑,改爲頭上蒙黑巾;犯死刑的,改爲衣服沒有領的赭衣。據説施過象刑,使人受到恥辱,犯罪的人少了。這僅是後人的設想,決不是事實。所以這種象刑,可以叫它爲象徵性的刑罰。現在看到的文獻,最早記載象刑的是戰國時的慎到。

《御覽》六四五引《慎子》:"有虞之誅,以蒙巾當墨,草纓當劓,以菲履當刖,以艾韠當宫,布衣無領當大辟,此有虞氏之誅也。斬人肢體,鑿其肌膚,謂之刑;畫衣冠,異章服,謂之戮。上世用戮,而民不犯也,當世用刑而民不從。"

《莊子·天下篇》、《史記·田敬仲完世家》都曾提到過慎到。他與鄒衍、淳于髡等七十六人稱爲齊稷下學士。稷下學士受厚禄,不任實職,專發議論。《漢書·藝文志》把他著的《慎子》列入法家。法家而提出象刑,大概也是象徵性的法家了。

象刑說是十分迂腐的說法,在戰國後期,法家興起的形勢下,是不適應的,所以遭到儒家的革新派荀子的抨擊。荀子認爲:過去不可能實行過象刑;如果實行,那麼,重罪輕刑,人們的行爲失去了標準,國家將大亂。

《荀子·正論》:"世俗之爲說者曰:治古無肉刑而有象刑。……是不然。以爲治邪,則人固莫觸罪,非獨不用肉刑,亦不用象刑矣。以爲人或觸罪矣,而直輕其刑,然則是殺人者不死,傷人者不刑也。罪至重,而刑至輕,庸人不知惡矣,亂莫大焉。"

荀子的說法,比較實事求是。他一方面受到當時法家思想的影響,同時反對象刑說是與他的性惡觀點一致的。

漢初儒家伏生又提出象刑說,與慎到所說大致相同。

《公羊傳·襄二十九年》徐彥疏引《尚書大傳》:"唐虞之象刑,上刑赭衣不純,中刑雜屨,下刑墨蒙……以居州里,而民恥之。"

《尚書大傳》爲伏生撰。伏生原爲秦博士,到漢文帝時,請他口授《尚書》,時年已九十。當時百姓"苦秦苛法久矣",朝廷一反秦的重刑,所以減輕刑罰,取得民心。高祖入關,約法三章,後來蕭何治法,亦只九章。伏生就是在這種情況下提出象刑的。他的學生是晁錯,文帝受晁錯的影響,除肉刑,即墨、劓、剕、宫四種刑,改爲勞役和笞刑,在我國刑法史上前進了一步。這也可以說,伏生重提象刑說,起了一個間接的積極作用。

《周禮》沒有提到象刑,但《周禮》中的"明刑"實際與象刑性質相似,都屬於所謂"戮刑"。"戮"是辱的意思,即以恥辱的方式使犯罪者改過。明刑只用於過失犯和行爲惡劣而尚未觸犯刑法的罪人,不屬於這兩種的罪人,還是施行五刑。關於明刑,見前。

筮 法

古代占卜有卜與筮兩種:卜用龜甲或獸骨鑽孔,灼火,視其裂紋之不同,占吉凶;筮用蓍草求得六爻,成一卦,據卦之不同,占吉凶。漢以後常用筮。

筮用蓍草。蓍草,菊科多年生草本。古取其莖以爲占筮之用。

《說文·艸部》:"蓍,蒿屬。生千歲三百莖。天子蓍九尺,諸侯七尺,大夫五尺,士三尺。"

據《說文》謂生千年才生三百莖,則其難得可知。後來或用"筴"。故《史記》稱《龜策列傳》。"策"、"筴"通。字從竹,以竹爲之,如計數用之竹籌碼。《離騷》:"索瓊茅以筳篿兮。"王逸注:"瓊茅,靈草。篿,小折竹也。楚人名結草、折竹以卜曰。"《後漢書·方術傳》:"挺專折竹。"近湖北江陵包山楚墓出土竹簡,記用竹制之卜筮之具,有"央筶、"彤答"等。這些都說明古人以竹片代蓍草。

筮法採用一定的步驟,求得一爻之陰(- -)陽(—)。積六爻成卦,乃依《周易》,占其吉凶。筮法載于《周易·繫辭上》:

大衍之數五十,其用四十有九。分而爲二,以象兩;掛一,以象三;揲之以四,以象四時;歸奇於扐,以象閏;五歲再閏,故再扐以後掛。……是故四營而成易,十有八變而成卦。八卦而小成,引而伸之,觸類而長之,天下之能事畢矣。

這一段文字是筮法的最早資料,歷代學者視爲標準的筮法。據此定出十八變筮法。宋朱熹《周易本義》卷前附録《筮儀》一

篇。其法即三變得一爻,六爻成卦,故凡十八變。所謂三變猶今言三個步驟。茲簡述其法如下:

一變:

用筮策 50 根,去其一根,將 49 根任意分成兩簇,置於左右,又於右簇中取出 1 根,則兩簇共有 48 根。然後將左右兩簇分別以 4 策爲一組數之,其餘數有四種情況,左右兩簇共存數有兩種結果:

<table>
<tr><th>左餘</th><th>右餘</th><th>共餘</th><th>左右尚共存</th></tr>
<tr><td>1</td><td>3</td><td>4</td><td rowspan="3">44</td></tr>
<tr><td>2</td><td>2</td><td>4</td></tr>
<tr><td>3</td><td>1</td><td>4</td></tr>
<tr><td>4</td><td>4</td><td>8</td><td>40</td></tr>
</table>

即經過一變,左右尚共存 44 策或 40 策。

二變:

將 44 策或 40 策又任意分成兩簇置於左右。然後分別以 4 策爲一組數之,其結果情況如下:

<table>
<tr><th></th><th>左右共餘</th><th>左右尚共存</th></tr>
<tr><td rowspan="2">44</td><td>4</td><td>40</td></tr>
<tr><td>8</td><td>36</td></tr>
<tr><td rowspan="2">40</td><td>4</td><td>36</td></tr>
<tr><td>8</td><td>32</td></tr>
</table>

即一變後,如左右共存 44 策者,經過二變,除去左右共餘數,左右共尚存 40 策或 36 策。如一變後左右共有 40 策者,經過二變,除去左右共餘數,左右共尚存 36 策或 32 策。總之,二變之結果,有三種可能:尚存 40 策,36 策,32 策。

三變:

將 40 策或 36 策、32 策,任意分成兩簇,置於左右。然後分別以四策分爲一組數之,其結果情況如下：

	左右共餘	左右尚共存
44	4	36
	8	32
36	4	32
	8	28
32	4	28
	8	24

即二變後,如左右共存 40 簇者,經過三變,除去左右共餘數,左右共尚存 36 策或 32 策。如二變後,左右尚存 36 策者,經過三變,除去左右共餘數,左右共尚存 32 策或 28 策。如二變後,左右尚存 32 策者,經過三變,除去左右共餘數,左右共尚存 28 策或 24 策。總之,三變之結果,有四種可能:尚存 36 策,32 策,28 策,24 策。

三變後左右尚存之策以四除之:

如得 9 或 7 者,則奇數爲陽,爲乾(—)

如得 8 或 6 者,則偶數爲陰,爲坤(- -)

每三變得一爻,由下往上畫,即先畫第六爻。依次積十八變,而得六爻,乃成一卦,可以依《周易》占吉凶。

(該文原刊於《文教資料》1993 年第 5—6 期;1994 年第 1—6 期。)

《左傳》疑義新探

趙生群

摘要:本文對《左傳》杜預注、孔穎達疏、竹添光鴻《會箋》、楊伯峻《春秋左傳注》等重要研究著作在語詞訓詁、典章制度、名物注解及文本校勘中存在的疑誤之處,加以詳細考辨,商榷異同,以期祛疑求真。

關鍵詞:《左傳》 疑義 訓詁

近年應陝西人民出版社之約,作《春秋左傳新注》,因取杜《注》、孔《疏》、《清經解》、《清經解續編》所收各家之説暨《四庫全書》、《續修四庫全書》、《四庫未收書輯刊》部分著作以及劉文淇《春秋左氏傳舊注疏證》、吳闓生《左傳微》、章太炎《春秋左傳讀》、左松超《左傳虚字集釋》、竹添光鴻《左傳會箋》、劉正浩《周秦諸子述左傳考》、《兩漢諸子述左傳考》、楊樹達《讀左傳》、楊伯峻《春秋左傳注》、東條一堂《左傳標識》、高本漢《左傳注釋》、吳媽喜《春秋左氏傳古注輯考》、王叔岷《左傳校證》、傅隸樸《春秋三傳比義》、吳靜安《春秋左氏傳舊注疏證續》諸書讀之。遇有疑問,則廣參各家注解,以求折中。間或有一孔之見,未敢敝帚自珍,願公諸同好以請益。

杜氏分年之誤

隱公元年:"惠公元妃孟子。孟子卒,繼室以聲子,生隱公。宋武公生仲子。仲子生而有文在其手,曰'爲魯夫人',故仲子歸于我。生桓公而惠公薨,是以隱公立而奉之。"

楊伯峻曰:"此與下《傳》'元年春王正月不書即位攝也'爲一

《傳》。後人分《傳》之年,必以'某年'另起,故將此段提前而與下文隔絶。杜《注》云'爲《經》元年不書即位傳',則所見本已妄爲分割矣。《左傳》中此種例子不少,俞樾《左傳古本分年考》與楊樹達先生《讀左傳》、楊向奎《論左傳之性質及其與國語之關係》,均曾先後指出。”①

按:此條當與“元年春王正月不書即位攝也”爲一傳,楊説得之矣。然謂“杜所據本已誤分”則誤。

杜預《春秋序》自謂“分《經》之年,與《傳》之年相附,各隨而解之”,故名其書曰《經傳集解》。② 知杜氏始合《春秋》、《左傳》爲一書,杜氏之前,猶《經》、《傳》各别。杜氏“分《經》之年,與《傳》之年相附”,而分合或有可商。如:

隱公三年衛州吁事;桓公元年宋華父督見孔父之妻于路,二年晉大子仇、成師事,五年淳于公如曹,七年曲沃伯誘晉小子侯殺之,十二年楚伐郊事,十三年鄭人來請修好;莊公八年齊公子小白、公子糾出奔,公孫無知虐于雍廩,十一年丘乘之役虜南宫長萬,十三年宋人背北杏之會,二十年王子頽享五大夫,樂及徧舞,二十九年樊皮叛王;僖公四年齊桓公歸蔡姬,七年惠王崩,八年宋公子茲父、目夷事,十八年梁伯益其國而不能實,二十三年晉公子重耳出奔事,二十四年衛人伐邢事;文公元年秦伯復使孟明爲政,四年成風薨,五年晉趙成子、欒貞子、霍伯、臼季皆卒,七年晉郤缺諫趙宣子睦衛,八年先都、士縠、箕鄭父作亂,十年厥貉之會麇子逃歸,十一年郕太子朱儒自安于夫鍾;宣公十一年厲之役鄭伯逃歸,十三年晉討衛之救陳,十四年孟獻子論小國之免於大國;成公四年晉趙嬰通于趙莊姬;襄公二十五年秦、晉爲成事,二十六年齊烏餘奔晉;昭公四年叔孫穆子事;定公元年周鞏簡公棄其子弟而好用遠人,二年邾莊公與夷射姑飲酒,三年楚止蔡昭侯,十三年史鰌論公叔戌必亡;哀公十一年季孫使人問田賦于仲

① 楊伯峻:《春秋左傳注》,北京,中華書局1990年版,第5頁。

② 杜預:《春秋經傳集解》,北京,中華書局1980年影印《十三經注疏》本,第1707頁。

尼，十四年孟孺子與成人事。

以上諸條《傳》文，皆當與下年《傳》文相附，杜預"分《經》之年，與《傳》之年相附"，而誤置於上年，俞樾《左傳古本分年考》、楊伯峻《春秋左傳注》多有辨析，然相沿既久，約定俗成，亦不可復改，心知其意可也。

曰爲魯夫人

隱公元年："宋武公生仲子。仲子生而有文在其手，曰爲魯夫人，故仲子歸于我。"

孔穎達曰："此《傳》言'爲魯夫人'者，以宋女而作他國之妻，故《傳》加'爲'以示異耳，非爲手文有'爲'字。"[①]林堯叟曰："蓋仲子手有四字，曰'爲魯夫人'。"[②]

俞樾曰："傳文'曰'字衍文也。閔二年《傳》'有文在其手曰友'、昭元年《傳》'有文在其手曰虞'。彼《傳》無'爲'字，故有'曰'字，此《傳》有'爲'字，則不必有'曰'字。猶桓四年《公羊傳》'一曰乾豆，二曰賓客，三曰充君之庖'，《穀梁傳》作'一爲乾豆，二爲賓客，三爲充君之庖'，有'爲'字則無'曰'字，亦其例也。"[③]

按：《平議》謂"曰"、"爲"同義，是也。《戰國策·韓策二》："臣曰世子得新城、陽人，以與公叔爭國而得全，魏必急韓氏。"《楚策一》"曰"作"爲"。《史記·周本紀》"因名曰弃"，《太平御覽》卷八四引文"曰"作"爲"。《史記·十二諸侯年表》曰："(桓公)母宋武公女，生，手文爲'魯夫人'。"《荀子·儒效》："知之曰知之，不知曰不知，內不自以誣，外不自以欺。"二"曰"字，皆訓"爲"。

《平議》謂"曰"爲衍文，殆誤。《左傳》閔公二年云"有文在其手曰友"，昭公元年云"有文在其手曰虞"，昭公三十二年云"有文

① 孔穎達：《春秋左傳正義》，《十三經注疏》第1713頁。

② 林堯叟：《左傳句讀直解》卷一，《續修四庫全書》第118冊，第431頁。

③ 《群經平議·春秋左傳一》，《清經解續編》拾三，第6946頁。

在其手曰友”,文例一貫,則知“曰”非衍字。《論衡·雷虚》:“魯惠公夫人仲子,宋武公女也,生而有文在掌,曰爲魯夫人。”又《自然》、《紀妖》二篇敘其事,皆云“曰爲魯夫人”。知王充所見之本亦有“曰”字無疑。

未嘗君之羹

隱公元年:“潁考叔爲潁谷封人,聞之,有獻於公。公賜之食。食舍肉。公問之,對曰:‘小人有母,皆嘗小人之食矣,未嘗君之羹,請以遺之。’”

杜預曰:“食而不啜羹,欲以發問也。”①楊伯峻曰:“羹,肉汁也。《爾雅·釋器》及《儀禮》鄭《注》並云:‘肉謂之羹。’此即指上文所舍之肉,蓋熟肉必有汁,故亦可曰羹。”②

按:姜炳璋曰:“《爾雅》云:‘肉謂之羹。’”③“未嘗君之羹,請以遺之”二句,與上文“食舍肉”相應。宣公二年《傳》載趙盾爲靈輒備簞食與肉,使遺其母,事正相類。

《管子·弟子職》:“飯必捧擥,羹不以手。”昭公十三年《傳》曰“衞人使屠伯饋叔向羹與一篋錦”,又曰“叔向受羹反錦”,“羹”亦肉也。

《説文·䰜部》:“鬻,鼎實。”段玉裁《注》:“肉謂之羹,菜謂之芼,皆主謂孰物實於鼎者。”《説文》又云:“鬻,五味盉羹也。從䰜,從羔。……羹,小篆從羔,從美。”

古代食肉,用鬲、鼎之類的器具烹煮,食用時陳於鼎,故謂之鼎實;肉加五味烹飪,其味鮮美,故羹字小篆從羔,從美。

《儀禮·鄉飲酒禮》:“羹定。”又《鄉射禮》:“羹定。”又《公食大夫禮》:“羹定。”又《聘禮》:“賜饔,唯羹飪,筮一尸,若昭若穆。”又《士虞禮》:“羹飪,升左肩、臂、臑、肫、骼、脊、脅,離肺。”又《禮

---

① 《十三經注疏》第 1716 頁。
② 《春秋左傳注》第 15 頁。
③ 姜炳璋:《讀左補義》卷一,《續修四庫全書》第 122 册,第 145 頁。

記·禮器》："羹定詔於堂。"鄭玄《注》皆曰："肉謂之羹。"

《大射儀》："羹定。"鄭《注》："享肉孰也。"《特牲饋食禮》："羹飪實鼎。""羹"亦指肉。《馬王堆帛書·胎產書》："酸羹必熟，……不食兔羹。"

"羹定"、"羹飪"皆謂肉經烹煮熟爛。若"羹"爲湯，則所謂"羹定"、"羹飪"、"(羹)熟"不可解矣。

《新序·雜事四》："臣請譬之以五味：管仲善斷割之，隰朋善煎熬之，賓胥無善齊和之，羹以熟矣，奉而進之，而君不入，誰能彊之?""羹"指肉，經"斷割"、"煎熬"而後熟爛。

據《儀禮·少牢饋食禮》、《禮記·內則》，各種動物之皮、肉、內臟等，皆可謂之羹。

"羹"訓肉，本爲常義。後世以湯爲羹，而"肉"義漸至湮滅，故申論之。

教之以義方

隱公三年："臣聞愛子，教之以義方，弗納於邪。"

竹添光鴻曰："義方，義之所在也。'遊有方'、'民知方'之方。"①楊伯峻曰："方，道也。義方猶義道。"②

按：《廣雅·釋詁二》："切、直、方，義也。"王念孫曰："《坤·文言》云：'直其正也，方其義也。'《論語·先進篇》：'且知方也。'何晏《注》云：'方，義方也。'隱三年《左傳》云：'教之以義方。'"③

《易·繫辭下》："初率其辭，而揆其方，既有典常。"王弼《注》："能循其辭以度其義，原其初以要其終，則唯變所適，是其常典也。"孔穎達《疏》："方，義也。"

"教之以義方"與昭公六年"閑之以義"意思相近，"義方"爲同義複詞，猶言"正義"、"正道"，與下文"邪"相對。

---

① 竹添光鴻：《左傳會箋》第一，天工書局 1998 年版，第 47 頁。

② 《春秋左傳注》第 31 頁。

③ 王念孫：《廣雅疏證》卷二下，南京，江蘇古籍出版社 1984 年版第 60 頁。

《國語·周語下》:“上得民心,以殖義方,是以作無不濟,求無不獲,然則能樂。”《後漢書·郭太傳》:“林宗乃訓之義方,懼以禍敗。”“義方”皆爲同義連文。

將立州吁

隱公三年:“將立州吁,乃定之矣。”

杜預曰:“言將立爲太子,則宜早定;若不早定,州吁必緣寵而爲禍。”①

按:《廣雅·釋詁一》:“將、闓,欲也。”此義《左傳》多有其例,如:隱公元年:“(大叔)將襲鄭。夫人將啓之。”隱公十一年:“羽父請殺桓公,將以求大宰。”桓公十七年:“鄭伯將以高渠彌爲卿,昭公惡之,固諫,不聽。”僖公十九年:“今一會而虐二國之君,又用諸淫昏之鬼,將以求霸,不亦難乎?”僖公二十二年:“天之棄商久矣,君將興之,弗可赦也已。”僖公二十四年:“王德狄人,將以其女爲後。”文公七年:“昭公將去群公子。”文公十二年:“趙氏新出其屬曰臾駢,必實爲此謀,將以老我師也。”宣公四年:“襄公將去穆氏,而舍子良。”宣公十二年:“王見右廣,將從之乘。”成公二年:“郤獻子馳,將救之。”成公十五年:“魚石將止華元。”襄公十四年:“吳子諸樊既除喪,將立季札。”襄公二十九年:“子晳怒,將伐伯有氏。”襄公三十年:“既而朝,則又將使子晳如楚。”昭公二十五年:“平子拘展於卞,而執夜姑,將殺之。”定公四年:“國家方危,諸侯方貳,將以襲敵,不亦難乎!”又曰:“鄖公辛之弟懷將弑王。”定公五年:“吳師居麇,子期將焚之。”定公十四年:“蒯聵將殺余!”哀公十一年:“今君易之,將以求大,不亦難乎!”哀公十三年:“吳人將以公見晉侯。”哀公十七年:“初,子仲將以杞姒之子非我爲子。”

《左傳》、《國語》、《晏子春秋》、《墨子》、《老子》、《孫臏兵法》、《戰國策》、《尹文子》諸書,常用“將欲”一詞,“將欲”乃同義連文。

---

① 《十三經注疏》第1724頁。

兩漢以前,“欲”爲“將”之常義,注家多不置辭,《經傳釋詞》、《經詞衍釋》、《詞詮》諸書所論,不盡一致,而辭書所收之例,亦多在魏晉之後,而“將欲”之“將”易與將然未然之“將”相混,故揭出之。

若猶

隱公三年:“將立州吁,乃定之矣;若猶未也,階之爲禍。”

按:“若猶”同義連文,表示假設,可譯爲“如果”、“倘若”。

王引之曰:“《詩·小星》傳曰:‘猶,若也。’亦常語也。字或作‘猷’。《爾雅》曰:‘猷,若也。’‘猶’爲‘若似’之‘若’,又爲‘若或’之‘若’。”①

“猶”作爲假設連詞,《左傳》多有其例。如,宣公四年:“鬼猶求食,若敖氏之鬼,不其餒而!”襄公十年:“猶有鬼神,於彼加之。”襄公二十年:“若不能,猶有鬼神,吾有餒而已,不來食矣。”昭公五年:“猶欲恥之,君其亦有備矣。不然,奈何?”昭公十二年:“中美能黄,上美爲元,下美則裳,參成可筮。猶有闕也,筮雖吉,未也。”昭公二十七年:“猶有鬼神,此必敗也。”

《左傳》“若猶”連文,常用於假設複句。

“若猶”出現於前一分句者,假設意味較爲明晰。如:

襄公十年:“君若猶辱鎮撫宋國,而以偪陽光啓寡君,群臣安矣,其何貺如之?若專賜臣,是臣興諸侯以自封也,其何罪大焉!”昭公十三年:“若猶有罪,死命可也。若曰無罪而惠免之,諸侯不聞,是逃命也,何免之爲?”此二例皆以“若猶”、“若”對舉。

“若猶”出現於後一分句者,“猶”表示假設之意味相對隱晦,易與“尚”、“還”相混。如:

僖公二十四年:“臣謂君之入也,其知之矣。若猶未也,又將及難。”成公十六年:“若去蔑與行父,是大棄魯國而罪

① 王引之:《經傳釋詞》卷一,南京,江蘇古籍出版社1985年版第9頁。

寡君也。若猶不棄,而惠徼周公之福,使寡君得事晉君,則夫二人者,魯國社稷之臣也。”襄公十五年:“必無人焉。若猶有人,豈其以千乘之相易淫樂之矇?”襄公二十四年:“卒而不貳,吾又何求?若猶叛我,無辭,有庸。”哀公十二年:“寡君以爲苟有盟焉,弗可改也已。若猶可改,日盟何益?”

公及宋公遇于清

隱公四年:“夏,公及宋公遇于清。”

隱公八年《穀梁傳》曰:“不期遇會曰遇。”杜預曰:“遇者,草次之期,二國各簡其禮,若道路相逢遇也。”①孔穎達曰:“《曲禮下》云:‘諸侯未及期相見曰遇,相見於郤地曰會。’……遇者,或未及會期,或暫須相見,各簡其禮,若道路相逢遇然。”②

按:《禮記·曲禮下》:“諸侯未及期相見曰遇,相見於郤地曰會。”“遇”與“會”,對言則别,泛言則通。混而言之,“會”、“遇”皆相見之名。

《莊子·養生主》:“臣以神遇而不以目視。”成玄英《疏》:“遇,會也。”《戰國策·秦策四》:“王何不與寡人遇?”鮑彪《注》:“遇,猶會。”又曰:“楚使者景鯉在秦,從秦王與魏王遇於境。”又,《燕策一》:“(趙王)欲並代,約與代王遇於句注之塞。”二“遇”字亦皆訓“會”。長沙馬王堆帛書《戰國縱横家書·蘇秦自齊獻書於燕王》:“齊、勺(趙)遇於阿,王憂之。臣與於遇,約功(攻)秦去帝。”

隱公八年《經》:“八年春,宋公、衛侯遇于垂。”《傳》:“八年春,齊侯將平宋、衛,有會期。宋公以幣請於衛,請先相見。衛侯許之,故遇于犬丘。”莊公四年《經》:“夏,齊侯、陳侯、鄭伯遇于垂。”莊公二十三年《經》:“公及齊侯遇于穀。”莊公三十年《經》:“冬,公及齊侯遇于魯濟。”《傳》:“冬,遇于魯濟,謀山戎也。以其

① 《十三經注疏》第1725頁。

② 《十三經注疏》第1725頁。

病燕故也。"莊公三十二年《傳》:"齊侯爲楚伐鄭之故,請會于諸侯。宋公請先見于齊侯。夏,遇于梁丘。"

《史記·孔子世家》:"(魯定公)會齊侯夾谷,爲壇位,土階三等,以會遇之禮相見,揖讓而登。""會遇"乃同義連文。

《周禮·春官·典瑞》:"以朝、覲、宗、遇、會、同于王。""朝、覲、宗、遇、會、同"皆會見之名,故義亦相通。

《春秋》載諸侯相會之事,莊公之前"會"、"遇"並用,之後則但用"會"而不用"遇",蓋承舊史而已。稱"會"未必皆"訓上下之則,制財用之節,示威於衆,各重其禮",稱"遇"亦未必"各簡其禮,若道路相逢遇"。

軌物　軌量

隱公五年:"凡物不足以講大事,其材不足以備器用,則君不舉焉。君將納民於軌物者也。故講事以度軌量謂之軌,取材以章物采謂之物。不軌不物,謂之亂政。"

杜預曰:"言器用衆物不入法度則爲不軌不物。"[①]林堯叟曰:"軌,法也。物,采也。"[②]姜炳璋曰:"度,審度也。軌,法度也。量,猶分限也。"[③]

按:軌、物、量皆法也。"軌物"、"軌量"皆爲成詞,不可分拆。"軌物"、"軌量",意爲"法則"、"法度"。

王引之曰:"《方言》曰:'類,法也。'物訓爲類,故又有法則之義。……隱五年《左傳》:'君將納民於軌物者也。故講事以度軌量謂之軌,取材以章物采謂之物。不軌不物,謂之亂政。'軌也,物也,皆法也。有所法則,謂之有物。"[④]

"軌"、"物"連用,可以作"軌物",亦可以作"物軌"。如,《顔

① 《十三經注疏》第 1726 頁。
② 《左傳句讀直解》卷一,《續修四庫全書》第 118 冊,第 436 頁。
③ 《讀左補義》卷一,《續修四庫全書》第 122 冊,第 153 頁。
④ 《經義述聞》卷三十一《通説上》,第 738 頁。

氏家訓·序致》:"吾今所以復爲此者,非敢軌物範世也。"陸倕《新刻漏銘》:"寧可以軌物字民,作範垂訓者乎!"《晉書·李充傳》:"聖人之在世,吐言則爲訓辭,莅事則爲物軌。"

《淮南子·主術訓》:"法者,天下之度量,而人主之準繩也。""度"、"量"皆有法則之義,"軌量"亦爲"法度"、"法則"之義。揚雄《劇秦美新論》:"改制度軌量,咸稽之於《秦紀》。"陸雲《張二侯頌序》:"明德光遠,軌量弘濟。"

軍 實

隱公五年:"三年而治兵,入而振旅。歸而飲至,以數軍實。"

杜預曰:"飲於廟,以數車徒、器械及所獲也。"[①]洪亮吉曰:"鄭氏云:'軍所以討獲曰實。'"[②]楊伯峻曰:"《左傳》凡四用軍實,或指士卒言,……或指囚俘言。"[③]

按:"軍實"指軍中所有之人、物。幣帛陳於庭,謂之庭實;輸於府,謂之府實;口腹之物,謂之口實、腹實;食在於鼎,謂之鼎實;登於俎,謂之俎實;盛於豆,謂之豆實;置於籩,謂之籩實;妻妾寶物,謂之內實;土地所出,謂之土實;軍中所有,謂之軍實。凡將士器械糧草及田獵所得乃至作戰所俘獲等,皆可謂之軍實。

隱公三年《傳》之"軍實",指軍中所有人員、器物及其所獲。

僖公三十三年《傳》:"墮軍實而長寇讎。""軍實"指俘獲之人。

宣公十二年《傳》:"在軍,無日不討軍實而申儆之於勝之不可保、紂之百克而卒無後。""軍實"指軍中將士。

襄公二十四年《傳》:"齊社,蒐軍實,使客觀之。""軍實"指兵甲器械等。《詩·大雅·抑》:"脩爾車馬,弓矢戎兵。"鄭玄《箋》:"以治軍實。"孔穎達《疏》:"軍實者,即車馬、弓矢、戎兵是也。"

---

① 《十三經注疏》第 1727 頁。

② 洪亮吉:《春秋左傳詁》卷五,上海古籍出版社影印本《續修四庫全書》第 124 册,第 55 頁。

③ 《春秋左傳注》第 43 頁。

《後漢書·光武帝紀上》:“盡獲其軍實輜重,車甲珍寶。”《朱浮傳》:“不宜多置官屬,以損軍實。”李賢《注》:“謂甲兵糧儲也。”《三國志·魏書·諸葛誕傳》:“吳兵數萬,器杖軍實山積。”

昭文章

隱公五年:“昭文章,明貴賤。”

杜預曰:“(文章)車服旌旗。”[①]伯峻曰:“文章猶言文彩,此指車服旌旗而言。”[②]

按:文章,即上文之“物采”,謂區分尊卑貴賤之花紋彩飾。昭公二十五年《傳》:“爲九文、六采、五章,以奉五色。”

昭公十五年《傳》:“旌之以車服,明之以文章。”

《周禮·考工記·畫繢》:“青與赤謂之文,赤與白謂之章,白與黑謂之黼,黑與青謂之黻,五采備謂之繡。”《禮記·月令》:“是月也,命婦官染采,黼黻文章,必以法故。”

《荀子·富國》:“爲之雕琢、刻鏤、黼黻、文章,使足以辨貴賤而已。”《孔子家語·問禮》:“既有成事,然後治其雕鏤、文章、黼黻,以別尊卑上下之等。”

鳥獸之肉

隱公五年:“鳥獸之肉不登於俎,皮革、齒牙、骨角、毛羽不登於器,則公不射,古之制也。”

王引之曰:“《釋文》:‘鳥獸之肉,一本作其肉。’引之謹案:一本是也。此以‘鳥獸’二字絕句,‘其’字下屬爲義。言鳥獸固畋獵時所射,若其肉不登於俎,皮革齒牙骨角毛羽不登於器,則公不射此鳥獸也。文義甚明。”[③]

---

① 《十三經注疏》第1727頁。
② 《春秋左傳注》第43頁。
③ 《經義述聞》卷十七,第397頁。

按:王說未允。上文曰:"凡物不足以講大事,其材不足以備器用,則君不舉焉。""鳥獸"數句,承上文而言,謂鳥獸之肉若不用於祭祀,鳥獸之皮革、齒牙、骨角、毛羽不用作器備,則公不親射,此古之制也。"皮革"前省"鳥獸"二字,乃承上文而省。

"之"一本作"其",義亦相同。"其"作之解,《左傳》、《國語》多有其例,此不備舉。

不備不虞

隱公五年:"衛人以燕師伐鄭,鄭祭足、原繁、泄駕以三軍軍其前,使曼伯與子元潛軍軍其後。燕人畏鄭三軍而不虞制人。六月,鄭二公子以制人敗燕師於北制。君子曰:'不備不虞,不可以師。'"

林堯叟曰:"不備禦,不虞度,不可以行師。"①

按:"不虞"指意外之事,爲"備"之賓語。

桓公十七年:"疆埸之事,慎守其一,而備其不虞。"文公六年《傳》:"備豫不虞,古之善教也。"成公九年《傳》:"備豫不虞,善之大者也。"昭公二十三年:"完其守備,以待不虞。"定公十年:"且盍多舍甲於子之門,以備不虞?"《吳子·圖國》:"簡募良材,以備不虞。"句式皆同。

此"不虞"與上文"不虞制人"之"不虞"形似而實異,不可不辨。

親　仁

隱公六年:"往歲,鄭伯請成于陳,陳侯不許。五父諫曰:'親仁、善鄰,國之寶也。君其許鄭!'"

林堯叟曰:"親近仁人。"②

---

① 《左傳句讀直解》卷二,《續修四庫全書》第 118 冊,第 437 頁。

② 《左傳句讀直解》卷二,《續修四庫全書》第 118 冊,第 437 頁。

按:《説文》:"仁,親也。"親仁,即親親,謂親近親己者。定公九年《傳》:"夫陽虎有寵於季氏,而將殺季氏,以不利魯國,而求容焉。親富不親仁,君焉用之?"《禮記·檀弓下》:"喪人無寶,仁親以爲寶。""親仁"、"仁親"皆謂親親。

雖欲救之

隱公六年:"長惡不悛,從自及也。雖欲救之,其將能乎?"

林堯叟曰:"雖欲救其禍亂。"①

按:《説文》:"救,止也。"下文曰"惡之易也,如火之燎于原,不可鄉邇,其猶可撲滅",又曰"爲國家者,見惡如農夫之務去草焉,芟夷藴崇之,絶其本根,勿使能殖",皆以譬喻申説止惡之義。

"救"訓"止",漢以前文獻多有其例。如:

襄公二十六年《傳》:"(行人子朱)撫劍從之,……(叔向)拂衣從之。人救之。""救"謂制止。

襄公三十一年《傳》:"禮之於政,如熱之有濯也。濯以救熱,何患之有?""救熱"謂止熱(消除暑熱)。

《論語·八佾》:"季氏旅於泰山,子謂冉有曰:'女不能救與?'"何晏《集解》引馬融曰:"救,猶止也。"

《詩·鄭風·溱洧》序:"男女相棄,淫風大行,莫之能救焉。"鄭玄《注》:"救,猶止也。"

《孝經·事君章》:"匡救其惡。"唐玄宗《注》:"匡,正也。救,止也。君有過惡,則正而止之。"

《韓非子·難一》:"且舜救敗,朞年已一過,三年已三過。舜有盡,壽有盡,天下過無已者。以有盡逐無已,所止者寡矣。"前言"救",後言"止",變其文耳。

《淮南子·主術訓》:"譬猶揚堁而弭塵,抱薪以救火也。"《説林訓》:"若披蓑而救火,毁瀆而止水,乃愈益多。""弭"、"救"、

① 《左傳句讀直解》卷二,《續修四庫全書》第118冊,第437頁。

“止”文異而義同。

《申鑒·雜言上》:“先其未然謂之防,發而止之謂之救,行而責之謂之戒。防爲上,救次之,戒爲下。”救亦止也。

《周禮·地官·司救》:“掌萬民之衺惡過失,而誅讓之,以禮防禁而救之。”《墨子·魯問》:“吾恐齊之攻我也,可救乎?”《吳子·圖國》:“禁暴救亂曰義,恃衆以伐曰强。”以上諸例,義皆同。

凡伯弗賓

隱公七年:“初,戎朝于周,發幣于公卿,凡伯弗賓。”

服虔曰:“戎以朝禮及公卿大夫,發陳其幣,凡伯以諸侯爲王卿士,不修賓主之禮敬報於戎。”①楊伯峻曰:“戎朝周王,於周室公卿亦致送財幣。公卿受幣後……應設宴招待,並回致財幣。凡伯爲周室世卿,戎致送禮物,而竟不回報,是不以貴賓之禮待戎,故曰弗賓。弗賓者,不以貴賓待之也。”②

按:賓,敬也。“弗賓”即不敬。《説文·貝部》:“賓,所敬也。”段玉裁《注》:“賓謂所敬之人,因之敬其人亦曰賓。”

莊公十年《傳》:“息嬀將歸,過蔡。蔡侯曰:‘吾姨也。’止而見之,弗賓。”《史記·十二諸侯年表》曰:“息夫人,陳女,過蔡,蔡不禮。”又,《管蔡世家》曰:“息夫人將歸,過蔡,蔡侯不敬。”《傳》曰“弗賓”,《年表》曰“不禮”,《世家》曰“不敬”,其義一也。

《管子·四稱》:“委質爲臣,不賓事左右。”尹知章《注》:“賓,敬也。”《墨子·法儀》:“昔之聖王禹、湯、文、武,兼愛天下之百姓,……天下諸侯皆賓事之。”孫詒讓《閒詁》:“《廣雅·釋詁》云:‘賓,敬也。’”《周禮·地官·鄉大夫》:“以禮禮賓之。”鄭玄《注》引鄭衆云:“賓,敬也。”《大戴禮記·四代》:“楣機賓薦不蒙。”王聘珍《解詁》:“賓,敬也。”《大戴禮記·誥志》:“恤民使仁,日教仁

① 《儀禮·覲禮》賈公彦《疏》引,《十三經注疏》第1091頁。
② 《春秋左傳注》第55頁。

賓也。"《解詁》:"賓,敬也。"《白虎通義·五行》:"蕤者,下也。賓者,敬也。言陽氣上極,陰氣始賓敬之也。"

《漢書·鼂錯傳》:"賓禮長老,愛卹少孤。"《漢書·敘傳上》:"諸所賓禮皆名豪。"陸機《辯亡論上》:"賓禮名賢,而張昭爲之雄。"此數例之"賓禮",爲"禮敬"之義。

君子謂

隱公十年:"君子謂鄭莊公于是乎可謂正矣。以王命討不庭,不貪其土,以勞王爵,正之體也。"

中華書局《春秋左傳詁》以"鄭莊公"以下爲直接引語,《春秋左傳注》則以"于是乎"以下爲引語,皆未允。

按:"君子謂"之"謂",乃"以爲"、"認爲"之意。

《尚書·泰誓中》:"謂己有天命,謂敬不足行,謂祭無益,謂暴無傷。"諸"謂"字皆"認爲"、"以爲"之義。

《左傳》中"謂"訓"以爲"、"認爲"者所在多有。如:隱公十一年:"君謂許不共,故從君討之。"僖公二十四年:"臣謂君之入也,其知之矣。若猶未也,又將及難。"僖公二十八年:"殺士榮,刖鍼莊子,謂甯俞忠而免之。"文公六年:"陽子,成季之屬也,故党於趙氏,且謂趙盾能。"文公十五年:"齊侯侵我西鄙,謂諸侯不能也。"文公十六年:"夫麇與百濮,謂我饑不能師,故伐我也。"成公八年:"謂汶陽之田,敝邑之舊也,而用師於齊,使歸諸敝邑。"襄公七年:"晉侯謂韓無忌仁,使掌公族大夫。"襄公十三年:"吳乘我喪,謂我不能師也。"襄公十四年:"謂我諸戎是四嶽之裔胄也,毋是翦棄。"襄公十八年:"君王其謂午懷安乎!吾以利社稷也。"襄公二十二年:"晉其謂我不共有禮。"襄公二十三年:"謂君甚,而又過之。"襄公三十年:"人謂子産就直助彊。"昭公十二年:"楚子謂成虎若敖之餘也,遂殺之。"昭公二十年:"諸侯不知,其謂我不敬。"又曰:"君所謂可,據亦曰可;君所謂否,據亦曰否。"昭公二十八年:"謂賈辛、司馬烏爲有力於王室,故舉之。謂知徐吾、趙朝、韓固、魏戊,餘子之不失職能守業者也。"哀公十三年:"且謂魯不共,而執其賤者七人,何損焉?”哀公二十三年:“齊人知余旗,其謂余畏而反也。”哀公二十七年:“謂大夫其恤陳乎!”

《左傳》有言“君子謂”者,有言“君子曰”者,二者不盡相同。如:

隱公十一年:“君子謂鄭莊公於是乎有禮。”又曰:“君子謂鄭莊公失政刑矣。”莊公十六年:“君子謂强鉏不能衛其足。”僖公二十八年:“君子謂是盟也信,謂晉於是役也能以德攻。”又曰:“君子謂文公其能刑矣,三罪而民服。”文公二年:“君子謂狼瞫於是乎君子。”宣公二年:“君子謂羊斟非人也。”成公二年:“君子謂華元、樂舉於是乎不臣。”成公十八年:“君子謂晉於是乎有禮。”襄公三年:“君子謂子重於是役也,所獲不如所亡。”又曰:“君子謂祁奚於是能舉善矣。”襄公五年:“君子謂楚共王於是不刑。”襄公十四年:“君子謂子囊忠。”襄公十五年:“君子謂楚於是乎能官人。”襄公二十三年:“君子謂慶氏不義,不可肆也。”襄公三十年:“君子謂宋共姬女而不婦。”昭公四年:“君子謂合左師善守先代,子産善相小國。”昭公五年:“君子謂叔侯於是乎知禮。”昭公十二年:“君子謂子産於是乎知禮。”定公九年:“君子謂子然於是不忠。”

《左傳》稱“君子謂”凡二十有餘,謂皆是“以爲”、“認爲”之義,而解者多以言説之“謂”視之,標點亦多可商榷,故詳論之。

不　庭

隱公十年:“君子謂鄭莊公于是乎可謂正矣。以王命討不庭,不貪其土,以勞王爵,正之體也。”

林堯叟曰:“猶言不趨走於王庭也。”[①]楊伯峻曰:“不庭即不朝。”[②]

按:楊説是也。《説文》:“廷,朝中也。”襄公二十二年《傳》:

① 《左傳句讀直解》卷二,《續修四庫全書》第118册,第440頁。
② 《春秋左傳注》第68頁。

"大國若安定之,其朝夕在庭,何辱命焉?"

《尚書·周官》:"惟周王撫萬邦,巡侯甸,四征弗庭,綏厥兆民。"江灝、錢宗武今古文《尚書全譯》曰:"庭,通廷,朝廷。弗庭,不來朝見。"《管子·明法》:"群臣皆務其黨重臣而忘其主,趨重臣之門而不庭。故《明法》曰:'十至於私人之門,不一至於庭。'"《墨子·尚同中》:"古者國君諸侯之以春秋來朝聘天子之廷,受天子之嚴教,退而治國。"《大戴禮記·五帝德》:"舉干戈以征不享不庭無道之民。"

辱在寡人

隱公十一年:"君與滕君辱在寡人。"

王引之曰:"杜《注》不解'在'字。引之謹案:《爾雅》曰:'在,存也。'存問之也。"①

按:王氏釋"在"爲"存",是也。

《周禮·秋官·大行人》:"王之所以撫邦國諸侯者,歲遍存,三歲遍眺,五歲遍省。"鄭玄《注》:"存、眺、省者,王使臣于諸侯之禮,所謂間問也。"《大戴禮記·朝事》"存"作"在"。

銀雀山出土《孫臏兵法·見威王》:"戰勝,則所以在亡國而繼絕世也。""在亡國",即"存亡國"(此爲存在之義)。

據《周禮》,"存"似爲上問下之禮,非尋常"存問"之義。《左傳》屢言"辱在寡人"、"辱在寡君",皆爲遜辭。

山有木　賓有禮

隱公十一年:"周諺有之曰:'山有木,工則度之;賓有禮,主則擇之。'"

林堯叟曰:"山林有木,工師則度其材之小大而用之;賓客有

① 《經義述聞》卷十七,第399頁。

禮,主人則擇其序之尊卑而行之。”①

按:有,之也。山有木,猶言山之木;賓有禮,猶言賓之禮。

吳昌瑩曰:“有,猶‘於’也,‘之’也。”②《戰國縱横家書·朱己謂魏王》:“秦有葉、昆陽,與舞陽鄰。”《戰國策·魏策三》“有”作“之”,《史記·魏世家》作“秦葉、昆陽,與舞陽鄰”,“有”爲“之”義,確然無疑。

成公十六年《傳》:“國有大任,焉得專之?”言國之重任,不可專也。

《孟子·告子上》:“雖有不同,則地有肥磽,雨露之養,人事之不齊也。”“有”與“之”並舉,而意義相同。

《孟子·盡心上》:“日月有明,容光必照焉。”“有”亦訓“之”。

《吕氏春秋·不苟論·當賞》:“臣有義不兩主,公子免去矣。”謂臣之義不事二主也。

《法言·先知》:“或問爲政有幾。”李軌《注》:“幾,要也。欲知爲政善惡之要。”

周之宗盟

隱公十一年:“周之宗盟,異姓爲後。”

孔穎達曰:“賈逵以宗爲尊,服虔以宗盟爲同宗之盟。”③章太炎曰:“宗指朝宗,與盟二事。朝宗所以尊王,故訓尊也。”④竹添光鴻曰:“宗,尊也,亦主也。……周之宗盟,異姓爲後,謂以王官主諸侯之盟,則先同姓也。”⑤

楊伯峻曰:“宗盟爲並列結構。《周禮·大宗伯》:‘以賓禮親

① 《左傳句讀直解》卷二,《續修四庫全書》第 118 册,第 440 頁。

② 吳昌瑩:《經詞衍釋》卷三,第 55 頁,北京,中華書局 1956 年版。

③ 《十三經注疏》第 1735 頁。

④ 章太炎:《章太炎全集》二《春秋左傳讀》,臺灣,文海出版社 1984 年版第 113 頁。

⑤ 《左傳會箋》第一,第 92 頁。

邦伯,春見曰朝,夏見曰宗,秋見曰覲,冬見曰遇,時見曰會,殷見曰同。'是宗亦會同之名。……則宗盟者,猶言會盟也。"①

按:楊說是也。會盟載書皆先同姓。《周禮·春官·典瑞》曰:"以朝、覲、宗、遇、會、同于王。"若分别而言,則四時之見及會、同名稱各别,混而言之,則朝、覲、宗、遇、會、同皆可相通。

《傳》曰"滕侯、薛侯來朝",又曰"寡人若朝于薛",皆指諸侯會見之事。滕、薛之君至魯,魯爲主人,而滕爲魯之同姓,魯人欲長滕侯,故曰"周之宗盟,異姓爲侯"。謂周之會盟,既分别同姓、異姓而先後之;諸侯至魯,亦當先姬姓。

傅於許

隱公十一年:"秋七月,公會齊侯、鄭伯伐許。庚辰,傅於許。潁考叔取鄭伯之旗蝥弧以先登。"

杜預曰:"傅於許城下。"②楊伯峻曰:"傅,附著也。傅於許,謂大軍薄許城而攻之。"③

按:以"薄"釋"傅"不可謂之誤,然猶失之於泛。傅謂傅城,指攀附攻城。

襄公十九年《傳》:"冬十一月,齊侯圍之,見衛在城上,號之,乃下。……聞師將傅,食高唐人。殖綽、工僂會夜縋納師,醢衛於軍。"

《國語·晉語九》:"令軍吏呼城,儆將攻之,未傅而鼓降。"

《晏子春秋·内篇雜上·景公問東門無澤年穀而對以冰》:"景公伐魯,傅許,得東門無澤。"

《墨子·備城門》言"蟻傅"爲攻城之一法。《備蛾傅》則專言防範蟻傅攻城之法,有云:"蛾傅者,將之忿者也。守爲行臨射

① 《春秋左傳注》第72頁。

② 《十三經注疏》第1736頁。

③ 《春秋左傳注》第73頁。

之,校機藉之,擢之,太汜迫之,燒苔覆之,沙石雨之,然則蛾傳之攻敗矣。”

《孫子·謀攻》曰:“將不勝其忿而蟻附之,殺士三分之一,而城不拔者,此攻之災也。”曹操《注》:“將忿,不待攻器成,而使士卒緣城而上,如蟻之緣牆,必殺傷士卒也。

銀雀山出土《孫臏兵法·擒龐涓》:“於是段齊城、高唐爲兩,直將蟻傅平陵。”①

以上諸例,或言傅,或言傅城,或言蟻傅(蛾傅、蟻附),其義皆同。楊《注》列舉各例,與隱公十一年《傳》不必盡同,所舉襄公九年“聞師將傅”一例,當在襄公十九年,“傅”亦爲傅城之義。

餬其口於四方

隱公十一年:“寡人有弟,不能和協,而使餬其口於四方。”

孔穎達曰:“餬者,以鬻食口之名。”②林堯叟曰:“使叔段寄食於四方之國。”③

按:《方言》卷二:“餬,……寄也。……寄食爲餬。”《說文》:“餬,寄食也。”段玉裁《注》:“《左傳》:‘餬其口於四方。’……引伸之義,《釋言》曰‘餬,饘也’是。”

隱十一年《傳》曰“使餬其口於四方”,與“寄食”之義切合。

《莊子·人間世》:“挫鍼治繲,足以餬口;鼓筴播精,足以食十人。”“餬”與“食”對舉。

《商君書·農戰》:“見言談遊士事君之可以尊身也,商賈之可以富家也,技藝之足以餬口也,民見此三者之便且利也,則必避農。”“餬口”謂養其口,即爲口食之資。

《子華子·北宮子仕》:“北宮子將仕於衛。子華子曰:‘意

① 張震澤:《孫臏兵法校理》,北京,中華書局1984年版,第2頁。

② 《十三經注疏》第1736頁。

③ 《左傳句讀直解》卷二,《續修四庫全書》第118冊,第441頁。

來！子之所以自事其心者，亦嘗有以語我乎！'北宫子曰：'意未得以卒業也，以是樵蘇之弗繼，餬其頤頰於人。'""餬其頤頰於人"，猶言寄食於人。《子華子・晏子問》："削斵數椽，足以自庇；而一簞之食，足以餬口。""簞"爲盛飯之器，"一簞之食"非指"薄粥"可知。

《通鑒・齊紀二》："曷若豫儲倉粟，安而給之，豈不愈於驅督老弱餬口千里之外哉。"就地取食與糊口千里之外相對，"餬口"仍用寄食之義。

昭公七年《傳》云"饘於是，鬻於是，以餬餘口"，言鼎可爲饘，亦可爲鬻，己且依此鼎以食耳。此段《注》所謂引伸之義也。

撫　柔

隱公十一年："吾子其奉許叔以撫柔此民也，吾將使獲也佐吾子。"

楊伯峻曰："柔，和也，安也。撫柔一詞，猶言撫安。"[①]

按："撫"、"柔"平列，皆訓"安"。"撫柔"爲安定之意。

《說文・手部》："撫，安也。"《說文・木部》："柔，木曲直也。"段玉裁《注》："柔之引伸爲凡耎弱之偁，凡撫安之偁。"

無寧茲許公復奉其社稷　無滋他族實偪處此

隱公十一年："若寡人得沒於地，天其以禮悔禍於許，無寧茲許公復奉其社稷，唯我鄭國之有請謁焉，如舊昏媾，其能降以相從也，無滋他族實偪處此，以與我鄭國爭此土也。"

杜預曰："無寧，寧也。茲，此也。"[②]竹添光鴻曰："茲字句絕。無寧茲，猶云何止此。……茲指許東邊。"[③]東條弘曰："'無寧'下

① 《春秋左傳注》第74頁。
② 《十三經注疏》第1736頁。
③ 《左傳會箋》第一，第95頁。

十字句。‘茲’字指許公。”①

楊伯峻曰:“無寧,寧也。無爲發語詞,無義,不可作否定詞看。茲,使也。謂願使許公重執國政。”又曰:“滋,同茲,使也。”②

按:楊說是也。昭公七年《傳》:“無寧以善人爲則,而則人之辟乎?”《論語·子罕》:“且予與其死於臣之手也,無寧死於二三子之手乎?”“無寧”即寧、寧可。“無”爲語助詞,無義。

《論語·八佾》:“與其媚於奥,寧媚於竈。”《八佾》不用“無”字,其義益明。

襄公二十四年《傳》:“毋寧使人謂子‘子實生我’,而謂‘子浚我以生’乎?”襄公二十九年《傳》:“且先君而有知也,毋寧夫人,而焉用老臣?”“毋寧”義同“無寧”,“毋”亦爲語助詞。

王引之曰:“茲者,承上起下之詞。昭元年《左傳》曰:‘勿使有所壅閉湫底以露其體,茲心不爽而昏亂百度。’二十六年《傳》曰:‘單旗、劉狄帥群不弔之人,以行亂于王室。晉爲不道,是攝是贊,思肆其罔極。茲不穀震盪播越,竄在荆蠻。’此兩‘茲’字,皆承上起下之詞,猶今人言致令如此也。……‘茲’字或作‘滋’。……‘滋’亦承上起下之詞。”③

此《傳》大意謂寧使許公復國,亦不願讓他姓逼處於此,以與鄭爭此土地。“無寧茲許公復奉其社稷”與“無滋他族實偪處此”,相對成文,綜而觀之,其義始顯。

唯我鄭國之有請謁焉

隱公十一年:“若寡人得沒於地,天其以禮悔禍於許,無寧茲許公復奉其社稷,唯我鄭國之有請謁焉,如舊昏媾,其能降以相從也,無滋他族實偪處此,以與我鄭國爭此土也。”

---

① 東條弘:《左傳標識》卷一,書籍文物流通會昭和卅八年(1963)版第79頁。

② 《春秋左傳注》第75頁。

③ 《經傳釋詞》卷八,第76頁。

杜預曰:"謁,告也。"[①]竹添光鴻曰:"請謁,玉帛問遺也。"[②]楊伯峻曰:"謁,請也。此語有省略,全句當是唯我鄭國之有請謁而是聽。"[③]

按:"請"、"謁"皆"請求"之意。楊《注》釋"謁"爲"請",是也。然謂《傳》文"語有省略"則未允。

《爾雅·釋言》:"告、謁,請也。"郭璞《注》:"皆求請也。"

"唯我"以下三句,語序顛倒,大意謂:許若能降心以相從,與鄭通婚交好如舊時,此乃我鄭國之所願也。

違言

隱公十一年:"鄭、息有違言,息侯伐鄭。"

杜預曰:"以言語相違恨。"[④]竹添光鴻曰:"有違言者,二國有違忤之言也。舉其言之違忤,而怨恨之情自見。"[⑤]

按:"違言"猶"怨言"。"違"即"恨"、"怨恨"之義。杜預云"以言語相違恨"是也。《廣雅·釋詁上》:"倖、怨、愇,……恨也。"王念孫曰:"愇者,班固《幽通賦》:'違世業之可懷。'曹大家《注》云:'違,恨也。'《漢書·敘傳》作'愇'。《無逸》云:'民否則厥心違怨。'義亦與'愇'同。《邶風·谷風》篇:'中心有違。'《韓詩》云:'違,很也。'很,亦恨也。"[⑥]

《國語·魯語上》:"居官者當事不避難,在位者恤民之患,是以國家無違。"韋昭《注》:"無相違恨者也。"韋《注》以"違恨"釋"違",與杜《注》同。

---

① 《十三經注疏》第 1736 頁。

② 《左傳會箋》第一,第 95 頁。

③ 《春秋左傳注》第 75 頁。

④ 《十三經注疏》第 1737 頁。

⑤ 《左傳會箋》第一,第 100 頁。

⑥ 王念孫:《廣雅疏證》卷四上,南京,江蘇古籍出版社 1984 年版,第 119 頁。

《楚辭·九章·懷沙》:"懲違改忿兮,抑心而自強。""懲違"爲止息怨恨之意。

《尚書·無逸》:"民否則厥心違怨,否則厥口詛祝。""違怨"爲同義複詞。

大宰

隱公十一年:"羽父請殺桓公,將以求大宰。"

杜預曰:"大宰,官名。"①孔穎達曰:"魯之三卿,無大宰也。羽父名見於經,已是卿矣,而復求大宰,蓋欲令魯特置此官以榮已耳。以後更無大宰,知魯竟不立之。"②

按:據《左傳》,吳、楚、宋、魯、鄭諸國皆有大宰,《禮記·檀弓下》陳有大宰嚭,金文有《齊大宰歸父盤》,又《𩁹鎛》以大宰與大史、大徒並稱,是齊亦有大宰之證也。杜預謂大宰爲官名,當有所據。

魯有"左宰",衛有"右宰",亦皆見於《傳》。襄公二十三年《傳》:"公鉏氏富,又出爲公左宰。"隱公四年衛有右宰醜,襄公十四年則有右宰穀。

宋有左師、右師,屢見於《傳》,昭公二十五年《傳》魯有左師展,楚有大師,文公六年晉有"大師賈佗"。

楚有左尹、右尹,又有令尹,而據哀公二十六年《傳》,宋有"大尹"。

左宰、右宰之於大宰,蓋猶左師、右師之于大師,左尹、右尹之于令尹、大尹,其地位,則隨時低昂,且各國不必盡同。

《史記·十二諸侯年表》:"大夫翬請殺桓公,求爲相。"《魯周公世家》:"吾請爲君殺子允,君以我爲相。"知羽父所求者,乃執政之卿也。

① 《十三經注疏》第1737頁。
② 《十三經注疏》第1737頁。

全祖望曰:“是時侯國雖置太宰,然執政終以司徒。……蓋司徒以下三卿是王官,故雖有太宰,而終處其下,即楚之令尹、司馬亦在太宰之上,故春秋侯國之太宰,非執政也。”[①]大宰執政與否,似不可一概而論。

① 全祖望:《經史問答》四,南京,鳳凰出版社2005影印本《清經解》貳,第2397頁。

阮刻本《儀禮注疏》勘誤

方向東

摘要：本文以阮刻本《儀禮注疏》爲底本，用王輝先生整理本、《四庫》本《儀禮注疏》及秦蕙田《五禮通考》等進行校勘，提出校議若干條，供學界討論與參考。

關鍵詞：《儀禮注疏》　整理本　四庫本　《五禮通考》　校勘

《十三經》是儒家的重要典籍，影響中國文化達數千年之久。阮元組織校刻的《十三經注疏》，對經學的貢獻非常之大，就版本而言，實爲善本，廣惠士林。然因部頭浩大，時間倉促，難免存在美中不足。

2008 年 12 月，上海古籍出版社出版了王輝先生以張敦仁本《儀禮注疏》爲底本的新整理本（下簡稱"整理本"），整理本在阮刻本《儀禮注疏》所用的 12 種版本的基礎上，覆核了 4 種，增校了 2 種，並利用和吸收了近年出土的考古資料和新研究成果，使《儀禮注疏》進一步得到完善。筆者近年在整理清代秦蕙田《五禮通考》的過程中，常常發現文淵閣《四庫》本、阮刻本、張敦仁本《儀禮注疏》和《五禮通考》存在一些差異。今按照阮刻本《儀禮注疏》的篇目次序，就各本之間存在的差異提出校議，供學界商討和參考。

《儀禮·士冠禮》：

1. 主人玄冠，朝服，緇帶，素韠，即位于門東，西面。疏：釋曰：此主人將欲謀日之時，先服，即位於禰廟門外東，西而立，以待筮事也。（945 頁下欄）

向東案："西而立"，"而"乃"面"之形誤。整理本、《四庫》本及《五禮通考》卷148作“西面立”,是。北大標點本(6頁)因阮刻本之誤,標點爲“即位於禰廟門外,東西而立”,尤誤。整理本(6頁)不誤。

2. 設洗直于東榮。注:榮,屋翼也。周制,自卿大夫以下,其室皆爲夏屋。疏:屋翼,即今之博風。(948頁上欄)

向東案:博風,阮刻本校勘記云:“陳本、《通解》、《要義》俱作‘博’。一本改作‘摶’。按:衛氏《禮記集說》、《鄉飲酒義》引此正作‘摶’。”北大標點本“摶”誤排作“搏”。《四庫》本作“摶風”,《五禮通考》卷61作“摶風”,當從。方以智《通雅》云:“夏屋,屋兩下也。屋翼一名摶風,一名兩徘徊。”屋翼即飛檐。

《儀禮·士昏禮》:

3. 賓降,出。主人降,授老鴈。注:老,群吏之尊者。疏:大夫家臣稱老,是以喪服、公士大夫以貴臣爲室老。(962頁上欄)

向東案:注文“群吏”下,《五禮通考》卷152有“中”字,疏文“公士大夫”之“士”作“食”,“公食大夫”是《儀禮》的篇名,阮刻本因同音而誤。北大標點本(63頁)未加書名號。整理本(92頁)亦作“士”,未加書名號,并在“公士”與“大夫”之間加頓號,甚誤。

《儀禮·鄉飲酒禮》:

4. 鄉飲酒之禮。主人就先生而謀賓、介。注:今郡國十月行此飲酒禮,以黨正每歲“邦索鬼神而祭祀,則以禮屬民而飲酒于序,以正治謂”之說,然此篇無正齒位之事焉。(980頁上欄)

向東案:“治謂”,整理本、《四庫》本及《五禮通考》卷167皆作“齒位”,阮刻本誤。北大標點本(127頁)據明刻徐氏仿宋刊本《儀禮》單注本及《周禮·黨正》改。

《儀禮·鄉射禮》:

5. 主人阼階之東,南面辭洗。賓坐,奠爵于篚,興,對。主人反位。注:反位,從降之位也。(994頁中欄)

向東案:注文“從”上,《五禮通考》卷162有“反”字,當從。整理本、《四庫》本皆無。

6. 君射,則爲下射。上射退于物一笴,既發,則答君而俟。

注:答,對也。(1012 頁中欄)

向東案:注文"答"上,《五禮通考》卷 162 有"退于物一笴,不敢與君併也"十一字。整理本、《四庫》本皆無。

《儀禮·燕禮》:

7. 主人坐祭,遂飲。賓辭。卒爵,拜。賓答拜。注:辭者,辭其代君爲酒,不立飲也。此降於正主酬也。(1017 頁中欄)

向東案:"爲",整理本、《四庫》本及《五禮通考》卷 157 皆作"行"。阮刻本誤。疏文引注文正作"行"。

8. 祝史、小臣師亦就其位而薦之。注:次士獻之已,不變位……位自在東方。疏:上設位之時,祝史在門,其小臣在東堂下,是先在東方也。(1022 頁下欄)

向東案:疏文"其"字,整理本、《四庫》本及《五禮通考》卷 157 皆作"東",阮刻本誤。

9. 記:上射退於物一笴。既發,則答君而俟。注:答,對。(1025 頁中欄)

向東案:阮刻本校勘記云:"答對,徐本、《集釋》俱有此注,《通解》無,毛本並脫。"注文"答對"下,《五禮通考》卷 157 有"也"字,並有"面鄉君也"四字。整理本、《四庫》本皆無。

《儀禮·大射》:

10. 樂人宿縣於阼階東,笙磬西面,其南笙鐘,其南鑮,皆南陳。建鼓在阼階西,南鼓。應鼙在其東,南鼓。注:南鼓,謂所伐面也。應鼙,應朔鼙也,先擊朔鼙,應之。鼙,小鼓也。在東,便其先擊小後擊大也。鼓不在東縣南,爲君也。(1028 頁下欄)

向東案:"應之"上,《四庫》本及《五禮通考》卷 161 有"應鼙"二字。阮校云:"徐本同,毛本'應'上有'應鼙'二字,《通解》、楊、敖俱有。"案下文賈疏釋注文"奏樂先擊西鼙,樂爲賓所由來也"云:"解先擊朔鼙之意,賓向外來,位在西,其樂主爲樂賓,故先擊朔鼙應鼙應之也。"有"應鼙"二字,唯毛本無,則當以有爲是。阮刻本《校勘記》云此與上節注文互誤,亦非。

11. 厥明,司宮尊於東楹之西,兩方壺,膳尊兩甒在南,有豐。

冪用錫若絺,綴諸箭,盖冪,如勺,又反之。皆玄尊。酒在北。(1029 頁中欄)

向東案:“如”,整理本、《四庫》本及《五禮通考》卷 161 皆作“加”,阮刻本形近而誤。

12. 獲者右執爵,右祭薦俎,二手祭酒。(1041 頁上欄)

向東案:上“右”字,阮刻本《校勘記》云,毛本作“右”。整理本作“左”,其《校記》云,武威簡甲本、唐石經、黄刊嚴州本、徐本皆同。四庫本及《五禮通考》卷 161 皆作“左”,阮刻本誤。

13. 司正命執爵者爵辯,卒受者興以酬士。大夫卒受者以爵興,西階上酬士。士升。大夫奠爵拜,受答拜。(1043 頁中欄)

向東案:“受答拜”之“受”,整理本、《四庫》本及《五禮通考》卷 161 作“士”,阮刻本誤。

14. 無算爵。注:算,數也。爵行無次數,唯意所勸,醉而止。(1043 頁下欄)

向東案:勸,整理本同。《五禮通考》卷 161 作“歡”,當從。下文“無算樂”鄭注云“升歌、間、合無次數,唯意所樂”,樂與歡同義,作“歡”是。下文“受賜者興,授執散爵者。執散爵者乃酌行之。注:與其所勸者”,與此同。

《儀禮 · 聘禮》:

15. 宰執書,告備具于君,授使者,使者受書,授上介。注:史展幣畢,以書還授宰,宰既告備,以授使者。其受授皆北面。疏:云“其受授皆北面”者,當宰以書授使者之時,宰來至使者之東,北面授使者,使者北面授介,三者皆北面,向召故也。(1046 頁下欄)

向東案:疏文“召”字誤,整理本、《四庫》本及《五禮通考》卷 60 皆作“君”,當從。

16. 公辭,賓退。注:辭其拜也。退,還館裝駕,爲且將發也。(1067 頁中欄)

向東案:注文“且”爲“旦”之形誤。整理本、《四庫》本及《五禮通考》卷 60、張爾岐《儀禮鄭注句讀》皆作“旦”。疏文云“以明旦將發,故裝束駕乘”,亦可證。

《儀禮·覲禮》:

17. 祭天,燔柴,祭山、丘陵,升。祭川,沈。祭地,瘞。疏:《王制》曰:“王巡守,至於岱宗,柴。”彼注以爲告至。案祀典“歲二月東巡守,至於岱宗,柴”。注爲考績燔燎柴,此又爲祭日柴,不同者,但巡守至岱宗之下,有此三種之柴,告至訖,别有考績,皆正祭之神,别有祭日,以爲方明之主。《尚書》與《王制》并此文,唯有柴之文。故注不同,互見爲義,明皆有。(1094 頁上欄)

向東案:“案祀”,阮刻本《校勘記》云:“按段玉裁校本作‘堯典’。”(1095 頁下欄)整理本(850 頁)云今按引文見今本《尚書·舜典》。《四庫》本及《五禮通考》卷 222 作“案舜典”。阮刻本誤。

《儀禮·喪服》:

18. 傳曰:何以期也? 妾不得體君,得爲其父母遂也。注:禮,妾從女君而服其黨服,是嫌不自服其父母,故以明之。疏:云“是嫌不自服其父母,故以明之”者,鄭既以鄭爲誤,故自解之。(1110 頁上欄)

向東案:疏文下一“鄭”字,《四庫》本、整理本及《五禮通考》卷 256 皆作“傳”,阮刻本誤。

19. 庶子。注:男女皆是。“下殤小功”章曰爲姪庶孫,丈夫婦人同。(1112 頁中欄)

向東案:“庶子”,疏引作“庶孫”,整理本、《四庫》本及《五禮通考》卷 256 皆作“庶孫”,阮刻本誤。

20. 公之庶昆弟、大夫之庶子,爲母妻昆弟。注:公之庶昆弟,則父卒也。大夫之庶子,則父在也。其或爲母,謂妾子也。疏:云“其或爲母,謂妾子也”者,以其爲妻、昆弟其禮並同,又於適妻,皆大夫自不降,其子皆得伸,今在大功,明妾子自爲己母也。(1114 頁下欄)

向東案:疏文“皆大夫自不降”,“皆”當作“君”。整理本、《四庫》本及《五禮通考》皆作“君”。阮刻本未出校。

21. 傳曰:繐衰者何? 以小功之繐也。注:治其縷如小功,而成布尊四升半。細其縷者,以恩輕也,升數少者,以服至也。凡布細而疏者謂之繐,今南陽有鄧繐。　疏:問者,正問縷之粗細,不問升數多少,故答云"小功之繐也"。諸侯之大夫于天子爲陪臣,是恩輕,諸侯爲天子服至尊,義服斬,縷加三升半,陪臣降君,改服至尊,加一升,四升半也。(1116 頁上欄)

向東案:"布"下"尊"字,張爾岐認爲上文"尊"字當移至下文"至"字下,是。阮刻本《校勘記》云,毛本上文無"尊"字,下文有"尊"字。《四庫》本及《五禮通考》卷 256 與毛本同。

《儀禮·士喪禮》:

22. 受用篋,升自阼階,以衣尸。注:受者,受之于庭也。復者,其一人招,則受衣亦一人也。人君則司服受之,衣尸者覆之,若得魂反之。疏:此服衣浴而去之,不用襲斂。(1129 頁上欄)

向東案:經文"篋",《四庫》本及《五禮通考》卷 260 皆作"篚"。疏文"服",整理本、《四庫》本及《五禮通考》卷 260 皆作"復",疏文引《喪大記》"始死,遷尸於牀,幠用斂衾,去死衣",鄭注云:"死衣,病時所加新衣及復衣也。"此"復衣"即鄭注所云"復衣",阮刻本誤。

23. 楔齒用角柶。綴足用燕几。疏:《周禮·天官·玉府》:"大喪共舍玉,復衣裳,角枕、角柶。"則自天子以下至于士,其禮同。(1129 頁上欄)

向東案:疏文"舍"當作"含",整理本、《四庫》本及《五禮通考》卷 260 皆作"含","舍",乃"含"形近之誤。

24. 布巾,環幅,不鑿。注:環幅,廣袤等也。不鑿者,士之子親含,及其巾而已。大夫以上,賓爲之含,當口鑿之,嫌有惡。疏:此爲飯含而設,所以覆死者。而云"廣袤等也"者,布幅二尺二寸,鄭計布廣狹例,除邊幅二寸,以二尺爲率,則此廣袤等亦二尺也。(1130 頁下欄)

向東案:注文"及",整理本同,《四庫》本及《五禮通考》卷 260 皆作"反",當從。疏文"云"上"而"字乃"面"之形誤。整理本、《四庫》本及《五禮通考》皆作"面"。《四庫》本"云"上有"注釋曰"

三字,《五禮通考》引至"面"字爲止。

25. 爵弁服,純衣。注:謂生時爵弁之服也。(1131 頁上欄)

向東案:阮校云:"毛本'弁'下有'所衣'二字,徐本、《通典》、《集釋》俱無,與疏合。《通解》、楊氏俱有。按《釋文》'所衣'注云'下所衣同',是爲此節注音也。"整理本亦無,《四庫》本及《五禮通考》卷 260 皆有。此"所衣"与下文"皮弁服"、注文"皮弁所衣之服"正相應,阮刻本誤。

26. 沐巾一,浴巾二,皆用綌,於笲。注:巾所以拭汗垢。(1131 頁下欄)

向東案:阮刻本《校勘記》云:"汗,徐、陳、葛本、《通典》、《集釋》、楊氏俱作'汚'。"《四庫》本作"汗",《五禮通考》卷 260 作"汚",整理本作"汙"。"汗"乃"汙"之形誤。

27. 乃襲三稱。注:遷尸於襲上而衣之。凡衣死者,左衽,不紐。疏:云"凡衣死者,左衽,不組"者,案《喪大記》云:"大斂、小斂,祭服不倒,皆左衽,結絞不紐。"(1134 頁中—下欄)

向東案:疏引注文"組"爲"紐"之形誤。整理本、《四庫》本及《五禮通考》卷 260 皆作"紐"。

28. 婦人之帶,牡麻結本,在房。注:婦人亦有苴絰,但言帶者,記其異。此齊衰婦人,斬衰,婦人亦苴絰也。(1136 頁上欄)

向東案:注文下"亦"字下,阮刻本謂此處無"有"字。《校勘記》云:"'亦'下監本衍'有'字。"按鄭注,"婦人亦有苴絰"指齊衰婦人,斬衰婦人亦有苴絰。"有"字當有。《四庫》本及《五禮通考》卷 260 皆有,整理本無。

29. 乃奠。舉者盥,右執匕,郤之;左執俎,横攝之,入,阼階前西面錯,錯俎北面。注:舉者盥,出門舉鼎者,右人以右手執匕,左人以左手執俎,因其便也。(1137 頁上欄)

向東案:注文"左手",阮刻本作"左乎","乎"乃"手"之形誤,阮刻本未出校。北大標點本(693 頁)徑改。整理本、《四庫》本及《五禮通考》卷 256 皆作"手"。

30. 布廣如初。(1140 頁上欄)

向東案:"廣",疏文引作"席",阮刻本誤。整理本、《四庫》本及《五禮通考》卷 260 皆作"席"。

31. 其設于室,豆錯,俎錯,腊特。黍稷當籩位。敦啟會,郤諸其南。醴酒位如初。注:常籩位,俎南黍,黍東稷。會,盖也。疏:知"當籩位,俎南黍,黍東稷"者,依特牲所設爲之也。(1142頁下欄)

向東案:阮刻本《校勘記》云:"常籩位,嚴本同。毛本'常'作'當'。張氏曰:'監本常作當,從監本。'"據疏文引作"當",是。《四庫》本及《五禮通考》卷 260 皆作"當"。

《儀禮·既夕禮》:

32. 其實:羊左胖。注:反吉祭也。言左胖者,體不殊骨也。疏:云"反吉祭也"者,以其特牲、少牢吉祭皆升右胖,此云左胖,故云"反吉祭也"。(1153 頁中欄)

向東案:疏文"此云"之"云",整理本、《四庫》本及《五禮通考》卷 261 皆作"用",當從。

33. 記:御者四人,皆坐持體。(1158 頁上欄)

向東案:《四庫》本及《五禮通考》卷 261 此經文下有經文"男女改服",并有鄭注:"爲賓客來問病亦朝服,主人深衣。"阮刻本無,未出校,整理本亦無。

34. 弓矢之新,沽功。注:設之宜新,沽示不用。疏:沽謂麤爲之。(1164 頁中欄)

向東案:疏文《五禮通考》卷 261 有"弓矢謂入壙用器舉弓矢,以例餘者"以下二句,阮刻本無,《儀禮經傳通解》亦無。

《儀禮·士虞禮》:

35. 佐食取黍稷肺祭授尸,尸祭之。祭奠,祝祝。主人拜如初。尸嘗醴,奠之。注:如初,亦祝祝卒,乃再拜稽首。疏:云"如初,亦祝祝卒,乃再拜稽首"者,亦如上文迎尸前祝祝卒乃再拜稽首也。(1169 頁上欄)

向東案:《五禮通考》卷 262 引疏文有"其祝辭即下記云'哀子某圭爲而哀薦之饗'",阮刻本無此疏文。

36. 三飯,佐食舉幹,尸受,振祭,嚌之,實於篚。注:飯間啗肉,安食氣。(1169 頁上欄)

向東案:注文"間",阮刻本作"門",《校勘記》云:"毛本'門'作'間'。張氏曰:'監、巾箱、杭本間作門,從諸本。"從諸本誤,下文疏文引皆作"間",云"又在三飯之間,故云飯間啗肉安食氣。"可證。《四庫》本作"間"。又,《五禮通考》卷 262 有疏文"幹,脅也",阮刻本無此疏文。

37. 賓長以肝從,實于俎,縮,右鹽。注:縮,從也,從實肝炙於俎也,喪祭進柢。右鹽於俎,近北,便尸取之也。縮執俎,言右鹽,則肝鹽併也。疏:柢,本也,謂肝之本頭。(1169 頁中欄)

向東案:注文"縮,從也,從實肝炙於俎也",下"從"字,阮刻本《校勘記》云:"《通解》、敖氏俱作'縮'。"《朱子全書》作"縮",皆誤。北大標點本(808 頁)在"從"字下加逗號,《朱子全書》在"縮"字下加逗號,亦皆誤。"從實肝炙於俎也"乃解釋"縮"。"從"即"縱",指把肝炙縱向擺放在俎上,并不是說"從"是把肝炙擺放在俎上。下文疏文解釋"縮執俎,言右鹽,則肝鹽併也"云:"謂俎既縮執則狹肝,鹽不容相遠,是執俎人右畔有鹽,左畔有肝,故云'併'也。"由於俎由賓長縱向而執,所以肝亦當縱向放在俎上。

38. 祝反,入徹,設於西北隅,如其設也。几在南,厞用席。疏:特牲改饌几在南,與此同。示向吉有漸,故與吉祭同。(1170 頁上欄)

向東案:疏文"示",整理本、《四庫》本、《通解》及《五禮通考》卷 262 同,阮刻本作"是",同音而誤。

39. 升腊左胖,髀不升,實于下鼎。注:腊七亦體牲之類。(1170 頁下欄)

向東案:注文"七亦",整理本、《四庫》本及《五禮通考》卷 262 皆作"亦七",與疏文相應,當標點爲"腊亦七體,牲之類"。

40. 祝從,啟牖鄉,如初。主人哭,出復位。注:堂上位也。(1174 頁上欄)

向東案:《五禮通考》卷 262 有疏文"仍前户外東面",阮刻本無此疏文。

41. 主婦洗足爵，亞獻，如主人儀，婦人踊如初。（1175 頁上欄）

向東案："婦人"，整理本、《四庫》本及《五禮通考》卷 262 作"無從"二字。《五禮通考》並引郝氏敬曰："無從，無籩豆從薦也。"引盛氏世佐曰："餞尸之禮，主人既不以肝從獻，則主婦之不以燔從可知，不待言也。此云'無從'者，指籩而言，上經自反兩籩棗栗，設于會南，是也，以其繼爵而進，亦得云從，并此而無之，禮尤殺也。"可見諸家所見皆作"無從"。

《儀禮·特牲饋食禮》：

42. 主人出，立於戶外，西南。（1190 頁下欄）

向東案：阮刻本《校勘記》云："南，《集釋》、敖氏俱作'面'。張氏曰：'下文有云"上養答拜，受爵，降，實於篚。主人出，立於戶外，西面"，此"南"字亦當爲"面"，從下文，'按唐石經亦作'南'，張氏以意改爲'面'，而李氏、敖氏從之。"整理本作"面"，王輝（1435 頁）云：汪文臺《識語》云《詩·楚茨》疏引作"面"，是。今按武威簡亦作"面"，沈文倬《異文釋》云張氏意改而偶中。《四庫》本及《五禮通考》卷 110 皆作"面"。作"面"是，阮刻本誤。

《儀禮·少牢饋食禮》：

43. 前宿一日，宿戒尸。注：皆肅諸官之日，又先肅尸者，重所用爲尸者，又爲將筮。（1196 頁下欄）

向東案：《五禮通考》卷 110 注文"皆"作"前"，是。疏文云："解經宿是肅諸官之日，云'又先肅尸'者，總解經'前宿一日，宿戒尸'，謂是肅諸官之日前又先肅尸，校'一日'當祭前二日也。"作"皆"義不通，阮刻本誤。又北大標點本（902 頁）疏文"校一日"連上文"又先肅尸"讀，誤。整理本（1449 頁）不誤。

44. 上佐食羞兩鉶，……尸扱以柶，祭羊鉶，遂以祭豕鉶，嘗羊鉶。注：芼，菜也。羊用苦，豕用薇，皆有酒。（1201 頁下欄）

向東案：注文"酒"當作"滑"，整理本、《四庫》本及《五禮通考》卷 110 皆作"滑"，阮刻本誤。

45. 尸左執爵,右兼取肝,擩于俎鹽,振祭,嚌之,加于菹豆,卒爵。主人拜,受尸爵,尸答拜。(1202頁中欄)

向東案:"受尸爵"上,整理本、《四庫》本及《五禮通考》卷110皆有"祝"字,當從。如無"祝"字,則會誤解爲主人受尸爵。

46. 佐食設俎,牢髀,横脊一、短脅一、腸一、胃一、膚三、魚一,横之,腊兩髀屬於尻。注:魚横者,四物共俎,殊之也。疏:云"魚横者,四物共俎,殊之也"者,魚猶在俎,縮載,今横者,爲四物共俎,横而殊之也。縮其七物而云四物者,據羊、豕、魚、腊也。(1203頁上欄)

向東案:疏文"魚"下之"猶"字,《四庫》本及《五禮通考》卷110皆作"獨",當從。"猶"爲"獨"之形誤。"縮其七物",阮刻本《校勘記》云毛本"其"作"有",《四庫》本及《五禮通考》皆作"有",當從。

47. 祝反,復位于室中。主人亦入于室,復位。祝命佐食徹肵俎,降設于堂下阼階南。注:徹肵俎不出門,将儐尸也。肵俎而以儐尸者,其本爲不反魚肉耳。不云尸俎,末歸尸。(1203頁下欄)

向東案:注文"末"當作"未",整理本、《四庫》本及《五禮通考》卷110皆作"未",阮刻本形近而誤。

48. 主人西面,三拜篹者。篹者奠舉於俎,皆答拜,皆反,取舉。注:三拜,旅之,示徧也。言反者,拜時或去其席,在東面席者,東面拜,在西面席者,皆南面拜。(1204頁上欄)

向東案:注文"去其席"之"去",整理本、《四庫》本皆作"去"。《五禮通考》卷110作"反",是。反其席,指返回席上取舉。去席,於禮不合,阮刻本誤。

《儀禮·有司徹》:

49. 主人降,洗,尸、侑降。尸辭洗,主人對。卒洗,揖,主人升,尸侑升,尸西楹西北面拜洗,主人東楹東北面奠爵,答拜。降盥,尸、侑降,主人辭,尸對。注:降盥者,爲上汚手,不可酌。(1207頁中欄)

向東案:注文"上",阮刻本《校勘記》云:"徐、陳、《集釋》、《通解》、楊氏、毛本俱誤作'士'。"整理本作"土",整理本(1511 頁)《校勘記》云黃刊嚴州本、徐本同,阮校與徐本不合。《四庫》本及《五禮通考》卷 110、張爾岐《儀禮鄭注句讀》皆作"土",阮刻本誤。

50. 尸降筵,受主婦爵以降。注:將酢主婦。疏:自此盡"皆就筵",論尸酢主婦之事。此科內從酢有三。三者,主婦受酢時,婦贊者設豆籩,一也;司馬設羊俎,二也;次賓羞羊燔,主婦卒爵,三也。以其婦受從與侑同三,主人受從與尸同五,尊卑差也。(1210 頁中欄)

向東案:疏文"科",《五禮通考》卷 112 作"節",當從。

51. 主人降洗,升,獻私人于阼階上。拜于下,升受,主人荅其長拜。乃降,坐祭,立飲,不拜既爵。若是以辯。宰夫贊主人酌。主人於其群私人不荅拜。其位繼兄弟之南,亦北上,亦有薦脀。注:凡獻位定。疏:云"凡獻位定",則是凡獻以前非定位也。(1214 頁下欄)

向東案:疏文"凡獻以前",整理本同。《四庫》本及《五禮通考》卷 112 皆作"未獻以前",當從。

52. 坐奠爵,拜,主人荅拜。不祭,立飲,卒爵,不拜既爵。酬,就于阼階上酬主人。(1215 頁上欄)

向東案:上"酬"字,整理本、《四庫》本及《五禮通考》卷 112 皆作"酌",阮刻本涉下"酬"字而誤。

53. 洗,升酌,降,北面立于阼階南,長在左。坐奠爵,拜,執爵以興,長荅拜。注:長在左,辟主人。疏:凡獻酬之法,主人常左人,若北面,則主人在東。今長兄弟北面,云"長在左",則在西,故辟主人也。(1215 頁中欄)

向東案:獻酬之法,《五禮通考》卷 112 作"獻酬之位",當從。

54. 賓長獻于尸,如初,無湇,爵不止。疏:云"爵不止"者,上賓獻尸時亦止爵,待獻堂下畢,乃舉觶。今尸不止爵即飲,故云爵不止。(1215 頁中欄)

向東案:疏文"亦止爵"之"止",阮刻本《校勘記》云:"《要義》

同,毛本'止'作'於',陳本、《通解》俱誤作'並'。"《四庫》本及《五禮通考》卷112皆作"奠",當從。上文賓獻尸言奠爵,未言止爵。

55. 賓長洗爵,獻于尸。尸拜受,賓户西北面答拜,爵止。注:尸上爵者,以三獻禮成,欲神惠之均於室中,是以奠而待之。疏:自此盡"庶羞在左",論賓長獻尸祝佐食并致爵之事。此一節之内,凡有十爵:獻尸,一也;主婦致爵於主人,二也;主人酢主婦,三也;尸作止爵,飲訖酢賓長,四也;賓獻長,五也;又獻上佐食,六也;又獻下佐食,七也;賓致爵於主人,八也;又致爵于主婦,九也;賓受主人酢,十也。(1217頁上欄)

向東案:注文"尸上爵"之"上",整理本、《四庫》本及《五禮通考》卷112皆作"止",是,阮刻本形近而誤。"待",《五禮通考》作"侍",當從。疏文"賓獻長,五也",整理本、《四庫》本及《五禮通考》卷112皆作"賓獻祝,五也",是。

參考文獻:

[1]《儀禮注疏》,十三經注疏本,中華書局影印,1980年10月版。

[2]《儀禮注疏》,十三經注疏標點本,北京大學出版社,1999年12月版。

[3]《儀禮注疏》,十三經注疏本,王輝整理,上海古籍出版社,2008年12月版。

[4]《儀禮注疏》,文淵閣《四庫全書》影印本,上海古籍出版社,1987年8月版。

[5]張爾岐《儀禮鄭注句讀》,同治十三年湖南書局刊本。

[6]秦蕙田《五禮通考》,文淵閣《四庫全書》影印本,上海古籍出版社,1987年8月版。

[7]《朱子全書》,上海古籍出版社、安徽教育出版社,2002年12月版。

《五禮通考》徵引《二十四史》考異[①]

王　鍔

摘要:清秦蕙田《五禮通考》二百六十二卷,是在錢大昕、戴震、方觀承等人襄助下,歷時三十八年,於乾隆二十六年(1761)編纂完成。全書大量抄録《二十四史》中"禮志"、"樂志"之原文,按吉、嘉、賓、軍、凶五禮次序,分類編排,後加案語,考察中國古代禮儀制度演變的歷史,字數多達五百二十餘萬言。文章利用文淵閣《四庫全書》本《五禮通考》,就《五禮通考》徵引《二十四史》者,與中華書局標點本《二十四史》一一參校,發現《五禮通考》可訂補中華本《二十四史》之訛誤缺漏者甚夥。現摘出百餘條,分可補苴今本之缺漏者、可訂正今本之訛誤者、爲甄别今本《校勘記》提供依據者、契丹族蒙古族官名和人名漢譯不一致者四類,條舉如下,以見《五禮通考》之文獻學價值。

關鍵詞:秦蕙田　《五禮通考》　《二十四史》　校勘學

秦蕙田(1702—1764),字樹峰,號味經,卒謚文恭,江蘇無錫人。乾隆元年(1736)一甲三名進士,官至刑部尚書,加太子太保。通經能文,尤精《三禮》,著《五禮通考》二百六十二卷(下簡稱《通考》)等。

秦氏因杜佑《通典》、馬端臨《文獻通考》、陳祥道《禮書》、朱熹《儀禮經傳通解》、徐乾學《讀禮通考》等書考察歷代禮制,雖有薈萃折衷之功,然或詳於名物,略於傳注;或未能窮端竟委,詳說反約;或未及成書,屬草未就,故依《通典》五禮,次第編輯成《通

① 原文刊發於《國學研究》第22卷,并被《點校本"二十四史"及〈清史稿〉修訂工程簡報》第19期轉載;《〈五禮通考〉徵引〈二十四史〉考異(續)》刊發於《點校本"二十四史"及〈清史稿〉修訂工程簡報》第24期。今將二文合併,並略作修改,以《〈五禮通考〉徵引〈二十四史〉考異》爲題刊發,特此說明。

考》一書。《通考》開始于雍正二年(1724),歷時三十八年,在方觀承、錢大昕等人襄助下,於乾隆二十六年(1761)完成。該書前有《卷首》四卷,考查禮經著作源流和歷代禮制沿革。全書分吉禮、嘉禮、賓禮、軍禮、凶禮五大類,每類又細分若干小類,每類先摘引經傳注疏中有關禮制記載,次徵引唐宋以來專家之考論,一事一義,輒集百氏之說,並詳加案斷,考辨是非;後依次剪裁過録《二十四史》中本紀、列傳、志以及《通典》、《通志》、《文獻通考》等書之記載,梳理禮制沿革,辨析源流,匯成一部囊括先秦至明代所有禮制資料之大典。又,全書加案語近五千條,考察中國古代禮儀制度演變的歷史,爲後人研習禮學,提供了極大的方便。

清顧棟高於乾隆十七年(1752)爲此書作序曰:"今讀秦公書,恍然如其意所欲出,綱舉而目張,州次而部居,折衷百氏,剖析同異,復舉兩漢以來至前明,凡'郊祀'、'禮樂'、'輿服'諸志及'紀'、'傳'之關於五禮者,悉以類相附,詳歷代之因革,存古今之同。然蓋舉《二十二史》,悉貫以《周官》、《儀禮》之書,細大不遺,體要備舉。余謂是書如女媧之補天,視王通之續經,束皙之補亡,其大小純雜,殆不可以里道計。至是而成周之禮,始燦然大明於世。"清蔣汾功於乾隆十八年(1753)作序曰:"積數十年博觀閎覽之資,用以搜擇融洽,折諸儒之異同而求其是,將使後之考禮者,恍然如日再中,不至若扣槃捫燭也。"《四庫提要》亦曰:《通考》"考證經史,原原本本,具有經緯,非剽竊餖飣、掛一漏萬者可比。較陳祥道所作,過之遠矣"。這些評價,可謂的當。

《通考》完成以后不久,便刊刻印行,目前所知版本有清乾隆年間秦氏味經窩刻本、《四庫全書》本、清光緒江蘇書局刻本、清光緒湖南新化三味堂刻本和復旦大學圖書館藏清抄本五種。

秦氏在纂集《通考》時,所用《十三經注疏》、《二十四史》等書之版本,雖未標明,但均是其家舊藏善本。蔣汾功《序》謂"素知其家多藏書,凡禮經疏義,外間絶少刋本,而皮貯緘題者數十笥。”筆者利用文淵閣《四庫全書》本[①]《通考》,就《通考》徵引《二十四史》者,與中華書局點校本《二十四史》一一參校,發現《通考》可補正今傳本《二十四史》之訛誤缺漏者甚夥。然點校本在整理過程中,除《金史》參校了《通考》所徵引者外,其餘均未能參校。現摘出百餘條,分可補苴今本之缺漏者、可訂正今本之訛誤者、爲甄別點校本《校勘記》提供依據者、契丹族蒙古族官名和人名漢譯不一致者四類,條舉如下,以見《通考》之文獻學價值。

一、可補苴今本之缺漏者

1.《史記·封禪書》:“秦並天下,而雍有日、月、參、辰。”《索隱》曰:“《漢舊儀》云:‘祭參、辰於池陽穀口,夾道左右爲壇也。’”[②]

案:《通考》卷三五引《索隱》,在“壇也”後,多“雍地名也”四字,文淵閣《四庫全書》本《史記》同。

2.《後漢書·禮儀中》:“季秋之月,祠星於城南壇心星廟。”[③]

案:“祠星於城南壇心星廟”,文淵閣《四庫全書》本《後漢書》同。《通考》卷三五引作“祠心星於城南壇心星廟。”《後漢書》當於“星”上補“心”字,文意始具。

3.《晉書·禮上》:“武帝咸寧二年,春久旱。”[④]

案:《通考》卷二二引作“武帝咸寧二年春分,久旱。”文淵閣《四庫全書》本《晉書》同。“春”下當補“分”字。又,標點本“春”

---

① 文淵閣《四庫全書》本《五禮通考》大量徵引《十三經注疏》、《二十四史》等文獻,發現抄錯之誤字很少,錯誤率約在萬分之三以下,故用以校勘。

② [漢]司馬遷《史記》,北京,中華書局,1982年11月第8次印刷,第4冊第1375頁。

③ [晉]司馬彪《後漢書志》,北京,中華書局,1987年10月第4次印刷,第11冊第3125頁。

④ [唐]房玄齡等《晉書》,北京,中華書局,1998年3月第7次印刷,第3冊第597頁。

字,當屬上句。

4.《宋書·禮二》:"凌室在樂遊苑内,置長一人,保舉吏二人。"①

案:文淵閣《四庫全書》本《宋書》同。《通考》卷三二引作"凌室在樂遊苑内,置長一人,吏一人,保舉吏二人"。《通考》所據本,多"吏一人"三字,可補今本《宋書》之缺漏。

5.《宋書·禮三》:"於是涵迹視陰,振聲威響,歷代之渠,沈□望内,安矦之長,賢王入侍,殊生詭氣,奉俗還鄉,羽族卉儀,懷音革狀,邊帛絶書,權光弛燭。天岱發靈,宗河開寶,崇丘淪鼎,振采泗淵,雲皇王嶽,摛藻□漢,并角即音,栖翔禁籞,衮甲霜味,翾舞川肆,榮泉流鏡,後昭河源,故以波沸外闕,雲蒸内澤。若其雪趾青毳,玄文朱綵,日月郊甸,擇木弄音。重以榮露騰軒,蕭雲掩閣,鎬穎孳萌,移華淵禁,山輿竚衡,雲鶼竦翼,海鰈泳流,江茅吐蔭。校書之列,仰筆以飾辭,濟代之蕃,獻邑以待禮。豈非神䌽氣昌,物瑞雲照,蒲軒軜軫,□泉淳芳。"②

案:文淵閣《四庫全書》本《宋書》同。《通考》卷五〇所引,缺字俱補全,作"沈于望内,……摛藻雲漢,……醴泉淳芳。"

6.《南齊書·禮上》:"今南北二郊,一限南向,皇帝黑瓚階東西向,故知壇墠無繫於陰陽,設位寧拘於南北。"③

案:"皇帝黑瓚階東西向",文淵閣《四庫全書》本《南齊書》同。《通考》卷四三引作"皇帝奠幣、黑瓚階東,西向"。多"奠幣"二字,似不應缺。

7.《魏書·賈思伯傳》:"且蔡邕論明堂之制云:'堂方一百四十尺,象坤之策。'"④

---

① [南朝梁]沈約《宋書》,北京,中華書局,1974年10月第1次印刷,第2册第412頁。

② 《宋書》第2册第442頁。

③ [南朝梁]蕭子顯《南齊書》,北京,中華書局,1997年3月第7次印刷,第1册第137頁。

④ [北齊]魏收《魏書》,北京,中華書局,1997年3月第6次印刷,第5册第1614頁。

案:"堂方一百四十尺",文淵閣《四庫全書》本《魏書》同。《通考》卷二四、二六所引作"堂方一百四十四尺",當補"四"字。

8.《魏書·李謐傳》:"太室之東者謂之青陽,當太室之南者謂之明堂,當太室之西者謂之總章,當太室之北者謂之玄堂。"①

案:"太室之東者"上,文淵閣《四庫全書》本《魏書》同。《通考》卷二六所引有"當"字,下"太室之南者"、"太室之西者"、"太室之北者"皆有"當"字,當補。

9.《周書·武帝本紀》:"二年三月丁亥,初立郊丘壇壝制度。"②

案:文淵閣《四庫全書》本《周書》同。《通考》卷二一所引,在"初立郊丘壇壝制度"後,多"南郊爲壇于國南五里,其崇一丈二尺,其廣四丈,其壝方一百二十步,内壝半之。其祭南郊,用正月上辛,以始祖獻侯莫那配所感帝靈威仰于其上"。計五十七字,今本無。

10.《隋書·禮儀二》:"開皇初,於國東春明門外爲壇,如其郊。"③

案:文淵閣《四庫全書》本《隋書》同。"開皇初"前,《通考》卷三三所引,有"隋因周制"四字。

11.《舊唐書·禮儀三》:"今請祭於泰山下,設壇以祀上帝,以景皇帝配享。"④

案:文淵閣《四庫全書》本《舊唐書》同。《通考》卷五〇引作"今請祭於泰山下,設壇以祀上帝,以太祖景皇帝配享"。"景皇帝"上,當補"太祖"二字。

---

① 《魏書》第6冊第1933頁。

② [唐]令狐德棻等《周書》,北京,中華書局,1997年3月第7次印刷,第1冊第74頁。

③ [唐]魏徵等《隋書》,北京,中華書局,1996年5月第6次印刷,第1冊第141頁。

④ [後晋]劉昫《舊唐書》,北京,中華書局,1997年3月第6次印刷,第3冊第882頁。

12.《新唐書·肅宗本紀》:“乾元二年正月丁丑,祀九宫貴神。”①

案:文淵閣《四庫全書》本《新唐書》同。《通考》卷三五:“《唐書·肅宗本紀》:‘乾元二年正月丁丑,祀九宫貴神。三年,復祀九宫貴神。’”檢《新唐書·肃宗本纪》,不見“三年復祀九宫貴神”八字。可補今本之缺。

13.《五禮通考》卷首第三:“《唐書·禮樂志》:‘方開元撰修時,大臣仍辟國恤章不録,而山陵之禮,遂世無所執。國大喪,皆摭拾殘缺,附比倫類,以苟幸襄事,事已輒斥去。崇、豐二陵不間歲,仍搆禮儀,使杜黄裳起太常爲相,于是命太常丞裴瑾、博士辛秘詳考以行。内之攢塗秘器象物之宜,外之斥土復土因山之制,上之顧命典冊文物以示萬國,下之服制節文,皆羅絡旁午于百代之異同。于是瑾取所奏復,于上辨列,于下刋定者,爲《崇豐二陵集禮》,藏之太常,君子以爲愛禮而近古焉。’”

案:遍檢《新唐書·禮樂志》,不見此段文字。此段文字,蓋據柳宗元《崇豐二陵集禮後序》删節而成,存疑待考。

14.《新唐書·禮樂二》:“孟冬祭司寒,籩豆皆八,簠一,簋一,俎一。”②

案:文淵閣《四庫全書》本《新唐書》同。《通考》卷三二引作:“孟冬祭司寒,籩豆皆八,簠一,簋一,俎一,黑牡一。”“俎一”下,多“黑牡一”三字,當補。

15.《宋史·禮二》:“詳定奉祀禮文所言:‘周官外祀皆有兆域,後世因之,稍增其制。’”③

案:文淵閣《四庫全書》本《宋史》同。“兆域”下,《通考》卷一三所引,有“蓋設一位而已”六字,當補。

---

① [宋]歐陽修、宋祁《新唐書》,北京,中華書局,1975 年 2 月第 1 次印刷,第 1 册第 161 頁。

② 《新唐書》第 2 册第 330 頁。

③ [元]脱脱等《宋史》,北京,中華書局,1997 年 6 月第 4 次印刷,第 8 册第 2434 頁。

16.《宋史·禮三》:“政和四年,設於南方北向。今北面望祭,北向爲難,且於經典無據。請仍南向。”①

案:文淵閣《四庫全書》本《宋史》同。“設於南方”上,《通考》卷三九多“禮局議”三字,且當標點爲“禮局議設於南方,北向”。“請仍南向”下,多“從之”二字。

17.《宋史·禮五》:“社以石爲主,形如鍾,長五尺,方二尺,剡其上,培其半。”②

案:“培其半”,文淵閣《四庫全書》本《宋史》同,《通考》卷四四作“培其下半”,當補“下”字。

18.《宋史·樂七》:“太祖皇帝位奠幣,《廣安》。”③

案:文淵閣《四庫全書》本《宋史》同。《通考》卷一五引作“太祖皇帝位奠玉幣”,“幣”上,少“玉”字,當補,《宋史·樂七》下文有“太宗皇帝位奠玉幣”可證。

19.《遼史·禮志一》:“門使通,閣使或副,應拜臣僚殿左右階陪位,再拜。”④

案:文淵閣《四庫全書》本《遼史》同。《通考》卷三四引作:“閤門使通,閣使或副,應拜臣僚殿左右階陪位,再拜。”“門使”,即“閤門使”,《遼史》缺“閤”字。遼襲前朝,有“閤門使”官,專掌大宴引贊等事。《遼史·百官志三》有“東上閤門使”、“東上閤門副使”等官。“閤”、“閣”二字形近,故《遼史》、《通考》將“閤使或副”之“閤”,俱誤作“閣”。

20.《遼史·禮志五》:“承受官聲喏,至閤使後,鞠躬,揖。閤使鞠躬,稱‘奉勅放仗’。”⑤

---

① 《宋史》第8冊第2456頁。

② 《宋史》第8冊第2460頁。

③ 《宋史》第10冊第3074頁。

④ [元]脱脱等《遼史》,北京,中華書局,1974年10月第1次印刷,第3冊第836頁。

⑤ 《遼史》第3冊第859頁。

案:"閤使",文淵閣《四庫全書》本《遼史》同。《五禮通考》卷一百三十引作"閤門使"。據上下文意,"閤"下當補"門"字。閤門使設置於唐末,掌供奉車輿、朝會游幸、大宴引贊等事。

21.《遼史·禮志五》:"引契丹、漢人臣僚并諸國使東西洞門入,合班,再拜。贊進酒,引親王東階上殿,就欄内褥位,搢笏,執臺琖,進酒訖,退,復褥位。置臺,出笏,少前俛跪,自通全銜臣某等謹進千萬歲壽酒。俛伏興,退,復褥位。與殿下臣僚皆再拜,鞠躬。俟宣徽使殿上鞠躬,奏'臣宣答',稱'有敕',親王以下再拜,如初儀。傳宣云:'飲公等壽酒,與公等内外同慶。'舍人贊謝宣諭如初。贊各祗候,親王搢笏,執臺,殿下臣僚分班。皇帝飲酒,教坊奏樂,殿上下臣僚皆拜,稱'萬歲'。贊各祗候。樂止,教坊再拜。皇帝卒飲,親王進受琖,復褥位,置臺琖,出笏。揖臣僚合班,引親王東階下殿,復位,鞠躬,再拜。贊各祗候,分班引出。皇帝起,詣皇太后殿,臣僚并諸國使皆從。皇太后升殿,皇帝東方側坐。引契丹、漢人臣僚并諸國使兩洞門入,合班稱賀,進酒,皆如皇帝之儀。"①

案:"置臺"、"執臺",文淵閣《四庫全書》本《遼史》同。《五禮通考》卷一百四十九所引,均作"置臺琖"、"執臺琖",臺琖是一種有托盤的酒盞,該段文字上下有"置臺琖"、"執臺琖"之文,則"置臺"、"執臺"下當補"琖"字。

22.《金史·禮一》:"至位,奏請'搢大圭、盥手';訖,奏'請帨手',皇帝帨手;訖,奏'請執大圭'。"②

案:文淵閣《四庫全書》本《金史》同。《通考》卷一七所引,"搢大圭、盥手"後,有"皇帝盥手"四字。下文"進熟"儀節曰:"至盥洗位,奏'請搢大圭、盥手',皇帝盥手;訖,奏'請帨手',皇帝帨手;訖,奏'請執大圭'。"據上下文意,當補"皇帝盥手"四字。

23.《金史·禮一》:"禮直官引諸祝史、齋郎、應助奠者再拜,

---

① 《遼史》第 3 冊第 874 頁。

② [元]脱脱等《金史》,北京,中華書局,1975 年 7 月第 1 次印刷,第 3 冊第 703 頁。

祝史各奉毛血之豆入。”[①]

案:文淵閣《四庫全書》本《金史》同。“再拜”下,《通考》卷一七所引,有“訖”字,據上下文意,當補“訖”字。

24.《金史·禮一》:“皇帝詣昊天上帝酌尊所,執爵;良醖令舉冪,侍中跪酌大尊之汎齊;酌訖,皇帝以爵授侍中;皇帝乃詣昊天上帝神座前,侍中進爵,乃奏‘請搢大圭,跪執爵三祭酒’。”[②]

案:文淵閣《四庫全書》本《金史》同。“酌尊所”下,《通考》卷一七所引,有“奏請搢大圭”五字;“酌訖”下,有“奏請執大圭”五字,據上下文意,當補此十字。

25.《金史·禮一》:“乃奏‘請詣望燎位’,至位,南向立,俟火半柴。”[③]

案:文淵閣《四庫全書》本《金史》同。“半柴”上,《通考》卷一七所引,有“燎”字,當補。

26.《金史·禮二》:“禮直官、贊者分引太常卿、光祿卿、丞,監禮、祭,太官令等詣内壝東門外省牲位。”[④]

案:“監禮、祭”,文淵閣《四庫全書》本《金史》同。《通考》卷三九引作“監禮監祭”,當補“監”字。監禮、監祭,乃臨時所設官,監督行禮和祭祀。故此句話可標點爲“禮直官、贊者分引太常卿、光祿卿、丞、監禮、監祭、太官令等詣内壝東門外省牲位”。《金史·禮二》下文尚有“禮直官、贊者分引分獻以下監祭、監禮、諸太祝、祝史、齋郎與執事官,入自南壝東門。……次引監祭、監禮案視壇之上下,訖,退,復位。”“丞”上,據《金史·禮二》之《校勘記》,當補“太常”二字。

27.《金史·禮七》:“后土氏象罇二、著罇二、山罍二在太社酒罇之西,俱東南上。”[⑤]

---

① 《金史》第 3 册第 703 頁。

② 《金史》第 3 册第 705 頁。

③ 《金史》第 3 册第 707 頁。

④ 《金史》第 3 册第 716 頁。

⑤ 《金史》第 3 册第 804 頁。

案:文淵閣《四庫全書》本《金史》同。《通考》卷四四引作"后土氏象罇二、著罇二、山罍二在太社酒罇之西,俱東向,南上"。行禮時,禮器擺設,無"東南上"者。"東"下,缺"向"字,當補;斷句當是"俱東向,南上"。

28.《元史·成宗本紀》:"三月壬子,詔加封東鎮沂山爲元德東安王,南鎮會稽山爲昭德順應王,西鎮吳山爲成德永靖王,北鎮醫無閭山爲貞德廣寧王,歲時與嶽瀆同祀,著爲令式。"①

案:文淵閣《四庫全書》本《元史》同。"貞德廣寧王"下,《通考》卷四八所引,多"中鎮霍山爲崇德應靈王勅有司"十三字,當補。

29.《元史·祭祀一》:"親郊七日,百官習儀于郊壇。"②

案:"親郊七日",文淵閣《四庫全書》本《元史》同。《通考》卷一八引作"親郊前七日"。"郊"下當補"前"字,無"親郊七日之禮"。

30.《明史·禮一》:"學士朱升等奉勅撰《齋戒文》曰。"③

案:文淵閣《四庫全書》本《明史》同。"學士"上,《通考》卷一九所引,有"翰林"二字,當補。

31.《明史·禮二》:"明年夏至,將祀方丘,群臣復請。太祖執不允。"④

案:文淵閣《四庫全書》本《明史》同。"群臣復請",《通考》卷一九所引作"群臣復請配典","請"下有"配典"二字,意始完備,當補。

二、可訂正今本之訛誤者

1.《漢書·昭帝本紀》:"五年夏,罷天下亭母馬及馬弩關。"

---

① [明]宋濂等《元史》,北京,中華書局,1976年4月第1次印刷,第2冊第418頁。

② 《元史》第6冊第1791頁。

③ [清]張廷玉等《明史》,北京,中華書局,1974年4月第1次印刷,第5冊第1239頁。

④ 《明史》第5冊第1239頁。

孟康曰:“舊馬高五尺六寸齒未平,弩十石以上者,皆不得出關,今不禁也。”①

案:“舊馬高五尺六寸齒未平”,文淵閣《四庫全書》本《漢書》同。《五禮通考》卷二百四十四引作“舊馬高五尺九寸以上,齒未平”,“六寸”作“九寸以上”。《漢書·景帝本紀》作“御史大夫綰奏禁馬高五尺九寸以上,齒未平,不得出關。”②綰指衛綰。孟康所言,當指衛綰之禁令。則“六寸”當作“九寸以上”。

2.《漢書·郊祀志上》:“天子封其弟真定,以續先王祀,而以常山爲郡。然後五嶽皆在天子之郡。”③

案:“天子之郡”,文淵閣《四庫全書》本《漢書》同。《通考》卷四七引作“天子之邦”。《詩經·小雅·采菽》曰:“樂只君子,殿天子之邦。”《史記·封禪書》曰:“天子封其弟於真定,以續先王祀,而以常山爲郡。然後五岳皆在天子之邦。”“郡”,乃“邦”字之誤。

3.《晉書·禮上》:“及中興草創,百度從簡,合七郊於一丘,憲章未備,權用斯禮,蓋時宜也。”④

案:“合七郊於一丘”,文淵閣《四庫全書》本《晉書》同。《通考》卷三八引作“合北郊於一丘”。上下文均言南北郊之事,又《晉書·禮上》云:“(泰始二年)是年十一月,有司又議奏,古者郊丘不異,宜並圜丘、方丘於南北郊,更修壇兆,其二至之祀合於二郊。是月庚寅冬至,帝親祠於南郊,自是後,圓丘、方澤不別立。明帝太寧三年七月,始詔立北郊,未及建而帝崩。”據此,“合北郊於一丘”,意謂合北郊於南郊圜丘。“七”顯係“北”之形誤。

4.《晉書·禮上》:“漢武帝郊泰畤,平旦出竹宮,東向揖日,

---

① [漢]班固《漢書》,北京,中華書局,1983年6月第4次印刷,第1冊第222頁。

② 《漢書》第1冊第147頁。

③ 《漢書》第4冊第1219頁。

④ 《晉書》第3冊第585頁。

其夕西向揖月。即用郊日,又不在東西郊也。”①

案:“即用郊日”,《通考》卷三三引作“即郊日月”,文淵閣《四庫全書》本《晉書》作“既郊日月”。《晉書》上下文均言祭日月之事,當以《四庫》本、《通考》爲正。

5.《宋書・禮志一》:“或者虎取其威猛有彬炳,玉以象德而有溫潤。尋珪璋既玉之美者,豹皮義兼炳蔚,熊羆亦昏禮吉徵,以類取象,亦宜並用,未詳何以遺文。”②

案:《宋書》卷十四《校勘記》曰:“玉以象德而有溫潤尋珪璋既玉之美者　各本脱‘溫’字,據《通典・禮典》補。‘尋’各本訛‘栗’,據《晉書・禮志》、《通典・禮典》、《元龜》五七六改。”《五禮通考》卷一五四引作:“或者虎取其威猛有彬炳,玉以象德而有潤栗。珪璋既玉之美者,豹皮義兼炳蔚,熊羆亦昏禮吉徵,以類取象,亦宜並用,未詳何以遺文。”文淵閣《四庫全書》本《宋書》同,是也。無需補“溫”字,“栗”字不誤。

“潤栗”指玉具有溫潤堅實的特徵。《禮記・聘義》曰:“子貢問於孔子曰:‘敢問君子貴玉而賤瑉者何也?爲玉之寡而瑉之多與?’孔子曰:‘非爲瑉之多,故賤之也;玉之寡,故貴之也。夫昔者君子比德於玉焉:温潤而澤,仁也;縝密以栗,知也;廉而不劌,義也;垂之如隊,禮也;叩之,其聲清越以長,其終詘然,樂也;瑕不揜瑜,瑜不揜瑕,忠也;孚尹旁達,信也;氣如白虹,天也;精神見于山川,地也。圭璋特達,德也。天下莫不貴者,道也。《詩》云:“言念君子,温其如玉。”故君子貴之也。’”鄭玄《注》:“色柔温潤,似仁也。縝,緻也。栗,堅貌。劌,傷也。義者,不苟傷人也。禮尚謙卑。樂作則有聲,止則無也。越,猶揚也。詘,絶止貌也。瑕,玉之病也。瑜,其中間美者。玉之性,善惡不相揜,似忠也。孚,讀爲浮。尹,讀如竹箭之筠。浮筠,謂玉采色也。采色旁達,不有隱翳,似信也。精神,亦謂精氣也。虹,天氣也。山川,地所

① 《晉書》第 3 册第 586 頁。
② 《宋書》第 2 册第 340 頁。

以通氣也。特達,謂以朝聘也。璧琮則有幣,惟有德者無所不達,不有須而成也。道者,人無不由之。言我也貴玉者,以其似君子也。"[①]孔子認爲,玉有九德,蓋指此也。《宋書》言"玉以象德而有潤栗",蓋本此也。《晉書·禮下》作"玉以象德而有溫潤尋珪璋既玉之美者"[②],文淵閣《四庫全書》本《晉書·禮下》作"玉以象德而有潤尋珪璋亦玉之美者",皆誤。《五禮通考》卷一五四引《晉書·禮下》作"玉以象德而有潤栗珪璋亦玉之美者",不誤。

6.《宋書·禮二》:"季冬之月,冰壯之時,淩室長率山虞及輿隸取冰於深山窮谷涸陰沍寒之處,以納於凌陰。"[③]

案:"沍寒之處",文淵閣《四庫全書》本《宋書》同,《通考》卷三二引作"沍寒之地",是。

7.《宋書·禮三》:"今之郊享,既行夏時,雖得遷却,謂宜猶必用辛也。"[④]

案:文淵閣《四庫全書》本《宋書》同。"遷却"不詞。上下文俱言"遷郊"之事。南郊時間不當,帝王常欲"遷郊"。《南齊書·禮上》:"永明元年當南郊,而立春在郊後,世祖欲遷郊。"《通考》卷七所引,正作"雖得遷郊"。"却"乃"郊"之形誤。

8.《南齊書·禮上》:"来年正月上辛,有事南郊。宜以共日,還祭明堂。"[⑤]

案:文淵閣《四庫全書》本《南齊書》同,《通考》卷二五引作"宜以其日,還祭明堂"。疑"共"乃"其"之形誤。

9.《南齊書·禮上》:尚書令王儉議:"《禮記·曾子問》'天子嘗禘郊社五禮之祭'。"[⑥]

---

① [漢]鄭玄注,[唐]孔穎達正義,《禮記正義》,吕友仁整理,上海,上海古籍出版社,2008年9月第1次印刷,下册第2346—2347頁。

② 《晉書》第3册第669頁。

③ 《宋書》第2册第411頁。

④ 《宋書》第2册第429頁。

⑤ 《南齊書》第1册第120頁。

⑥ 《南齊書》第1册第136頁。

案:文淵閣《四庫全書》本《南齊書》同,《通考》卷四三引作"天子嘗禘郊社五祀之祭",《禮記·曾子問》亦作"天子嘗禘郊社五祀之祭","五禮",與上下文意不協,則"五禮"乃"五祀"之誤。

10.《南齊書·禮上》:"近代相承,帝社南向,太社及稷並東向,而齋官位在帝社壇北,西向,於神背後行禮。"①

案:文淵閣《四庫全書》本《南齊書》同,《通考》卷四三引作"於神位後行禮","背"作"位",據上下文意,當作"位"。

11.《南齊書·禮上》:"魏文帝詔曰:'《覲禮》天子拜日東門之外,反禮方明。《朝事議》曰天子冕而執鎮圭,率諸侯朝日於東郊。以此言之,蓋諸侯朝,天子祀方明,因率朝日也。漢改周法,群公無四朝之事,故不復朝於東郊,得禮之變矣。然旦夕常於殿下東向拜日,其禮太煩。今採周春分之禮,損漢日拜之儀,又無諸侯之事,無所出東郊,今正殿即亦朝會行禮之庭也,宜常以春分於正殿之庭拜日。其夕月文不分明,其議奏。"②

案:"反禮方明",文淵閣《四庫全書》本《南齊書》同,《通考》卷三三引作:"反祀方明。"《儀禮·覲禮》:"拜日於東門之外,反祀方明。"《南齊書·禮上》下文有"天子祀方明",則"禮"當是"祀"字之形誤。

12.《南齊書·禮上》:"魏秘書監薛循請論云。"③

《魏書·禮志一》:"昔秘書監薛謂等。"④

案:文淵閣《四庫全書》本《魏書》、《南齊書》同。《通考》卷三三引《魏書》,作"薛靖",秦蕙田案语曰:"《魏書》、《通典》俱作薛靖,'循'、'請'二字並衍誤。"秦說是。則秦氏所據《南齊書》、《魏書》版本,均作"薛靖",不誤。《通典》卷四四、《通志》卷四二、《文獻通考》卷七九皆作"薛靖"。今本《南齊書》、《魏書》作"薛循請"、"薛循",均誤。

---

① 《南齊書》第1册第137頁。

② 《南齊書》第1册第140頁。

③ 《南齊書》第1册第141頁。

④ 《魏書》第8册第2749頁。

13.《南齊書·禮上》:"舊事朝日以春分,夕月以秋分。案《周禮》朝日無常日,鄭玄云用二分,故遂施行。秋分之夕,月多東潛,而西向拜之,背實遠矣。謂朝日宜用仲春之朔,夕月宜用仲秋之朔。"①

案:"月多東潛",文淵閣《四庫全書》本《南齊書》同,《通考》卷三三、《通典》卷四四俱引作"月多東昇"。則"潛"乃"昇"之誤。

14.《南齊書·禮上》:"帝在在離實司衡,雨水方降木槿榮。"②

案:"帝在在離實司衡",文淵閣《四庫全書》本《南齊書》同,《通考》卷二五作"帝位在離實司衡",是。

15.《魏書·袁翻傳》:"觀夫今之基址,猶或彷髴高卑廣狹,頗與《戴禮》不同,何得以意抑必,便謂九室可明?"③

案:"抑必",《通考》卷二六引作"抑心",文淵閣《四庫全書》本《魏書》同,"必"乃"心"之形誤。

16.《隋書·禮儀一》:"五官之神、先農、五岳、沂山、嶽山、白石山、霍山、無閭山、蔣山、四海、四瀆、松江、會稽江、錢塘江、四望,皆從祀。"④

案:"會稽江",文淵閣《四庫全書》本《隋書》同,《通考》卷三八引作"會稽山"。《隋書·禮儀二》:"開皇十四年閏十月,詔東鎮沂山、南鎮會稽山……,並就山立祠。"則"江"乃"山"字之誤。

17.《隋書·禮儀一》:"今從汎祭五帝,理不容文。"⑤

案:"理",文淵閣《四庫全書》本《隋書》同,《通考》卷二五所引作"禮",是。下文有"禮不容象"可證。

18.《隋書·禮儀一》:"大業中,愷又造《明堂議》及樣奏之。煬帝下其議,但令于霍山採木,而建都興役,其制遂寢。終隋代,

① 《南齊書》第1冊第141頁。

② 《南齊書》第1冊第173頁。

③ 《魏書》第5冊第1538頁。

④ 《隋書》第1冊第108頁。

⑤ 《隋書》第1冊第119頁。

祀五方上帝,止于明堂,恒以季秋在雩壇上而祀。”①

案:“止于明堂”,文淵閣《四庫全書》本《隋書》同,《通考》卷二六所引作“不于明堂”,是。隋代未建明堂,何能“止于明堂”乎?

19.《舊唐書·武宗本紀》曰:“會昌元年正月壬寅朔。庚戌,有事于郊廟。禮畢,御丹鳳樓,大赦,改元。”②

案:文淵閣《四庫全書》本《舊唐書》同,《通考》卷一一引作“會昌元年正月辛巳,有事于郊廟。”《新唐書·武宗本紀》曰:“會昌元年正月己卯,朝獻于太清宫。庚辰,朝享於太廟。辛巳,有事於南郊。大赦,改元。”記載不一。若如《舊唐書》所言,正月是“壬寅朔”,則此月無“己卯”、“庚辰”、“辛巳”三日。然《新唐書·武宗本紀》、《五禮通考》卷一一均載爲“正月辛巳,有事於南郊(或郊廟)”。不知何據,二者必有一誤。

20.《舊唐書·音樂三》:“冀延神鑒俯蘭罇,式表虔襟陳桂俎。”③

案:“式表虔襟陳桂俎”,《通考》卷二七引作“式表虔襟陳簋俎”,文淵閣《四庫全書》本《舊唐書》同,“桂”乃“簋”之誤字。

21.《舊唐書·音樂三》:“送神,用《順和》(詞同夏至方丘)。”④

案:《通考》卷三八引作“迎神,用《順和》”,文淵閣《四庫全書》本《舊唐書》同,《舊唐書·音樂三》下文有“迎神,用《順和》(詞同夏至方丘)。”則此“送神”,乃“迎神”之誤。

22.《舊唐書·音樂三》:“送文舞出迎武舞入用《舒和》:坤道降祥和庶品,靈心載德厚群生。”⑤

案:文淵閣《四庫全書》本《舊唐書》同,《通考》卷三八引作

---

① 《隋書》第1冊第122頁。

② 《舊唐書》第2冊第586頁。

③ 《舊唐書》第4冊1102頁。

④ 《舊唐書》第4冊第1119頁。

⑤ 《舊唐書》第4冊第1119頁。

“神道降祥和庶品”。“坤”作“神”。《舊唐書·音樂三》下文曰:“送文舞出迎武舞入用《舒和》:神道發生敷九稼,陰陽成仁暢八埏。”“坤”,乃“神”之形誤。

23.《宋史·神宗本纪二》:“乙夘,親祝太一宫。”①

案:“親祝太一宫”,《通考》卷三六引作“親祀太一宫”,文淵閣《四庫全書》本《宋史》同,“祝”乃“祀”之形誤。

24.《宋史·哲宗本纪》:“癸巳,祀天地于圜丘,赦天下,群臣中外加恩。”②

案:“群臣中外加恩”,文淵閣《四庫全書》本《宋史》同,《通考》卷十四引作“中外群臣加恩”,當乙。

25.《宋史·寧宗本紀》:“紹熙五年七月即位。九月辛未,合祭天地于明堂,大赦。”③

案:“合祭天地于明堂”,文淵閣《四庫全書》本《宋史》同,《通考》卷一六所引,作“合祭天地於圜丘”。合祭天地於圜丘,或合祭天地于明堂,乃宋代常行之禮,《宋史·禮志》多有記載。據《宋史·光宗本紀》、《寧宗本紀》記載,紹熙二年十一月、慶元三年十一月、嘉泰三年十一月、嘉定五年十一月均曾合祭祀天地於圜丘。據《宋史·高宗本紀》、《宋史·孝宗本紀》等記載,合祭天地於明堂者亦五見,存疑待考。

26.《宋史·禮二》:“乃以正月一日有事南郊,禮成,進胙于德壽宫,以牛腥體肩三、臂上臑二。”④

案:“臂上臑二”,文淵閣《四庫全書》本《宋史》同,《通考》卷一六所引作“臂二、臑二”,“上”乃“二”之誤字。牲體前肢曰肱骨,又曰前脛骨,肱骨三,最上曰肩,肩下曰臂,臂下曰臑。“以牛腥體肩三、臂二、臑二”,謂用牛前肢肩三塊、臂和臑各二塊。《文

① 《宋史》第2册第284頁。
② 《宋史》第2册第335頁。
③ 《宋史》第3册第716頁。
④ 《宋史》第8册第2445頁。

獻通考》卷七二"郊祀禮儀注"亦作"胙以牛腥體肩三、臂二、臑二"。

27.《宋史·禮三》:"天聖中,詔太常葺四郊宮,少府監遣吏齎祭服就給祠官,光祿進胙,監祭封題。"①

案:文淵閣《四庫全書》本《宋史》同,《通考》卷三二引作:"天聖六年,詔太常葺四郊宮,少府監遣吏齎祭服就給祠官,光祿進胙,登祭使封題。""天聖中",《通考》卷三二作"天聖六年",是。"監祭封題",文淵閣《四庫全書》本《宋史》同,《通考》卷三二作"登祭使封題",誤。監祭,乃臨時所設監督祭祀之官,"登祭"不詞。

28.《宋史·禮三》曰:"景德中,南郊鹵簿使王欽若言:'五方帝位板如靈威仰、赤熛怒、含樞紐、白招拒、葉光紀,恐是五帝之名,理當恭避。'禮官言:'《開寶通禮義纂》,五者皆是帝號。《漢書注》自有名,即蒼帝靈符、赤帝文祖、白帝顯紀、黑帝玄矩、黃帝神斗是也。既爲美稱,不煩迴避。'"②

案:文淵閣《四庫全書》本《宋史》同。《通考》卷三二引作:"真宗景德二年,鹵簿使王欽若言:'五方帝位版如靈威仰、赤熛怒,皆是帝名,理當恭避。望下禮官詳定。'禮官言:'案《開寶通禮義纂》,靈威仰、赤熛怒、含樞紐、白招拒、葉光紀者,皆五帝之號。《漢書注》五帝自有名,即靈符、文祖之類是也。既爲美稱,不煩迴避。'""景德中",《通考》作"真宗景德二年"。"南郊鹵簿使",《通考》作"鹵簿使"。以下句序,均有差異。

29.《宋史·禮五》:"祈報。《周官》:'太祝掌六祝之辭,以事鬼神,示祈福祥。'"③

案:"以事鬼神,示祈福祥",文淵閣《四庫全書》本《宋史》同。《通考》卷二三引作"以事鬼神祇,祈福祥"。《周禮·春官·太

---

① 《宋史》第8冊第2460頁。

② 《宋史》第8冊第2460頁。

③ 《宋史》第8冊第2499頁。

祝》曰:"太祝掌六祝之辭,以事鬼神祇,祈福祥。"①"示"乃"祇"之誤字,當屬上讀。

30.《宋史·禮五》:"又諸神祠、天齊、五龍用中祠,祆祠、城隍用羊一,八籩,八豆。"②

案:"中祠",《通考》卷二三引作"牛祀",文淵閣《四庫全書》本《宋史》同,"中"乃"牛"之形誤,"牛"與下"羊",正好相對。

31.《宋史·禮六》:"今于淵等所請,合天竇初祭之理,又合良遇《飛棋之圖》。"③

案:"合天竇初祭之理",《通考》卷三五引作"合天竇初祭之禮",文淵閣《四庫全書》本《宋史》同。則"理"乃"禮"之誤字。

32.《宋史·禮志十八》:"復引公主至冠席坐,樂作。"④

案:"樂作",文淵閣《四庫全書》本《宋史》同。《五禮通考》卷一百五十引作"樂止",是。據《宋史·禮志十八》"公主笄禮"記載,爲公主舉行笄禮時,仿照皇子冠禮,在加笄、加首飾、加鳳冠和行醴禮時,皆奏樂。祝辭畢,進酒,則樂作;公主至冠席坐,樂止。《禮志》上下文有:"祝畢,樂作,……復引公主至冠席坐,樂止。……祝畢,樂作,……復引公主至席位立,樂止。"故此"樂作",乃"樂止"之誤。

33.《宋史·禮志十九》:"次三司、開封府、審刑院及群臣以次升殿。"原注文曰:"大兩省以上領務京師有公事,許即時請對。自餘受使出入要切者,欲回奏事,則聽先進取旨。"⑤

案:"欲回奏事",文淵閣《四庫全書》本《宋史》同。《文獻通考》卷一〇七《王禮考》二、《五禮通考》卷一百三十四引作"欲面議奏事","回"乃"面"之形誤。

---

① [清]阮元校刻《十三經注疏》附《校勘記》,北京,中華書局,1983年11月,上册第808頁下欄。

② 《宋史》第8册第2501頁。

③ 《宋史》第8册第2507頁。

④ 《宋史》第8册第2731頁。

⑤ 《宋史》第9册第2754頁。

34.《宋史·樂十一》:"滌哉艮月,朔風其同!"[1]

案:"滌哉艮月",文淵閣《四庫全書》本《宋史》同,《通考》卷四七引作"滌哉良月"。"艮"乃"良"之形誤。

35.《宋史·聶崇義傳》:"配合'羨度'、'肉好'之言,彊爲尺寸,古今大禮,順非改非,於理未通。"[2]

案:"順非改非",文淵閣《四庫全書》本《宋史》同,《通考》卷一二引作"順非改作"。後"非"字,乃"作"字之誤。

36.《遼史·道宗本紀二》:"咸雍元年春正月辛酉朔,文武百僚加上尊號曰聖文神武全功大略廣智總仁睿孝天祐皇帝。"[3]

案:"文神武全功大略廣智總仁睿孝天祐皇帝",文淵閣《四庫全書》本《遼史》卷二十二《道宗本紀二》作"文神武全功大略廣智聰仁睿孝天祐皇帝",《五禮通考》卷一百三十所徵引同,"總"乃"聰"之形誤。

37.《金史·禮一》:"朝日壇曰大明,在施仁門外之東南。"[4]

案:文淵閣《四庫全書》本《金史》同,《通考》卷三四引作:"朝日壇曰大明,在施仁門外之東北。""東南"乃"東北"之誤。下文有"夕月壇曰夜明,在彰義門外之西北"。朝日壇、夕月壇分別在東北、西北。

38.《金史·禮二》:"太祝取瘞玉加於幣,於禮神之玉各置於神座前。"[5]

案:《通考》卷三九所引,"於禮神"作"上禮神","上"字當屬上句。此句當標點爲:"太祝取瘞玉加於幣上,禮神之玉各置於神座前。"文淵閣《四庫全書》本《金史》作"太祝取瘞玉加於幣,以禮神之玉各置於神座前"。

---

① 《宋史》第 10 冊第 3199 頁。

② 《宋史》第 37 冊第 12796 頁。

③ 《遼史》第 1 冊第 264 頁。

④ 《金史》第 3 冊第 693 頁。

⑤ 《金史》第 3 冊第 715 頁。

39.《金史·禮二》:"閤門皆相應贊,殿門外臣僚陪拜如常儀。"①

案:"閤門皆相應贊",《通考》卷三四引作"各門皆相應贊",文淵閣《四庫全書》本《金史》同。"閤",當作"各"。

40.《金史·禮七》:"亞獻太常卿一,終獻光禄卿一,省差。太常卿一,光禄卿一,郊社令一,學士院官一,請御署祝版。"②

案:文淵閣《四庫全書》本《金史》同。《通考》卷四四引作"亞獻太常卿一,終獻光禄卿一,省牲。太常卿一,光禄卿一,郊社令一,學士院官一,請御署祝版。"據上下文意,"省差"乃"省牲"之誤,謂檢查祭祀用牲是否合格的官員,有太常卿、光祿卿各一人。

41.《元史·禮樂三》:"明水在下,鐘鼓既奏。"③

案:"明水在下",文淵閣《四庫全書》本《元史》、《通考》卷一七引作"明水在上"。據禮制,"明水"最尊,無在下者。"下"當是"上"之誤。

42.《元史·祭祀一》:"按《周禮·大司樂》云:'凡樂,圜鍾爲宫,黄鍾爲角,太簇爲徵,姑洗爲羽,雷鼓雷鼗,孤竹之管,雲和之琴瑟,雲門之舞,冬至日於地上之圜丘奏之。若樂六變,則天神皆降,可得而禮矣。'"④

案:"冬至日於地上之圜丘奏之",文淵閣《四庫全書》本《元史》同。《通考》卷一七引作"冬日至於地上之圜丘奏之"。此乃《周禮·春官·大司樂》文,《大司樂》亦作"冬日至於地上之圜丘奏之","至日"乃"日至"之誤,當乙。又,"雲和"、"雲門",當加書名號,爲"《雲和》之琴瑟,《雲門》之舞"。

43.《元史·祭祀一》:"今擬取坤數用六之義,去都城北六里,於壬地選擇善地,於中爲方壇,三成四陛,外爲三壝。"⑤

---

① 《金史》第3册第722頁。
② 《金史》第3册第804頁。
③ 《元史》第6册第1710頁。
④ 《元史》第6册第1782頁。
⑤ 《元史》第6册第1784頁。

案:"於壬地選擇善地",文淵閣《四庫全書》本《元史》同,《通考》卷三九引作"於壬方選擇善地"。"地",當作"方"。

44.《元史·祭祀一》:"中書平章瑪魯,御史中丞曹立,禮部尚書張埜,學士蔡文淵、袁桷、鄧文原,太常禮儀院使王緯、田天澤,博士劉致等都會堂議。"①

案:"袁桷",《通考》卷一七所引作"袁桷",文淵閣《四庫全書》本《元史》同,"桷"乃"桷"之形誤,《元史》有《袁桷傳》。

45.《元史·袁桷傳》:"燔柴見于古經,《周官》以禋祀爲天,其義各有旨,作《燔柴泰壇議》。"②

案:"《周官》以禋祀爲天",文淵閣《四庫全書》本《元史》,《通考》卷一七引作"《周官》以禋祀爲大"。《周官·春官·大宗伯》曰:"以禋祀祀昊天上帝。"《太祝》曰:"凡大禋祀、肆享、祭祇。""禋祀"言"大",乃因是祭祀昊天上帝。故袁桷谓"《周官》以禋祀爲大"。"天"乃"大"之形誤。

三、爲甄別點校本《二十四史》校勘記提供依據者

1.《晉書·樂上》:"地郊饗神歌:整泰折,竢皇祇。衆神感,群靈儀。陰祀設,吉禮施。"③

案:《晉書·樂上》之《校勘記》曰:"整泰折 '折',各本誤作'圻',宋本不誤,《樂府詩集》一亦作'折',今從宋本。'泰折'見《禮記·祭法》。""泰折",北郊祭地之壇,即方澤。《通考》卷三八所引,正作"折",不誤。文淵閣《四庫全書》本《晉書》亦誤作"圻"。

2.《宋書·禮三》:"魏世值雨,高堂隆謂應更用後辛。晉时既出遇雨,顧和亦云宜更告。"④

① 《元史》第6冊第1785頁。

② 《元史》第13冊第4025頁。

③ 《晉書》第3冊第681頁。

④ 《宋書》第2冊428頁。

案：文淵閣《四庫全書》本《宋書》同，《宋書·禮三》之《校勘記》曰："'更告'，《通典·禮典》作'更擇吉日'。"《通考》卷七正引作"顧和亦云更擇吉日"，乃直接證據。

3.《南齊書·禮上》："尋前代嗣位，或（于）〔仍〕前郊年。"①

案：《南齊書·禮上》之《校勘记》曰："据毛本、殿本、局本改。按《通典·礼典》作'因'。"《通考》卷二五所引正作"或仍前郊年"，文淵閣《四庫全書》本《南齊書》同。

4.《南齊書·禮上》："天地至尊用其始，故祭以二至；日月禮次天地，（敬）[故]朝以[二]分，差有理據，則融、玄之言得其義矣。"②

案：《南齊書·禮上》之《校勘記》曰："（敬）[故]朝以[二]分，據殿本改。按南監本、毛本、局本作'敬朝以二分'，《通典·禮典》作'朝敬故以二分'。"③《通考》卷三三所據本正作"故朝以二分"，文淵閣《四庫全書》本《南齊書》同，可訂毛本、局本和《通典》之誤，亦爲今本《校勘記》提供證據。

5.《魏書·禮志一》："太祖亲祀，宫中立星神，一歲一祭，常以十二月，用馬薦各一，牛、豕各二，雞一。"④

案：文淵閣《四庫全書》本《魏書》同。《通考》卷三五引作"一歲一祭，常以十二月，用馬、鹿各一，牛、豕各一，雞一。"《魏書·禮志一》之《校勘記》曰："用馬薦各一，《冊府》'薦'作'鹿'。按，既云'各一'，應是二物，疑作'鹿'是，但他處不見祭祀用鹿，今不改。"《通考》所據本作"鹿"，如此，方符合上下文意。又，"牛、豕各二"，《通考》所據本作"牛、豕各一"，《魏書·禮志一》云"祭日月，用牛一"。此祭祀其他星神，亦當用"牛、豕各一"，方合禮。

---

① 《南齊書》第1冊第121頁。
② 《南齊書》第1冊第140頁。
③ 《南齊書》第1冊第154頁。
④ 《魏書》第8冊第2735頁。

6.《魏書·禮志一》:"帝拜,后肅拜,百官内外盡拜。"①

案:"后肅拜",文淵閣《四庫全書》本《魏書》作"若肅拜"。《魏書·禮志一》之《校勘記》曰:"帝拜后肅拜,諸本'后'作'若',《册府》卷三二下(三五三頁)作'后'。按《通典》卷四二也作'后'。上云:'后率六宫從黑門入',則后亦參與祭祀,'若'字形近而訛,今據改。"《通考》卷八所引,正作"后",符合上下文意。

7.《魏書·禮志一》:"王畿内諸山川,皆列祠次祭,若有水旱則禱之。"②

案:"若有水旱則禱之",文淵閣《四庫全書》本《魏書》作"各有水旱則禱之"。《魏書·禮志一》之《校勘記》曰:"若有水旱則禱之。諸本'若'訛'各',今據《册府》改。"《通考》卷四七所引作"若",不誤。

8.《魏書·禮志一》:"太延元年,立廟于恒岳、華岳、嵩岳上,各置侍祀九十人,歲時祈禱水旱。其春秋泮涸,遣官率刺史祭以牲牢,有玉幣。"③

案:《魏書·禮志一》之《校勘記》曰:"立廟于恒岳、華岳、嵩岳上。諸本'華'下脱'岳'字,今據《册府》補。"文淵閣《四庫全書》本《魏書》無"岳"字,《通考》卷四七所引有"岳"字,不脱。"九十人",文淵閣《四庫全書》本《魏書》同,《通考》卷四七所引作"幾十人",是。

9.《隋書·牛弘傳》:"及遷宅洛陽,更加營構,五九紛競,遂至不成,宗配之事,于焉靡託。"④

案:《隋書·牛弘傳》之《校勘记》曰:"'九'原作'鬼',據《北史·牛弘傳》、《册府》卷五八四改。'五九紛競'即明堂建五室或九室之爭。"文淵閣《四庫全書》本《隋書》、《通考》卷二六所引正作"五九紛競"。

---

① 《魏書》第8册第2736頁。
② 《魏書》第8册第2737頁。
③ 《魏書》第8册第2738頁。
④ 《隋書》第5册第1303頁。

10.《舊唐書·禮儀二》:《戴禮》:"昔周公朝諸侯于明堂之位,天子負斧扆南向而立。明堂也者,明諸侯之尊卑也。"《周官》又云:"周人明堂,度九尺之筵,東西九筵,堂一筵。"據其制度,即大寢也。《尸子》亦曰:"黄帝曰合宫,有虞氏曰總章,殷曰陽館,周曰明堂。"斯皆路寢之徵,知非别處。①

案:《舊唐書·禮儀二》之《校勘記》曰:"'《周官》'各本原無,據《唐會要》卷一一、《英華》卷七六二、《唐文粹》卷四〇補。案《周禮·考工記·匠人》,'堂'上有'南北七筵'一句,'堂'下有'崇'字,《通典》卷四四記周明堂制度同《考工記》,此處疑有脱文。'《尸子》'各本原無,據《唐會要》卷一一、《英華》卷七六二、《唐文粹》卷四〇補。"②文淵閣《四庫全書》本《舊唐書》亦無"周官尸子"四字,《通考》卷二七所引,有"周官尸子"四字,則其所据本不缺。又《周官·考工記·匠人》曰:"周人明堂,度九尺之筵,東西九筵,南北七筵,堂崇一筵。"可據補,《校勘記》所説甚是。

11.《舊唐書·禮儀三》:"玉簡厚二寸,長短濶狹一如玉牒。"③

案:《舊唐書·禮儀三》之《校勘記》曰:"'狹'字各本原無,據《通典》卷五四、《唐會要》卷七、《册府》卷三五補。"文淵閣《四庫全書》本《舊唐書》無"狹"字,《通考》卷五〇所引,正有"狹"字。

12.《舊唐書·禮儀三》:"又議圜壇上土封曰。"④

案:《舊唐書·禮儀三》之《校勘記》曰:"'壇'字各本原作'丘',據《通典》卷五四、《唐會要》卷七、《册府》卷三五改。""壇",文淵閣《四庫全書》本《舊唐書》作"丘"字,《通考》卷五〇所引,正作"壇"字。

13.《舊唐書·祝欽明傳》:"案鬱人職云。"⑤

---

① 《舊唐書》第3册第851、852頁。
② 《舊唐書》第3册第876、877頁。
③ 《舊唐書》第3册第882頁。
④ 《舊唐書》第3册第883頁。
⑤ 《舊唐書》第15册第4967頁。

案:《舊唐書·祝欽明傳》之《校勘記》曰:"'鬱'字各本原作'爵',據《周禮》卷一九《鬱人》、《册府》卷五九六改。"文淵閣《四庫全書》本《舊唐書》、《通考》卷九所引正作"鬱"。《周禮·春官》有"鬱人",掌祼器。"鬱人"當加書名號。

14.《宋史·禮二》:"今三后並侑,欲以致孝也,而適所以瀆乎享帝,非無以寧神也,請如禮官議。"①

案:文淵閣《四庫全書》本《宋史》同。《宋史·禮二》之《校勘記》曰:"《宋會要·禮》二五之八四作'則非所以寧神也'。"《通考》卷一二所引正作"非所以寧神也"。"無"乃"所"之誤字。

15.《宋史·禮五》:"郊天先薦血,次薦腥,次薦爓,次薦熟。"②

案:《宋史·禮五》之《校勘記》曰"'爓'原作'爛',據《文獻通考》卷八二《郊社考》、《禮記·郊特牲》改。"文淵閣《四庫全書》本《宋史》作"爛",《通考》卷四四所據本正作"爓"。"爛",乃"爓"之形誤。

16.《宋史·禮六》:"今定坎深三尺,廣四丈,壇高一尺,廣二丈,四方爲陛,降入坎深,然後升壇。"③

案:"降入坎深",《宋史·禮六》之《校勘記》曰:"'深',《五禮新儀》卷一、《玉海》卷一〇一、《通考》卷七九《郊社考》都作'中',疑作'中'是。"《通考》卷三四引作"降入坎中",正作"中",則"深"當"中"之誤,無疑。文淵閣《四庫全書》本《宋史》亦誤作"深"。

17.《宋史·禮六》:"《政和新儀》改定:壇高三尺,東西袤丈三尺,南北袤丈二尺,四出陛,一壝,二十五步。"④

案:文淵閣《四庫全書》本《宋史》同。《宋史·禮六》之《校勘記》曰:"壇高三尺　按《五禮新儀》卷一《通考》卷八〇《郊社考》,'壇'上有'壽星'二字。"《通考》卷三五引作:"《政和新儀》:壽星

---

① 《宋史》第8册第2440頁。
② 《宋史》第8册第2484頁。
③ 《宋史》第8册第2506頁。
④ 《宋史》第8册第2516頁。

壇改定，壇高三尺。”“壽星壇”三字，在“改定”上。

18.《宋史・禮六》：“政和之制，風壇廣二十三步，雨、雷壇廣十五步，皆高三尺，四陛，並一壝，二十五步。其雨師、雷師二壇同壝。司中、司命、司民、司禄爲四壇，各廣二十五步同壝。①

案：《宋史・禮六》之《校勘記》曰：“‘司民’二字原脱，據《五禮新儀》卷一、《長編》卷三一七補。”《通考》卷三五引作“政和之制，司中、司命、司民、司禄爲四壇。”《通考》所據本，即有“司民”，文淵閣《四庫全書》本《宋史》亦缺“司民”二字。

19.《宋史・禮志十五》：“知引進司官殿上讀奏目，退，親王以下俛伏，興，躬，舍人贊再拜，引班首升東階，餘殿下分立。”②

案：“讀奏目”，文淵閣《四庫全書》本《宋史》作“上讀自”。《宋史・禮志十五》之《校勘記》曰：“‘目’，原作‘自’。按至正本實作‘目’，張元濟據殿本誤改作‘自’。據上文及《五禮新儀》卷一六五改正。”《五禮通考》卷一四〇所徵引，正作“讀奏目”字。

20.《宋史・禮志二十》：“次閤門使奏閤内無事，文武官出，殿上索扇，垂簾，輦還宫。”③

案：“閤内無事”，文淵閣《四庫全書》本《宋史》作“閤内無使”。《宋史・禮志二十》之《校勘記》曰：“閤内無事，‘無事’原作‘無使’，據《宋會要・儀制》一之二〇《文德殿視朝儀》和一之二五李淑等重修《入閤儀注》改。”《五禮通考》卷一百三十四所徵引，正作“無事”，不誤。

21.《宋史・樂八》：“式昭毋事，敢告恭虔。”④

案：“式昭毋事”，文淵閣《四庫全書》本《宋史》作“式昭無事”。《宋史・樂八》之《校勘記》曰：“此樂章歌頌坤德，‘毋’疑當作‘母’。”《五禮通考》卷三九正引作“式昭母事”。

22.《金史・禮一》：“攝太尉南向，司徒北向，監祭御史在西，

① 《宋史》第8冊第2517頁。
② 《宋史》第8冊第2674頁。
③ 《宋史》第9冊第2767頁。
④ 《宋史》第10冊第3113頁。

監禮博士在東,皆相向。"[①]

案:《金史·禮一》之《校勘記》曰:"監祭御史在西　'祭'原作'察'。按本書卷五五百官志,御史台,監察御史掌'監祭禮',故本志皆稱'監祭御史'。今參考本書卷二九《禮二》方丘儀改正。"《通考》卷一七正引作"監祭御史在西",文淵閣《四庫全書》本《金史》同,則其所據本不誤。

23.《金史·禮二》:"又設五神、五官、岳鎮、海瀆二十九座於第二等階之間。"[②]

案:"第二等",文淵閣《四庫全書》本《金史》作"第四等"。《金史·禮二》之《校勘記》曰:"'二'原作'四'。按《大金集禮》卷一一《皇帝祭皇地祇于方丘》爲本《志》所本,其'陳設'條記此事作'第二等'。今據改。"《通考》卷三九所據本,正作"第二等"。

24.《金史·禮二》:"内壝内每方蜃尊二,内壝外每方概尊二。"[③]

案:文淵閣《四庫全書》本《金史》同。《金史·禮二》之《校勘記》曰:"原'内壝内'下衍'外'字,'内壝外'之'壝'字下衍'内'字。按下文'良醖令帥其屬,入實酒尊','内壝内蜃尊實以泛齊,内壝外概尊實以三酒',可證無此二字,殿本已刪,今從之。"《通考》卷三九所據本,正無"外"、"内"二字。

25.《金史·禮二》:"又設第一等分獻官盥洗、爵洗位。"[④]

案:文淵閣《四庫全書》本《金史》同。《金史·禮二》之《校勘記》曰:"原脱'等'字。按本書卷二八《禮》一,郊禮作'又設第一等分獻官盥洗、爵洗位'。今據補。"《通考》卷三九所據本,正有"等"字。

26.《金史·禮二》:"司徒詣皇地祇神座前,搢笏,奉籩豆簠簋,次奉俎,北向跪奠,訖,執笏,俛伏,興,設籩於糗餌之前,豆於

---

① 《金史》第3冊第693頁。
② 《金史》第3冊第712頁。
③ 《金史》第3冊第715頁。
④ 《金史》第3冊第715頁。

醯醢之前，簠簋在登前，俎在籩前。"①

案："俎在籩前"，文淵閣《四庫全書》本《金史》同。《金史·禮二》之《校勘記》曰："'在'原作'左'，據殿本改。"《通考》卷三九所據本，正作"在"。

27.《金史·禮七》："是日，祭雷師於位下，禮同小祀，一獻，羊一，無豕。"②

案："祭雷師於位下"，文淵閣《四庫全書》本《金史》同。《金史·禮七》之《校勘記》曰："'師'原作'神'。按上文三處皆作'師'。今據殿本改。"《通考》卷三六引作"祭雷師於位下"，正作"師"。

28.《元史·禮樂一》："掌儀唱曰'跪'，捧冊寶官不跪。"③

案：文淵閣《四庫全書》本《元史》同。《元史·禮樂一》之《校勘記》曰："按上文《册立皇后仪》，'以册寶跪置于案'；《册立皇太子仪》，'捧册寶官跪以册寶置于案'。而于册太皇太后则云'不跪'，疑此处有误。王圻《续通考》'不'作'皆'。"《五禮通考》卷一百四十二所徵引，正作"捧冊寶官皆跪"。

29.《明史·禮二》："知《大祀文》乃太祖之明訓，爲不可背，而不知存心録固太祖之著典，爲可遵。"④

案："大祀文"，文淵閣《四庫全書》本《明史》作"大祝文"。《明史·禮二》之《校勘記》曰："大祀，原作'大祝'，據上文及《明經世文編》卷二〇二頁二一一九夏言《申議郊祀辨霍韜分祭疏》改。上文言'太祖親作《大祀文》'，故此言'乃太祖之明訓'。"《通考》卷二〇正引作"大祀文"。

30.《明史·禮三》："《覲禮》：'拜日於東門之外，反祀方明，禮日於南門之外，禮月於北門之外。'"⑤

案："反祀方明"，文淵閣《四庫全書》本《明史》作"及祀方

---

① 《金史》第 3 冊第 719 頁。
② 《金史》第 3 冊第 810 頁。
③ 《元史》第 6 冊第 1682 頁。
④ 《明史》第 5 冊第 1249 頁。
⑤ 《明史》第 5 冊第 1269 頁。

明”。《明史·禮三》之《校勘記》曰:“反,原作‘及’,據《儀禮·覲禮》改。”①《通考》卷三四所引,正作“反祀方明”。

31.《明史·樂二》:“鼂鐘鷺鼓兮韻錚鍧,願留福兮群生。”②

案:“鷺鼓”,文淵閣《四庫全書》本《明史》作“露鼓”。《明史·樂二》之《校勘記》曰:“‘鷺鼓’,原作‘鼓鷺’,據《明史稿》志四四《樂志》、《明會典》卷八三改。”《通考》卷四〇所據本正作“鷺鼓”。

四、契丹族、蒙古族官名和人名漢譯不一致者

1.《遼史·禮志一》:“皇帝、皇后至,夷離畢具禮儀。”③

案:“夷離畢”,遼官名,掌刑獄。《通考》卷一七引作“額爾奇木”,文淵閣《四庫全書》本《遼史》作“伊勒希巴”,又文淵閣《四庫全書》本《舊五代史》卷七六《考證》曰:“伊勒希巴,舊作夷離畢,今改。”

2.《遼史·禮志一》:“禮官曰敵烈麻都。”④

案:“敵烈麻都”,《通考》卷一七引作“多囉倫穆騰”,文淵閣《四庫全書》本《遼史》同。

3.《遼史·禮志一》:“北府宰相及惕隐以次致奠於君樹,徧及群樹。”⑤

案:“惕隐”,遼官名,掌管宗室事務。《通考》卷一七引作“特哩衮”,文淵閣《四庫全書》本《遼史》同。

4.《遼史·禮志一》:“非胡剌可汗之故也。”⑥

案:“胡剌可汗”,《通考》卷一七引作“和掄罕”,文淵閣《四庫全書》本《遼史》作“復和拉汗”。

---

① 《明史》第5册第1287頁。
② 《明史》第5册第1562頁。
③ 《遼史》第3册第834頁。
④ 《遼史》第3册第834頁。
⑤ 《遼史》第3册第834頁。
⑥ 《遼史》第3册第835頁。

5.《元史·成宗本纪一》:"十二月庚子朔,遣集賢院使阿里渾撒里等祭星于司天臺。"①

案:"阿里渾撒里",《通考》卷三五引作"額爾根薩里",文淵閣《四庫全書》本《元史》作"諤爾根薩果"。

6.《元史·成宗本纪四》:"己卯,命太常卿丑閭、昭文館大學士靳德進祭星于司天臺。"②

案:《通考》卷一七引作:"大德九年八月己夘,命太常卿綽羅、昭文館大學士靳德進祭星于司天臺。""丑閭"作"綽羅",文淵閣《四庫全書》本《元史》作"綽鄂"。

7.《元史·文宗本紀二》:"己未,遣翰林學士承旨阿鄰貼木兒北迎大駕。"③

案:"阿鄰貼木兒",《通考》卷一七引作"額琳特穆爾",文淵閣《四庫全書》本《元史》作"額哩音特穆爾"。

8.《元史·文宗本紀三》:"己未,遣亞獻官中書右丞相燕鐵木爾、終獻官貼木爾補花率諸執事告廟。"④

案:《通考》卷一八引作:"己未,遣亞獻官中書右丞相雅克特穆爾、終獻官特穆爾布哈率諸執事告廟。""燕鐵木爾"作"雅克特穆爾";"貼木爾補花"作"特穆爾布哈",文淵閣《四庫全書》本《元史》同。

9.《元史·孛术鲁翀傳》:"文宗親祀天地、社稷、宗廟,翀爲禮儀使。"⑤

案:"孛术鲁翀",《通考》卷一八引作"富珠哩翀",文淵閣《四庫全書》本《元史》同。

---

① 《元史》第2冊第398頁。
② 《元史》第2冊第465頁。
③ 《元史》第3冊第734頁。
④ 《元史》第3冊第768頁。
⑤ 《元史》第14冊第4221頁。

孔子删《詩》論爭平議

劉立志

摘要:古今學者對孔子删《詩》說的論爭,其分歧所在,大約可以分爲三個層面,一是孔子删《詩》說的源起與生成,二是最早否定孔子删《詩》說的是何人,三是對孔子删《詩》說可信與否的具體辨析。根據現存文獻資料,此說的最早提出者是司馬遷,最早的否定者是孔穎達。從古詩三千之數、孔子編選取捨的標準、季札觀樂等角度考查,孔子删《詩》說可信。

關鍵词:孔子删《詩》說　鄭聲淫　逸詩

孔子删《詩》說的是非問題,作爲《詩經》研究史上的一大公案,歷唐、宋,迄明、清,至今爭論已達千年之久,反對者與贊同者各自立說,聚訟紛紜。存留的文獻資料極爲豐富,但因爲考論只能在非此即彼的二元選擇之中確定一方進行,因此古往今來學人的考辨與論述往往陳陳相因,重複之處頗多。學術研究,後出轉精,今不揣譾陋,全面梳理前人的成果,結合近年考古發現,系統考校諸說之長短,以期深化對孔子删《詩》問題的認識與把握。

統觀前人對孔子删《詩》說的論爭,其分歧所在,大約可以分爲三個層面,一是孔子删《詩》說的源起與生成,二是最早否定孔子删《詩》說的是何人,三是對孔子删《詩》說可信與否的具體辨析。

學術公案的探研,首要任務即是考鏡源流,明確發展脉絡。前人考查孔子删《詩》說的源起,大多認定最早的文獻記載見於《史記·孔子世家》,其文云:"孔子之時,周室微而禮樂廢,《詩》、《書》缺。追迹三代之禮,序《書傳》,上紀唐虞之際,下至秦繆。……古者《詩》三千餘篇,及至孔子,去其重,取可施於禮義,上采契、后稷,中述殷周之盛,至幽厲之缺,始于衽席。故曰:'《關雎》之亂以爲《風》始,《鹿鳴》爲《小雅》始,《文王》爲《大雅》始,《清廟》爲《頌》始。'三百五篇孔子皆弦歌之,以求合《韶》、《武》、《雅》、《頌》之音。"①是司馬遷首先倡言孔子刪《詩》說,其後班固《漢書·藝文志》、王充《論衡·正說》均有所申述。

普遍信從之外,另有兩種不同的意見存在,一是張西堂在其《詩經六論》中提出,《孔子世家》這段文字并非出於史遷之手,乃是後人竄亂所爲。他舉出五點論據,有三點是因爲質疑刪《詩》說的可信性進而懷疑司馬遷不應也不會出現這種錯誤,這種論證思路的邏輯缺陷顯而易見;另外兩點從文獻角度考論這段文字不可信,一則學人曾經言及《孔子世家》多有竄亂之文,因此這段文字必爲竄亂所致;一則司馬遷在《宋世家》中明言《商頌》爲春秋時代宋詩,與此處所說孔子采編詩篇"上采契、后稷,中述殷周之盛"、以《商頌》爲商詩的說法不合。這兩個論點,前者邏輯不嚴謹,《孔子世家》多有竄亂之文并不等同於其文全爲竄亂所致,一處有訛并不能證明他處亦誤;後者也失於片面,司馬遷撰著《史記》,對於同一事件的不同說法,在無法判別是非之時,往往采取兩說并存即存异的作法,以保證記載的客觀性。這段文字亦應作如是觀。并且後世史家也有類似"疏漏"文字。班固在《漢書·藝文志》中明言"孔子純取周詩",可是在《禮樂志》中又說"自夏以往,其流不可聞已,殷頌猶有存者",這很可能是因爲依據的史料不同或者立論之時寬泛而言造成的出入。

第二種意見認爲司馬遷不是第一個倡言孔子刪《詩》說之人。這派意見可分成兩個類別,一類認爲孔子刪《詩》說最早出於孔安國,史遷曾就其問學,從而沿襲其說。一類認爲《孔子世家》這段文字沒有倡言孔子刪《詩》,孔子刪《詩》說乃後人申述而成。孔安國在《尚書序》中說"先君孔子,生於周末,睹史籍之煩

---

① 司馬遷《史記》卷四十七,北京,中華書局 1982 年 11 月出版,第 6 冊第 1936 頁。

文,懼覽之者不一”,“遂乃定禮樂,明舊章,删詩爲三百篇”。但問題是,《尚書》孔傳一直被學者認定爲僞書,作僞者不出魏晋間人,近年李學勤先生撰文,將其流傳時代向前推至西晉[①];李先生在論及漢魏孔氏家學的論文當中,也充分肯定了孔安國的傳經之功。不過要想最終論定孔安國的著作權問題,還是需要更多的文獻或文物證據,現今只能束手,姑俟來日而已。退後一步説,司馬遷是否首先提出孔子删《詩》説也并非解决問題的關鍵所在。第二類持論認爲《孔子世家》所言“去其重,取可施於禮義”不能等同於删《詩》,孔子删《詩》説乃是出於班固、王充或是陸璣諸人之口。此説之弊在於,在秦漢簡牘時代,删字意爲用刀片削去簡牘上的錯字,其操作流程不是“去其重”,司馬遷也沒有明確使用“删詩”字樣,但我們不能拘泥地理解史遷語意,《孔子世家》所記是,孔子編輯選詩歌選本,備選資料很多,他取用部分詩篇,其他篇章包括重複多餘的詩歌也就自然黜落了,這也可以稱作“删詩”,是删而後定,這與劉向在《别録》之中屢言的“除複重”之“除”字意旨全同,後來班固説孔子“純取周詩”、王充説“孔子删去其重複”、陸璣説“孔子删《詩》授卜商”,亦皆如此理解史遷語意,沒有二致。也有學者指出,删可以有多種情况,删篇、删章、删句、删字,都可以用“删”字,這個視角也是可取的。

最早否定孔子删《詩》説的,宋代以來學者一般認爲是唐代的孔穎達,盡管人們也發現他的説法時常摇擺不定,首鼠兩端。近世有學者提出東漢鄭衆或鄭玄最早否定孔子删《詩》説。

鄭衆説的依據是,《周禮·春官·大師》:“教六詩,曰風,曰賦,曰比,曰興,曰雅,曰頌。”鄭玄注云:“鄭司農云:古而自有風、雅、頌之名,故延陵季子觀樂於魯時,孔子尚幼,未定《詩》、《書》,而因爲之歌《邶》、《鄘》、《衛》,曰:‘是其衛風乎?’又爲之歌《小

① 李學勤《論魏晉時期古文〈尚書〉的流傳》,收入李學勤《古文獻論叢》,上海,上海遠東出版社 1996 年 11 月,第 285—296 頁。

雅》、《大雅》，又爲之歌《頌》。《論語》曰：‘吾自衛反魯，然後樂正，《雅》、《頌》各得其所。’時禮樂自諸侯出，頗有謬亂不正，孔子正之。”[①]說者認爲鄭衆承認孔子正樂而否定孔子删《詩》。這種理解存有偏差。此處鄭氏注語關注的是詩樂，引《論語》孔子之言意在説明《周禮》所記亦有淵源，古時詩樂保存完整，使用規範，後來廢弃謬亂而得孔子的校正，孔子正樂之事見諸《論語》，其書可信，足以證明《周禮》所言非虚。鄭衆話語含糊，注文中“定”字的意旨比較寬泛，實際上没有明確涉及删《詩》事宜，對此求之過深反而會失之愈遠。

鄭玄説的論據是，《儀禮·鄉飲酒禮》“樂《南陔》、《白華》、《華黍》”鄭玄注云：“《南陔》、《白華》、《華黍》，《小雅》篇也，今亡，其義未聞。昔周之興也，周公制禮作樂，采時世之詩以爲樂歌，所以通情相風切也，其有此篇明矣，後世衰微，幽、厲尤甚，禮樂之書稍稍廢弃。孔子曰：‘吾自衛反魯，然後樂正，《雅》、《頌》各得其所。’謂當時在者而複重雜亂者也。惡能存其亡者乎？且正考父校商之名頌十二篇於周大師，歸以祀其先王，至孔子，二百年之間，五篇而已，此其信也。”[②]説者以爲鄭玄執持孔子之前詩篇已經散亡逸失之論，《詩經》亡佚的篇章并非孔子所删。此論亦有邏輯漏洞，孔子之前詩篇已經有所逸失與孔子删《詩》之間尚有兩個環節需要明晰：笙詩與亡失的《商頌》篇章在最初留存的詩章總數之中究竟占有多大比例？是否今存三百篇之外的詩章皆亡佚於孔子之前？這兩個問題説不清楚就不能證成鄭玄否定孔子删《詩》之説，因爲删多删少都可以稱作删。更何况，鄭玄在箋注《詩經》時，又説《南陔》、《白華》、《華黍》三篇，“孔子論詩，《雅》、《頌》各得其所，時俱在耳”，“遭戰國及秦之世而亡之”[③]。兩處説法截然不同。孔穎達考校鄭玄《注》語之出入，徵引《鄭

① 《景印阮刻十三經注疏》，上海，國學整理社1935年12月出版，第796頁。

② 《景印阮刻十三經注疏》第986頁。

③ 《景印阮刻十三經注疏》第418頁。

志》,以爲鄭玄注《禮》之時未見毛詩,故有此疏失。此説可信,鄭玄并未否定孔子删《詩》説。

後世學者對于孔子删《詩》説可信與否的具體辨析,大致從四個角度發論,一是孔子未曾自言删《詩》,二是季札觀樂,三是孔子編選取捨的標準,四是古詩三千之數。

很多學者提出,孔子自己沒有説到過删《詩》之事,他只説過正樂,《論語》所載"《雅》、《頌》各得其所"諸語即爲明證,正樂與删詩并非一事。此説忽略了孔子時代詩、樂、舞緊密結合和三位一體尚未完全分離的文化情狀。其時,詩歌的樂章意義更重於其語言意旨,詩歌之樂舞使用的場合及其内中表達的倫理或政治理念更爲世人所關注。孔子正樂,必然要涉及到詩篇樂章意旨的規範與樂音韵律的協調,不可避免要對詩句文字進行加工完善。屈萬里先生曾有文論及《詩經·國風》諸詩章句整齊、文辭皆爲雅言、用韵一致、代詞與助詞鮮見方言差别,認爲《國風》經過一定程度的潤色,潤色者可能是樂官。[①] 文辭的潤色附屬於詩樂的規範流程,在此意義上,正樂即是正《詩》。潤色《國風》的可能人選之中,孔子當然不能排除在外。即便此論難以考實,也不能由于《論語》闕載而懷疑孔子删《詩》説。因爲《論語》一書是孔子弟子或再傳弟子輯録的孔子語録,成於孔子死後,其内容并非面面俱到,也沒有將孔子平生言論鉅細無遺,全部網羅在内,删《詩》之事未見載録,也是很正常的。

朱彝尊、崔述、魏源等人從季札觀樂角度否定孔子删詩説,發論與上文所引鄭司農諸語相同,認爲季札觀樂時爲公元前 544 年,孔子只有八歲,而季札所觀魯國樂師奏樂次第基本同于今本《詩經》。此論向來被視作否定派的力證。但季札觀樂之時,《詩》樂之次序與今本不是全同,兹列表如下:

---

① 屈萬里《論國風非民間歌謠的本來面目書》,收入屈萬里《學傭論學集》,臺北:聯經出版事業公司 1984 年 7 月。

季札觀樂演奏次序	周南	召南	邶	鄘	衛	王	鄭	齊	豳	秦	魏	唐	陳	檜	小雅	大雅	頌	
今本《詩經》次序	周南	召南	邶	鄘	衛	王	鄭	齊	魏	唐	秦	陳	檜	曹	豳	小雅	大雅	頌

不難看出,秦風之後,二者頗多出入。已有學者指出,春秋時代,孔子之前,《詩經》已有一種編選的定本流傳,作爲教授貴族子弟之用。但孔子也可以利用參考前人的資料,另行編選詩歌文本,這就如同今人編選古代詩文選本,出於對各個時代詩文成就的不同看法或是限於各自的體例,對不同時代不同作家詩文選定的篇目與數量未必全然無异。這種情況可以看作先秦兩漢古書流傳的一個通例,《戰國策》在未經劉向編訂之前,有《短長》、《國事》、《國策》、《修書》、《事語》等多種不同稱名的版本流傳;郭店楚簡《老子》、馬王堆漢墓帛書《老子》與今傳本章句多有同异;郭店楚簡《五行》與馬王堆漢墓帛書《五行》章次或异,帛書本經説兼備,竹簡本則有經無説,這都應視爲同書异版的流通與傳播。先秦時代,《詩經》有不同的選本流通,稱名未必皆爲《詩》之一名,由於孔子開設私學,門徒三千,影響深遠,因而他的選本得以留存後世,亦因此故,漢代四家詩中有三家文獻載録的傳授淵源皆能推本於子夏或荀子,與孔門的關聯斷難割捨。

從孔子取捨標準與編選體例角度發論否定孔子删《詩》説的學者,一般選定三個立足點:録詩時限與地域、思想準則、"去其重"與"取可施於禮義"矛盾與否。如趙翼認爲孔子編選《詩經》必不捨古時詩而存近時詩;崔述以爲《詩經》録詩少見周初三百年作品,多有衰世、亂世之作,且地域僅取周之諸侯九國,不合於孔子行事,足證必非孔子所删。這些推論有以古擬今之嫌。孔子的思想和行事特點是後人根據傳世資料概括總結出來的,不同時代的人受到社會歷史的必然局限因而構想的孔子形象也會有所偏差,加之《論語》是研究孔子思想最爲重要的資料,但其書記載孔子言論往往缺乏具體的背景與語境,因而也必然導致後人難得確解甚或産生誤解,因此就録詩時限與地域、思想準則等層面探研孔子選詩的取捨標準,文獻記載極少,鑿空立論,太多主觀色彩,缺少說服力。

否定派從思想角度駁斥孔子删《詩》說,主要以"鄭聲淫"爲依據,認爲孔子屢言"鄭聲淫"、"放鄭聲",選詩必弃之而後快,但今傳《詩經》存有《鄭風》,内容淫亂之詩多有,足見今本非出於孔子之手。此論頗具迷惑性。《論語》記載孔子論《詩》諸語,涵蓋不同層面,或是指詩之樂,或是指詩之語言,或是指詩之思想,或是指詩之用,孔子没有明確區分詩歌語言層面的本義和詩樂的禮儀意味,對其稱說的範疇應該加以審慎之辨析。鄭聲是指鄭詩還是謂鄭詩音樂,淫是指思想内容荒淫還是謂音樂風格不中和,學界尚有爭議,今人多認同後者,就此而言,否定派的理解大謬。再者,文獻記載證明孔子并不排斥鄭詩,而是多有稱引,如《禮記·緇衣》記載孔子曰:"好賢如《緇衣》。"《緇衣》見於《鄭風》;《孔子家語·致思》記載孔子引用《鄭風·野有蔓草》"有美一人"語句;《孔子家語·好生》記載孔子引用《鄭風·大叔于田》"執轡如組"語句。這些記載自有淵源,并非向壁虚造。李學勤先生認爲《孔子家語》是漢魏孔氏家學内部整理流傳的文本;而《禮記》之《緇衣》篇先後見於郭店簡與上博簡,時代不會晚於戰國中期。另外,早有學者辯駁指出,《孔子世家》所言"取可施於禮義"中的"禮義"通"禮儀",并非稱指思想内容層面,否定派就貞淫論說顯然是站不住脚的。

有學者提出孔子删《詩》若即如王充所言"孔子删去其重複",那麽《孔子世家》文中所言孔子删詩"去其重"與"取可施於禮義"相矛盾,"去其重"并不是去其不可施於禮義的意思。其實,二者前後聯繫,相互補足,不能視作兩重不同的標準。因爲孔子之前詩篇普遍使用於各種禮儀場合,社會上已經形成了一整套較爲穩定的奏樂賦詩的規範,他備選的詩章都是當初能够"施於禮義"的。"去其重"既指删弃重複多餘的詩篇,"取可施於禮義"的必要性則在於對零散不全或因其他原因無法繼續"施於禮義”的樂章意義上的“殘缺”詩篇弃而不録，這是對“去其重”的進一步限定，《孔子世家》諸語意謂去其重復、捨其殘缺，前後并不衝突。

否定派學者就古詩三千之數角度切入，深入開掘，對孔子删《詩》說提出了最爲有力的反證。他們從兩個方面著眼，倡言古詩三千之數不可信，第一個方面是拈出《論語》載録孔子屢言“詩三百”，認爲其時流存詩篇之總量即爲三百，三百之數必非孔子所自定。肯定派學者駁論以爲孔子所說“詩三百”也可以稱指其自編之《詩》文本。我們不妨再將視野拓展開去，先秦之時，《詩經》的選本不一，流傳廣泛，孔子所言“詩三百”不管其實際指稱何人所編定的本子，都無礙於孔子删《詩》說的成立，因爲孔子前後，《詩》文本的整理與輯集不止一家，孔子删編本及其前留存下來的《詩》文本都有可能限定于三百篇之數，社會上流播的《詩》文本也有可能大同小异。

否定派學者著眼的第二個方面是逸詩，他們輯集先秦典籍中的逸詩，查找漏洞，自從孔穎達在《詩譜序》正義指出：“如《史記》之言，則孔子之前，詩篇多矣。案書傳所引之詩，見在者多，亡逸者少，則孔子所録，不容十分去九。馬遷言古詩三千餘篇，未可信也。”[①]此後逸詩即成爲對立雙方發論的重要視角，再也無法避開。否定派的發論有兩種邏輯思路，第一種思路是承認《詩》有逸亡之篇章，但他們統計傳世之逸詩，發現其數量有限，孔穎達之外，《經義考》引有葉水心的話，說：“周詩及諸侯用爲樂章，今載于《左氏傳》者，皆史官先所采定，就有逸詩，殊少矣，疑不待孔子而後删十取一也。”[②]清代學者趙翼在《陔餘叢考》卷二設有“古詩三千之非”條目，指出，《國語》引《詩》31 條，其中逸詩僅有 1 條，“是逸詩僅删存詩三十之一也”，《左傳》引《詩》217 條，逸詩僅占 13 條，“是逸詩僅删存詩二十之一也”，“若使古詩有三

① 《景印阮刻十三經注疏》第 265 頁。

② 朱彝尊《經義考》卷九十八，北京，中華書局 1998 年 11 月出版，第 532 頁。

千餘,則所引逸詩,宜多于删存詩之十倍,豈有古詩則十倍于删存詩,而所引逸詩,反不及删存詩二三十分之一? 以此而推,古詩三千之説不足憑也”。[①] 趙氏的統計與推論似頗嚴正縝密。第二種思路是從逸詩的認定及其亡逸的原因入手,否定逸詩乃孔子所黜落,從而使孔子删《詩》之事淪于虚妄。朱彝尊即否認孔子曾經删《詩》,認爲《詩》之所以逸,一者在于秦火之後口誦者偶或遺忘,一者爲章句學者整齊文句所致。魏源則另辟蹊徑,認爲今存之逸詩不盡爲逸,孔子之後沒有逸詩,世人所謂逸詩,有的逸于孔子之前,有的出于聖門傳授之外,有的屬于三家詩之遺文,有的爲文而非詩。

孔穎達、趙翼等人對逸詩的統計,資料確鑿,看似無懈可擊,我們可以從三種角度進行辯駁。一是孔子删詩如同劉向編訂群籍一樣,廣集衆本,删同存异,因此《管子》定本僅八十六篇,而劉向《叙録》云:“凡中外書五百六十四篇,以校除複重四百八十四篇,定著八十六篇。”同理,《史記》所云三千之目乃是孔子廣集衆本所得詩篇之總數,内中重複者難以計數,删去重複詩篇後,留存之數或不過三五百篇也是極有可能的。至于有學者提出孔子周遊列國,意在爲政,無力搜集衆本,其説失之偏頗,先秦時代書籍數量不多,孔子個人搜集之力雖遠遜于西漢朝廷,但搜集的難度也相應降低許多,獨力廣集衆本也是能够做到的。

第二個角度,依據傳世上古典籍統計逸詩,資料不盡客觀,未必確切可信。首先是先秦典籍大量亡佚,秦漢文獻流傳之中亦有散失,因此存世材料不足以反映先秦兩漢時代文獻的全貌,據以統計逸詩,必定頗多疏漏。如新出簡帛所引逸詩有二:郭店楚簡《唐虞之道》引《虞詩》曰:“大明不出,萬物皆訇。聖者不在上,天下必壞。”馬王堆帛書《繆和》引《詩》云“女弄不敝衣裳,士弄不敝車輪”。《戰國策·楚策一》引古語云:“寵女不敝席,寵臣

① 趙翼《陔餘叢考》卷二,石家莊,河北人民出版社 1990 年 11 月出版,第 26—28 頁。

不敝軒。”但未明言所引出于《詩》。另外上海博物館購得之戰國楚竹書中也有一些逸詩篇題語句，多不見于傳世文獻。而稽考群籍，獨見或首見于漢人徵引的逸詩，也有一定的數量，列表如下：

首見于漢世典籍引用的逸詩

逸詩語句	出　處	漢人之論定
九變復貫，知言之選	《漢書·武帝紀》	漢武帝引《詩》
四牡翼翼，以征不服	《漢書·武帝紀》	漢武帝引《詩》，應劭以爲逸詩
以雅以南，韎任朱離	《後漢書·陳禪傳》	陳忠奏文引《詩》
有斧有柯	《新語·辨惑》	陸賈引《詩》
得人者興，失人者崩	《史記·商君列傳》	司馬遷引《詩》
驪駒在門，仆夫具存。驪駒在路，仆夫整駕。	《漢書·王式傳》	服虔以爲逸詩
皇皇上帝，其命不忒。天之與人，必報其德	《説苑·權謀》	孔子引《詩》
代馬依北風，飛鳥棲故巢	《文選·古诗十九首》李注引《韓詩外傳》	韓嬰引《詩》
綿綿之葛，在于曠野，良工得之，以爲絺紵，良工不得，枯死于野。	《説苑·尊賢》	鄒陽引《詩》
皎皎練絲，在所染之。	《後漢書·楊終傳》	楊終引《詩》

此類逸詩出現之時，皆未有作者與相關創作時代背景的説明，但漢武之時，儒學見重，經學昌盛，漢人引語既已標明出于《詩》，當非妄造，若論定爲先秦詩作，也自能取信于人。其次，先秦引《詩》，未必謹遵規範，韵語與諺語交錯糾纏，散文化或增改文字乃其常態，因故逸詩或湮沒在群籍傳世典籍中的普通行文之間，認定尚有困難，學者難能一致。《周禮·春官·樂師》鄭玄注引鄭司农云：“敕爾瞽；率爾衆工，奏爾悲誦。肅肅雍雍，毋怠毋凶。”賈公彦疏：“‘奏爾悲誦’等似逸詩。”清人劉恭冕亦曾論及

"孔子閒居多逸詩說",文云:

孔子曰:"無聲之樂,無體之禮,無服之喪,此之謂三無。"子夏曰:"敢問何詩近之?"孔子曰:"'夙夜其命宥密',無聲之樂也。'威儀逮逮,不可選也',無體之禮也。'凡民有喪,匍匐救之',無服之喪也。"又曰:"君子之服之也,猶有五起焉","無聲之樂,氣志不違;無體之禮,威儀遲遲;無服之喪,內恕孔悲;無聲之樂,氣志既得;無體之禮,威儀翼翼;無服之喪,施及四國。無聲之樂,氣志既從;無體之禮,上下和同;無服之喪,以畜萬邦。無聲之樂,日聞四方;無體之禮,日就月將;無服之喪,純德孔明。無聲之樂,氣志既起;無體之禮,施及四海;無服之喪,施於孫子。"案:夫子因子夏"三無"與《詩》相近之問,以《詩》之近者告之,則下文所告以五起之語,必皆《詩》辭無疑,故如"以畜萬邦"、"日就月將"、"施於孫子"皆見今《詩》,其"威儀遲遲"、"內恕孔悲"、"威儀翼翼"、"施及四國"、"上下和同"、"日聞四方"、"純德孔明"、"施及四海"亦絕似《詩》語,其爲逸《詩》無疑。惟"氣志不違"、"氣志既得"、"氣志既從"、"氣志既起"四句爲可疑,然以"樂只君子"、"豈弟君子"證之,固有一語而數見者,且《詩》辭前後章相同者甚多,是亦無可疑矣。夫子引《詩》以證"五起",而中自成韵,真是絕妙。若以爲夫子所屬之文,則五節內或詩或不詩,於文體不相應矣。①

他們的論説持之有故,言之成理,不由人不信服。這類近似《詩》語的文字應該如何處理,學界尚未予以充分的關注和深入的探討。

第三個角度是,古詩三千在孔子之前即已缺失散亂,不能以之和傳世逸詩直接比照考論。陳新雄先生曾著文指出,聯繫《孔

① 劉台拱、劉寶樹、劉寶楠、劉恭冕著,張連生、秦躍宇校點,《劉恭冕集·廣經室文鈔》,《寶應劉氏集》,揚州,廣陵書社 2006 年 6 月,第 556—557 頁。

子世家》上下文，前後觀之，“司馬遷明言，孔子之時，已經是‘詩書缺’，古詩三千餘篇，是指孔子以前，到孔子之時詩已有缺，則自無三千餘篇”。① 的確，通覽全文，史遷語意脉絡清晰，在提出周室微而禮樂廢、《詩》《書》缺之後，較爲系統地述說了孔子在禮樂典籍方面的諸多貢獻，他的叙述層次分别爲：《書》——《禮》——《樂》——《詩》——《易》——教學實踐。這個觀點可謂讀書得間，能够充分反駁魏源所持孔子之後無逸詩的論點。

朱彝尊持論之失在于無法證成他所説的整齊文句的章句學者必然不包括孔子在內，并且他也忽視了部分逸詩前後相承，淵源明確，後人襲用古書載録的逸詩，歷歷可考，漢代學者引征的逸詩語句也有沿襲自先秦者，現將可以明確查知引征淵源的逸詩語句列表如下：

源出先秦典籍徵引而後人襲用之逸詩

逸　詩	首次徵引	後出典籍引用	備　注
王道蕩蕩，無偏無黨。王道平平，無黨無偏。	《尚書·洪範》	《墨子·兼愛下》	有異文，《墨子》所引多出四句
浩浩者水，育育者魚。未有家室，而安召我居。	《管子·小問》	《列女傳·齊管妾婧》	有異文
禮義不愆，何恤於人言。	《左傳·昭公四年》	《荀子·正名》、《漢書·東方朔傳》引《答客難》、《漢書·匡衡傳》、《文選·何平叔景福殿賦》李注引《大戴禮》	有異文

① 陳新雄《删詩問題之探討》，《第二届詩經國際學術研討會論文集》，北京，語文出版社 1996 年 8 月，第 323—332 頁。

续表

逸　詩	首次徵引	後出典籍引用	備　注
良冶之子必學爲裘,良弓之子必學爲箕。	《禮記・學記》	《列子・湯問》	句型不同
唯則定國	《左傳・僖公九年》(未云引《詩》)	《呂氏春秋・權勲》	《呂氏春秋》所引多出一句
毋過亂門	《左傳・昭公十九年》(引用諺語)	《呂氏春秋・原亂》	有異文
遠宅不薄	《逸周書・大武解》	《戰國策・秦策》、《史記・春申君列傳》、《新序・善謀》	句式長短不一
一國三公,吾誰適從。	《左傳・僖公五年》(未云引《詩》)	《梁書・武帝紀》	

這些逸詩語句出于先秦文獻,後人襲用,傳承明確,它們未爲秦火焚亡,但也沒有被漢代《詩》家重新摭拾收録,可見他們絕非漢人口誦偶或遺忘之詞。考慮到先秦文獻傳抄不便,且復經秦火之劫,散亡不在少數,我們現在看到的大量僅爲先秦文獻徵引一次的逸詩應當也有一定的重複徵引率,只是存世資料無多,難以詳考。

魏源沒有認識到,詩之逸亡可以在孔子之前,也可以在孔子之後,孔子删《詩》也包括去除殘篇。幷且既經秦火,《詩》《書》焚毀,漢初學者未見能習得全經者,他們依靠誦讀傳抄成書,文字章句難免會有差异。但最應注意的是,漢代四家詩文本差异皆集中于文字之同异、個別語句之漏缺和少數詩篇排列次序三個方面,沒有出現任何一個獨立完整的詩篇此家有而彼派無的現象,畢竟逸詩章句留存尚多,諸家盡可取用補足自身的文本,以便搶得經學論爭之先機,可是這種情况實際上從來就沒有發生過,這或可在一定程度上證明四家詩傳習的文本系統是相對穩定的,應該屬于同源异流,也可確證逸詩絕非三家詩之遺文。

古今學者否定孔子删《詩》説提出的四個方面的反證,或有邏輯漏洞,或是解讀出現了偏差,都不能成立。漢代緯書所謂孔子受命製作五經,綱紀天下,爲漢制法,屬于經學意味的闡發,是爲神道設教,著意拔高,我們不必附和,置之毋論,就季札觀樂、古詩三千之數等諸多層面深入考論,目前尚無確證可以推翻司馬遷的説法。

《左傳》詞語箋釋

蘇　芃

摘　要:本文圍繞《左傳》中“立而奉之”、“爾有母遺繄我獨無”、“盍姑内省德乎”、“責禮也”、“束載”、“服讒蒐慝”、“棄位而姣”、“君討臣”的釋義以及句讀等問題展開考辨論證。

關鍵詞:《左傳》　詞語　釋義　句讀

立而奉之

《左傳·隱公》:“宋武公生仲子。仲子生而有文在其手,曰爲魯夫人,故仲子歸于我。生桓公而惠公薨,是以隱公立而奉之。”

杜預注曰:“隱公追成父志,爲桓公尚少,是以立爲太子,帥國人奉之。爲經元年春不書即位傳。”于鬯《香草校書·春秋左傳一》:“立者即謂隱公攝立爲君也。經不書即位,故傳明隱之所以立奉之者。‘之’字當指仲子,謂奉仲子爲母也。”[①]楊伯峻先生《春秋左傳注》:“據下文《傳》‘公攝位而欲秋好於邾’,‘公立而求成焉’等句,是隱公行國君之政,而實奉桓公爲君,非立之爲太子。桓公之被立爲太子,惠公未死時已如此,不待隱公再立之。”[②]

按:以上諸説,主要的爭議在於對“立而奉之”的理解。杜預認爲是隱公立桓公爲太子並奉之;于鬯認爲是隱公自立爲君,奉仲子爲母;楊伯峻先生認爲是隱公攝政以奉桓公。

---

① 于鬯《香草校書》,北京,中華書局,1984年,第740頁。

② 楊伯峻《春秋左傳注》,北京,中華書局,1990年,第4頁。

關於"立"是立隱公還是立桓公爲太子的問題，楊説已論述相當清楚，另需補充一點的是從《左傳》通篇來看，"某公立"的情況十分常見，均指某公立爲君，如隱公三年"桓公立"，桓公二年"宋殤公立"，不勝枚舉。

而有關"奉之"是奉桓公還是奉仲子的問題，我們考察出土文獻材料，馬王堆漢墓帛書《春秋事語》亦有這件事的相關記載："魯亘(桓)公少，隱公立以奉孤。"[①]顯然，"奉孤"就是奉桓公，不辯自明。

爾有母遺繄我獨無

《左傳・隱公元年》："公曰：'爾有母遺，繄我獨無！'"杜預注："繄，語助。"

按：前賢大都把"繄"字理解爲發語詞，所以通常在"繄"前斷句。

竹添光鴻《左傳會箋》："繄，《類篇》：'歎聲也。'繄通作翳，唐《幽求傳》：'翳幽求是賴。'又作譩，《列子・黄帝篇》：'仲尼曰："譩。"'張湛注：'譩音衣，與譩同，歎聲也。'又通作懿，《詩・大雅・瞻卬篇》：'懿彼哲婦，爲梟爲鴟。'鄭箋：'有所痛傷之聲。'杜解不是。"[②]

楊伯峻《春秋左傳注》："繄，發聲詞，無義。《論語・顔淵》：'司馬牛憂曰："人皆有兄弟，我獨無。"'意義與此類似而無'繄'字。疑繄與噫古僅平入對轉，即今嘆詞咳，可單獨爲一逗。"[③]

顧野王原本《玉篇》殘卷"瞖"字下書證引文："《左氏傳》：'瞖伯舅是[賴](筆者按：原卷抄脱一"賴"字，補)。'杜預曰：'瞖，發聲也。'又曰：'爾有母遺瞖。'杜預曰：'語助也。'……今或爲'繄'

① 國家文物局古文獻研究室《馬王堆漢墓帛書(叁)》，北京，文物出版社，1983年，"《春秋事語》釋文"第15頁。

② 竹添光鴻《左傳會箋》，臺北，天工書局，2005年再版，第25頁。

③ 《春秋左傳注》，第15頁。

(筆者按:原卷作"㦻",當是"緊"之訛),在糸部。"[①]《方言》:"㦻,然也。"

從《玉篇》殘卷引文可以看出,無論是杜預還是顧野王,都強調把"爾有母遺緊"的"緊"和作爲發語詞的"緊"區分開來。楊伯峻先生主張"緊"字後要逗開斷句,這是正確的。但是楊先生判斷"緊"是"發聲詞","緊"前也點斷,恐亦不當。

結合原本《玉篇》引文和故訓材料,我們認爲"緊"既非發語詞,也非嘆詞,而是接連上句的句末語氣助詞。這樣一來,原文的斷句當是:"爾有母遺緊,我獨無!"讀起來,恰恰可以彰顯"爾"和"我"的對比關係,文從字順,於義爲長,且與《顏淵》"人皆有兄弟,我獨無"句式相合。

盍姑内省德乎

《左傳·僖公十九年》:"宋人圍曹,討不服也。子魚言於宋公曰:'文王聞崇德亂而伐之,軍三旬而不降。退修教而復伐之,因而壘降。'……今君德無乃猶有所闕,而以伐人,若之何?盍姑内省德乎!無闕而後動。"

章太炎《春秋左傳讀》:"'盍姑内省德乎?'《說苑》述之云:'胡不退修德。'按:《說文》:'復,卻也,從彳日夊[②],一曰行遲。衲,復[③]或從内,退,古文從辵。'按:從内者,内聲也,此内字乃衲之古文省。大劉君識古文,故以'退'釋'内'也。《墨子·親士》

① 顧野王《玉篇殘卷》,《續修四庫全書》,上海,上海古籍出版社,2002年,第228冊第285—286頁。《續修四庫全書》所收原本《玉篇》殘卷據日本東方文化叢書本影印,保持了《玉篇》殘卷原貌,詳參拙文《原本〈玉篇〉殘卷國内影印本述評》,《中國典籍與文化》2008年第4期。

② 上海人民出版社1982年版《章太炎全集》(二)所收《春秋左傳讀》"夊"原作"攵",誤。

③ 上海人民出版社1982年版《章太炎全集》(二)所收《春秋左傳讀》的標點在"或從内"前有一逗,按此處不當點斷。

曰:'君子進不敗其志,内究其精。'俞先生曰:'内乃衲壞字,與進對文。'今觀此文,則内、衲固以聲通矣。《釋詁》:'省,察也。'省德,謂自察其德何如也。作修德,則便文易之,非訓詁也。尋上文説文王云:'退修教而復伐之。'則此當以退勸宋公,確然無疑義者。上作退,此作内者,古文不定一體,故彝器每有一字而前後異形者。今人乃以内省德屬讀,而從内省疚之義,由不知古六書假借也。"[1]楊伯峻《春秋左傳注》節引了太炎先生之説。[2]

按:太炎先生之説當確之不疑。"内"、"退"異文同義的情況在出土文獻和傳世文獻的對應文字裏時常可見。如在《尉繚子·兵談》中,今本"則内可以固守",銀雀山出土的簡本作"故迺可以固守"[3],《尉繚子·攻權》中,今本"夫力弱故進退不豪",銀雀山出土的簡本作"……故進迺不藁(豪)"[4],這裡的"迺"即"衲",也就是"退"字。又如,今本《周易·巽卦》:"初六,進退,利武人之貞",帛書本作"初六,進内,利武人之貞"[5];今本《周易·繫辭》:"退藏於密",帛書本作"内藏于閉"[6]。又,以"内"爲偏旁構件的字亦多用作"退",如《馬王堆漢墓帛書【壹】·德經》"吾不進寸而芮尺"[7],《馬王堆漢墓帛書【壹】·道經》"是以聲(聖)人芮其身而身先"、"功述(遂)身芮(退)",[8]這裡作"芮"字形的字,傳世本《老子》相對應的都是"退"字。

由此,我們可知"内"作"退",傳世文獻、出土文獻皆有大量實證用例,《漢語大詞典》和《漢語大字典》"内"釋"退"義項的書

① 章太炎《春秋左傳讀》,《章太炎全集》(二),上海,上海人民出版社,1982年,第268頁。

② 《春秋左傳注》,第384頁。

③ 《銀雀山漢墓竹簡【壹】》,北京,文物出版社,1985年,第77頁。

④ 《銀雀山漢墓竹簡【壹】》,第81頁。

⑤ 鄧球柏《帛書周易校釋》,長沙,湖南人民出版社,2002年,第401頁。

⑥ 《帛書周易校釋》第510頁。

⑦ 國家文物局古文獻研究室《馬王堆漢墓帛書【壹】》,北京,文物出版社,1980年,第6頁。

⑧ 《馬王堆漢墓帛書【壹】》第10頁。

證材料都只舉《墨子·親士》"君子進不敗其志,内究其精",可再作補充。《王力古漢語字典》以"擴大詞義概括性"和"僻義歸入備考欄"爲特點[①],但於"内"字下失收此義項。

責禮也

《左傳·僖公二十七年》:"秋,入杞,責禮也。"

"責禮",《十三經注疏》作"責無禮"。陸德明《經典釋文》曰:"責禮也,本或作'責無禮'者非。"楊伯峻《春秋左傳注》等今人《左傳》整理本皆作"責無禮"。

按:《説文·貝部》"責,求也","責禮",即用禮義來要求。這段話的上文中有"二十七年春,杞桓公來朝,用夷禮,故曰子。公卑杞,杞不共也","入杞,責禮"和"杞桓公來朝,用夷禮"恰好呼應。"無"字恐爲後人不明"責禮"之義而妄增,《經典釋文》所説爲是。

實際上,"責禮"一詞習見於先秦兩漢文獻,又如:

《史記·魯周公世家》:"七年,吳王夫差强,伐齊,至繒,征百牢于魯。季康子使子貢説吳王及太宰嚭,以禮詘之。吳王曰:'我文身,不足責禮。'乃止。"

《列女傳·鄒孟軻母》:"今子不察於禮,而責禮於人,不亦遠乎!"

類似結構的還有"責義"一詞,如《漢書·薛宣傳》:"譴呵及細微,責義不量力。"

束載

《左傳·僖公三十三年》:"鄭穆公使視客館,則束載、厲兵、秣馬矣。"

---

① 王力《王力古漢語字典》,北京,中華書局,2000年,《序》第1頁。

《四部叢刊》、《十三經注疏》、唐開成石經等各種傳世本《左傳》皆作“束載”。敦煌寫本 P. 2509《春秋經傳集解卷第七》作“束戟”[①]。劉文淇《春秋左氏傳舊注疏證》作“束載”，曰：“束載，謂縛物於車也。”[②]楊伯峻先生《春秋左傳注》亦作“束載”，且注曰：“載指可載于車之物，什物皆已捆束，兵器皆已磨礪，馬匹亦已喂飽，以待秦師之來，甚至可爲内應。”[③]

按：敦煌文獻中的“戟”字初讀起來，似乎和下文“兵”、“馬”形成照應，較“載”於義爲長。

然而，仔細考察各類相關文獻，歷來無“束戟”一説。戟作爲一種古代兵器，是合戈、矛爲一體的，略似戈，兼有戈之横擊、矛之直刺兩種作用。《説文·束部》：“束，縛也。”《説文·戈部》：“戟，有枝兵也。”古籍中“束＋兵器名稱”一類的結構，大都是收起兵器之義，如“束兵”，《吕氏春秋·悔過》：“過天子之城，宜櫜甲束兵，左右皆下，以爲天子禮。”《左傳·僖公三十三年》“秦師輕而無禮必敗”杜預注：“謂過天子門，不卷甲束兵，超乘示勇。”又如“束甲械”，《春秋繁露》：“隱武行文，束甲械。”

回到《左傳》文中來看，戰鬥即將展開，爲何要“束戟”呢？“束戟”和“厲兵”是相矛盾的，作“束戟”顯然於義不通。

且各種傳世本《左傳》，《通志》、《册府元龜》、《繹史》諸書引《左傳》皆從“束載”；《史記》中《秦本紀》、《晉世家》、《鄭世家》關於這件事情記載都很簡略，亦找不出“束戟”的旁證。

孤證不立，所以我們可以斷定敦煌文獻中的“戟”是“載”的誤字，“戟”和“載”字形極近，很有可能是抄寫者涉下“兵”字，以爲都是兵器一類而致誤。

但是，劉文淇、楊伯峻先生對“束載”的理解均有失偏頗。

---

① 黄永武《敦煌寶藏》，臺北，新文豐出版公司，1981—1986 年，第 121 册第 326 頁。

② 劉文淇《春秋左氏傳舊注疏證》，北京，科學出版社，1959 年，第 456 頁。

③ 《春秋左傳注》第 495 頁。

《左傳・成公十六年》:"苗賁皇徇曰:'蒐乘、補卒、秣馬、利兵、修陳、固列、蓐食、申禱,明日復戰。'"這裏亦是在描述作戰前的準備事宜,與僖公三十三年的情況十分相近。"蒐乘",《爾雅・釋詁》"蒐,聚也","蒐乘"就是聚集兵車。

而"束"字也可由"縛"義而引申爲聚集的意思,《漢書・食貨志下》"束于帛"李奇注曰:"束,聚也"。又《說文・車部》:"載,乘也。"

所以"束載"也是聚集兵車的意思,和"蒐乘"意義完全一樣,且僖公三十三年"束載"、"厲兵"、"秣馬"和成公十六年的"蒐乘"、"利兵"、"秣馬"同樣都是記載的戰前準備,文字上恰恰成一一對應的關係。

挖掘《左傳》内證,辨明"束載"一詞的意思,實際上同時也爲我們判斷敦煌文獻中"戟"是"載"的誤字提供了有力的依據。

服讒蒐慝

《左傳・文公十八年》:"少皞氏有不才子,毁信廢忠,崇飾惡言,靖譖庸回,服讒蒐慝,以誣盛德,天下之民謂之'窮奇'。"

杜預注曰:"服,行也。蒐,隱也。"楊伯峻先生採取了存疑的態度,對"蒐"的理解存兩説,《注》曰:"杜注:'服,行也。'則服讒者,施行讒言之謂也。蒐有二義,服虔與杜預俱謂'蒐,隱也',蓋以蒐爲廋,《廣雅》及《方言》並云:'廋,隱也。'則蒐慝者,與'掩義隱賊'之意同,隱瞞爲惡之人之謂也。如讀蒐如字,則《爾雅・釋詁》云'聚也',聚積奸慝之人之謂也。"①

按:服,當通"伏"。朱駿聲《說文通訓定聲・頤部》:"服,假借爲伏。"《爾雅・釋鳥》"蝙蝠,服翼"郝懿行《義疏》:"本草作伏翼,伏、服古字通也。"《禮記・曲禮上》"孝子不服闇"俞樾《群經平議》:"……服,當讀爲'伏'。《周易・繫辭傳》釋文曰:'伏,服

① 《春秋左傳注》,第639頁。

也。'《文選·陸士衡〈吳王郎中時從梁陳詩〉》'誰謂伏事淺'注曰:'服與伏同,古字通。'……又(《左傳》昭公)十二年《傳》:'奉壺飲冰以蒲伏焉',《史記·蘇秦傳》:'嫂委蛇蒲服','蒲伏'即'蒲服'也,並'服'、'伏'通用之證。'服'與'伏'聲近義通。……'不服闇'者,不伏闇也,謂不潛伏於闇冥之中也。"[①]《周易·同人》"伏戎于莽"之"伏",馬王堆帛書本作"服"。[②]

又,《文選·廣絶交論》下李善注引《左氏傳》即作"伏讒蒐慝"[③]。

"伏"有隱藏之義,《廣雅·釋詁四》"伏,藏也",如:《詩經·小雅·正月》:"潛雖伏矣,亦孔之照。"《老子》第五十八章:"禍兮福之所倚,福兮禍之所伏。"故"服讒蒐慝"的"服"亦當訓作隱藏、隱匿之義。

再來看"蒐"字,今本《左傳》"蒐"當是"廋"的借字。

"服讒蒐慝"及其杜注在原本《玉篇》殘卷"廋"字下引作:"《左氏傳》:'服讒廋匿。'杜預曰:'廋,隱也。'"[④]原本《玉篇》殘卷抄寫所據底本的年代是可以追溯到南朝梁的,"蒐"作"廋"或存古貌,因此我們可作這樣的推斷:服虔、杜預所見《左傳》"服讒蒐慝"的"蒐"字本作"廋",所以杜注釋之爲"隱也",這正與《方言》、《廣雅》"廋,隱也"合,故楊注"蒐有二義"之說當取前者,爲"隱藏"之義無疑。

原本《玉篇》殘卷所徵引的"匿"字同慝,《廣韻·德韻》:"匿,惡也,通作'慝'。"《左傳》中"讒"、"慝"多指奸邪之人,常相連用。如桓公六年"所謂馨香,無讒慝也",僖公二十八年"願以間執讒慝之口",襄公三十一年"讒慝弘多"等等。

綜上來看,我們可知"服讒蒐慝"是一個並列結構的短語,

---

① 俞樾《群經平議》,《續修四庫全書》,上海,上海古籍出版社,2002年,第178冊第302頁。

② 《帛書周易校釋》第100頁;

③ 蕭統編,李善注《文選》,北京,中華書局,2005年,第758頁。

④ 《玉篇殘卷》,《續修四庫全書》第228冊第496頁。

"服讒"和"蒐慝"同義連文,都是隱藏奸邪之人的意思。

棄位而姣

《左傳·襄公九年》:"棄位而姣,不可謂貞。"杜預注:"姣,淫之别名也。"

"姣",《十三經注疏》、《四部叢刊》、唐開成石經諸傳世本皆作"姣"。原本《玉篇》殘卷"放"字下書證引文作:"《左氏傳》'棄位而放,不可謂貞。'杜預曰:'放,淫之别名也。'"①

按:孔穎達《正義》:"服虔讀'姣'爲'放效'之'效',言效小人爲淫。"②

胡吉宣先生曾在《〈玉篇〉引書考異》一文中指出:"顧所據本爲'放',放亦訓放蕩,與淫泆義自洽。服注蓋本云:讀爲'放效'之'放',因《傳》文誤作'姣'而改。"③

《左傳》此段文字是有關"魯穆姜"的記載,今考劉向《古列女傳》,亦有相關記載,文字上和襄公九年幾乎完全一樣,疑即本于《左傳》,然而,"棄位而姣"作"棄位而放"④,與《玉篇》殘卷引文相同。

"放"有"淫"義,如《史記·樂書》"樂盈而不反,則放"裴駰《集解》引鄭玄曰:"放,放淫於樂聲,不能止也。"又,《詩經·召南·雄雉》"淫亂不恤國事"鄭玄注:"淫亂者,荒放于妻妾。"亦是以"放"來訓釋"淫"。

"淫"亦可訓"放",《左傳》杜預注本身就有例證。昭公六年:"嚴斷刑罰,以威其淫。"杜預注:"淫,放也。"這和《玉篇》殘卷所引杜預注"放,淫之别名也"恰好可以構成互訓的照應。由此,我們或

① 《玉篇殘卷》,《續修四庫全書》第228册第377頁。

② 孔穎達《春秋左傳正義》,《十三經注疏》,北京,中華書局,1980年,第1942頁。

③ 胡吉宣《〈玉篇〉引書考異》,《語言文字研究專輯》(上),上海,上海古籍出版社,1982年,第100—101頁。

④ 劉向《古列女傳》卷七,《四部叢刊初編》,上海,上海書店,1989年。

許可作這樣的推斷:杜預所見《左傳》文本其實就是"棄位而放",所以他的注解裏才會一處作"淫,放也",一處作"放,淫之别名也"。

另,從"放"和"淫"的含義來看,它們都有恣縱過度這類意思,例如"放蕩"和"淫蕩"的詞義幾乎相同,因此"放"、"淫"互訓是完全成立的。

而"姣"字,《說文·女部》:"姣,好也。"《方言》:"娥,嬴,好也。秦曰娥,宋魏之間謂之嬴。……自關而東河濟之間謂之媌,或謂之姣。"考察先秦兩漢文獻及相關故訓材料,"姣"作"淫"義只有《左傳》襄公九年杜預注這一條孤証。

可見,《玉篇》殘卷所引"棄位而放"以及"放,淫之别名也",或許留存古貌。胡吉宣先生說"服注蓋本云:讀爲'放效'之'放',因《傳》文誤作'姣'而改",這種觀點雖然只是一種推斷,未必完全正確,但是今本作"姣"者,亦恐爲後世傳寫異變,並非《左傳》原貌。那麼,漢語史上"姣"爲"淫"這一義項,很可能並非始於先秦,這個問題還有待更加深入地探討和研究。

君討臣

《左傳·定公四年》:"鄖公辛之弟懷將弑王,曰:'平王殺吾父,我殺其子,不亦可乎?'辛曰:'君討臣,誰敢讎之?君命,天也。若死天命,將誰讎?……'"

"君討臣",杜預《集解》、楊伯峻《注》等均未作解釋,沈玉成《左傳譯文》譯作"國君討伐臣下",李宗侗譯本直接作"君討臣",未譯。①

按:"討",當作"誅殺"義。《集韻·晧韻》:"討,一曰殺也。"《類篇·言部》:"討,殺也。"

回到《左傳》的上下文來看,上文講"平王殺吾父",下文言

① 沈玉成《左傳譯文》,北京,中華書局,1981年,第525頁;李宗侗《春秋左傳今注今譯》,臺北,商務印書館,1982年,第1343頁。

"若死天命",皆可以證明此處"討"字一定是包含有"殺"這一義素的,其確切含義爲"誅殺",而非只是一般意義上的"討伐"。黄侃先生曾説"經學之訓詁貴專"①,那麽把"討"字籠統地解作"討伐",是不確切的。

《國語·楚語下》有關此事的描述如下:"下虐上爲弑,上虐下爲討,而況君乎!君而討臣,何讎之爲?"這裡"弑"與"討"兩相對舉,清楚地表達了"討"的含義,所謂"上虐下",即"上殺下",可資以佐證。

下面,讓我們來對作"誅殺"義的"討"字展開一些深入的認識。

《説文·言部》:"討,治也。""討"本從言,有"公開譴責"之義,因此可以用作"征伐有罪"的意思,而征伐有罪的目的和結果往往都是誅殺征討對象,即有罪者,或至少是要以致其于死地。"討"和"殺"、"戮"一般是前後相承的連續舉措。這類例子在《左傳》時有出現,如:

(1) 宣公十一年:"寡人以諸侯討而戮之";

(2) 宣公十一年:"討而戮之,君之義也";

(3) 宣公十三年:"冬,晉人討邲之敗與清之師,歸罪於先縠而殺之,盡滅其族";

(4) 成公十年:"鄭伯討立君者,戊申,殺叔申、叔禽";

(5) 襄公五年:"楚人討陳叛故,曰:'由令尹子辛實侵欲焉。'乃殺之。"

然而,在省略交代"殺"、"戮"這個環節的情形下,單獨使用"討"字也就時常包含了"殺"的義素在内,"討"字由此産生了"誅殺"義。

"討"字直接用作"誅殺"義在先秦時代不僅限於《左傳》、《國語》,又如《管子·小匡》:"公乃使鮑叔行成,曰:'公子糾,親也,請君討之。'魯人爲殺公子糾。""請君討之"即"請君殺之",故下

① 黄侃《黄侃國學講義録》,北京,中華書局,2006年,第242頁。

文言"魯人爲殺公子糾"。

檢《漢語大詞典》"討"字"誅殺"義下書證,首舉《東觀漢記·彭寵傳》,與《左傳》、《國語》、《管子》等先秦典籍相比,爲時甚晚,宜作訂補。

補記:楊寶忠先生《古代漢語詞語考證》一書中曾就《左傳·宣公二年》"反不討賊"之"討"當釋"誅殺"義展開討論,並舉證大量文獻。[①] 但是楊先生文中未及"君討臣"的問題,而且楊先生論述"討"由作"誅殺"常義繼而引申作"征伐"之義,與本文論述的觀點正相反。另,就《漢語大詞典》"討"字義項條目的順序來看,第一個義項是"懲治有罪;征討",第二個義項是"誅殺",這說明《漢語大詞典》編纂者對"討"字釋義引申方式的理解與本文的論證是一致的。

附記:本文的部分條目曾經刊發於《圖書館雜志》2008 年第 12 期和《語言科學》2009 年第 1 期,現又作修改補充,特此說明。

① 楊寶忠《古代漢語詞語考證》,保定,河北大學出版社,1997 年,第 34—36 頁。

先秦射器考釋

楊　傑

摘要：研究禮器是明曉禮儀、洞悉禮義的基礎。射禮是先秦時期一種重要的禮儀，射禮中與射箭有關的器物稱之爲"射器"。本文剌取乏、並夾、楅、筭、扑、物、決、遂、極、耦次、中（鹿中、兕中、皮樹中、閭中、虎中）等十數種先秦射禮中較常見而今稀見、不易爲今人理解的射器，在比輯故說、加以辨正、參檢舊圖、取其善者的基礎上，一一明其形制、功用、異名，釋其得名、禮義、等差，并於考釋文字之後附之以圖，使有具象可睹，以期使研究射禮者，明射器之形，通射禮之意。

關鍵詞：射器　射禮　三禮

"三禮"之所以難讀，其重要原因之一，在於名物難懂。吾師王鍔先生曾言："'三禮'中涉及的名物，全部是先秦時期周人所使用，有些甚至是夏商遺制，加上地區的差異和時間的推移，名物質地、形制、用途等也在不斷變化之中。同時，這些名物還不斷被不同時期的學者和帝王將相賦予新的含義，再者，由於學者研究中理解的不同、偏差甚至誤解，愈後之讀者，想明了這些名物的樣式，就愈加困難。難怪周世宗非常感慨禮器'名實謬乖，朱紫混淆，鄭雅交雜，痛心疾首'，宋太祖也困惑于'禮器禮圖，相承傳用，浸歷年祀，寧免差違'。"①所言甚是。

那麼既然禮器難詳，我們是否可以忽略它、對它避而不談呢？不可以。錢玄先生曾說：

---

①　王鍔《宋聶崇義〈新定三禮圖〉的價值和整理——兼評丁鼎先生整理的〈新定三禮圖〉》，《孔子研究》2008年第2期，第76—87頁。

> 夫學《禮》不外四端：一曰禮之義，二曰禮之節，三曰百官之職，四曰禮之具。四者之中，必先明禮之具。如不明冕、弁、冠之别，則何以論尊卑之義？蓋先辨具體之物，然後能明所行之事；明所行之事，乃悉行事之義也。是必擇其常用者，分類部居，考其形制，則讀者用志不紛，易得門徑。專考《三禮》名物而成一編者，如李如圭《儀禮釋宫》。清世禮家輩出，日趨精密，江永《鄉黨圖考》、戴震《考工記圖》、程瑶田《考工創物小記》、任大椿《釋繒》等，皆分類考訂名物之著作，極有助於治禮者也。[①]

可見，研究“禮之具”是明曉“禮之節”、洞悉“禮之義”的基礎，對於研讀“三禮”很重要。所以，搞清楚名物着實有必要，儘管繁難，也不可繞過，況且前人不畏艱苦，已有分類考訂名物之作，且不乏善者，爲我們提供了可資借鑒的方式方法，我們理當踵武前人並有所創新了。

射禮是先秦時期一種重要的禮儀，射禮中與射箭有關的器物稱之爲“射器”。《周禮·地官·鄉師》“黨共射器”，鄭《注》：“射器者，弓、矢、楅、中之屬。”[②]《儀禮·鄉射禮》“命弟子納射器”，鄭《注》：“射器，弓、矢、決、拾、旌、中、籌、楅、豐也。”[③]其實，射器還不止這些，綜合起來，大致包括：射侯、弓、矢、乏（容、防）、並夾（矢籋）、楅（幅、箙）、筭（算、籌）、扑（楚扑、荊扑）、決（抉、玦、扳指）、遂（臂韝、射韝，捍、臂捍，拾）、極（朱極三，放）、獲旌（翿旌、旌）、中（鹿中、兕中、皮樹中、閭中、虎中）、豐、耦次等等。

《儀禮》中的《鄉射禮》和《大射》篇，分别詳細敘述了先秦時期州長主持的鄉射禮及諸侯級别的大射禮的行禮過程，雖然此

---

① 錢玄《三禮名物通釋》，南京，江蘇古籍出版社 1987 年 3 月出版，第 1—2 頁。

② ［清］阮元校刻《十三經注疏》附《校勘記》，北京，中華書局 1983 年 11 月北京第 3 次印刷，上冊第 714 頁下欄、第 715 頁上欄。

③ 《十三經注疏》附《校勘記》上冊第 997 頁上欄。

兩篇的内容都以射禮之節文度數爲主,然而十數種射器錯出其間,且稱謂糾紛,猝不可理。如果我們對這些射器忽而不談、視而不見,那么理解起射禮禮儀,則會終覺疏隔,而對于同禮易器、同器異禮所蘊含的禮之精義,則更是無由以明。所以,對射器剖決昭晰、精詳考徵,實在是研治射禮必不可少的基礎步驟之一。

鄭玄以降,凡注釋"三禮"者,多離不開對"名物"的訓釋,對射器的闡述,亦散落於其中,雖不乏精到者,如孫詒讓《周禮正義》中對射器的解説,但閲讀和查找起來甚爲不便。北宋經學家聶崇義曾作《三禮圖》[①],單辟卷六《射侯圖(上)》、卷七《射侯圖(下)》和卷八《弓矢圖》,對射器進行了詳細的分類、歸納和總結,對每一種射器,以"三禮"經文爲主,鄭《注》和孔、賈《疏》爲輔,闡釋其源流、形制和作用,於射器考釋着實功不可沒;但是其中錯誤也不在少數,如將"決"與"朱極三"混同爲一物,且對於絶大多數射器只言其形制、功用,未言其異名及得名原因等等;況且,聶《圖》制于宋初,年代已久,清人對於名物考釋,成果璀璨,對於前人之失多有辨正,我們理應予以吸收,作出新的射器考釋。錢玄先生在《三禮通論·名物篇》"武備"節中,將射具分爲弓弩、矢、弋射之具、其他射具等四個部分進行了總結説明[②],可資參考。

前面所列數的十數種先秦射禮所用射器中,弓、矢、射侯(即箭靶)是其中重要的三種,因其于禮儀以外,還廣泛行用于當時及後世的狩獵、戰爭、軍事演練等場合,故今人對其形制、功用等都還有大概的了解,不致于全然不曉。而其餘的十來種射器,則以其禮器功用的單一性,隨着射禮在後代舉行頻率的降低及最終退出歷史舞臺,也逐漸淡出了人們的視野,幾乎完全不爲今人

① 該書題名不一,或作《新定三禮圖》,或作《三禮圖集注》,或作《三禮圖》,下文或簡稱"聶《圖》"。

② 錢玄《三禮通論》,南京,南京師範大學出版社 1996 年出版,第 220—238 頁。

所了解。基於此,筆者剌取這十數種先秦較常見而今稀見、不爲今人理解的射器,臚舉件系,在比輯故說、加以辨正的基礎上,一一明其形制、功用、異名,并力圖釋其得名、禮義、等差,以使研究射禮者,明射器之形,通射禮之意。

然而對於名物的考釋,僅僅依賴於文字訓釋説明,是遠遠不夠的,一來文字的力量有限,二來即使文字能夠說清楚,終有繁縟之嫌,且不夠直觀,難以一目了然。如果附以圖示,圖書相輔,就形象易解多了,誠如宋代學者鄭樵所言:

> 圖,經也;書,緯也,一經一緯,相錯而成文。……圖,至約也;書,至博也,即圖而求易,即書而求難。古之學者,爲學有要,置圖于左,置書于右,索象于圖,索理于書,故人亦易爲學,學亦易爲功,舉而措之,如執左契。……①

故筆者參檢舊圖,吸收聶崇義《三禮圖》、黄以周《禮書通故》②、錢玄《三禮辭典》③等所繪射器圖之善者,附於每一射器的考釋文字之後,使讀者有具象可睹。

另外,本文對於聶《圖》引用的版本不一,在此作一説明:在聶《圖》的諸版本中,丁鼎先生選取最佳的宋淳熙本爲底本,用《四部叢刊三編》影印蒙古定宗本和《四庫全書》據内府藏錢曾也是園影宋鈔本之繕録本進行參校,作了頗有價值的校勘整理,集諸本之善,改正訛脱衍倒數百處,爲我們閲讀聶《圖》提供了便利,故本文引用聶《圖》文字的部分,用丁鼎整理本④。丁鼎整理本的聶《圖》的"圖"與四庫本完全一樣,出於對圖片編輯便利方面的考慮,對於聶《圖》中的圖像部分的引用,全部截取自《四庫

① [宋]鄭樵《通志》卷72《圖譜略序》,影印文淵閣《四庫全書》本。
② [清]黄以周《禮書通故》,王文錦點校,北京,中華書局2007年出版。
③ 錢玄、錢興奇《三禮辭典》,南京,江蘇古籍出版社1998年3月出版。
④ [宋]聶崇義《新定三禮圖》,丁鼎點校解說,北京,清華大學出版社2006年出版。

全書》電子版[①],其名亦仍《四庫》本之舊,作"《三禮圖集注》",以別于丁鼎整理本之"《新定三禮圖》"。

又吾師王鍔先生曾指出:"聶《圖》所繪圖,有許多不足之處,甚至出於想像者。早在宋代,就已經有學者指出。……近年來,先秦考古發掘,成果喜人,出土的與'三禮'名物相對應的器物很多。此次整理,若能利用考古出土器物圖,與聶氏原圖比照,則效果會更佳,也可以糾正聶崇義所繪圖的一些錯誤。"[②]所言極是。筆者本欲以出土的射器相參證,以正補聶氏及其他前人之疏漏,然而搜尋過程中發現射器的出土文物數量有限且不易得見,故暫且作罷。

1. 乏(容、防)

《儀禮·大射》云"凡乏用革"[③],《新定三禮圖》引舊《圖》云其"似今之屏風,其制從廣七尺,以牛革鞔,漆之"。[④] 可見,其形制類似于小屏風,長七尺[⑤]、高七尺,用皮革連綴而成,表面塗以漆。(參見圖1[⑥])其功用是保護獲者,爲獲者抵禦箭矢,射者射箭時,獲者隱蔽於其後。《儀禮·鄉射禮》"乏參侯道",鄭《注》:"容謂之乏,所以爲獲者禦矢也。"[⑦]又《周禮·夏官·射人》"三獲三容",鄭《注》引鄭司農云"容者,乏也,待獲者所

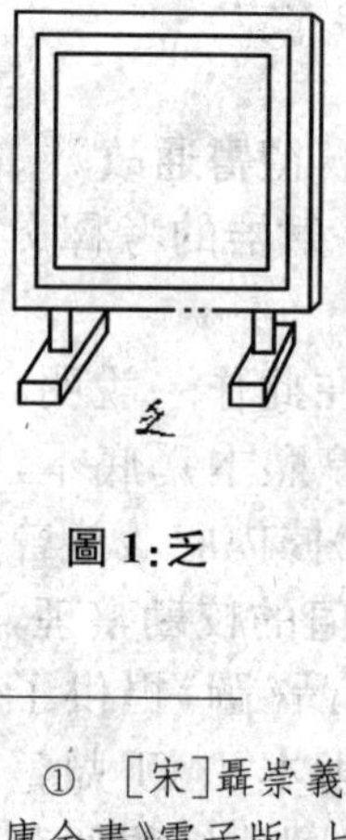

圖1:乏

① [宋]聶崇義《三禮圖集注》,迪志文化出版公司開發及製作《文淵閣四庫全書》電子版,上海,上海人民出版社2001年出版。

② 《宋聶崇義〈新定三禮圖〉的價值和整理——兼評丁鼎先生整理的〈新定三禮圖〉》。

③ 《十三經注疏》附《校勘記》上冊第1028頁中欄。

④ 《新定三禮圖》第215頁。

⑤ 文中所用尺、寸、丈等度量單位爲周制,周制1尺約合今23厘米,1丈=10尺,1尺=10寸。

⑥ 該圖採自《三禮辭典》第150頁。

⑦ 《十三經注疏》附《校勘記》上冊第993頁下欄。

蔽也。"[①]

乏,一名"容",又名"防"。《儀禮·大射》、《鄉射禮》通常謂之"乏",《周禮·夏官·射人》謂之"容"。"乏"之得名,《鄉射禮》"乏參侯道"下賈《疏》言:"云乏者,謂矢於此,匱乏不去,故云乏也。"[②]陳祥道《禮書》云:"正面北,乏面南,故文反'正'爲乏。"又云:"謂之乏,以矢力乏於此也。"[③]案《説文·正部》"乏"下引《左傳·宣公十五年》文"反正爲乏",段《注》:"此説字形而義在其中矣,不正則爲匱乏,二字相鄉背也。禮,受矢者曰正,拒矢者曰乏。以其禦矢,謂之乏。"[④]又名"容"者,《鄉射禮》"乏參侯道"下賈《疏》云:"容者,以革爲之,可以容身,故云容也。"[⑤]又《射人》"三獲三容"下賈《疏》云:"言容者,據唱獲者容身於其中,據人而言;云乏者,矢至此乏極不過,據矢而説也。"亦名"防"者,《爾雅·釋宫》曰:"容謂之防。"郭《注》:"唱射者所以自防隱。"[⑥]

關於其行禮時的擺放位置,鄉射、大射略有不同。《儀禮·鄉射禮》:"乏,參侯道居侯黨之一,西五步。"[⑦]"參侯道居侯黨之一",言乏的南北向定位——侯的北邊、距侯三分之一侯道的地方;"西五步",言乏的東西向定位——侯的西邊、距侯五步的地方。鄉射,侯道長五十步(步六尺),即三十丈,三分之一就是十丈;五步,即三丈。所以,鄉射中,乏的位置是:侯的西北邊,與侯南北之間的距離爲十丈,與侯東西之間的距離爲三丈。《儀禮·

① 《十三經注疏》附《校勘記》上册第 845 頁上、中欄。
② 《十三經注疏》附《校勘記》上册第 993 頁下欄。
③ [宋]陳祥道《禮書》卷 110,影印文淵閣《四庫全書》本。
④ [漢]許慎撰、[清]段玉裁注《説文解字注》,上海,上海古籍出版社 2003 年 6 月第 12 次印刷,第 69 頁下欄。
⑤ 《十三經注疏》附《校勘記》上册第 993 頁下欄。
⑥ 《十三經注疏》附《校勘記》下册第 2597 頁下欄。
⑦ 《十三經注疏》附《校勘記》上册第 993 頁下欄。

大射》:“設乏,各去其侯西十、北十。”[1]大射有三侯,故有三獲者,也就有三乏,[2]每一乏與其對應的侯的距離是一樣的:“西十”,言乏的東西向定位——對應侯的西邊、距侯十步的地方;“北十”,言乏的南北向定位——對應侯的北邊、距侯十步的地方。十步(步六尺),即六丈。所以,大射中,乏的位置是:其對應侯的西北邊,與侯南北之間的距離爲六丈,與侯東西之間的距離亦爲六丈。

2. 並夾(矢箙)

長柄的鉗子,具體大小待考。(參見圖2[3])矢射中侯過高、人手夠不到時,用以從侯上拔箭。《周禮·夏官·射鳥氏》:“射則取矢,矢在侯高,則以並夾取之。”鄭《注》引鄭司農云:“王射,則射鳥氏主取其矢。矢在侯高者,矢著侯高,人手不能及,則以並夾取之。並夾,針箭具。夾讀爲甲。”[4]

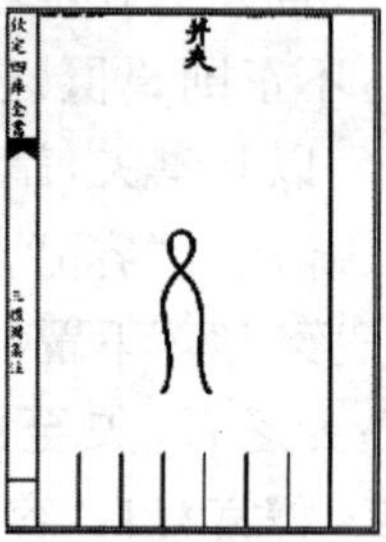

圖 2:並夾

一名“矢箙”。《周禮·夏官·司弓矢》:“大射、燕射,共弓矢如數,並夾。”鄭《注》:“並夾,矢箙也。”[5]《說文·竹部》:“箙,箝也。”[6]

3. 楅(輻、箙)

《儀禮·鄉射禮·記》云:“楅,長如笴,博三寸,厚寸有半,龍首,其中蛇交,韋當,楅髤。”鄭《注》:“博,廣也。兩端爲龍首,中央爲蛇身相交也。蛇龍,君子之類也。交者,象君子取矢于楅上

① 《十三經注疏》附《校勘記》上册第 1028 頁上欄。

② 《周禮·夏官·射人》:“三獲三容。”孫詒讓《正義》:“(經)云‘三獲三容’者,三侯侯各一乏,每乏各以一人居之以待獲。”([清]孫詒讓《周禮正義》,王文錦、陳玉霞點校,北京,中華書局 1987 年 12 月出版、2000 年 3 月第 3 次印刷,第九册第 2427 頁。)

③ 該圖採自《三禮圖集注》卷 8。

④ 《十三經注疏》附《校勘記》上册第 846 頁下欄。

⑤ 《十三經注疏》附《校勘記》上册第 865 頁下欄。

⑥ 《說文解字注》第 195 頁下欄。

也。直心背之衣曰當,以丹韋爲之。司馬左右撫矢而乘之,分委於當。䰍,赤黑漆也。”[①]據此,楅爲木制,被漆成赤黑色,長三尺,寬三寸,厚一寸半,兩端刻成龍頭的形狀,中間則爲兩條蛇相交纏的形態,有一塊漆成紅黑色的皮革製成的“韋當”,覆蓋在楅背的正中。其中所謂韋當,即以紅色皮革覆於楅背之正中。《新定三禮圖》卷八引《舊圖》云:“韋當長二尺,廣一尺,置楅之背上,以藉箭。”[②]此說可參。

然而,不知古代楅的形制確爲此否。疑點有二:其一,《儀禮·鄉射禮》云:“乃設楅於中庭,南當洗,東肆。”[③]既言“東肆”,可見楅之形當有首尾,而鄭《注》謂其兩端皆龍首,則無首尾之分。因此敖繼公不以鄭說爲然,而謂當刻其上端爲龍首。然敖氏於“其中蛇交”又不得其解,故後世學者又多以敖說爲非。上文姑用鄭說。其二,其有足與否,意見亦不一。有認爲有足者:如《新定三禮圖·楅》引《舊圖》曰楅“有足”,其所畫之楅,兩端皆爲龍首,且兩端各有兩足支地,形似獸足。(參見圖3[④])有認爲無足者(參見圖4[⑤]):如《禮書》云:“考之於禮,奉楅者坐奠,委矢者

圖3:楅(有足)

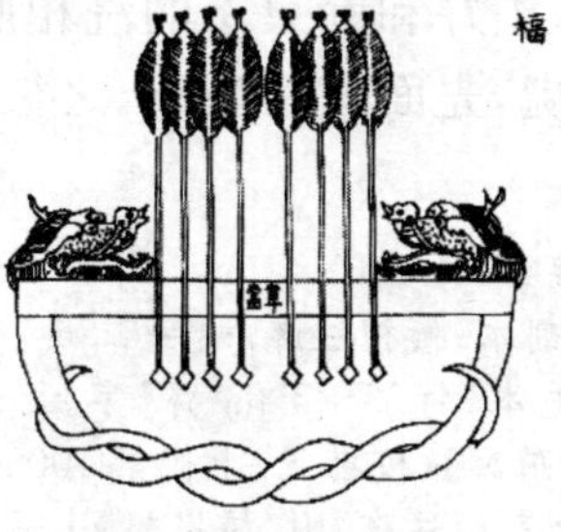

圖4:楅(無足)

① 《十三經注疏》附《校勘記》上册第1011頁上欄。
② 《新定三禮圖》第222頁。
③ 《十三經注疏》附《校勘記》上册第1001頁上欄。
④ 該圖採自《三禮圖集注》卷8。
⑤ 該圖採自《禮書通故》第2573頁。

坐委，乘矢者坐撫，取束矢者坐脱，則楅卑而無足可知。舊《圖》楅有足，誤矣。”[①]待考。

楅用以插箭，同時使箭整齊放置。《儀禮·鄉射禮》：“司馬……命弟子設楅。”鄭《注》：“楅，猶幅也，所以承笴【齊】[②]矢也。”[③]又《禮書》云：“蓋兩端龍首，所以限矢也。其中蛇交，所以安矢也。韋當，所以分矢也。”[④]

楅之得名，《禮書》言“夫楅之楅矢，蓋猶楅衡之楅牛”。[⑤] 一名“幅”，《儀禮·鄉射禮》：“司馬……命弟子設楅。”賈《疏》云：“（鄭《注》）訓楅爲幅者，義取若布帛有邊幅整齊之意，故云‘承笴齊矢’也。”[⑥]又名“箙”，胡培翬《儀禮正義》卷九引胡肇昕云：“《説文》無‘楅’字，本字作‘箙’。箙，弩矢箙也。《周禮·司弓矢》曰：‘中秋獻矢箙。’注：‘箙，盛矢器也。以獸皮爲之。’蓋盛矢之器，本以竹木爲之，而以獸皮爲飾，故其字從竹爲箙，或從木爲楅，服與畐偏旁，古多通用。”[⑦]

《儀禮·鄉射禮》：“乃設楅於中庭，南當洗，東肆。”[⑧]又《鄉射禮·記》：“横而拳之，南面坐而奠之，南北當洗。”[⑨]可知，設置楅的位置是：從與堂的東西距離來説，在庭的中央；從與堂的南北距離來説，正好和庭東邊的洗相應。設楅的弟子東西向横捧着楅來到此處，先面朝南坐下，之後將楅放下，使楅的首端朝西而

① 《禮書》卷 106。

② 阮刻本《儀禮注疏》卷一二無“齊”字。阮校云：“徐本同，聶氏、《通解》、楊氏、毛本‘笴’下俱有‘齊’字。朱子曰：‘注脱‘齊’字，據疏文補之。”（《十三經注疏》附《校勘記》上册第 1006 頁中欄。）據補。

③ 《十三經注疏》附《校勘記》上册第 1001 頁上欄。

④ 《禮書》卷 106。

⑤ 《禮書》卷 106。

⑥ 《十三經注疏》附《校勘記》上册第 1001 頁上欄。

⑦ ［清］胡培翬撰、楊大堉補《儀禮正義》，段熙仲點校，南京，江蘇古籍出版社 1993 年 7 月出版，第 534 頁。

⑧ 《十三經注疏》附《校勘記》上册第 1001 頁上欄。

⑨ 《十三經注疏》附《校勘記》上册第 1011 頁上欄。

尾朝東。

4. 筭(算、籌)

竹制的籌碼,長一尺四寸,或一尺二寸,射禮及投壺時用以計算射中次數。(參見圖 5[①])《儀禮·鄉射禮·記》言筭“長尺有握,握素”。鄭《注》曰:“握,本所持處也。素,謂刊之也,刊本一膚。”[②]《新定三禮圖·筭》曰:“握,四指也,一指一寸,是尺四寸也。”[③]據此,射禮用的筭,每支長一尺零一握(“尺有握”),一握爲四指的寬度,一指寬一寸,一握則四寸,一尺零一握也就是一尺四寸。其中四寸處刮削成白色(“素”),爲手握處,稱之爲“握”,故曰“握素”。《禮記·投壺》:“算長尺二寸。”[④]據此,投壺用的筭,每支長一尺二寸,較射禮用的筭短二寸。

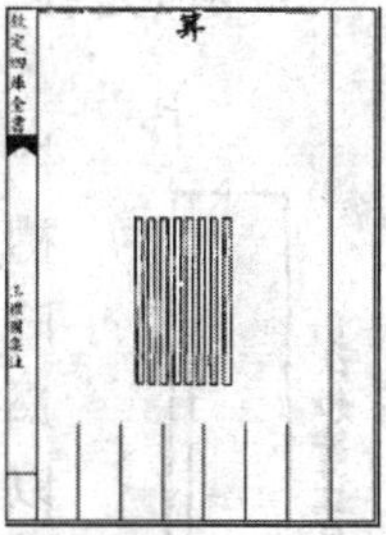

圖 5:筭

關於其數量,《儀禮·鄉射禮·記》言“箭籌八十”,鄭《注》:“籌,筭也。筭八十者,略以十耦爲正,貴全數。其時衆寡從賓。”[⑤]意思是說:如果按十耦計算,十耦當備矢八十支,筭籌亦當有八十支。據《注》《疏》說,言八十,只是舉其成數,實際所用箭籌的多寡,當視與射者的多少而定。《禮書》云:“鄉籌八十,而中實止於八者,籌八十以十耦計之也。一人四矢皆中,則用八籌焉。射未必皆中,而必備八算者,不敢期人之不中也。每一耦射中者一個,釋一算,上射於右,下射于左,有餘算則反之。蓋釋獲者取八籌於中,執之,改實八算,以待後中既釋獲,委於其中西,又取執而改實焉,故中之所容常八算。”[⑥]其說可從。

---

① 該圖採自《三禮圖集注》卷 8。
② 《十三經注疏》附《校勘記》上冊第 1012 頁上欄。
③ 《新定三禮圖》第 228 頁。
④ 《十三經注疏》附《校勘記》下冊第 1666 頁下欄。
⑤ 《十三經注疏》附《校勘記》上冊第 1012 頁上欄。
⑥ 《禮書》卷 110。

“筭”亦作“算”,一名“籌”。《儀禮·大射》:“賓之弓矢與中、籌、豐,皆止於西堂下。”鄭《注》:“籌,筭也。”[①]

5. 扑(楚扑、荊扑)

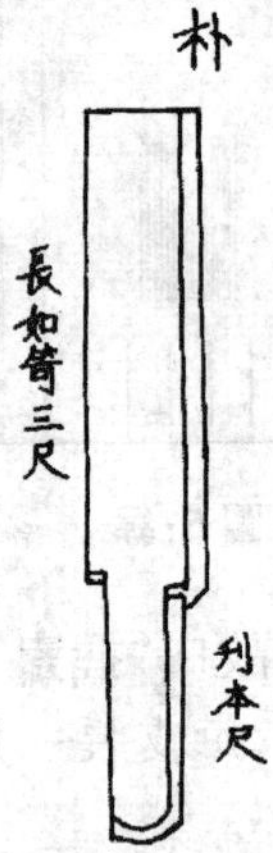

圖 6:扑

用楚木的枝幹製成的刑杖,長三尺,根部一尺被刮削光滑呈白色,以便手握。(參見圖 6[②])《儀禮·鄉射禮·記》:“楚扑長如笴,刊本尺。”鄭《注》曰:“刊其可持處。”[③]楊天宇《儀禮譯注》釋曰:“本爲手持處,削之使白。”[④]在舉行射禮的過程中,用以責罰不聽從教導、犯有過失的人,比如射者以箭傷人,司射就用扑撻罰他。《儀禮·鄉射禮》“司射……遂適階西,取扑搢之”,鄭《注》:“扑,所以撻犯教者。”[⑤]又《鄉射禮·記》“射者有過,則撻之”,鄭《注》:“過,謂矢揚中人。凡射時矢中人,當刑之。今鄉會衆賢,以禮樂勸民,而射者中人,本意在侯,去傷害之心遠,是以輕之,以扑撻於中庭而已。《書》曰:‘扑作教刑。’”[⑥]

一名“楚扑”,又名“荊扑”。扑者,撻也,以其功用名之。楚,木名,落葉灌木或小喬木,枝幹可做杖,用以扑人,故連稱曰“楚扑”。楚亦名荊,故“楚扑”亦名“荊扑”。

《儀禮·鄉射禮·記》:“司射之弓矢與扑,倚於西階之西。”鄭《注》:“便其事也。”[⑦]可知爲方便取用,司射的弓矢和扑,都倚放在西階的西邊。

---

① 《十三經注疏》附《校勘記》上册第 1034 頁下欄。
② 該圖採自《禮書通故》第 2575 頁。
③ 《十三經注疏》附《校勘記》上册第 1012 頁中欄。
④ 楊天宇《儀禮譯注》,上海,上海古籍出版社 1994 年出版,第 214 頁。
⑤ 《十三經注疏》附《校勘記》上册第 1000 頁上欄。
⑥ 《十三經注疏》附《校勘記》上册第 1011 頁上欄。
⑦ 《十三經注疏》附《校勘記》上册第 1010 頁上欄。

6. 物

《儀禮・鄉射禮・記》:“物長如笴,……距隨長武。”鄭《注》:“長如笴者,謂從畫之長短也。笴,矢幹也,長三尺,與跬相應,射者進退之節也……距隨者,物横畫也。始前足至東頭爲距,後足來合而南面爲隨。武,蹟也,尺二寸。”[①]《五禮通考》引郝敬曰:“物長如笴,與人步一跬相應。三尺爲跬,六尺爲步。從長半弓,不言横,同也。……左足先履物,拒其外曰距;右足來合,曰隨。足蹟曰武。武,尺有奇。兩足收斂迫狹,方可容一武也。”[②]據此,單個“物”的形制是:在地上用丹或墨,畫成縱横交叉的“十”字形。“十”字形的縱(南北向)畫長三尺(“長如笴”,笴,矢幹也,長三尺,與跬相應,射者進退之節也。);横(東西向)畫長一尺二寸(“距隨長武”,武,蹟也,尺二寸,兩足收斂迫狹,方可容一武也。)。(參見圖 7[③])之所以把“物”的横(東西向)畫稱作“距隨”,是因爲射箭時射者通過“距”和“隨”兩步動作,確立自己在横(東西向)畫上的位置:射者面朝南站立,先以左足履“物”横畫之東頭,拒其外,爲“距”;然後以右足隨至“物”横畫之西頭,與左足並立,曰“隨”。

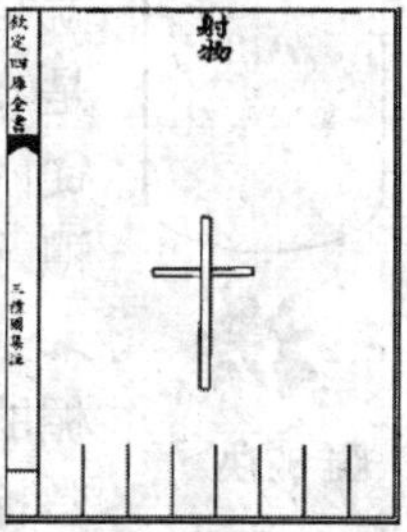

圖 7:物

《儀禮・鄉射禮》:“當左物,北面揖。”鄭《注》:“左物,下物也。”[④]又,《鄉射禮・記》“其間容弓”,鄭《注》:“間容弓者,上下射相去六尺也。”[⑤]《五禮通考》引郝敬曰:“其間,謂兩物相去中間。可容弓,六尺曰弓,即一步也。兩人麗立,中空一步以便射也。”[⑥]據此,物有兩個:“下物”和“上物”。射時射者面朝南,則左物指

---

① 《十三經注疏》附《校勘記》上册第 1010 頁下欄。
② [清]秦蕙田《五禮通考》,影印文淵閣《四庫全書》本,卷 162。
③ 該圖採自《三禮圖集注》卷 8。
④ 《十三經注疏》附《校勘記》上册第 999 頁下欄。
⑤ 《十三經注疏》附《校勘記》上册第 1010 頁下欄。
⑥ 《五禮通考》卷 162。

東之物,爲下射所立,故曰“下物”;右物在西,爲上射所立,故曰“上物”。上、下“物”之間相隔一弓(即六尺[1])的距離,以便射箭。

物,用以限定射者射箭時站立的位置。《禮書》曰:“物者,則之所自出也。”又曰:“凡射,及物則揖,履物則先左足,先左足以正其位,還視侯中以審其的,然後俯正而俟,此所謂以志正體直可以祈中矣。”[2]

物之得名,《儀禮·鄉射禮·記》“物長如笴”鄭《注》曰:“謂之物者,物猶事也,君子所有事也。”[3]又《禮書》:“射之所履,不過乎物,故位謂之物。”[4]

《儀禮·鄉射禮·記》:“射自楹間,……序則物當棟,堂則物當楣。”[5]所以,“物”所在的位置,也就是射者射箭所站的位置:從東西方向來說,不論是在序中還是在庠中舉行射禮,都在兩楹之間。從南北方向來說,則有不同:如果是在序中舉行射禮,那麼物就畫在堂的深處、上當屋棟的地方;如果是在庠中舉行射禮,那麼物就畫在堂前上當屋楣的地方。《禮書》曰:“其設也,兩楹之間,於序則當棟,於堂則當楣。”[6]可從。

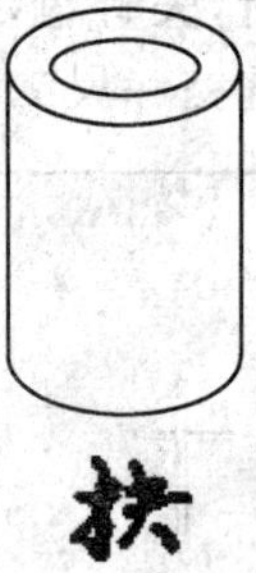

圖 8:決

7. 決(抉、玦、扳指)

用象骨製成的套子,射箭鉤弦時套在右手大拇指上,用以保護手指。(參見圖 8[7])《周禮·夏官·繕人》:“掌王之用弓、弩、矢、箙、矰、弋、抉、拾。”鄭《注》:“鄭司農云:‘抉者,所以縱弦

---

① 據《考工記·弓人》,弓的長度有上、中、下三等,分別爲六尺六寸、六尺三寸、六尺,此處鄭氏與郝氏蓋據下弓言。

② 《禮書》卷 109。

③ 《十三經注疏》附《校勘記》上册第 1010 頁下欄。

④ 《禮書》卷 109。

⑤ 《十三經注疏》附《校勘記》上册第 1010 頁下欄。

⑥ 《禮書》卷 109。

⑦ 該圖採自《三禮辭典》第 403 頁。

也。……'玄謂:抉,挾矢時所以持弦飾也,著右手巨指。"[①]《鄉射禮》"司射適堂西,袒、決、遂"下,鄭《注》:"(貴)【決】[②],猶闓也,以象骨爲之,著右大擘指,以鉤弦闓體也。"[③]"決"亦作"抉"、"玦",俗稱"扳指"。

8. 遂(臂韝、射韝,捍、臂捍,拾)

皮("韋")制的護袖。(參見圖9[④])射箭時套在左臂衣袖外面,作用有二:一是"蔽膚",即保護皮膚;二是"斂衣(袖)"以"遂弦",即謂使寬大的衣袖收束起來,以防射箭時左臂内衣袖礙弦,從而使弦活動自如,故名。《儀禮·鄉射禮》"司射適堂西,袒、決、遂",鄭《注》:"遂,射韝也,以韋爲之。所以遂弦者也,……所以蔽膚斂衣也。"[⑤]

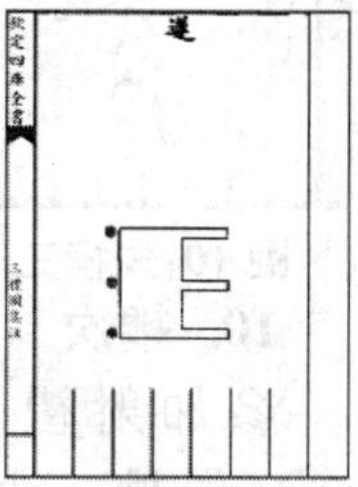

圖9:遂

又名"拾",《儀禮·鄉射禮》"司射適堂西,袒、決、遂",鄭《注》:"遂,……其非射時,則謂之拾。拾,斂也,所以蔽膚斂衣也。"[⑥]亦名"捍"、"臂捍":《禮記·内則》:"右佩玦、捍、管、遰、大觿、木燧。"鄭《注》:"捍,謂拾也,言可以捍弦也。"[⑦]又名"臂韝"、"射韝",錢玄先生引孫詒讓《正義》曰:"凡拾、遂、韝、扞四者同物。韝爲凡袒時蔽膚斂衣之通名,《史記·滑稽傳》云'帣韝鞠',又《張敖傳》云'朝夕袒韝蔽上食'是也。其射箸之,取其捍弦,故謂之捍,亦取其遂弦,故又謂之遂。非射時,則無取捍遂之義,故謂之拾。《大射》、《鄉射禮》兩篇於'説抉拾',則云拾;於'袒決遂',則云遂。一篇之中,立文有

① 《十三經注疏》附《校勘記》上册第856頁下欄。

② "貴",《五禮通考》卷162引作"決",《儀禮·大射》"司射適次,袒、決、遂"下鄭《注》亦作:"決,猶闓也。"(《十三經注疏》附《校勘記》上册第1034頁中欄。)據改。

③ 《十三經注疏》附《校勘記》上册第996頁下欄。

④ 該圖採自《三禮圖集注》卷8。

⑤ 《十三經注疏》附《校勘記》上册第996頁下欄。

⑥ 《十三經注疏》附《校勘記》上册第996頁下欄。

⑦ 《十三經注疏》附《校勘記》下册第1461頁中欄。

異,其明證也。"[①]甚是。

9. 極(朱極三,放)

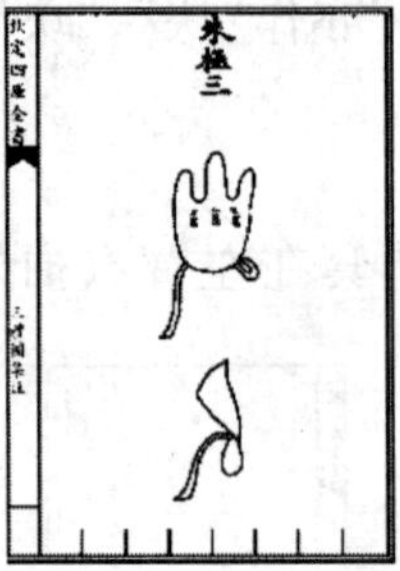

圖 10:朱極三

紅色熟牛皮製成的三指手套。(參見圖 10[②])射時套在食指、將指、無名指上,使放弦時不磨痛手指。《儀禮·大射》云"贊設決、朱極三",鄭《注》:"極,猶放也,所以韜指,利放弦也。以朱韋爲之。三者:食指、將指、無名指。無極,放弦契於此指,多則痛。小指短,不用。"[③]"所以韜指,利放弦",故又名"放"。行禮時置於堂西。

10. 耦次

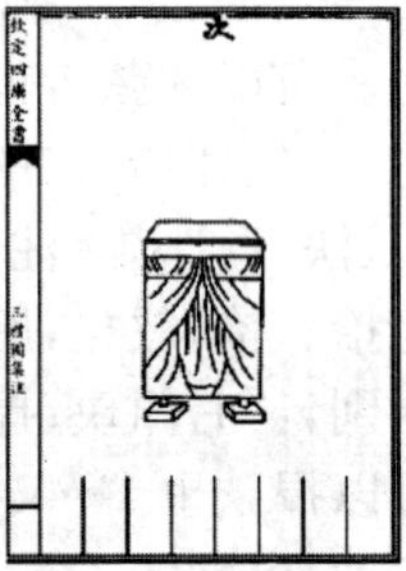

圖 11:耦次

參加射禮者所居的帳篷。(參見圖 11[④])《儀禮·大射》"司射適次",鄭《注》:"次,若今時更衣處,張幃席爲之。"[⑤]即所設之帷幄。關於其形制及異名,《周禮·天官·幕人》"掌帷、幕、幄、帟、綬之事",鄭《注》:"在傍曰帷,在上曰幕,或在地展陳於上。帷幕皆以布爲之,四合象宮室曰幄,即王所居之帳也。……帟,王在幕若幄中坐,上承塵。幄、帟皆以繒爲之。"[⑥]射禮必兩人同射,相對爲耦(偶),故稱供射者所居之"次"曰耦次。行禮時擺放位置在洗的東邊。《周禮·天官·掌次》"射則張耦次",鄭《注》:"次,在洗東。"[⑦]

---

① 《三礼通论》第 236 頁。
② 該圖採自《三禮圖集注》卷 8。
③ 《十三經注疏》附《校勘記》上冊第 1039 頁中欄。
④ 該圖採自《禮圖集注》卷 8。
⑤ 《十三經注疏》附《校勘記》上冊第 1034 頁中欄。
⑥ 《十三經注疏》附《校勘記》上冊第 676 頁中欄。
⑦ 《十三經注疏》附《校勘記》上冊第 677 頁中欄。

11. 中(鹿中、兕中、皮樹中、閭中、虎中)

中是行射禮時用以盛筭的器具。用木刻成趴着的獸形,獸背上開有孔,用以插放筭(一般可容納八支)。《禮記·投壺》"司射奉中",孔《疏》曰:"其中之形,刻木爲之,狀如兕鹿而伏,背上立一圜圈以盛筭。"[1]

《周禮·春官·太史》"凡射事,飾中",鄭《注》:"天子之中,未聞。"[2]見於"三禮"者,根據獸形的不同及使用等級的差異,分爲鹿中、兕中、皮樹中、閭中、虎中五種。

(1) 鹿中

《儀禮·鄉射禮·記》:"鹿中,髹,前足跪,鑿背,容八筭。"鄭《注》:"前足跪者,象教擾之獸受負也。"賈《疏》:"服不氏教擾猛獸,猛獸不堪受負,其有合負物者,教擾則屈前足以受負,若今駞受負,則四足俱屈之類也。"[3]可知,鹿中漆成赤黑色,鹿背上鑿有孔,孔中可放八支筭。後鄭以爲鹿僅前足作跪狀,賈氏以爲"四足俱屈",《新定三禮圖》從賈氏。其大小,《新定三禮圖·鹿中》引舊《圖》云:"士之中,長尺二寸,首高七寸,背上四寸。穿之容算,長尺二寸。"[4](參見圖 12[5])

圖 12: 鹿中

士舉行射禮,用鹿中。《儀禮·鄉射禮·記》"士鹿中",鄭《注》:"(士)謂小國之州長也。"[6]敖繼公、盛世佐等説諸侯之州長爲士,故用鹿中,《鄉射禮》"釋獲者執鹿中"[7]可證。

---

① 《十三經注疏》附《校勘記》下册第 1665 頁上欄。
② 《十三經注疏》附《校勘記》上册第 818 頁上欄。
③ 《十三經注疏》附《校勘記》上册第 1011 頁中欄。
④ 《新定三禮圖》第 223 頁。
⑤ 該圖採自《三禮圖集注》卷 8。
⑥ 《十三經注疏》附《校勘記》上册第 1012 頁中欄。
⑦ 《十三經注疏》附《校勘記》上册第 1002 頁中欄。

圖 13:兕中

(2) 兕中

“兕中”的形制大小與“鹿中”相仿,所不同者,刻木爲趴着的“兕”形。(參見圖 13[1])《禮書》:“‘鹿中,髹,前足跪,鑿背,容八算’,則皮樹、虎、兕之制,蓋亦然也。”[2]《新定三禮圖・兕中》引舊《圖》云:“大小之制如鹿中。”[3]

《儀禮・鄉射禮・記》“大夫兕中”[4],大夫舉行射禮,用兕中。《鄉射禮》“釋獲者執鹿中”鄭《注》“於庠,當兕中”[5],即大夫之鄉射于庠,大夫用兕中。

(3) 皮樹中

“皮樹中”的形制大小與“鹿中”相仿,所不同者,刻木爲趴着的“皮樹”形。皮樹,獸名,《新定三禮圖・皮樹中》引張鎰《圖》言皮樹“人面獸形。”[6](參見圖 14[7])

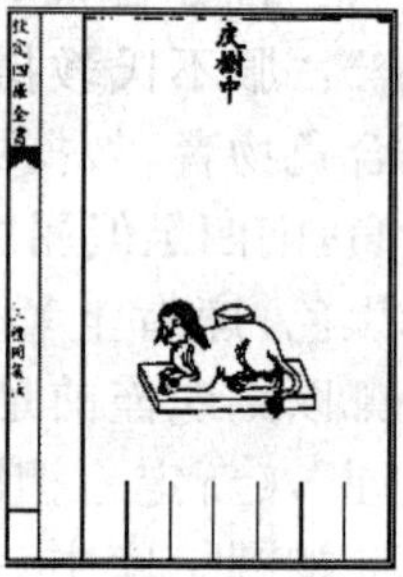

圖 14:皮树中

國君在都城中舉行燕射時,國君用皮樹中。《儀禮・鄉射禮・記》“君國中射,則皮樹中”,鄭《注》:“國中,城中也,謂燕射也。皮樹,獸名。”賈《疏》云:“知城中是燕射者,以下有賓射、大射,不在國,故知城中是燕射也。”[8]

(4) 間中

“間中”的形制大小與“鹿中”相仿,所不同者,刻木爲趴着

---

① 該圖採自《三禮圖集注》卷 8。
② 《禮書》卷 110。
③ 《新定三禮圖》第 224 頁。
④ 《十三經注疏》附《校勘記》上册第 1012 頁中欄。
⑤ 《十三經注疏》附《校勘記》上册第 1002 頁中欄。
⑥ 《新定三禮圖》第 225 頁。
⑦ 該圖採自《三禮圖集注》卷 8。
⑧ 《十三經注疏》附《校勘記》上册第 1012 頁中欄。

的“閭”形。《儀禮·鄉射禮·記》“於郊,則閭中”,鄭《注》釋閭曰:“獸名,如驢[1],一角;或曰如驢歧蹄。”[2](參見圖15[3])

圖 15:閭中

諸侯立大學于郊,若行大射于此大學,則用閭中。《儀禮·鄉射禮·記》君射“於郊,則閭中”,鄭《注》:“於郊,謂大射也,大射於太學。《王制》曰:‘小學在公宫之左,大學在郊。’”[4]

(5)虎中

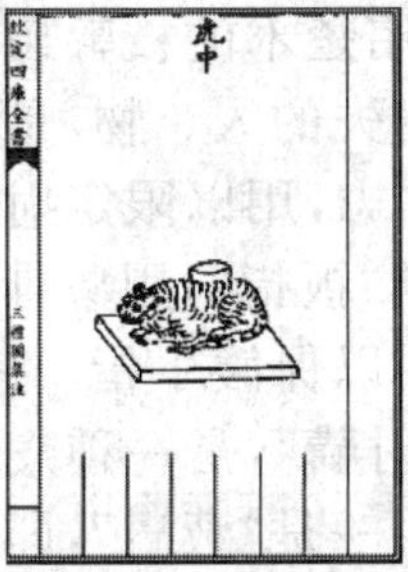

圖 16:虎中

“虎中”的形制大小與“鹿中”相仿,所不同者,刻木爲趴着的“虎”形。(參見圖16[5])

諸侯與鄰國之諸侯,在國境舉行賓射,用虎中。《儀禮·鄉射禮·記》君射“於竟,則虎中”,鄭《注》:“於竟,謂與鄰國君射也。”賈《疏》云:“與鄰國君射,此賓射也。以其君有送賓之事,因送則射。”[6]

關於行射禮時中的擺放位置,《儀禮·鄉射禮》言:“釋獲者坐設中,南當楅,西當西序,東面。”[7]據此知州長舉行鄉射禮時,鹿中的位置在西階的西南邊,南北位置與楅相應、東西位置與西序相應,東西方向擺放,鹿頭朝東。又《禮書》:“君射,則始納於西堂下,繼又總之以適次。大夫、士射,則納於

① 阮校云:“《通典》作‘大於驢’。”(《十三經注疏》附《校勘記》上册第1014頁中欄。)

② 《十三經注疏》附《校勘記》上册第1012頁中欄。

③ 該圖採自《三禮圖集注》卷8。

④ 《十三經注疏》附《校勘記》上册第1012頁中欄。

⑤ 該圖採自《三禮圖集注》卷8。

⑥ 《十三經注疏》附《校勘記》上册第1012頁中欄。

⑦ 《十三經注疏》附《校勘記》上册第1002頁中欄。

西堂而已。此尊卑之辨也。”①

以上我們對十餘種先秦射禮中今所稀見的射器作了考釋，現將其異名、形制和功用簡要作一概述總結。乏，一名“容”，又名“防”，形制類似小屏風，用于保護獲者，爲獲者抵禦箭矢，射者射箭時，獲者隱蔽於其後。並夾，一名“矢籥”，是一種長柄的鉗子，矢射中侯過高、人手夠不到時，用以從侯上拔箭。楅，一名“幅”，又名“箙”，赤黑色木制品，在其背部正中覆蓋一塊紅黑色皮革製成的“韋當”，用以插箭，同時使箭放置整齊。筭，亦作“算”，一名“籌”，竹制的籌碼，長一尺四寸或一尺二寸，用以計算射中的次數。扑，一名“楚扑”，又名“荆扑”，用楚木的枝幹製成的刑杖，用以責罰射禮中不聽從教導、犯有過失的人。物，是在地上用丹或墨畫成的縱橫交叉的“十”字形標志，用以限定射者射箭時站立的位置。決，亦作“抉”、“玦”，俗稱“扳指”，用象骨製成的套子，射箭鉤弦時套在右手大拇指上，用以保護手指。遂，又名“拾”，亦名“捍”、“臂捍”，又名“臂韝”、“射韝”，是一種皮制的護袖，射箭時套在左臂衣袖外面，作用有二：一是“蔽膚”，即保護皮膚；二是收束起寬大的衣袖，以防射箭時左臂內衣袖礙弦，從而使弦活動自如。極，又名“朱極三”，亦名“放”，是紅色熟牛皮製成的三指手套，射時套在食指、將指、無名指上，使放弦時不磨痛手指。耦次，即參加射禮者所居的帳篷。中，木制的伏獸形盛筭容器，根據獸形的不同及使用等級的差異，分爲鹿中、兕中、皮樹中、閭中、虎中五種。

先秦名物考釋繁難不易，筆者不揣謭陋，屬文如上，恭請方家批評指正。

---

① 《禮書》卷110。

“十十五五”及相關辭彙現象考察

吴新江

摘要:漢語裡有一種由數字構成的 AABB 式表示約數的語詞,今語最常用的是“三三兩兩”;古代也有類似的語詞,“十十五五”就是很典型的一個。佛教文獻爲此類語詞的一個實例“十十五五”提供了較爲生動的早期口語資料,本文即利用有關資料进行專題考察,旨在揭示由“十十五五”到“三三兩兩”的衍變過程,并略究其成因。

關鍵詞:十十五五　三三兩兩　AABB 式約數　口語衍變

漢譯佛教文獻是我國存世古文獻中亟待開發的寶藏。它不僅是佛學研究的最基本材料和中國古代文化史研究的重要材料;而且,由於爲了便於宣講和易於理解,漢譯佛教文獻大量使用翻譯時代慣用的口語,因此它又是研究漢語史必須參考和利用的極有價值的資料。迄今爲止,漢譯佛教文獻基本上還沒有得到系統的整理,年代相去久遠所造成的語言理解上的困難是影響佛教文獻之整理、研究與利用的很大障礙。有鑒於此,前人對漢譯佛教文獻語言做了不少研究的工作,當代語言研究工作者更是自覺地將漢譯佛教文獻作爲重要資料加以利用,不僅取得了不少可喜的成果,而且積累了許多有益的經驗。可以說,利用漢譯佛教文獻展開漢語史特別是辭彙史研究,已經成爲一個熱門課題。不過,與漢譯佛教文獻中實際存在的豐富多彩的語言現象相比,人們目前所瞭解和接觸的還僅僅是其中極少的一部分,這些研究工作還是非常初步和薄弱。這就需要有更多的人投入更多的努力。我們曾經稍稍涉獵漢譯佛教文獻,對此略有體會和認識,今不以鄙陋自嫌,試作一些膚淺的拾遺補缺式的嘗試。茲先拈出討論由數字組成的 AABB 式約數詞語現象的劄記一則,藉祈佛經整理和語言研究者的批評。

一

“十十五五”是較早被用於漢譯佛教文獻中的一個很有意思的古漢語口語辭彙,其結構形式很有特點,我們姑且名之爲AABB式,頗有加以探究的必要。

[西晉]竺法護譯《貧女爲國王夫人經》云:

(王夫人將欲出家,)民人不修事業,市里空廢。十十五五,相隨悲哀。①

[北涼]法盛譯《菩薩投身飼餓虎起因緣經》:

王及夫人,明日遣使……不見太子。周遍問人,無有應者,唯見仙人、十十五五、相向啼泣。到大師所,唯見仙師、以手拄頰,涕淚滿目,呻吟而坐……走還,白夫人,具說上事。夫人曰:“不見我子,見諸仙不?”答曰:“但見仙士、十十五五、相向泣涕。”②

[北涼]靈泰法師撰《成唯識論疏鈔》卷十二:

有一禪師,于窟中坐禪。忽見一小孔……少年男子聞③,十十五五,向此孔中坐。

---

① 佛經譯文,均引自日本《大正藏》。原有句讀訛誤甚多,已隨文改正。

② 此經亦見《經律異相》卷三一“乾陀尸利國王太子投身餓虎遺骨起塔一”:“乾陀尸利國王太子……即解鹿皮衣以纏頭,自投身虎前。虎母得食菩薩肉,母子俱活……夫人遣餉,唯見衣裳傘蓋、缽錫瓶罐、在石室中。遍問仙人,十十五五,相向啼泣。”文字小異。

③ “聞”字不可解,大正藏如此,疑有訛誤。

[梁]寶唱等集《經律異相》卷二十三"孤獨母女爲王所納出家悟道十一"[①]：

夫人便於殿上、化滅身體、了無所見……王感激欲死，向天大息，泣落如雨。民人不修事業，市里空廢，十十五五，相隨悲哀。

[唐]法琳撰《辯正論》卷七《信毁交報篇第八》：

復到泥犁地獄。男女五六千人，有大樹……四邊皆有劍。上人著樹上，然火其下，十十五五，墮火劍上，貫其身體。[②]

[宋]居士沮渠京聲譯《治禪病秘要法》卷二：

若諸鬼神，爲亂道故……竊語大喚，其音不同；或作小兒，百千爲行，十十五五，若一二三，作種種聲，至行者所。

鏡水沙門棲復集《法華經玄贊要集》卷十四：

(人民)饑饉所逼……十十五五，拾得穀麥麻豆顆，將作種子，藏其箱篋之中，如摩尼珠。

因爲"十十五五"一詞在文獻中並不多見，所以我們不厭其煩地將迄今搜集到的用例予以羅列。以上各例用法一致，意義

① 舊題"梁釋僧旻、寶唱撰集"，大正藏亦依傳統說法標示。今人已經指出，主持採輯工作者實際只有釋寶唱一人而已。

② 原讀作"有大樹横廣五十餘步高千丈。四邊皆有劍。上人著樹上然火。其下十十五五墮火劍上貫其身體"。"然火"與"其下"隔斷，顯然不當。

相同,均表示幾個一群幾個人一群的意思,相當於今語說"三三兩兩",凡此,均較然明白。

比較難懂的是以下文例。[姚秦]鳩摩羅什譯《孔雀王咒經》:

> 東方檀殿軍頭廣百步口開谷山十十五五合依吞,南方檀殿軍頭廣百步口開谷山十十五五合依吞,西方檀殿軍頭廣百步口開谷山十十五五合依吞,北方檀殿軍頭廣百步口開谷山十十五五合依吞,中央檀殿軍頭廣百步口開谷山十十五五合依吞。①

這段引文出於密宗經典,其具體所指,我們幾乎毫無瞭解。不過,這一點並不妨礙我們對"十十五五"一詞的考察;甚至無妨反過來說,連這種原本比較神秘的密宗經典都在使用,可見它必定是一個在口語裏頭非常普通和活躍的常用詞語。我們藉助於在臺北的中華電子佛典協會(CBETA)提供的佛典檢索工具發現,漢譯佛經的文例,就以竺法護和鳩摩羅什所佛爲最早,然則可以推定,"十十五五"是中古以來的常用詞。另外值得一提的是,上引《治禪病秘要法》"十十五五,若一二三"云云,作者以"或者一個二個三個"來與"十十五五"相對待②,顯然"十十五五"乃是不能確指數量或無須確指數量的概略表示,而且似乎有每一群或一組的成員至少不能少於三個的含義。

漢譯佛教文獻而外,我們在傳統中土文獻中也見到了若干相同的文例。如《宋書》卷二十一《志第十一·樂三·大曲〈白

① 據大正藏,此經又名《妙辟印幢陀羅尼經》,屬於密教部,比較難懂。又據藏本的原校語,文中的"吞"字,宋、元、明各本均作"天",那麼這大概是用來稱誦諸天名號的,不過也還是無從通解。

② 若,連詞。或,或者。例如《史記·高祖本紀》:"諸將以萬人若以一群降者,封萬户。"[三國·魏]曹植《求自試表》:"使得西屬大將軍當一校之隊,若東屬大司馬統偏師之任。"

鵠·豔歌何嘗〉》"第一解"云①:

飛來雙白鵠,乃從西北來。十十五五,羅列成行。

《晉書》卷十二《志第二·天文中·雜星氣》"雜氣"云:

凡降人氣,如人十十五五,皆叉手低頭;又云,如人叉手相向。或氣如黑山,以黃爲緣者,皆欲降伏之象也。

《北史》卷七十六《列傳六十四·來護兒》云:

子十二人,楷通議大夫,弘金紫光祿大夫,整左光祿大夫。整尤驍勇,善撫禦,討擊群盜,所向皆捷。諸賊歌曰:"長白山頭百戰場,十十五五把長槍②。不畏官軍千萬衆,只怕榮公第六郎。"③至是,並遇禍,子侄死者十人,唯少子恒、濟二人免。

《隋書》卷二十一《志十六·天文下》"雜氣"云:

---

① 解,樂曲、詩歌或文章的章節。例如[晉]崔豹《古今注·音樂》:"李延年因胡曲,更進新聲二十八解。"唐温庭筠《西州曲》:"一彈三四解,掩抑似含情。"

② 需要指出的是,這裏的"十十五五",即使不是實指"諸賊"隊伍有着十人、五人的整齊單位,在"歌"者的頭腦中,大概也還殘留着其表示確數的原始用法的影響。《史記》卷一《五帝本紀》"作什器于壽丘",[唐]司馬貞《索隱》云:"什器,什,數也。蓋人家常用之器非一,故以十爲數,猶今云什物也。"[唐]張守節《正義》引顔師古云:"軍法,伍人爲伍,二伍爲什,則共器物,故謂生生之具爲什器,亦猶從軍及作役者十人爲火,共畜調度也。"("伍人爲伍",原文如此。按之文義,似應爲"五人爲伍"。)據此,可知五人、十人本爲軍隊中士兵的基本單位。如果此説不謬,則所謂"十十五五把長槍",說的乃是一隊隊的士兵都把持着"長槍"的意思。

③ 《樂府詩集》卷八十六《雜歌謠辭四·長白山歌》引《北史》,其歌正同。而《隋書》卷六十四《列傳二十九·來護兒》亦載此歌,其文稍異,作"長白山頭百戰場,十十五五把長槍,不畏官軍十萬衆,只畏榮公第六郎"。

望四方有氣如赤鳥在烏氣中,如烏人在赤氣中,如赤杵在烏氣中,如人十十五五,或如旌旗,在烏氣中,有赤氣在前者,敵人精悍,不可當。

《新唐書》卷三十六《志二六·五行三》"魚孽"云:

開元四年,安南都護府江中有大蛇,首尾横出兩岸,經日而腐,寸寸自斷。數日,江魚盡死,蔽江而下,十十五五相附著,江水臭。

又卷一百三十五《列傳六十·哥舒翰》云:

(賊將崔)乾佑爲陣,十十五五,或卻或進,而陌刀五千列陣後。王師視其陣無法,指觀嗤笑,曰:"禽賊乃會食。"及戰,乾佑旗少偃,如欲遯者,王師懈,不爲備。伏忽起薄戰,皆奮死鬥。①

以上文例中,"十十五五"的用法與前引佛教文獻基本一致。《新唐書》的兩例值得格外注意,《哥舒翰傳》所云爲軍陣之事,本應卒伍嚴整、步武劃一,但是叛軍故意使得"其陣無法",藉以引致官軍產生"禽賊會食"的輕敵情緒,足見"十十五五"正指其軍隊的散亂無法而言;《五行志》一例用以形容魚群,不限於指人,就目前瞭解的情況看,則是原來形容人群零散聚集這一用法的

① 《漢語大詞典》"十十五五"條義項1釋云:謂十个一群,五个一組。形容錯亂不齊。《新唐書·哥舒翰传》:"乾祐爲陣,十十五五,或却或進,而陌刀五千列陣後。"[宋]陈亮《复吴叔异書》:"亮少之時頗不自量,蓋盡與一世豪傑角其短長,而窮其技矣。卒之身與事左,而後生蠭起,十十五五,如亂山之不可一。"以《新唐書》文爲始見例,顯然沒有得其原始。至於釋爲"形容錯亂不齊",大概是據陳文一例立說,恐亦不確。蓋陳書用"亂山"爲比喻,只是說無法加以整齊統一,并不是指錯亂而言。

自然拓展。

二

這類表示約數的AABB式詞語,"十十五五"而外,自來尚有多個,有作"兩兩三三"者,來源甚古。例如[後漢]支婁迦讖譯《般舟三昧經》卷一《譬喻品第四》:

其人從持是三昧者所去,兩兩三三,相與語言……

又如[三國·吳]康僧會譯《舊雜譬喻經》卷上第二十二"禍母"一則云:

如是人民,兩兩三三,相逢求針。

表示三個兩個人聚集在一起,形容數目不多,其用法已與今語"三三兩兩"爲近。早期的翻譯佛教文獻,僅得此二例;更多的文例,見於唐宋以後的禪宗文獻,更是十分接近現代口語,茲不具引。就目前調查所及,中土文獻的較早用例,似乎應以[南朝梁]任昉《述異記》爲朔,该書卷上:

今冀州有樂名蚩尤戲,其民兩兩三三頭戴牛角而相抵。

我们知道,小說用語一般都比較通俗,任氏《述異記》也不應例外,然則"兩兩三三"一詞應是表示零星聚集者數量之少的常用詞。

又如[唐]張志和《漁夫歌》:

釣台漁夫褐爲裘,兩兩三三舴艋舟。

[元]楊載《宿浚儀公湖亭》詩:

兩兩三三白鳥飛,背人斜去落漁磯。

《元刊雜劇三十種·好酒趙元遇上皇雜劇》第四折《梅花酒》:

微臣最小膽,則待逐日醺酣。聖主台鑒,休兩兩三三,也不做明廉共暗察,伯子共公男。自羞慘,官高後惱兒唵,祿重自忒貪。

《永樂大典》卷之一萬三千九百九十一《三未·戲》"戲文二十七"引《小孫屠》之《惜奴嬌》:

同出西郊,聽乳鶯枝上一聲啼起,縈情惹恨。恰似報人明媚,偏宜兩兩三三穿花去,載傳樽。

又[清]西周生《醒世姻緣》第二十四回《善氣世回芳淑景 好人天報太平時》:

清早……穿了厚厚的棉襖,走到外邊,遇了親朋鄰舍,兩兩三三,向了日色,講什麼孫行者大鬧天宫,李逵大鬧師師府,又甚麼唐王遊地獄。

又可用以形容事物的稀疏零落。例如[南宋]陸游《小舟航湖夜歸書觸目》:

雲黑風號不見星,古丘叢木聚精靈。舟人已過微相語,兩兩三三鬼火青。①

---

① 《漢語大詞典》"兩兩三三"條義項2云:形容稀疏。其説誠是。但不引陸游原詩,乃引胡韞玉《哭唐守梗集放翁句》"淒涼江夏秋風裏,兩兩三三鬼火青"爲例,未免失宜。聊附此一説。

又有作"三三兩兩"的，例如《樂府詩集》卷四七《清商曲辭四·(晉人)嬌女詩》：

行不獨自去，三三兩兩俱。

[宋]潘閬《酒泉子》詞：

三三兩兩釣魚舟，島嶼正清秋。

禪宗文獻此類文例也數見不鮮，茲舉一例，以概其餘，《圓悟佛果禪師語録》卷一：

上堂云："所以道，映眼時若千日[①]，萬象不能逃影質；凡夫只是未曾觀，何得自輕而退屈。只如盡華藏世界海，窮虛空邊際，都盧是個金剛眼，且作麼生觀？揉石渡頭風浪靜，三三兩兩釣魚船。"

這個詞沿用至今，意義和用法都沒有發生什麼變化。

又有作"三三五五"的，形容三個五個聚集在一起。例如[唐]李白《採蓮曲》：

岸上誰家遊冶郎，三三五五映垂楊。

[宋]蘇軾《浣溪沙》詞：

旋抹紅妝看使君，三三五五棘籬門，相排踏破蒨羅裙。

---

① 此據大正藏句讀。按之文意及句式，"道"字似應屬下。茲姑存而不論。

又如《三國演義》第四八回:

次日,寨中三三五五,交頭接耳而說。

[明]嘉禾楞嚴講寺靈耀全彰著《隨緣集雜著》卷二《蓮花賦》:

亭亭高棹,宛昆明樓上選明月夜珠之句;依依欲舞,若太液池邊逞雲衣花貌之章。或群或友,乍頡乍頏;三三五五,嫋嫋揚揚。皆碧玉之未經破爪,而臨鏡則妒婦心降者也。

又有作"五五三三"的,則相對罕見①,我們目前所見僅敦煌寫本《大目乾連冥間救母變文並圖》一例②,其卷一有云:

目連……經數步即至奈河之上,見無數罪人脱衣掛在樹上,大哭數聲,欲過不過,回回惶惶,五五三三,抱頭啼哭。

"五五三三,抱頭啼哭",其情事與上文所引"十十五五,相隨悲哀"、"十十五五,相向啼泣"云云恰相等同,然則,"五五三三"與"十十五五"互爲同義詞無疑。

① 不僅如此,以"五"、"三"連文爲言的用法,同樣十分罕見。我們暫時僅從《魏書》得一可靠文例,該書卷一百一十四《釋老志第十》:"世祖……乃曰:'吾亦知其(案指道士寇謙之建議建"静輪天官"之事)無成,事既爾,何惜五三百功!'"明知"官"高難成,卻言不必吝惜"五三百功",循其語氣,知必爲掩飾之辭,而"五三"一語之爲"些微"之義無疑。值得注意的是,同篇上文"神龜元年冬,司空公、尚書令、任城王(元)澄奏"有云:"今之僧寺,無處不有,或比滿城邑之中,或連溢屠沽之肆;或三五少僧,共爲一寺。"其中的"三五",明確表示"少"的含義。兩相對照,似乎結構並未定型;但前者爲當時口語,後者似應爲來自上古的雅言,彼此各行其便,并存而悖。

② 大英博物館藏燉煌本,S. 2614。文字據大正藏。

三

[北周]庾信《庾子山集·哀江南賦》有句云:

> 水毒秦涇,山高趙陘。十里五里,長亭短亭……

其中的"十里五里",説者一般認爲是實指的確數,例如《柳宗元集》卷四十二《古今詩》"無限居人送獨醒,可憐寂寞到長亭。荊州不遇高陽侶,一夜春寒滿下廳",自注云:

> 庾子山《哀江南賦》:"十里五里,長亭短亭。"五里一短亭,十里一長亭也。長亭短亭,傳舍也。

至《全宋詩》卷二百八十七《歐陽修六》之《馬齧雪〈至和二年〉》云:

> 白溝南望如掌平,十里五里長短亭。

也還是如此。因爲與長亭短亭相聯繫,所以"十里五里"至少在形式上仍保留着如柳宗元注釋所依據的成説不變。但是,還有不同情況。例如《古今風謡》所引"武后時童謡"有云:

> 紅綠複裙長,十里五里聞香。

又《全唐詩》卷八百二十五隱巒《蜀中送人遊廬山》云:

> 溪邊十里五里花,雲外三峰兩峰雪。

《全宋詩》卷二百五十七《梅堯臣二十六》之《至第四鋪二首》云:

十里五里一值淺,千愁萬愁過徐城。

等等,凡是用在不與長亭短亭直接關聯的場合,“十里五里”便均非具體的確數。觀其與“紅裙綠裙”、“三峰兩峰”、“千愁萬愁”相對待爲文,可知必非的實之言而是約略之辭。如果說跟長亭短亭有關的“十里”、“五里”,還只是用以分承的比較鬆散甚至可以彼此游離的組合,那麼上引“武后時童謠”等文例中的“十里五里”,無疑在結構上已經凝固而在意義上已經獨立了。值得注意的是,不知是因爲有庾賦的名句在影響,還是因爲有口語的慣性在作用,這種“後數減於前數”以表約數的形式[①],在古代文人那裏似乎頗有優勢[②],所以在詩文中運用很普遍,其在

---

① 這裏姑借錢鍾書先生“合兩虛數以示‘多’、‘都’之意者,慣式有三”說中的第二式之名,但與錢先生原意不盡相同。參其《管錐編》第三冊論《全後漢文》卷一八馬融《樗蒲賦》“精誠一叫,十盧九雉”一條,頁 984。

② 當然這種說法不是絕對的。宋元以來還有“五七××”這樣的講法,表示“若干(個/遍)”等含義。例如[宋]胡太初《晝簾緒論·聽訟》:“凡與一人競訴,詞內必牽引其父子兄弟五七人,甚至無涉之家。”北京圖書館藏[元]無名氏撰《居家必用事類全集》“骨汁煮餅方”有云:“右件藥,都用骨汁煮五七沸,去滓,用汁少許,後搜麪作索餅,卻於汁中與羊肉煮,入五味,空腹服之。”(此據“艾中緣經典在線”網所列,http://jd. aizy. cn/content. asp? id=39&Page=76)《西遊記》第十七回《孫行者大鬧黑風山 觀世音收伏熊羆怪》:“拖將過來看處,却是一條白花蛇怪。索性提起來,摔做五七斷。”《水滸傳》尤多其語,有“五七斤(牛肉/鱼)”、“篩了五七遍(酒)”、“住了五七日”諸種講法,茲不具引。至晚近的通俗作品仍然這樣用,例如[清]袁枚之《隨園食單》仍有“(蘿卜)五七塊”之文;俞萬春《蕩寇志》第七十五回《東京城英雄脫難 飛龍嶺強盜除蹤》:“只見左側一帶房屋,有五七家小店面,帶賣些雜貨。東頭盡處,有一座大客店。”但在後一例中,還無法斷定其屬於對口頭詞語的“記實”還是對《水滸》用詞的仿擬(此書作者有意在思想方面“反”《水滸》)。到現代漢語裡頭,則有“一兩、兩三、三四、三五、四五、五六、六七、七八、八九、九十來(個/遍)”這多種講法,“五七”這個舊詞基本消失了。參見 208 注①

結構上與"十十五五"、"五五三三"、"三三兩兩"等相吻合,當非偶然的巧合。

與此類似,庾信《小園賦》的名句"一寸二寸之魚,三竿兩竿之竹",其中"三竿兩竿"這種"後數減於前數"的排序方式,除了受到"一寸二寸"的制約,作者有意識地避免相對偶的句子給讀者完全相同的數字遞增的感覺,我們認爲,它同樣也是與"三三兩兩"一詞互相"感染"的産物,也可以説是"三三兩兩"之所以成立的旁證。

四

"十十五五"與其他由數字組成的AABB式約數的口語衍變狀況,略如上述。至於"十十五五"這種形式的約數表示法是爲什麼和怎么樣被同樣屬於"後數減於前數"類型的"三三兩兩"所取代的,迄今爲止還不清楚。這裡,我們衹能試作一點主觀的推測:

"十"和"五"在古代是相對完整的數字[①],"十"更被稱爲"全數"[②],所以漢語詞彙裡頭有"五數"[③]、"五行"、"十分"、"十全十美"等常用詞。而且,"十"和"五"二者比例關係明確,無論記録於書面還是出現在口頭,都更容易給人形式整齊優美的感覺。成語有"十漿五饋"(例如《列子·黄帝》:"吾(子列子)食於十漿,而五漿先饋。"謂十家賣漿者之中有五家爭先送來。本謂賣漿者爭利,後用以比喻爭相設宴款待。[宋]蘇軾《祭徐君猷文》:"軾以惷愚,自貽放逐,妻孥之所竊笑,親友幾於絶交。争席滿前,無復十漿而五饋;中流獲濟,實賴一壺之千金。")、"十變五化"(謂

① 參頁203注②。

② 例如明李贄《卓吾論略》:"居士(李自指)生大明嘉靖丁亥之歲,時維陽月,得全數焉。"指的就是十月。

③ 謂五行陰陽變化之數,例如《管子·幼官圖》:"治和氣,用五數,飲於黄后之井。"《漢書·律曆志上》:"五數備矣。"

變化多端。例如[北齊]顔之推《顔氏家訓·歸心》:"世有祝師及諸幻術,猶能履火蹈刃,種瓜移井,倏忽之間,十變五化。")、"十雨五風"(謂風調雨順。例如[五代·前蜀]杜光庭《晝五嶽諸神醮詞》:"上扶邦國,傍佑黎元。調十雨五風以登稼穡,普九州六合以致雍熙。")、"十風五雨"(例如[宋]陸游《村居初夏》:"斗酒隻雞人笑樂,十風五雨歲豐穰。")、"十光五色"(例如[清]歸懋儀《百字令·答龔璱人公子即和原韻》:"玉臺問字,料理吾鄉去。海東雲起,十光五色爭覩。")[①],不一而足,它們的構成,也應該是本乎同樣的原因。相對而言,"二/兩"、"三"這一對數目則顯得零散得多,所以"十十五五"這樣的詞才能夠一時間在漢語史上頗行其道。

但是,也正因爲如此,"十十五五"容易讓人覺得,那些本來應該零零散散的一小群一小隊,還是被形容的太大了(理由如前所述);大約從語感來説,由在量感上比較小的"三"、"二/兩"所構成的約數,更能突出一群或一隊中成員之少的意味,所以"三三兩兩"會在同"十十五五"的競爭中勝出[②]。而且,"三三兩兩"的最後取得優勢地位,還可能跟其聲音有關係,因爲由讀後鼻音的"兩"在後收尾,顯然比讀前鼻音的"三"更輕鬆更響亮也更飽滿,而且"三"字平聲而"兩"字仄聲,也比較切合口語誦讀

① "五光"、"十色"對待爲文,早見於[南朝·梁]江淹《麗色賦》:"五光徘徊,十色陸離。"但二者固定爲四字格成語,卻是比較遲的事,《漢語大詞典》舉證則有吴趼人之《二十年目睹之怪現狀》(第四八回:"全都穿著細狐、洋灰鼠之類,那面子更是五光十色。")及魯迅之《華蓋集續編》(《雜論管閒事、做學問、灰色等》:"將《現代評論增刊》略翻一遍,就覺得五光十色,正如看見有一回廣告上所開列的作者的名單。")

② 但這不能説明何以"五五三三"或"三三五五"最終也沒有站住腳。

習慣①。但這僅僅是我們的臆測,有待於進一步的論證。

參考文獻:

[1]《日本大正新修大藏經》,台灣新文豐圖書公司影印本。

[2]《經律異相》,宋元間所刊《磧砂藏》本,上海古籍出版社影印,1988 年。

[3]《新編漢文大藏經目録》,呂澂編,齊魯書社,1980 年。

[4]《管錐編》,錢鍾書著,中華書局,1979 年。

① 事實上,前舉"兩兩三三"的用例,有幾處就是在近體詩中,其排列方式必然受到格律的影響。關於四字格語詞的内部排列在聲韻方面的依據,當代學者已經頗有人認爲與聲韻有關。天津《今晚報》2004 年 12 月 01 日刊有一篇題爲《詞義探幽:聲調與詞語排序》的短文,謂"漢語並稱的姓氏、地名等的排序,往往和字的聲調有關",很多"是先平後仄的次序排列";"對於初唐四傑,自杜甫'王楊盧駱當時體,輕薄爲文哂未休'之句出,一直按照這種近體詩平聲開頭的律句格式排列,只不過爲了容易上口,根本不含有長幼、尊卑、優劣的意思";而且這種規律性的東西也反映在雙音節和四字格詞語中。其説頗爲有見。史仲文著《漢語是這樣美麗的》,其《第四部分　文韻審美——選韻如同選美人〈四、散文及其他文字的音調並聲韻〉》一節頗能折中有關論述,謂很多語詞的組成往往有先平後仄的次序,殊堪比參(北京工業大學出版社 2007 年版。http://www.bookonline.com.cn/Read/show.aspx?sclassid=179&zjclassid=534&zj_wzid=5317,連載。原著惜未見)。

《建康實録》考疑四則

謝秉洪

摘要:《建康實録》是一部記述六朝四百多年史事的重要典籍,該書徵引繁博,在保存史料和文獻輯補方面佔有不可或缺的地位,對研治魏晉南北朝歷史及南京地區歷史地理等均有較高的參考價值。不過,《建康實録》所載材料,往往与正史不同,既有多可補正正史之闕誤者,也有不少訛誤。本文剌取其中數例可疑者略作考辨,求正於方家。

關鍵詞:《建康實録》 許嵩 考疑

《建康實録》20卷,唐代許嵩撰,是一部記述孫吳、東晉、宋、齊、梁、陳六朝四百多年史事的重要典籍。該書徵引繁博,在保存史料和文獻輯補方面佔有不可或缺的地位,對研治魏晉南北朝歷史及南京地區歷史地理等均有較高的參考價值。不過,《建康實録》所載材料,往往与正史不同,既有多可補正正史之闕誤者,也有不少訛誤。20世紀80年代,兩種整理點校本相繼推出,一爲張忱石點校本(中華書局1986年版,以下簡稱"張校本"),一爲孟昭庚、孫述圻等點校本(上海古籍出版社1987年版,以下簡稱"孟校本"),從此便有了通行之本,爲天下學人研究與利用《實録》提供了極大的方便。比較而言,"張校本"在校勘方面較爲出色(光校記就有十餘萬言),而標點錯誤卻比比皆是;"孟校本"標點錯誤較少,而校勘成果卻亦不多。筆者涉獵《實録》多年,偶有所獲,輒撰爲小文,不敢自以爲是,聊以自娛而已。兹從舊文中剌取考疑四例,求正於方家。引文、頁次據張校本,標點則酌情以己意改之。

一、"武公子惠孫曾耳"辨

《建康實録》卷一《吴上·太祖紀上》云:"太祖大皇帝姓孫氏,諱權,字仲謀,吴郡富春人也。其先出自周武王母弟衛康叔之後,武公子惠孫曾耳爲衛上卿,因以孫爲氏。春秋時,孫武爲吴王闔閭將,因家於吴。帝乃孫武之後也。"(頁3)

按:此敘孫權先世來歷,與《三國志·吴書》略異。《吴志》及裴注等均謂孫堅(孫權父)爲孫武之後。而據《史記》及《世本》等記載,孫氏主要來源有三:其一出自姬姓,爲周文王第八子衛康叔之後。衛康叔第八世孫衛武公,有子名惠孫。惠孫之孫武仲,以祖父之字爲氏,遂姓孫。其二出自芈姓,爲春秋時楚國令尹孫叔敖之後。孫叔敖名敖,字孫叔,其後世子孫因以其字爲姓。又因其祖先季連姓芈,故此孫姓實出自芈姓。其三出自嬀姓,爲齊國田完之後。田完本陳厲公之子,因避難而至齊,其六世孫田書,因作戰有功,被齊景公賜姓爲孫。又因陳姓出自嬀姓,故此孫姓也出自嬀姓。春秋時期著名軍事理論家孫武即爲孫書之孫,因齊國發生内亂,遂逃至吴國,被吴王闔閭任爲大將,其後代定居今浙江富陽一帶,發展繁衍,成爲大族。至其第二十二世孫孫權,於江東建立吴國,遂使孫姓影響達到頂峰。由此觀之,孫武、孫權等均與衛康叔無關,《吴志》之説可從。《建康實録》所載,不知所本,蓋許嵩隨意剪裁舊史而成,遂使上引一段文字疑竇叢生。其"武公子惠孫曾耳爲衛上卿,因以孫爲氏"一句,與諸書記載迥異,且文意似未完整,疑有脱誤之文。而包括宋本在内的諸多《實録》刻本、抄本、校本等皆無異文,前人或時賢又均無説,故實有辨正之必要。

細味《實録》文意,"惠孫曾耳"當爲衛武公之子,且曾任衛上卿,然其名字不載《春秋》"三傳"及《史記·衛康叔世家》等。孟校本將其標點爲:"武公子惠,孫曾耳,爲衛上卿,因以孫爲氏。"① 則又以"惠"爲武公子、"曾耳"爲武公孫,更加不知所云,明顯有誤。唐林寶《元和姓纂》卷四"孫"字下云:"周文王第八子衛康叔之後,至武公生惠孫。惠孫生耳,爲衛上卿。耳生武仲,以王父字爲氏。元孫良夫,生林父。林父生嘉。"岑仲勉校記云:"《金石録》一七:'又按《姓苑》、《姓纂》諸書皆云,孫氏,周文王子衛康叔之後。衛武公子耳爲衛上卿,因氏焉。'沈跋云:'今孫本無"爲衛上卿"之語。'按今《姓纂》'耳'爲武公孫,非武公子,《新表》七三下同,《金石録》殆訛也。《新表》亦云'耳'爲衛上卿。"又云:"考《左》成公十四年疏引《世本》云:'孫氏出於衛武公,至林父八世。'八世似由武公子起計,若然,則《姓纂》與《世本》合也。……特以年世核之,則《姓纂》可信也。《廣韻》云:'至武公子惠孫曾耳,爲衛上卿,因氏焉。'《姓解》一及《類稿》一四同。夫曰'以王父字爲氏',則'惠孫'是字,斷不能截'孫'爲子孫之'孫',可知《廣韻》'惠孫'下應補'生'或'子'字。"② 按岑說近是。《新表》即《新唐書·宰相世系表》,其中敘姓氏、世系多有所本,較爲可信。金文明《金石録校證》卷第十七"漢安平相孫根碑"條校证亦以爲"趙氏引誤"③。清秦嘉謨《世本輯補》卷六《傳》"孫氏"條下云:"武公生公子惠孫,惠孫生耳,耳生武仲乙,乙生昭子炎,炎生莊子紇,紇生宣子鰌,鰌生桓子良夫,良夫生文子林父,林父生嘉、襄、蒯。"注云:"案《世本》云:'孫氏出於衛武公,至林父八世。'別載《氏姓篇》。與《姓纂》、《唐書·宰相世表》所言世數相同,故知二書猶可據也。"④ 張澍、雷學淇等諸家《世本》輯本所考略同。

---

① [唐]許嵩《建康實録》,孟昭庚、孫述圻、伍貽業點校,上海古籍出版社 1986 年版,第 3 頁。

② [唐]林宝《元和姓纂》,郁賢皓、陶敏整理,中華書局 1994 年版,第 460 頁。

③ 金文明《金石録校證》,上海書畫出版社 1985 年版,第 326 頁。

④ [清]秦嘉謨《世本輯補》,《世本八種》本,商務印書館 1957 年版,第 159 頁。

又，春秋時多有以"王父"（王父即祖父）之字爲氏者，《公羊傳》"成公十五年"即有"孫以王父字爲氏"的記載。因此，衛武公之子當名"惠孫"，非名"惠孫曾耳"；而惠孫有子名"耳"，爲衛上卿；耳又生武仲乙，以其王父惠孫之字爲氏，後世子孫遂以孫爲姓。據《左傳》等記載：孫林父食采於戚，嘗逐衛獻公，立殤公。後獻公復入，林父以戚叛，如晉，孫氏遂絶。故《建康實録》謂孫權先世與衛康叔有關，顯然缺乏有力的證據。而"惠孫曾耳"於史無征，蓋爲"惠孫生耳"之誤；至於《廣韻》等書同作"惠孫曾耳"，與諸書迥異，可能正是因襲《建康實録》之誤。

二、"皇后全尚女"非"太祖女魯斑所生"

> 《建康實録》卷三《吴中下·廢帝孫亮紀》云："建興元年春正月，大赦，改元，立皇后全尚女，太祖女魯斑所生。斑譖廢太子和，而勸太祖立亮，以女爲妃。及即位，立爲后。"（頁70）

按：考之其他史料可知，"皇后全尚女"實非"太祖女魯斑"所生，《實録》此處敍事大誤，而張校本、孟校本等均失校。"皇后全尚女"名惠解，史稱"全皇后"，亦稱"全夫人"；"太祖女魯斑"即孫權長女孫大虎，一作"魯班"，史稱"魯斑公主"、"全公主"、"全主"等。魯斑公主實爲全皇后之從祖母，二人並非母女關係。

據《三國志》、《資治通鑒》等記載，孫權長女魯斑公主先配周瑜之子周循，後改嫁全琮，爲了鞏固自己的地位，她極力慫恿孫權納其夫從子全尚之女爲孫亮之妃。《吴志》卷三《孫亮傳》云："孫亮字子明，權少子也。……姊全公主嘗譖太子和子母，心不自安，因倚權意，欲豫自結，數稱述全尚女，勸爲亮納。赤烏十三年，和廢，權遂立亮爲太子，以全氏爲妃。"[①]又同書卷五《全夫人

---

① ［晉］陳壽《三國志》，中華書局1982年第2版，第1151頁。

傳》云:"孫亮全夫人,全尚女也。(尚)從祖母公主愛之,每進見輒與俱。及潘夫人母子有寵,全主自以與孫和母有隙,乃勸權爲潘氏男亮納夫人,亮遂爲嗣。夫人立爲皇后……"[①]盧弼《集解》云:"全尚妻即孫峻姊,見《朱夫人傳》、《孫綝傳》。亮妃,綝從姊女也。《通鑒》:'會稽潘夫人有寵於吳主,生少子亮,吳主愛之。全公主既與太子和有隙,欲豫自結,數稱亮美,以其夫之兄子尚女妻之。'……全公主爲全尚女之從祖母……全公主蓋以其夫家之侄孫女爲母家之弟婦。"[②](引者按:盧注謂《吳志》"從祖母"上之"尚"字爲衍文,中華書局點校本從之,甚是)以上所引,足證《實録》此段文字敘事有誤。

又,全琮尚魯斑公主之事,《建康實録》卷二亦有記載。其文云:"琮字子璜,吳郡錢塘人。……建安二十四年,劉備東出,琮上疏請討關羽。……尋與呂範破魏軍洞口,遷綏南將軍,改封錢塘侯。……徵還,尚魯斑公主,進衛將軍,領徐州牧、左護軍。"(頁57—58)與《三國志》、《資治通鑒》等記載皆合。而僅僅相隔一卷,《實録》卻又亂點鴛鴦譜,把魯斑公主與全琮從子全尚配爲夫妻,前後矛盾,實屬不該。

三、"段英"應是"蓋吳"之訛

《建康實録》卷十二《宋中·太祖文皇帝紀》云:"(元嘉二十三年)[七月]乙亥,以北地段英爲都督關隴諸軍事、安西將軍、雍州刺史,後魏破之,死。其將河東薛安都棄衆,南之國。"(頁443)

按:"段英"二字,南宋紹興刻本、清《四庫全書》本、嘉慶張海鵬刻本、光緒二十八年金陵甘氏新刊本等皆同。揆諸文意,"段

① 《三國志》第1200頁。
② 盧弼《三國志集解》,中華書局1982年版,第966頁。

英”當爲人名無疑，然遍考群書未見。近人酈承銓《建康實録校記》[①]及張校本、孟校本等於此均未出校。不過，張忱石先生顯然注意到這段材料的“特別”之處，他在“點校説明”中舉例説：“《建康實録》中有不少史料‘多出正史之外’……卷十二云，元嘉二十三年六月‘乙亥，以北地段英爲都督關隴諸軍事、安西將軍、雍州刺史，後魏破之，死其將。河東薛安都棄衆南之國’。《宋書》、《南史》皆不載。許嵩記宋全據《宋略》，此或爲子野原文，雖經剪裁，舊痕猶存，亦可窺見《宋略》‘長於敍事’之一斑。”[②]並稱此段材料可補充正史，很有文獻價值。按張先生此説大謬，其斷句及所加“六月”皆誤[③]，蓋未嘗深考。事實上，這段文字不僅不足以補正史之缺，反較正史簡略過甚，而此“段英”實乃“蓋吳”之誤。試述理由如次：

1. 歷史上與薛安都共事之人，未見有名“段英”者。薛安都事蹟載籍多見，如《宋書》卷八十八《薛安都傳》云：“薛安都，河東汾陰人也。世爲强族，同姓有三千家。……元嘉二十一年，索虜主拓跋燾擊芮芮大敗，安都與宗人薛永宗起義，永宗營汾曲，安都襲得弘農。會北地人蓋吳起兵，遂連衡相應。燾自率衆擊永宗，滅其族，進擊蓋吳。安都料衆寡不敵，率壯士辛靈度等，棄弘農歸國。太祖延見之。求北還構扇河、陜，招聚義衆。……復襲弘農，虜已增戍，城不可克，蓋吳又死，乃退還上洛。世祖鎮襄陽，板爲揚武將軍、北弘農太守。虜漸强盛，安都乃歸襄陽。”[④]《魏書》中亦有多處類似記載，不贅。據此，可知與薛安都共事之

① 酈承銓《建康實録校記》，載《江蘇省立國學圖書館第六、第七年刊》。據酈氏《敍例》稱，嘗見過清代校勘名家顧廣圻所校宋抄本，且依顧校例而作。

② ［唐］許嵩《建康實録》，張忱石點校，中華書局 1986 年版，《點校説明》第 11 頁。

③ 據陳垣《二十史朔閏表》，元嘉二十三年六月癸未朔，無乙亥；乙亥爲是年七月廿四日。

④ ［梁］沈約《宋書》，中華書局 1974 年版，第 2215—2216 頁。

人爲蓋吳。

2. 蓋吳事蹟與《實録》所敘"段英"事蹟基本相符。如《宋書》卷九十五《索虜傳》云:"先是,虜中謠言:'滅虜者吳也。'燾甚惡之。[元嘉]二十三年,北地盧水胡人蓋吳,年二十九,於杏城天臺舉兵反虜,諸戎夷普並響應,有衆十餘萬。燾聞吳反,惡其名,累遣軍擊之,輒敗。吳上表歸順(引者按:此指歸順劉宋)……燾遣軍屢敗,乃自率大衆攻之。吳又上表曰……太祖詔曰:'北地蓋吳,起衆秦川,華戎響附,奮其義勇,頻煩克捷,屢遣表疏,遠效忠款,志梟逆虜,以立勳績。宜加爵號,褒獎乃誠,可以爲使持節、都督關隴諸軍事、安西將軍、雍州刺史、北地郡公。使雍、梁遣軍界上,以相援接。'燾攻吳大小數十戰,不能克。……屠各反叛,吳自攻之,爲流矢所中,死。"①《魏書》、《通鑒》等敘事與此略同,惟死因不同,乃謂蓋吳爲後魏所敗之後,又被其二叔(引者按:原爲蓋吳部下,後降魏)所誘殺,其首"傳詣平城"。似可從。按上引之文所敘蓋吳地望、官職、年代等事蹟與《實録》之"段英"十分相似,可證"段英"必爲"蓋吳"之誤。

3. 從《建康實録》一書本身特點來考察。許嵩裁剪六朝舊史與方志地記編輯而成《實録》一書,其書體例不一,甚或名號稱謂隨意標目,故訛誤亦多。如"申恬"誤爲"申維",恬字公休,恬、休義近,與維無涉。然則"蓋吳"誤成"段英",當有可能。究其致誤之因,或先由"蓋吳"誤爲"叚英",蓋、叚音近(叚古音格),吳、英形似;後再誤爲"段英",段、叚形近(古書中段、叚、殷三字常相混,例多不贅)。此雖憑推理,但"段英"爲"蓋吳"之誤,則事實明顯,確鑿無疑。

四、《實録》所載"上元"年號乃唐高宗紀年考

《建康實録》一書,徵引唐初及唐以前典籍達 50 餘種,除了

---

① 《宋書》第 2339—2341 頁。

《三國志》、《晉書》、《宋書》、《齊書》、《梁書》、《陳書》以及《南史》之外，光是正文和夾注中標出書名的佚書就多達30餘種共計100餘條材料，文獻史料價值極高。作爲一部完整的六朝史料集，全書除了正常標舉六朝各代紀年外，還涉及許多其他朝代紀年。這些紀年文字，或出現在正文敍述中，或出現在注文與引文中；有的前面加上帝王廟號或謚號，有的前面僅有朝代名，有的前面則什麼都沒加。這在某種程度上給準確甄别帶來不少難度，且亦已引起前人的誤解。如其中"上元"紀年，本應是"高宗上元(674—676)"，而前人多誤爲"肅宗上元(760—762)"。四川大學張勛燎先生便主"肅宗上元"説。他在《〈建康實録〉及其成書年代問題》一文[①]中即認定《實録》所涉"上元"紀年爲肅宗上元，並將其材料與所謂的"穆宗長慶(821—824)中材料"作爲"今本《實録》二十卷，非肅宗時許嵩一手所作，後十卷系穆宗或穆宗稍後之另一作者所爲"之説的重要旁證，影響不小，故有辨正之必要。

按《建康實録》一書，"上元"年號凡五見(年號前均無帝王廟號)，分别見於卷十二與卷十七，其中兩見正文、三見注文，内容皆爲重新修造佛寺之事。爲便於考察，特抄録如次：① 置延壽寺，西北去縣八十里。案，《寺記》：元嘉二年，義陽王昶母謝太妃造，隋末廢，上元二年重置，又名延熙寺。(見卷十二，頁442) ② 置永明寺，西北去縣五十里。案，《寺記》：南平襄王造，大唐武德六年廢，上元二年五月奉敕重造。(見卷十七，頁679)③造猛信尼寺，西北去縣五十里，後閣主書高僧猛造，在鍾山西北。梁紹泰二年廢，上元二年敕令重造。(同上，頁680)④ 置禪岩寺，西北去縣三十五里，大通元年嚴袪之造。貞觀六年廢，上元二年敕重造。(同上，頁682)⑤ 置法苑寺，北去縣五十里。案，《寺記》：大通五年張文達造，一名廣化寺。貞觀六年廢，上元二年奉

① 張勛燎《〈建康實録〉及其成書年代問題》，收入張勛燎《古文獻論叢》，巴蜀書社1990年版，第160—174頁。

敕重造。(同上,頁 684)

我們知道,唐代有兩個皇帝使用過“上元”年號,一個是唐高宗李治,另一個便是唐肅宗李亨,且均歷時 3 年。因此,從以上引文來看,我們根本無法確認“上元”究屬高宗還是肅宗?但是,只要我們與史實及《建康實録》本身聯繫起來綜合比勘,就能確定其歸屬,亦即高宗上元。理由如下:

1.《建康實録》中曾兩次提及統計資料。卷四末云:“案吴大帝即王位黄武元年壬寅,至唐至德元年丙申,合五百三十五年矣。”(頁 114)卷十末又云:“案東晉元帝即位太興元年,至唐至德元年,合四百四十年。”(頁 352)按至德爲唐肅宗年號。《新唐書·肅宗紀》云,唐天寶十五年七月甲子,即位於靈武,改元至德。至德凡三年,其元年(756)即許嵩撰成《建康實録》之年,這一觀點在學術界幾成定論。而肅宗上元比至德要遲五、六年。如果肅宗上元二年材料纂入《實録》,那麼《實録》的成書時間便要推遲好多年,這種可能性不大。

2. 衆所周知,唐高宗時國力强盛,大倡佛教,曾修建了不少佛寺;而唐肅宗時“安史之亂”尚未平定,國力衰減,根本無暇亦無力修建大量的佛寺。這在許多佛教典籍中均可找到相關材料,例多不贅舉。

3. 關於《實録》所涉“穆宗長慶(821—824)中材料”,據筆者考察,“長慶”乃訛文,其致誤原因有二:或爲韋述《東都記》本身之誤,或爲許嵩纂入時引誤。《實録》成書於肅宗至德確鑿無疑。另文考之[①],此不贅。

綜上所述,我們完全有理由相信,《建康實録》所涉之“上元”年號應是唐高宗紀年,而非肅宗紀年,這也應該是十分合乎情理的推斷。

---

① 謝秉洪《〈建康實録〉作者新論》,載《南京師大學報》2004 年第 5 期。

參考文獻：

[1] [唐]許嵩《建康實録》，張忱石點校，中華書局 1986 年版。

[2] [唐]林宝《元和姓纂》，郁賢皓、陶敏整理，中華書局 1994 年版。

[3] [清]秦嘉謨、張澍、雷學淇等《世本八種》，商務印書館 1957 年版。

[4] [晉]陳壽《三國志》，中華書局 1982 年第 2 版。

[5] [梁]沈約《宋書》，中華書局 1974 年第 1 版。

[6] 張勛燎《古文獻論叢》，巴蜀書社 1990 年版。

《國語集解》訂補（《魯語》部分）

戎輝兵

摘要：徐元誥《國語集解》，網羅各家之説，於讀《國語》者甚爲便利，可稱當前《國語》校注本之最佳者。然其中亦有可商榷、補充之處。今就可商榷、補充之處，成劄記數條，以就教于方家。

關鍵詞：徐元誥　《國語集解》　訂補

《國語》成書以來，東漢鄭衆、賈逵，魏晉王肅、唐固、虞翻、韋昭、孔晁等爲之作注。唐宋以來，各家之注多亡佚，惟韋昭《國語解》存於世。北宋時，宋庠（字公序）曾整理《國語》及韋解，並作《國語補音》三卷，成爲主要傳世之本（公序本）；又有仁宗明道年間所刊之本（明道本），清黄丕烈重刊之，並作校勘劄記一卷。自清中期以後，明道本與公序本同爲《國語》通行之本。清代學者校注《國語》者主要有：汪遠孫《國語校注本三種》（《三君注輯存》、《國語發正》、《國語考異》）、董增齡《國語正義》、劉台拱《國語補校》、汪中《國語校文》、陳瑑《國語翼解》，又王引之《經義述聞》、俞樾《群經平議》、于鬯《香草校書》亦有重要校釋成果。清末民國間吳曾祺之《國語韋解補正》，采摭各家之説較多。徐元誥《國語集解》，[①]行世最晚，而能網羅各家之説，詳於其前各書，於讀《國語》者甚爲便利，可稱當前《國語》校注本之最佳者。然其中亦有可商榷、補充之處。今就可商榷、補充之處，成劄記數條，以就教於方家。時賢有論及且得其義者，茲不贅述。

---

① 徐元誥撰《國語集解》（修訂本），王樹民、沈長雲點校，北京，中華書局2002年版。

《魯語》上

1. 夫齊棄太公之法而觀民於社,君爲是舉,而往觀之,非故業也,何以訓民? 土發而社,助時也;收攟而烝,納要也。今齊社而旅往觀,非先王之訓也。(《國語·魯語上》,頁一四五~一四六)

"今齊社而旅往觀",韋解:"旅,衆也。"《集解》:"各本作:'今齊社而往觀旅。'俞樾曰:'當作"今齊社而旅往觀"。《說文·㫃部》:"㢊,古文旅,古文以爲魯衛之魯。"然則齊社而旅往觀,即齊社而魯往也。上文曰:"夫齊棄太公之法而觀民於社,君爲是舉而往觀之。"彼文"君"字即此文"魯"字,異名而同實。若"往觀"上無"魯"字,則於文義爲不備。且不曰"觀社"而曰"觀旅",於義又爲不通,蓋由淺人不知"旅往觀"即"魯往觀",因誤倒其文耳。'元誥按:俞說得之,今據以乙正。"

今按:韋解疑不確,俞說似可商。"今齊社而旅往觀",疑當從各本作"今齊社而往觀旅",且"旅"字當讀如字。上文:"莊公如齊觀社。"韋解:"莊公二十三年,齊因祀社,蒐軍實以示客,公往觀之也。"《左傳·襄公二十四年》亦有:"齊社,蒐軍實,使客觀之。""今齊社而往觀旅"之"旅",疑訓"師旅、軍旅"。《廣韻·語韻》:"旅,師旅也。"《詩·大雅·皇矣》:"王赫斯怒,爰整其旅。"毛傳:"旅,師。"《史記·天官書》:"小三星隅置,曰觜觿,主葆旅事。"司馬貞《索隱》引姚氏曰:"旅,猶軍旅也。""往觀旅"之主語承上文"君爲是舉而往觀之"而省,於文義不爲不備;因齊蒐軍實,故云"往觀旅",於義又不爲不通。

2. 天災流行,戾於弊邑,饑饉薦降,民羸幾卒,大懼乏周公、太公之命祀,職貢業事之不共而獲戾。(《國語·魯語上》,頁一四九)

"戾於弊邑",韋解:"戾,至也。"《集解》引陳瑑曰:"戾,當以罪戾爲義。下'獲戾',解曰:'戾,罪也。'"

今按:韋解不誤,《集解》引陳瑑說非是。"戾"訓"至",是其常義。《爾雅·釋詁上》:"戾,至也。"《玉篇》、《廣韻》、《集韻》同。

《國語·周語下》:"古者天災降戾,於是乎量資幣,權輕重,以振救民。"韋解:"戾,至也。""戾於弊邑"之"戾",前承上文"天災流行"之"行",後應下文"饑饉薦降"之"降",實與"職貢業事之不共而獲戾"之"戾"無涉。故韋解:"戾,至也。"

3. 反,既復命,爲之請曰:"地之多也,重館人之力也。臣聞之曰:'善有章,雖賤賞也;惡有釁,雖貴罰也。'今一言而辟境,其章大矣。請賞之。"(《國語·魯語上》,頁一五四)

"善有章,雖賤賞也;惡有釁,雖貴罰也",韋解:"章,明也。釁,兆也。"

今按:韋解未審文例,未爲確詁。"章",此處當訓"功"。《左傳·宣公十二年》:"夫武,禁暴、戢兵、保大、定功、安民、和衆、豐財者也。故使子孫無忘其章。"杜預集解:"著之篇章,使子孫不忘。"亦非。王引之《經義述聞·左傳中》:"家大人曰:凡功之顯著者謂之章。"[①]下文:"今一言而辟境,其章大矣。""章"訓"功",甚明。《國語·晉語》:"夫三德者,偃之出也。以德紀民,其章大矣。不可廢也。"韋解:"章,著也。"亦未確。"章"亦訓"功"。是其比。"釁",此處當訓"罪"、"過"。《玉篇·爨部》:"釁,罪也。"《廣韻·震韻》、《集韻·稕韻》同。《左傳·宣公十二年》:"會聞用師,觀釁而動。"杜預集解:"釁,罪也。"《左傳·昭公元年》:"吳、濮有釁,楚之執事,豈其顧盟?"杜預集解:"釁,過也。"是其證。"善有章,雖賤賞也;惡有釁,雖貴罰也。"對文甚工。"善"、"惡","章"、"釁","賤"、"貴","賞"、"罰",一一相對。故"章"訓"功","釁"訓"罪"、"過"。

4. 帝嚳能序三辰以固民,堯能單均刑法以儀民,舜勤民事而野死,鯀鄣洪水而殛死,禹能以德修鯀之功,契爲司徒而民輯,冥勤其官而水死,湯以寬治民而除其邪,稷勤百穀而山死,文王以文昭,武王以武烈,去民之穢。(《國語·魯語上》,頁一五六——一五九)

"堯能單均刑法以儀民",韋解:"單,盡也。均,平也。"《集解》

---

① 王引之《經義述聞》,南京,江蘇古籍出版社,1985年,第426頁。

引汪遠孫曰:"單,當讀爲禪,謂遜位於舜也。均刑法,謂誅四凶也。《周禮·大司樂》注:'堯能禪,(據宋本《釋文》)均刑法以儀民。'正用此文。"《集解》元誥按:"單,疑當讀爲殫,古字通用。殫,盡也。單均刑法以儀民,謂盡力平法以爲民准,如誅四凶是也。"

今按:韋解、汪說、元誥按疑皆失之。《國語·鄭語》有:"夫成天地之大功者,其子孫未嘗不章,虞、夏、商、周是也。虞幕能聽協風,以成物樂生者也。夏禹能單平水土,以品處庶類者也。商契能和合五教,以保於百姓者也。周棄能播殖百穀蔬,以衣食民人者也。其後皆爲王公侯伯。""夏禹能單平水土",韋解:"單,盡也。"《集解》:"元誥按:單與殫通。《禮記·祭義》篇:'歲既單矣。'《釋文》:'單同殫。'是其證。《説文》:'殫,極盡也。'段《注》:'窮極而盡之也。'"韋解、《集解》疑亦皆失之。《禮記·祭法》作:"帝嚳能序星辰以著衆,堯能賞均刑法以義終,舜勤衆事而野死,鯀鄣鴻水而殛死,禹能脩鯀之功,黄帝正名百物以明民共財,顓頊能脩之,契爲司徒而民成,冥勤其官而水死,湯以寬治民而除其虐,文王以文治,武王以武功,去民之菑。此皆有功烈於民者也。"鄭箋:"賞,賞善。謂禪舜、封禹稷等也。"《論衡·祭義》亦作:"堯能賞均刑法以義終。"王引之《經義述聞·禮記下》:"案此篇自'聖王之制祭祀'以下,皆《魯語》文也。彼文云:'堯能單均刑法以儀民。'單,盡也。均,平也。儀,善也。(皆韋注。)謂堯能盡平刑法以善其民也。此作'堯能賞均刑法以義終'者,'賞',當爲'亶',字之誤也。'亶'與'單'通。'義'與'儀'通。'終'與'衆'通。衆,亦民也。即《魯語》之'堯能單均刑法以儀民'也。《鄭語》曰:'夏禹能單平水土,以品處庶類。'(韋注:'單,盡也。')文義與此相似。"[①]謂"賞"爲"亶"之誤,亶、單上古皆端母元部,"亶"與"單"通,甚是。然其亦從韋解:"單,盡也。"則有疑焉。"亶"疑讀爲"坦",二字皆從"旦"得聲,義當可通。賈誼《新書·君道》:"書曰:'大道亶亶,其去身不遠。'""亶"通"坦"甚明。《廣韻·旱韻》:"坦,平也。""坦"訓"平",是其常義,兹不贅述。"單平"與下文之"和合"、"播殖"皆二字平列,同義連文。"單"當與

① 《經義述聞》第 379 頁。

“平”義同、義近。《玉篇·吅部》:“單,一也。”“一”亦可訓“平、均”。《呂氏春秋·審分覽·執一》:“王者執一,而爲萬物正。”高誘注:“一者,平。”“堯能單均刑法以儀民”之“單均”,亦平列同義,“單”亦當訓“平、均”。是其比。《國語·魯語上》:“若布德於民而均平(明道本作“平均”)其政事。”《國語·楚語下》:“楚國之能平均以復先王之業者,夫子也。”其中“均平”、“平均”連文,與“單均”、“單平”殆無異義,亦是“單”訓“均、平”之證。

5. 今海鳥至,己不知而祀之,以爲國典,難以爲仁且智矣。夫仁者講功,而智者處物。無功而祀之,非仁也;不知而不能問,非智也。(《國語·魯語上》,頁一六一)

“夫仁者講功,而智者處物”,韋解:“處,名也。”

今按:韋解疑未確。“夫仁者講功,而智者處物”對文,“講”、“處”之義相類。韋解:“講,論也。”《說文》:“論,議也。”“講”之義即“謀、議”。見《廣韻·講韻》。故此“處”疑當訓“審、辨”。《淮南子·兵略訓》:“是故處於堂上之陰,而知日月之次序。”《呂氏春秋·慎大覽·察今》作:“故審堂下之陰,而知日月之行,陰陽之變。”可見“處”、“審”義同。《國語·魯語下》:“今我寡也,爾又在下位,朝夕處事,猶恐忘先人之業,況有怠惰,其何以避辟?”韋解:“處事,處身於作事也。”《集解》引汪遠孫《發正》曰:“處,讀如‘智者處物’之‘處’。處事,辨事也。”《經義述聞·通說上·處》:“引之謹案:處之爲居、爲止,常訓也。而又爲審度、爲辨察,書傳具有其義。《大戴禮·文王官人》篇:‘以其聲,處其氣。’又曰:‘聽其聲,處其氣。’謂審其氣也。《呂氏春秋·有始覽》:‘察其情,處其形。’謂審其形也。《淮南·兵略》篇:‘相地形,處次舍。’謂審度次舍也。《周語》:‘目以處義。’謂相度事宜也。《魯語》:‘夫仁者講功,而知者處物。’謂辨物也。(韋注:‘處,名也。’於義未確。)《淮南·主術》篇:‘問瞽師曰:“白素何如?”曰:“縞然。”曰:“黑何若?”曰:“黮然。”援白黑而示之,則不處焉。’謂不辨也。《史記·龜策傳》:‘觀斗所指,定日處鄉。’謂辨方也。”[①]俞樾《群經平議·春秋左傳一》“德以處事”條、《諸子平議·淮南內篇三》

① 《經義述聞》第743頁。

“是故處堂上之陰”條說亦如之,不煩引。

6. 夫莒太子殺其君而竊其寶來,不識窮固又求自邇,爲我流之於夷。今日必通,無逆命矣。(《國語·魯語上》,頁一六七)

“不識窮固又求自邇”,韋解:“固,廢也。”

今按:韋解失之。“窮”“固”連文,義類。“窮”,殆“不賢”之謂也。《逸周書·常訓》:“上賢而不窮。”“窮”、“賢”對文,義反,“窮”即“不賢”。《荀子·修身》:“老老而壯者歸焉,不窮窮而通者積焉。”楊倞注:“窮者則寬而容之,不迫蹙以苛政,謂惠恤鰥寡窮匱也。”俞樾《諸子平議·荀子一》:“樾謹按:楊注以‘不窮窮’謂‘惠恤鰥寡’,非也。‘窮’‘通’以‘賢’‘不肖’言,孔晁注《周書·長訓》篇曰:‘窮謂不肖之人。’是也。‘不窮窮’者,不强人以所不知不能。《中庸》所謂‘矜不能’也。若以‘窮’爲‘鰥寡’,則‘通者’豈不鰥寡之謂乎?《非十二子》篇曰:‘聰明聖知,不以窮人。’即可說此文‘不窮窮’之義。”[1]“固”,當訓“鄙陋、蔽塞”。亦不賢明之謂。《廣雅·釋言》:“固,陋也。”《論語·述而》:“子曰:‘奢則不遜,儉則固。與其不遜也,寧固。’”何晏集解引孔安國曰:“固,陋也。”《文選·司馬遷〈報任少卿書〉》:“書不能悉意,略陳固陋。”李周翰注:“固,猶鄙也。”《書·多士》:“惟天不畀,允罔固亂。”孫星衍《尚書今古文注疏》:“固者,蔽也。”皆是其證。《國語·鄭語》:“今王棄高明昭顯,而好讒慝暗昧;惡角犀豐盈,而近頑童窮固。”韋解:“角犀,謂顔角有伏犀。豐盈,謂頰輔豐滿,皆賢明之相也。頑童,童昏,固,陋也。謂皆暗昧窮陋不識德義者。”此處韋解不誤,是其比。

7. 吾聞之,不厚其棟,不能任重。重莫如國,棟莫如德。夫苦成叔家欲任兩國而無大德,其不存也,亡無日矣。(《國語·魯語上》,頁一七一)

“亡無日矣”,《集解》元誥按:“亡即‘無’字。此謂其不存也亡日矣。”

---

① 俞樾《諸子平議》,上海,上海書店,1988年,第229頁。

今按:《集解》元誥按失之。"亡無日矣",古書習見。義殆"其亡也無日矣"。《國語·晉語一》:"諸夏從戎,非敗而何? 從政者不可以不戒。亡無日矣!"又《晉語五》:"爾童子,而三掩人於朝。吾不在晉國,亡無日矣!"《左傳·僖公三十三年》:"墮軍實而長寇讎,亡無日矣。"《韓詩外傳》卷二:"君王聽臣言,大命去矣! 亡無日矣!"皆是其比。

《魯語》下

8. 子以君命鎮撫弊邑,不腆先君之禮,以辱從者,不腆之樂以節之。吾子舍其大而加其禮於細,敢問何禮也?(《國語·魯語下》,頁一七八)

"子以君命鎮撫弊邑",韋解:"鎮,重也。撫,安也。"

今按:韋解"撫,安也"得之,"鎮,重也",則失其義矣。"鎮"、"撫"平列同義。《廣雅·釋言》:"鎮,撫也。"《國語》"鎮撫"同義連文者夥矣。《周語中》:"叔父若能光裕大德,更姓改物,以創制天下,自顯庸也,而縮取備物以鎮撫百姓,余一人其流辟旅於裔土,何辭之有與?"《魯語上》:"其何以鎮撫諸侯?"《晉語二》:"君若惠顧社稷,不忘先君之好,辱收其逋遷裔胄而建立之,以主其祭祀,且鎮撫其國家及其民人。"《晉語三》:"若狄公子,吾是之依兮。鎮撫國家,爲王妃兮。"《晉語四》:"若復而修其德,鎮撫其民,必獲諸侯,以討無禮。"《晉語五》:"國有大役,不鎮撫民而備鍾鼓,何也?"《晉語七》:"君鎮撫群臣,而大庇陰之。"皆是其例。此處"鎮"、"撫"皆當訓"安"。《廣雅·釋詁一》:"鎮、撫,安也。"《玉篇·金部》亦曰:"鎮,安也。"《國語·晉語七》:"柔惠小物,而鎮定大事。"韋解:"鎮,安也。"《漢書·高帝紀上》:"漢王如陝,鎮撫關外父老。"顔師古注:"鎮,安也。撫,慰也。"是皆"鎮"訓"安"之證。

9. 虢之會,諸侯之大夫尋盟未退。季武子伐莒取鄆,莒人告於會,楚人將以叔孫穆子爲戮。晉樂王鮒求貨於穆子,曰:"吾爲子請於楚。"穆子不予。梁其脛謂穆子曰:"有貨,以衛身也。出貨而可以免,子何愛焉?"(《國語·魯語下》,頁一八七——一八八)

"有貨,以衛身也",韋解:"衛,營也。"《集解》引吳曾祺説曰:"衛,藩也。《内傳》作:'貨以藩身',不訓'營'。"

今按:韋解:"衛,營也。"不誤。吳曾祺説殆知一十,而不知二五。慧琳《一切經音義》卷二七、四六、六七並引《蒼頡篇》曰:"營,衛也。"《墨子·天志中》:"欲人之有力相營,有道相教,有財相分也。"孫詒讓《墨子閒詁》引鍾會《老子》注云:"經護爲營。"《論衡·書虚》篇:"子胥之生,不能從生人營衛其身,自令身死。"又《死僞》篇:"人君之威固嚴(一本作壓),人臣營衛,卒使固多衆。"又《書解》篇:"鄒陽舉疏,免罪於梁;徐樂上書,身拜郎中,材能以其文爲功於人,何嫌不能營衛其身?""營衛"連文者夥甚,平列同義,皆是其證。

10. 天子及諸侯合民事於外朝,合神事於内朝;自卿以下,合官職於外朝,合家事於内朝;寢門之内,婦人治其業焉。上下同之。夫外朝,子將業君之官職焉;内朝,子將庀季氏之政焉,皆非吾所敢言也。(《國語·魯語下》,頁一九三)

"天子及諸侯合民事於外朝",韋解:"言與百官考合民事於外朝也。"

今按:《國語·周語下》:"古之神瞽,考中聲而量之以制。"又《周語下》:"三曰姑洗,所以修潔百物,考神納賓也。"韋解並曰:"考,合也。"此處韋解以"考合"訓"合","合"訓未詳。上文:"自卿以下,合官職於外朝,闔家事於内朝。"其下:"寢門之内,婦人治其業焉。"下文又有:"夫外朝,子將業君之官職焉;内朝,子將庀季氏之政焉。"韋解:"庀,治也。"則"合"殆與"治"、"業"、"庀"義類。《周禮·春官·大史》:"戒及宿之日,與群執事讀禮書而協事。"鄭玄注:"協,合也。合,謂習録所當共之事也。"此處"合"義當如鄭注所云。

11. 昔聖王之處民也,擇瘠土而處之,勞其民而用之,故長王天下。夫民勞則思,思則善心生;逸則淫,淫則忘善,忘善則惡心生。沃土之民不材,逸也;瘠土之民莫不嚮義,勞也。(《國語·魯語下》,頁一九四)

"昔聖王之處民也",韋解無説。《集解》元誥按:"處,猶處理也。"

今按:《集解》元誥按未得確詁。此"處"殆訓"安"。《禮記·檀弓》:"(顔淵)謂子路曰:'何以處我?'"鄭玄注:"處,猶安也。"《漢書·張湯傳》:"上自安置其裏,居塚西鬬雞翁舍南。"顔師古注:"處,安也。"《國語·魯語上》:"帝嚳能序三辰以固民,堯能單均刑法以儀民。"韋解:"固,安也。""處民"、"固民"義皆"安民"。《左傳·宣公二十八年》:"夫武,禁暴、戢兵、保大、定功、安民、和衆、豐財者也。"《左傳·成公十四年》:"安民而宥宗卿,不亦可乎?"是其類。"擇瘠土而處之"之"處"訓"安"義甚顯,不贅述。

12. 是故天子大采朝日,與三公、九卿祖識地德;日中考政,與百官之政事、師尹、維旅、牧、相宣序民事;少采夕月,與大史、司載糾虔天刑;日入監九禦,使潔奉禘、郊之粢盛,而後即安。諸侯朝修天子之業命,晝考其國職,夕省其典刑,夜儆百工,使無慆淫,而後即安。卿大夫朝考其職,晝講其庶政,夕序其業,夜庀其家事,而後即安。士朝而受業,晝而講貫,夕而習復,夜而討過無憾,而後即安。自庶人以下,明而動,晦而休,無日以怠。(《國語·魯語下》,頁一九四——一九七)

"與百官之政事、師尹、維旅、牧、相宣序民事",韋解:"宣,徧也。序,次也。"《集解》無説。

今按:韋解:"宣,徧也。序,次也。"未審文例,疑皆失之。上文:"與三公、九卿祖識地德。""祖識"同義連文。故韋解:"祖,習也。識,知也。"下文:"與大史、司載糾虔天刑。""糾虔"亦連文例,韋解:"糾,恭也。虔,敬也。""宣序"二字亦當平列同義。"宣",此處疑訓"通、順"。《廣韻·仙韻》:"宣,通也。"《吕氏春秋·仲夏紀·古樂》:"昔陶唐氏之始,陰多滯伏而湛積,水道壅塞,不行其原(一作陽道壅塞不行其次),民氣欝閼而滯著,筋骨瑟縮不達,故作爲舞以宣導之。"高誘注:"宣,通。"《詩·大雅·公劉》:"既庶既繁,既順迺宣。""宣"、"順"義同,甚明。"序",亦訓"順"。王引之《經義述聞·國語上》:"'周旋序順'者,序,亦順也。《爾雅》曰:'順,敘也。'《大戴禮·保傅》篇曰:'言語不序。'《周語上》篇曰:'時序其德。'《楚語》曰:'奔走承序。'序,皆謂順也。"[①]王念孫《讀書雜志·墨子第二·非攻下》、王引之《經義述聞·書》亦有論"序(敘)"訓"順"者,不煩引。"宣序民事",義即"順民事"。

"夜而討過無憾",《集解》:"各本'討'作'計',汪遠孫曰:'《列女傳》"計"作"討",(案'討')是也,讀如討軍實之討。'王引之曰:'("夜而計過",《列女傳》作"夜而討過"。)討者,除也,見隱四年《公羊傳》注。除去其過然後無憾,於義爲長。'元誥按:討過,謂搜求己過也。今據改。"張以仁《國語斠證·魯語下》:"以仁案:計謂慮也。思慮也。《吳語》:'以能遂疑計惡。'韋注:'計,慮也。'夜而計過,謂夜而思慮過失也。亦即自省之意。《述聞》訓爲除過,然過可改面("面"疑"而"之訛,蓋手民誤植)不能除,且除過何待乎夜?夜亦非除過之時也。《考異》訓爲探討,其義與思慮近。則不煩改字也。《列女傳》之'討',蓋'計'之誤。前文《襄公如楚》篇'二三子其計乎',世界本誤'計'爲'討',是其例也。宋鄒浩有'計過齋'(見《宋史》三四五),蓋用此典。"[②]今按:諸說皆有可商之處。《左傳·宣公十二年》:"在軍,無日不討軍實而申儆之。"《說文》:"討,治也。"《左傳·隱公五年》:"以數軍實,昭文章,明貴賤,辨等列,順少長,習威儀也。"《左傳·襄公二十四年》:"齊社,蒐軍實,使客觀之。"杜預《集解》:"祭社,因閱數軍器。"洪亮吉《春秋左傳詁》引《周禮疏》云:"蒐,數。軍實,兵甲器械。"《國語·楚語上》:"故先王之爲臺榭也,榭不過講軍實,臺

---

① 《經義述聞》第482頁。

② 張以仁《國語斠證》,臺北,臺灣商務印書館股份有限公司,1968年,第164頁。

不過望氛祥。""講軍實"之"講"當訓"校、論校"。"討軍實"義即"講軍實"、"蒐軍實"、"數軍實"也。此處"討"疑亦訓"數"。《説文》:"計,會也,筭也。"則"討"與"計"義有相通之處。"計"由"會也,筭也"引申可得"度、慮、謀"義。《國語·吳語》:"昔吾先王世有輔弼之臣,以能遂疑計惡,以不陷於大難。"韋解:"計,慮也。"《廣雅·釋詁四》:"計,謀也。"《戰國策·東周策》:"周之君臣,内自盡計。"鮑彪注:"計,猶謀。""討"有"整理、尋究"義。《論語·憲問》:"世叔討論之。"劉寶楠正義引鄭玄注云:"討論,整理。"朱熹集注:"討,尋究也。"汪云:"'計'作'討',案:'討'是也。"不必。張以仁《國語斠證·魯語下》辨王引之説云:"《述聞》訓爲除過,然過可改面("面"疑"而"之訛,蓋手民誤植)不能除,且除過何待乎夜？夜亦非除過之時也。"當是。又云:"《列女傳》之'討',蓋'計'之誤。"則不必。《集解》元誥按:"討過,謂搜求己過也。今據改。"於義近得之,改"計"爲"討"則不必。《國語》作"計",《列女傳》作"討",義皆可通,當各有所本,皆可訓"謀、慮",亦即自省之意。不必據彼改此、據此改彼。故此處當從明道、公序各本作"計"爲妥。

清代以來的《史記》校勘述評

王永吉

摘要:清代以來《史記》的校勘工作成就非凡。本文重點對清代以來校勘形成的《史記》重要版本如武英殿本、《四庫全書》本、《四庫全書薈要》本、金陵書局本、百衲本、《史記會注考證》及《校補》、中華書局點校本等做了綜述,並探討其中所存在的問題。文章對清代以來未形成定本刊刻但留有校勘記的《史記》校勘工作也做了簡述。

關鍵詞:《史記》 校勘 版本

清代以來《史記》校勘取得了非凡的成就,形成了武英殿本、金陵書局本這樣影響鉅大的版本。民國間張元濟校勘影印的百衲本和二十世紀五十年代中華書局整理的點校本於今則最爲通行。日人瀧川資言《史記會注考證》及水澤利忠《校補》被視爲《史記》研究的里程碑之作。研究這些版本的形成過程與校勘情況,可以辨知各本優缺之所在,對於當今《史記》的整理工作無疑具有重要的借鑒意義。

以下從定本校勘及校勘記兩個方面,對清代以來的《史記》校勘情況作一概述,並重點探討了幾次形成定本刊刻的《史記》校勘中存在的問題,以期爲今日重校《史記》提供參考。

一、定本校勘

1. 武英殿本

有清一代的《史記》校勘取得了鉅大的成就。明毛晉汲古閣所刊《十七史》合刻本,有清順治十一年(1654)重修本[①]。明萬曆二十四年(1596)刊南監本、萬曆二十六年(1598)刊北監本皆有清遞修本[②]。這些遞修本多是由地方府學在明代刊本的基礎上修補,規模有限。清代大規模校勘《史記》始自乾隆四年(1739)武英殿本。

清乾隆四年(1739)以"監本亦日漸殘闕",故詔命重新校刻《二十一史》[③]。乾隆十一年(1746)始克告竣,合已成之《明史》爲《二十二史》,世稱武英殿本。校刻《二十一史》以張照、方苞等爲總裁,齊召南、杭世駿等爲編校,仿前刻《十三經注疏》之例,卷末皆附《考證》。《史記考證》出自張照、杭世駿、德齡、王祖庚、齊召南等人之手。《考證》或參校他本,或核對他書,或推尋文義,或引前人之說,或以本書前後互證,綜合各種校勘方法,調整了底本明北監本的篇章次第與版式,增補三家注文,校改底本訛字,"補刻闕文不下千百條"[④]。武英殿本因此"較明監本則不可同年而語矣"[⑤],由此亦成爲有清一代影響最大的《史記》版本,出現了衆多翻印本,《四庫全書》即以此本爲底本抄録。其後張文虎校刊金陵書局本、張元濟校印百衲本、水澤利忠撰《史記會注考證校補》皆以殿本爲最重要的校本之一。

殿本訂正了明北監本的諸多訛誤,增補了不少三家注佚文,同時卷末所附《考證》博採衆説,考訂史實,對於《史記》的整理與研究都取得了一定的成績。不過,殿本也存在它的局限。

首先,殿本校勘時所參考的版本不多。武英殿校刊《二十一

① 張興吉《〈史記〉版本存世目録》,《元刻〈史記〉彭寅翁本研究》(附録二),南京,鳳凰出版社 2006 年版,第 209 頁。

② 《〈史記〉版本存世目録》,第 207 頁。今所見明萬曆二十四年(1596)南監本遞修本修版版心有"順治十五年刊"、"康熙三十九年刊"字樣,可知南監本遞修年代。

③ 《御制重刻二十一史序》,載武英殿本《史記》卷首。

④ [清]張照《史記序考證》,載武英殿本《史記》卷首《史記正義序》後。

⑤ [清]張照《史記考證跋語》,載武英殿本《史記》卷尾。

史》以明北監本爲底本，而没有分别搜尋每部史書最好的版本作爲底本，不能不説是遺憾。明監本的疏略，早爲學人所詬，故殿本先天即存不足。就殿本《史記》而言，武英殿校勘諸臣雖然運用各種方法，費心校勘，正訛補缺，然而從《史記考證》來看，殿本所參校的《史記》版本實在有限，佳善之本更少。故張元濟譏殿本"惟局蹐於監本之下，因陋就簡"①。張照亦謂："顧三注文字益多舛訛，雖據所見聞稍加駁正，入於《考證》，然不能無罣漏也。"②這無疑影響了殿本的版本品質。

其次，《考證》徵引前人舊説主要依據《史記評林》，採擇範圍未有太大的超越，自然也限制了《考證》的視野。

再次，《考證》對於改動底本的情況没有詳細説明。囿於體例，《考證》不是嚴格意義上的校勘記，而殿本改正明監本訛誤甚多，受篇幅所限，對於底本的改動，《考證》未能一一出校説明。即於所出的校改説明，亦甚疏略，多徑云"今正"、"今删"、"今添"，而不言所據何本，這些都對我們今天研究殿本的校勘情況尤其是其所增補的三家注來源問題造成了不小的困難。張照《史記序考證》云其校改三家注訛誤不出校記，但記正文，然細檢《考證》，實亦記校改三家注之誤，此又其體例之不純。

2.《四庫全書》本與《四庫全書薈要》本

乾隆三十八年(1773)開館纂修《四庫全書》，所收圖書除撰寫提要外，又經悉心校勘。其校勘記由王太岳纂輯爲《欽定四庫全書考證》一百卷，其中《史記考證》兩卷。《四庫全書考證》更注重文字校勘，詳列校改情況。校勘方法上，後世所謂的"校勘四法"，在此皆有體現。《史記考證》校正了武英殿刊本的諸多訛誤，可以視爲對張照等所撰的《殿本史記考證》的補充。清末金陵書局校刊《史記》即參考了《四庫全書考證》的成果，張文虎《校刊史記集解索隱正義札記》每云"《考證》改"，多謂此。但《四庫

① 張元濟《百衲本二十四史後序》，《縮印百衲本二十四史》，北京，商務印書館 1958 年版，第 3 頁。

② 《史記考證跋語》。

全書考證》的成果仍有不少未被金陵本吸收,還有待繼續甄别發掘。由此亦可見《四庫全書》本《史記》雖是以武英殿刊本爲底本抄録,但由於經過校勘,故不能簡單視爲殿本的翻抄,而應看作是殿本系統的發展。

清高宗詔命纂修《四庫全書》之時年事已高,恐不及見《四庫》之成,故命館臣擇其精要者依《四庫全書》之例先行抄録,是爲《四庫全書薈要》,《史記》亦列在史部之首。《四庫全書薈要》卷首有《薈要總目》,《史記》下注云"今依内府刊本繕録,據宋元槧本、明南北雍本及王鏊、毛晉諸本恭校"。可知《薈要》本亦以殿本爲底本,與《四庫全書》本同出一源,而非據《四庫》本抄録。其尤值一提者,有若干卷卷尾在張照等所作《考證》之後又有《薈要》纂修諸臣所作校勘記,改正不少武英殿刊本訛誤,此在《四庫全書》本則無。故對於《四庫全書薈要》本《史記》的校勘價值亦當引起重視。

3. 金陵書局本

清同治三年(1864)兩江總督曾國藩攻克金陵,隨後設金陵書局,校刊經籍。同治五年(1866)春,時兩江總督李鴻章命唐仁壽校刊《史記》,張文虎亦參與其事。同治六年(1867)春,曾國藩回任兩江總督,正式任命張文虎與唐仁壽同校,此後《史記》的校刊工作主要由張文虎負責。同治九年(1870)仲春,金陵本《史記》刊刻完畢。此後張文虎又寫成《校刊史記集解索隱正義札記》五卷,"附記各本同異及所以去取意"[①]。據張氏《札記》跋語,金陵本《史記》之刊刻是利用周學濬(縵雲)過録的錢泰吉校本覆校付刊的,張氏《札記》所記異同大半取自錢校本,此外還參考了梁玉繩《史記志疑》、王念孫《讀書雜志》、錢大昕《廿二史考異》諸家之説以及類書中所引《史記》。金陵本的特點是"擇善而從"、"不主一本"。根據《札記》卷端所記,其於三家注解,《集解》多據

① [清]張文虎《校刊史記集解索隱正義札記·跋》,徐蜀編《史記訂補文獻彙編》,北京,北京圖書館出版社 2004 年版,第 192 頁。案:中華書局 1977 年整理出版張文虎《校刊史記集解索隱正義札記》時删去跋語。

明毛氏汲古閣本,《索隱》多據毛刻單行本《索隱》,《正義》多據明王延喆本。正是由於其"擇善而從"、"不主一本",加上張、唐二人的悉心校勘,使得金陵本成爲清代後期《史記》最爲完善的本子。1958年中華書局重新點校排印《史記》即以此爲底本。

當然,金陵本亦存在它的不足。首先,張文虎雖是參校衆本,但由於條件所限,仍有一些重要的版本未見,如北宋景祐本、南宋黄善夫本等。這裏並無苛責之意,一些重要版本未能見到,無疑影響了校勘的品質。其次,金陵本雖歷四年始刊成,然僅以張、唐二人之力,仍嫌倉促。張文虎亦自謂:"今也旋校旋寫,旋寫旋刊,區區以兩人之心力,而出之以急就。予老而衰,端甫多病,如此雖二三前輩恐亦不能任也。"[①]《張文虎日記》同治八年(1869)三月五日記云:"連日復閲《史記》諸卷,《索隱》頗與單本不合,蓋多後人改竄。今亦不能盡從單本,且書已刊成,勢難一一刓改,去其太甚者而已。"[②]這正是由於"旋校旋寫,旋寫旋刊",太過倉促所致。金陵本刻成後,張文虎又陸續校出了一些訛誤,遂又挖補修版,然仍有挖改未盡者。其三,金陵本《索隱》利用毛刻單行本多不善,問題較多。賀次君謂:"又此書《索隱》全用單行《索隱》本文,而毛晉汲古閣刊單行本《索隱》錯誤特多……而此本《索隱》悉從毛刻,一仍其錯奪誤衍,鮮加補正,則非擇善而從之初義矣。"[③]其四,張文虎以個人好惡删汰司馬貞《補史記》,致金陵本《索隱》不全。毛刻單本《史記索隱》卷末爲司馬貞《補史記》,合刻諸本多分之在各篇小題下,其所補《三皇本紀》各本或列在卷端,或附卷末,要之皆可見《索隱》全貌。《張文虎日記》云:"與端甫謅節相……予請删去小司馬述贊及《補史記》,深以爲然,以述贊已刻附每篇之後,可無刻者,其《補史記》依予説删

① [清]張文虎《張文虎日記》,陳大康整理,上海,上海書店出版社2001年版,第106頁。

② 《張文虎日記》,第173頁。

③ 賀次君《史記書録》,北京,商務印書館1958年版,第219—220頁。

之。"[1]金陵本《索隱》因而不全,中華本依金陵本點校,亦無《補史記》,不能無憾。

4. 清末翻刻本

清咸豐元年(1851)新會陳焯之翻刻武英殿本《史記》,同治八年(1869)廣東葄古堂翻刻殿本《史記》,同治九年(1870)湖北崇文書局重刻明震澤王延喆本《史記》,同治十一年(1872)成都書局翻刻殿本《史記》,光緒年間湖南寶慶三味書坊翻刻殿本《史記》,光緒四年(1878)金陵書局翻刻毛氏汲古閣本《史記》,光緒二十年(1894)陝西味經書院翻刻殿本《史記》。以上諸種皆是翻刻本,此不詳論。惟湖北崇文書局翻刻王本有校改。張元濟《校史隨筆》"震澤王本之訛奪"條舉王本訛脱四處,據其自注,三處"湖北翻刻本"已增改[2]。

5. 百衲本

1930—1937年,上海商務印書館涵芬樓在張元濟主持下匯集宋元善本,精心校勘,影印成百衲本《二十四史》。百衲本以版本古舊著稱,其中《史記》以南宋黄善夫本爲底本。黄善夫本是現存最早的三家注合刻本,但黄本校勘之草率亦屬驚人,杜澤遜《論南宋黄善夫本〈史記〉及其涵芬樓影印本》一文發之甚詳[3],至謂其爲"闥市惡本"。章培恒亦謂"三家注本(黄善夫本)從一開始就是書賈所製作的一個頗爲粗率的本子"[4],甚得其實。張元濟將黄善夫本與殿本做了詳細的對校,並參校了汲古閣《索隱》本、王延喆本、劉喜海舊藏百衲本、劉承幹影刻宋蜀大字本,在他認爲黄善夫本訛誤的地方作了挖改,開創了影印本校改的先例。百衲本《史記》採用挖改底本再影印的方法,其挖改描潤之章程

① 《張文虎日記》,第159頁。

② 張元濟《校史隨筆》,上海,上海古籍出版社1998年版,第4頁。

③ 杜澤遜《論南宋黄善夫本〈史記〉及其涵芬樓影印本》,《中國典籍與文化論叢》1995年第3輯,第301—315頁。

④ 章培恒《〈史記版本研究〉序》,張玉春《〈史記〉版本研究》,北京,商務印書館2001年版,第4頁。

謹嚴，所改與原刻字體一致，殊難分辨。而學者或不知，以爲百衲本即黄善夫本之舊。杜澤遜文中提到賀次君《史記書録》中所言黄善夫本實即涵芬樓影印本，《漢語大字典》所引用的黄善夫本亦是影印本，水澤利忠撰《史記會注考證校補》初亦以影印本爲黄善夫原本，後乃發覺，不得已作《補遺》附後。張玉春亦謂賀次君在版本研究中誤以被張元濟校改過的影刻本爲黄善夫本原刻，因而得出不少錯誤的結論①。今筆者發現，王叔岷《史記斠證》每云黄善夫本作某，實亦百衲本。如《天官書》"門内六星諸侯"《正義》"主刺舉"，《斠證》："黄善夫本《正義》'刺舉'字不誤。"②核之張元濟《史記校勘記》③，黄本實作"判"，百衲本據殿本修作"刺"。又同卷"其西曲星曰鉞"《正義》"輿鬼四星，一星爲質"，《斠證》："黄善夫本《正義》'輿鬼四星，一星爲質。'誤作'輿鬼五星，爲質一星。''不欲其明'下亦少一明字。"④核之張元濟《校勘記》，黄本實作"四星"，百衲本修"四"爲"五"。黄善夫本世所罕見，張元濟於文字改動在百衲本中亦未作說明，若非其《校勘記》存世，二本之不同難爲世人所知。

黄善夫本校勘草率，所以張元濟據殿本等重加校勘，校改後的百衲本確實在版本品質上有所提高。據王紹曾統計，《百衲本史記校勘記》"出校四千九百餘條，闌外批'修'者凡一千八百餘條"⑤。但由於版本異文很多，加上張元濟慎改古書的校勘態度以及技術上的原因，其於殿本佳善之處未能悉爲收入，而或有據他本誤改處，故百衲本《史記》仍難稱善本。筆者曾將張元濟《百衲本史記校勘記》《本紀》部分與中華書局點校本以及張文虎《校

① 參張玉春《〈史記〉版本研究》，第 298 頁。

② 王叔岷《史記斠證》，臺北，歷史語言研究所 1983 年版，第 1098 頁。

③ 張元濟《百衲本二十四史校勘記·史記校勘記》，王紹曾、杜澤遜、趙統等整理，北京，商務印書館 1997 年版。

④ 《史記斠證》，第 1100 頁。

⑤ 王紹曾《百衲本二十四史校勘記整理緣起》，《百衲本二十四史校勘記·史記校勘記》，北京，商務印書館 1997 年版，第 7 頁。

刊史記集解索隱正義札記》逐條對照,列百衲本失修例、誤修例凡50條,亦可窺其一斑。百衲本並非善本,然學界仍有誤解。如章培恒即謂:"《二十四史》則以百衲本爲最好,因其多爲宋、元刊本。"[①]"不過,説老實話,能夠一邊讀校點本《史記》、一邊查張文虎《札記》的人,很少會使用這類校點本;大抵是用商務影印的百衲本《二十四史》的。"[②]可見章先生是仍然認爲百衲本要優於中華書局點校本的。

6.《史記會注考證》及《校補》

1934年日本瀧川資言出版《史記會注考證》。該書以金陵書局本爲底本,根據其所見《史記》鈔本做了校勘,就日本所藏鈔本增補了不少《正義》佚文[③],又博採諸家舊説,間附己意,以爲考證。瀧川氏自謂以金陵書局本爲底本,實先以明凌稚隆《史記評林》爲底本,後乃改從金陵本,因而兼承兩本之疏漏,賀次君《史記書録》有説。又其所增補《正義》佚文亦真僞參半,不可盡信,賀次君、程金造有專文論之。魯實先撰《史記會注考證駁議》一書[④],詳揭瀧川之失。施之勉有《史記會注考證訂補》[⑤],于《考證》訂正尤多。

《史記會注考證》于金陵本訛誤逕自改正,未作校勘記。1950年代水澤利忠以《考證》爲底本,作《史記會注考證校補》。《校補》利用《史記》古鈔本17種,宋元版《史記》10種,明版9種,清版2種,另有日本朝鮮刊本及校勘記多種,詳列諸本異文,可謂《史記》校勘史上集大成之作。然而《校補》亦有其不足處。其書但列諸本異同,鮮有是非考訂,偶云"瀧川本誤",亦或見

① 章培恒《雜談〈新編小四庫〉》,《中華讀書報》1999年1月20日。

② 章培恒《關於古籍整理工作的規範化問題》,《中國典籍與文化論叢》2002年第7輯,第57頁。

③ [日]瀧川資言《史記會注考證·史記總論》,太原,北岳文藝出版社1999年版,第136頁。

④ 魯實先《史記會注考證駁議》,長沙,岳麓書社1986年版。

⑤ 施之勉《史記會注考證訂補》,臺北,華岡出版有限公司1976年版。

"疑……誤"、"蓋……乎"之語，然多未深考。前人或譏其繁瑣，其實《校補》所列異文尚有疏漏，並非諸本異文之全部。更有甚者，其書屢有誤校之處。即以《五帝本紀》言之，《校補》于殿本異文失列 7 處，誤校 2 處，于金陵本誤校 1 處。這無疑影響了該書的可信度。雖然如此，《校補》仍是考鏡《史記》版本源流，校勘文字訛誤不可或缺的重要材料。

7. 中華書局點校本

1958 年 9 月初，毛澤東指示吳晗、范文瀾組織點校前四史。此事由中華書局具體負責。除四史外，其他廿史亦作了安排[①]。1959 年 9 月，《史記》最先出版。中華書局本《史記》由宋雲彬點校[②]，以清同治五至九年(1866—1870)金陵書局三家注合刻本爲底本，參照張文虎《校刊史記集解索隱正義札記》校改。全書分段標點，將散在文中的三家注移置段後，眉目清楚，頗便觀覽。自 1959 年發行第一版、1982 年再版以來，至今已重印十餘次，近 50 萬册。中華書局點校本已成爲目前最通行影響亦最大的《史記》版本。然而由於政治上的原因，中華本《史記》用時一年即出版發行，頗爲倉促。其文字全依金陵書局本，未能匯校衆本，而金陵本之不足，已如上論。點校本雖曾參考張文虎《校刊史記集解索隱正義札記》校改部分訛誤，然去取或有不當，又時見排印訛誤。王華寶博士論文《〈史記〉校勘研究——以中華書局校點本爲中心》在重新覆校點校本與金陵本後發現[③]，點校本排印之誤三百餘處，且多有徑改底本而未出校記者，而其對於張文虎《札記》亦存在"當擇而未擇"及"不當擇而擇"的問題，對於前人校勘成果吸收更顯不足。

---

① 《二十四史點校本檔案選》(1)，《書品》2006 年第 1 期，第 89 頁。

② 案：關於中華本《史記》的點校者，前人皆謂由顧頡剛負責，今根據《宋雲彬日記》，知中華本《史記》實際由宋雲彬點校，因政治原因未能署名，故不爲人知。

③ 王華寶《〈史記〉校勘研究——以中華書局校點本爲中心》，南京師範大學文學院博士學位論文，南京，2004。

以上所論皆是形成《史記》定本的校勘整理工作,近代以來尚有幾次《史記》校勘工作,雖未形成《史記》定本刊刻,但留下了豐富的校勘記,可供參考。

二、校勘記

清末嘉興錢泰吉嘗彙校《史記》各本,留有校勘記。張文虎《校刊史記集解索隱正義札記》跋語云:"先是嘉興錢警石學博泰吉嘗彙校各本,歷三十餘年,點畫小殊,必詳記之。"①周學濬曾借其本過録,後金陵書局校刊《史記》即依周氏過録本覆校付刊。張文虎撰《校刊史記集解索隱正義札記》所記諸本異同亦"大半取資錢校本"②。然而張文虎校刊金陵本《史記》時並未親見錢校本。《張文虎日記》同治十年(1871)二月廿六日記云:"復校《史記》本紀,時從子密借警石先生校本也。"③此時金陵本早已刊刻畢工。魯實先云:"此書雖經張文虎《札記》所採,究未全録,尚多精語,可供收輯也。"④其説良是。同治元年(1862)錢泰吉避太平軍亂輾轉至安慶,於曾國藩幕中得見其子錢應溥(子密),次年卒於安慶旅舍中⑤。據《張文虎日記》,則錢氏《史記》校本留與其子。其後蓋散佚,魯實先云:"劉承幹藏有殘册,浙江圖書館孤山分館亦藏五册。"⑥周録祥謂"錢氏校本今藏上海圖書館"⑦。

---

① [清]張文虎《校刊史記集解索隱正義札記·跋》,徐蜀編《史記訂補文獻彙編》,第192頁。

② 同上。

③ 《張文虎日記》,第248頁。

④ 魯實先《史記會注考證駁議》,第16頁。

⑤ [清]曾國藩《錢君墓表》,〔清〕繆荃孫編《續碑傳集》卷七九,《清碑傳合集》(三),上海,上海書店出版社1988年版,第2950—2951頁。

⑥ 魯實先《史記會注考證駁議》,第16頁。

⑦ 周録祥《凌稚隆〈史記評林〉研究》,南京師範大學文學院博士學位論文,南京,2008。

清丁晏以王延喆本、柯維熊本《史記》校毛氏汲古閣本，參以《評林》本、陳子善本，撰《史記毛本正誤》，專事《史記》正文文字校勘，篇幅雖短，而發明毛本訛誤不少，頗可參考。

清光緒二十年(1894)陝西味經書院在劉光蕡主持下嘗翻刻殿本《史記》，留有《史記校勘記》一百三十卷。魯實先《史記會注考證駁議》記"《味經堂校記》，光緒二十年陝甘味經刊書處校刊，凡二十册"，當即謂此。今未見其書，不敢妄論。

民國初年，吳興劉承幹嘉業堂翻刻其所藏宋蜀大字本《史記集解》，延請名家校勘，留有校勘記，鮮爲人知。王欣夫《蛾術軒篋存善本書録·辛壬稿卷二》載有"宋蜀大字本史記校勘記不分卷二册"、"宋蜀大字本史記校勘記不分卷四册"、"宋蜀大字本史記校勘記一百三十卷十八册"三種手稿本，二册本爲葉昌熾、杜肇綸所撰，四册本及十八册本爲王舟瑤所撰。據王氏提要，1917年，劉承幹覆刻其所藏宋蜀大字本《史記集解》，請葉昌熾爲撰校勘記，杜肇綸佐之，僅成本紀、諸表，而葉氏殂世。其校記"廣蒐宋、元以來諸刻，先據金陵局本，列其異同，並加考證"[①]，"而于金陵局本之誤脱，考證極細"[②]，所存二册本是。其後更請王舟瑤踵其事，羅列諸本異文，引他説加以考證，所撰四册本是。後以其例程功無期，乃但記所見諸本異同，成校記一百三十卷，二百餘萬字，所存十八册本是。據王氏所記，王舟瑤十八册本校勘記參校之本有：劉燕庭集宋百衲本、元中統本、元明間舊刻本、明天順間游明本、正德十三年建寧府本、嘉靖六年王延喆本、嘉靖六年汪諒本、嘉靖九年南監本、嘉靖十三年秦藩本、嘉靖十六年李元陽本、萬曆五年凌稚隆本、崇禎元年程一枝本、崇禎十四年汲古閣單行《集解》本、又單行《索隱》本、清乾隆四年武英殿本，共計十六種。此次校勘雖然没有判定是非，但其臚列了十餘種版本的異同，其價值亦可與《史記會注考證校補》相比。其本今藏復

---

① 王欣夫《蛾術軒篋存善本書録》，上海，上海古籍出版社2002年版，第465頁。

② 王欣夫《蛾術軒篋存善本書録》，第466頁。

旦大學圖書館。

1955年臺灣二十五史編刊館影印仁壽本二十五史,《史記》以北宋景祐間刊本爲底本。張玉春云:"臺灣中央研究院歷史語言研究所藏本,即仁壽二十五史本,是在對淳化本刊修的基礎上,于宋仁宗景祐年間刊印,又於北宋末年補刊,在行格、文字上均存淳化本之舊,故應稱之爲景祐本,是現存最早的《史記集解》本。"[①]此本原爲傅增湘舊藏,後歸中央研究院史語所。原書有十五卷缺佚,配以南宋黄善夫本、元大德饒州路本。仁壽本二十五史影印時,以臺灣中央圖書館藏南宋覆刻景祐本配補,以使體例、版式歸一。景祐本爲現存最早的《史記》版本,其價值自不待言。龍良棟即以仁壽本爲底本,撰《景祐本史記校勘記》。其《自序》謂:"因據與殿本對校,復參以黄善夫本、王延喆本、吳汝綸點勘本《史記》、阮刻《十三經注疏》、王念孫《讀書雜志》、王先謙《漢書補注》、《荀子集解》、胡刻李善注《文選》、東瀛瀧川龜太郎《史記會注考證》而作《景祐本史記校勘記》。"[②]龍氏《校勘記》悉心考證,以發明殿本訛誤爲主,並及黄、王諸本。影印本多有漫漶不清之處,《校勘記》別作補闕,附記底本缺文壞字於後。《校勘記》對於勘正今本《史記》訛誤亦頗有參考價值。

以上所論爲專門就《史記》不同版本進行校勘者,清代以來學者各就所長,考訂《史記》,或成專著,或散見文集之中。如:王念孫《讀書雜志》、王元啓《史記三書正譌》、梁玉繩《史記志疑》、王筠《史記校》、郭嵩燾《史記札記》、周尚木《史記識誤》、李笠《廣史記訂補》、王叔岷《史記斠證》、施之勉《史記會注考證訂補》、李人鑒《太史公書校讀記》、徐復《後讀書雜志》、蔣禮鴻《蔣禮鴻集》、董志翹《訓詁類稿》,等等。惟其雖於《史記》文字訛誤多有是正,然多不主版本校勘,今則不詳論。

今人賀次君《史記書録》、張玉春《史記版本研究》雖不直接

---

① 張玉春《〈史記〉版本研究》,第125頁。

② 龍良棟《景祐本史記校勘記·自序》,徐蜀編《史記訂補文獻彙編》,北京,北京圖書館出版社2004年版,第925頁。

著眼於《史記》校勘，但《史記書録》注重版本的校勘價值，張玉春在《史記》版本研究中校勘先行的研究方法，都爲我們留下了大量的異文材料，尤其是稀見版本，雖不全面，卻也彌足珍貴。

有關《史記》校勘的單篇論文亦不爲少，限於篇幅，不再枚舉。

綜上，清代以來《史記》校勘研究取得了鉅大的成就，幾次系統校勘，形成了幾個較爲精善的版本，各有所長。當然，我們也應看到，由於各種原因，各次校勘或多或少存在一些問題。依據現有條件，匯校衆本，廣泛吸取前人校勘考訂成果，對《史記》重加整理，使之更趨完善，仍是擺在我們面前的一項重要任務。

（原文載《司馬遷與〈史記〉研究年鑒》2006 年卷，本文略有修改）

《史記·世家》叢劄

蔡德龍

摘要:《史記》作爲"二十四史"之首,雖然經過歷代學者校勘、訓詁,但有疑處,仍有不少。文章廣參"三家注"、梁玉繩、王念孫、瀧川資言等諸家之説,就《史記·世家》中可疑者,選出十一條,加以研討。

關鍵詞:《史記》 《世家》 校勘 訓詁

1. "季札封於延陵,故號曰延陵季子。"(頁 1451)[①]

司馬貞《索隱》曰:"昭十三年《傳》'吴伐州來',二十三年《傳》'吴滅州來'。"(頁 1451)

案:據《左傳·昭公十三年》:"吴滅州來,令尹子旗請伐吴。王弗許,曰:'……州來在吴,猶在楚也。子姑待之。'"《左傳·昭公十九年》:"楚人城州來。"《左傳·昭公二十三年》:"吴人伐州來。"州來於十三年被吴國奪取,而十九年楚國"城州來",説明在十三年至十九年之間,楚人奪回了州來,只是史書未載,所以纔有後來吴國於二十三年再次伐取州來之事。南宋黄善夫刻本《史記》的《索隱》與今本《左傳》合,作"昭十三年《傳》'吴滅州來',二十三年《傳》'吴代[②]州來'。殿本及中華書局點校本《史記》均誤。又據《百衲本二十四史校勘記·史記校勘記》[③]可知,張元濟先生在校勘《史記》時,也據殿本之訛而改了黄善夫本的

① 爲便於檢核,本文於每條札記之後標出原文在《史記》中的頁碼,以中華書局點校本 1982 年 11 月第二版爲準。

② "代"當是"伐"字之誤。

③ 張元濟《百衲本二十四史校勘記·史記校勘記》,北京,商務印書館 1997 年 12 月出版,第 171 頁。

正確引文,實爲“誤修”。

2.《吴太伯世家第一》:“大而寬,儉而易,行以德輔,此則盟主也。”(頁1452)

梁玉繩曰:“《左傳》作‘險而易行’,杜注‘險當爲儉,字之誤也’。而陸粲《左傳附注》據此《世家》賈逵注以爲當從險難之意,非字之誤。疑後人以杜説改《史記》,而不知二字實古通用耳。”①

案:陸説可從。裴駰《集解》引賈逵曰:“難成而實易行。”據《説文·𨸏部》:“險,阻難也。”賈逵言“難成”,訓釋的對象顯然是“險”字。

梁氏既明“險”、“儉”二字古時通用,則不應再“疑後人以杜説改《史記》”。《左傳》作“險”,《史記》作“儉”,並無不可。王引之《經義述聞·大戴禮記·惠而不儉》曰:“儉,讀爲險。”《吴世家》此處“儉”亦應讀爲“險”。“險”爲本字,“儉”爲借字。

又,中華書局點校本《史記》正文與《集解》處標點不統一。《集解》作“難成而實易行。故曰以德輔此,則盟主也”。正文標點有誤而《集解》不誤,正文當改爲:“大而寬,儉而易行,以德輔此,則盟主也。”

3.《吴太伯世家第一》:裴駰《集解》引杜預曰:“謙,退也。”(頁1456)

案:《史記》正文爲“近而不偪”,並無“謙”字。“謙退也”是對“近而不偪”整句句意的詮釋,“謙退”不可點斷。

4.《吴太伯世家第一》:“吴王北會諸侯於黄池,欲霸中國以全周室。”(頁1473)

周尚木曰:“全當爲令字之誤也。《伍子胥傳》正作令。”②

---

① [清]梁玉繩《史記志疑》,賀次君點校,北京,中華書局1981年4月出版,第836頁。

② [清]周尚木《史記識誤》,收入徐蜀《史記訂補文獻彙編》,北京,北京圖書館出版社2004年4月出版,第496頁。

案:“全”字草書與“令”字形近易訛。以敦煌文獻爲例[1]:甘博 004－4《賢愚經》:“由吾恩故,命得全濟。”敦研 118《大般涅盤經》卷第二十三:“汝設遇者,命將不全。”其中的“全”字皆作仝。敦博 072《妙法蓮花經》卷第四:“皆踴出其前,全身在於塔中。”S. 202《傷寒論·辨脈》:“命將難全。”“全”字皆作仝。S. 6825V 想爾注《老子道經》卷上:“聖人法道不爲惡,故不伐身。常全其功也。”又:“故成全而歸之謙。曲後全,明非虚語也。”“古之所謂‘曲則全’,豈虚語也。”“全”字皆作仝。以上所引諸“全”字與“令”字字形毫無二致。唐初顔元孫著《干禄字書》,曰:“仝全:上俗,下正。”可見,至遲在唐代,“全”的俗寫已與“令”字毫無差别。由於“全”字字形近“令”,故古籍中多把“全”誤成“令”,而少有把“令”誤成“全”的。如《易·乾·文言》:“知終終之。”王弼注爲“處終而能全其終”,陸德明《釋文》曰:“能全,一本作能令”。[2] 此處“能全”明顯不誤,“令”字誤。

《吴太伯世家》、《伍子胥列傳》一作“以全周室”,一作“以令周室”,義正相反,必有一訛。今案周氏判斷有誤,當作“全”,“令”字非也。《越王句踐世家》:“竟滅吴,報會稽之恥,北渡兵於淮以臨齊、晉,號令中國,以尊周室,勾踐以霸,而范蠡稱上將軍。”又《楚世家》:“齊湣王欲爲從長,惡楚之與秦合,乃使使遺楚王書曰:‘……王何不與寡人並力收韓、魏、燕、趙,與爲從而尊周室,以案兵息民,令於天下?’”春秋戰國時,大國爲求爭霸,多以“尊周室”、“全周室”爲幌子。他書亦可爲證,如《左傳·僖公四年》:“昔召康公命我先君大公曰:‘五侯九伯,女實征之,以夾輔周室。’”《齊語》:“君有此士也三萬人,以方行於天下,以誅無道,以屏周室,天下大國之君莫之能禦。”

《國語·吴語》詳載此次黄池之會,吴王夫差使人告於周天

---

① 黄征《敦煌俗字典》,上海,上海教育出版社 2005 年 5 月出版,第 331 頁。

② [魏]王弼注、[唐]孔穎達疏《周易正義》,阮元校刻《十三經注疏》本,中華書局 1980 年 9 月出版,第 98 頁。

子曰:"昔者楚人爲不道,不承共王事,……吾先君闔廬不貰不忍,被甲帶劍,挺鈹搢鐸,以與楚昭王毒逐於中原柏舉。……今齊侯壬不鑒於楚,又不承共王命,……夫差不貰不忍,被甲帶劍,挺鈹搢鐸,遵汶伐博,簦笠相望於艾陵。天舍其衷,齊師還。夫差豈敢自多,文、武寔舍其衷。"[①]在這段語録中,夫差歷數吳國對周王室的貢獻:吳王闔廬、夫差先後討伐了"不承共王事"的楚國、齊國。可以將這段話看作是對"以全周室"的注腳。

5.《齊太公世家第二》:"唯獨齊爲中國會盟,而桓公能宣其德,故諸侯賓會。"(頁1491)

三家注、瀧川資言《史記會注考證》於"賓"字無注。

韓兆琦先生曰:"賓:服從,歸順。"[②]

案:"賓"字於此或與"會"義近,義指朝覲,文獻可征:

《周禮·地官·大司徒》:"大賓客,令野修道、委積。"賈公彦疏:"諸侯朝稱賓。"《周禮·天官·庖人》:"賓客之禽獸。"孫詒讓正義:"賓謂朝覲諸侯。"此二處"賓"即"朝覲"之義。

《北堂書鈔》卷八二《禮儀部》引《竹書紀年》云:"後發即位,元年,諸夷賓于王門,再保墉會于上池,諸夷入舞。""賓"、"會"相對爲文,義同。

《周禮·天官·宰夫》:"凡朝覲、會同、賓客,以牢禮之法,掌其牢禮、委積、膳獻、飲食、賓賜之飧牽,與其陳數。""朝覲"、"會同"、"賓客"析言有別,渾言則均指"會盟"。

以上所舉"賓"字均爲動詞。先秦文獻中,當"賓"用作名詞時,可指"前去會盟、朝覲的人"。《禮記·郊特牲》:"賓入大門而奏肆夏。"鄭玄注:"賓,朝聘者。"《書·康王之誥》:"賓稱奉圭兼幣。"孔安國傳:"賓,諸侯也。"《儀禮·既夕禮》:"賓賵者將命"。鄭玄注:"賓,卿、士大夫也。"作爲名詞,"賓"既可指"大夫"、

---

① 上海師範大學古籍所點校《國語》,上海,上海古籍出版社1998年出版,第615頁。

② 韓兆琦《史記箋證》,南昌,江西人民出版社2004年12月出版,第2233頁。

"卿",也可指"諸侯",但都指去他國朝會之人,身份不同而已。"桓公能宣其德,故諸侯賓會","賓"、"會"同義連文,指諸侯前來朝會齊桓公,公推他爲霸主。

6.《趙世家第十三》:"杵臼謂朔友人程嬰曰:'胡不死?'程嬰曰:'朔之婦有遺腹,若幸而男,吾奉之;即女也,吾徐死耳。'"(頁1783)

三家注、瀧川資言《史記會注考證》于"徐"字皆無注。

韓兆琦先生曰:"徐:慢,再。"①

案:"徐"字當訓爲"共"、"俱"。

《公羊傳·成公十五年》:"魯人徐傷歸父之無後也。"何休注:"徐者,皆、共之辭也。關東語。"

《廣雅》:"餘,皆也。"王念孫疏證:"徐與餘亦聲近義同。"

朱駿聲《説文通訓定聲》:"徐,假借爲俱。"

"徐"、"餘"、"俱"聲近義通。"徐死"即與趙朔共死、俱死。據前文交待,屠岸賈"與諸將攻趙氏于下宫,殺趙朔、趙同、趙括、趙嬰齊,皆滅其族"。作爲趙氏之友(《説苑》、《新序》作"朔客"),程嬰選擇"徐死",即與趙朔俱死,在情理之中。且從文義分析:"若幸而男,吾奉之;即女也,吾徐死耳。"程嬰之暫時不死,在於有所待。若得知孤兒爲女子之後,自當立即赴死,豈會再"慢慢"去死?

將"徐死"解爲"俱死",在《史記》中還有一條内證。《張耳陳餘列傳》:"張耳與趙王歇走入鉅鹿城,王離圍之。陳餘北收常山兵,得數萬人,軍鉅鹿北。……王離兵食多,急攻鉅鹿。鉅鹿城中食盡兵少,張耳數使人召前陳餘,陳餘自度兵少,不敵秦,不敢前。數月,張耳大怒,怨陳餘,使張黶、陳澤往讓陳餘曰:'始吾與公爲刎頸交,今王與耳旦暮且死,而公擁兵數萬,不肯相救,安在其相爲死!苟必信,胡不赴秦軍俱死?且有十一二相全。'陳餘曰:'吾度前終不能救趙,徒盡亡軍。且餘所以不俱死,欲爲趙

---

① 《史記箋證》第2908頁。

王、張君報秦。今必俱死,如以肉委餓虎,何益?'"張耳鼓動陳餘爲趙王歇出兵俱死,陳餘解釋不俱死之原因,與程嬰之語非常相似。兩相比照,可證"徐死"即"俱死"之意。

7.《趙世家第十三》:"於是召趙武、程嬰徧拜諸將,遂反與程嬰、趙武攻屠岸賈,滅其族。"(頁 1785)

瀧川資言曰:"楓山、三條本重'諸將'字。《說苑》'將'下有'軍將軍'三字。"[①]

案:重出"諸將"者,於義爲長。"於是召趙武、程嬰徧拜諸將"的主語是晉景公,"遂反與程嬰、趙武攻屠岸賈,滅其族"者則是"諸將",若無重出的"諸將"二字,則前後兩件事情的主語都將成爲晉景公。韓兆琦《史記箋證》已補入此二字。

8."王遂往之公子成家,因自請之,曰:……"(頁 1808)

瀧川資言曰:"古鈔本、楓山、三條本,'自請'作'自謂'。"(頁1074)

蔣禮鴻先生曰:"作'自謂'是也,上文'我自往請之','請'字亦當作'謂'。此'謂'謂曉諭也。下'夫服者,所以便用也'以下即'謂之'之語。"[②]

案:據水澤利忠《校補》,知瀧川資言《史記會注考證》所言有誤,"因自請之"處並無異文。異文在上文"我自往請之"處,"南化"、"楓"、"三"、"梅"諸本於彼處"請"字作"謂"[③]。

又,"請"、"謂"二字均有"告"義:《儀禮·鄉射禮》:"主人答再拜,乃請。"鄭玄注:"請,告也。"《韓非子·十過》:"因爲由於請期。"王先慎集解:"請,告也。"《詩·小雅·賓之初筵》:"式勿從謂,無俾大怠。"朱熹集傳:"謂,告也。""請"、"謂"義同,"請"即"謂"也,無須改字。

---

① [日本]瀧川資言考證,水澤利忠校補《史記會注考證附校補》,上海,上海古籍出版社 1986 年 4 月出版,第 1064 頁。

② 蔣禮鴻《史記校詁》,《蔣禮鴻集》第六卷,杭州,浙江教育出版社 2001 年 8 月出版,第 60 頁。

③ 《史記會注考證附校補》第 1091 頁。

由於"請"、"謂"義同,可以替代,且二字形近易訛,因而在文獻上常作爲異文出現。如《史記·田敬仲完世家》:"請諸大夫曰:'常之母有魚菽之祭,幸而來會飲。'"《校補》載"南化"、"謙"、"梅"諸本於"請"字作"謂"(頁1138)。《列子·説符》:"因從請進趨之方。"殷敬順釋文:"請,一本作謂。"故此處及上文之"請"字不必改爲"謂"。

9.《趙世家第十三》:"中山獻四邑和,王許之,罷兵。"(頁1811)

瀧、慶、殿、淩本"和"上有"請"字。

王叔岷曰:"《通鑒》'請和'作'以和'。"①

案:《册府元龜》卷二五一作"請和"。宋胡宏撰《皇王大紀》、宋吕祖謙撰《大事記》、《大事記·解題》皆作"以和"。"以和"與"請和"同義,均指"求和",《史記》中均不乏用例。如《楚世家》:"秦使使約復與楚親,分漢中之半以和楚。楚王曰:'願得張儀,不願得地。'"《白起王翦列傳》:"王聽之,割韓垣雍、趙六城以和。正月,皆罷兵。"《樂毅列傳》:"其明年,樂乘、廉頗爲趙圍燕,燕重禮以和,乃解。"《廉頗藺相如列傳》:"趙使廉頗將,擊,大破燕軍於鄗,殺栗腹,遂圍燕。燕割五城請和,乃聽之。"《項羽本紀》:"項王數侵奪漢甬道。漢王食乏,恐,請和,割滎陽以西爲漢。項王欲聽之。"今本《史記》當有脱文,但作"請"還是"以",難以定奪,宜兩存之。

10.《田敬仲完世家第十六》:"威王曰:'寡人之所以爲寶與王異。……吾吏有黔夫者,使守徐州,則燕人祭北門,趙人祭西門,徙而從者七千餘家。'"(頁1891)

裴駰《集解》:"賈逵曰:'齊之北門西門也。言燕、趙之人畏見侵伐,故祭以求福。'"(頁1892)

案:賈説於禮有依。《周禮·春官·鬯人》:"凡祭祀社壝用

---

① 王叔岷《史記斠证》,臺北歷史語言研究所專刊之七十八,1983年版,第1625頁。

大礨,禜門用瓢齎。”鄭注:“禜謂營酇。所祭門,國門也。”《禮記·祭法》:“諸侯爲國立五祀,曰司命,曰中霤,曰國門,曰國行,曰公厲。”孔疏:“曰中霤者,主堂室神;曰國門者,國門,謂城門也;曰國行者,謂行神,在國門外之西。”作爲常規祭禮的一種,祭祀國之城門于上古應是事實。

然古時雖有祭國門之禮,於此義則未安。燕處齊之北,趙在齊之西,若祭國門,燕當祭本國南門,趙當祭本國東門,而此處卻説“燕人祭北門,趙人祭西門”,方向顯然反了。賈逵認爲是“齊之北門西門”,然本國有事,祭祀他國城門以求福,則于禮未聞。《左傳·莊公二十五年》:“秋,大水,鼓、用牲于社、於門,亦非處也。凡天災,有幣,無牲。”魯國遇大水之災,莊公用牲于魯國國門以求神佑,亦證諸侯國有事,當祭本國國門。

今按此處“祭”實通“際”。“祭”、“際”同隸月部精母,均爲入聲,聲義皆同。《廣韻·祭韻》:“祭,至也。”《吕氏春秋·知度》:“化九陽奇怪之所際。”高誘注:“際,至也。”《文選·應詔燕曲水作詩》:“化際無間,皇情爰眷。”劉良注:“際,至也。”

“祭”、“際”又與“察”通。《尚書大傳》卷三:“祭之爲言察也。察者,至也。”《廣雅·釋古》:“察,至也。”王念孫疏證:“際,至也。際與察古亦同聲。”如此,則“祭”、“際”、“察”三字互通,皆有“至”義。

訓“祭”爲“至”,于前後文意亦相契合。“吾吏有黔夫者,使守徐州,則燕人祭北門,趙人祭西門,徙而從者七千餘家。”即言黔夫爲齊威王守徐州,徐州大治,燕人從北門、趙人從西門而來,兩國遷徙至齊國的人口有七千餘家。“北門”、“西門”指齊之北門和西門。上古以能得民爲立君强國之本,如《史記·吳太伯世家》:“太伯之奔荆蠻,自號句吳。荆吳義之,從而歸之千餘家,立爲吳太伯。”戰國時列國爭强,更以得民爲稱霸之根本,如《孟子·梁惠王上》:“梁惠王曰:‘寡人之于國也,盡心焉耳矣。河内凶,則移其民於河東,移其粟於河内。河東凶,亦然。察鄰國之政無如寡人之用心者,鄰國之民不加少,寡人之民不加多,何也?”黔夫守徐州,竟然招致他國人民七千餘家,無怪乎齊威王以他爲寶了。若依賈説,則下句“徙而從者七千餘家”將無着落。

11.《陳涉世家第十八》:“將尉醉,廣故數言欲亡。”(頁1951)

司馬貞《索隱》于“將尉”下注曰:“官也。”(頁1952)

案:瀧川、殿本、《史記評林》本《索隱》作“將尉,官也”,是。《史記索隱》本爲摘字下注,不與《史記》正文相附,自應標出所釋原文“將尉”二字,此處或爲後世書商合刻《索隱》、《集解》時所刊削。今本《史記》應補出“將尉”二字。

試論漢代日書殘簡的整理與利用

陸　平

摘要:本文指出了漢代日書殘簡研究有待深入的四個方面:修訂釋文注解、明確原屬篇目、整理擇日項目和梳理抄寫格式,並舉例説明。

關鍵詞:漢代日書　簡牘　整理

日書是古代選擇時日方位的實用手冊,目前僅見於出土文獻。睡虎地、放馬灘以及新近公佈的孔家坡等墓葬所出的篇幅大且較爲完整的日書一直是學術界關注的重點。但歷次簡牘發現中還有許多殘斷的日書簡牘。林劍鳴曾列舉居延新簡中四枚日書殘簡,並指出"零星的資料尚有很多,若認真搜尋、綴合必將有所發現"。①之後,胡文輝、何雙全、劉昭瑞、魏德勝等也對敦煌和居延簡中的日書殘簡作過搜集和考釋②。但由於當時僅有睡虎地秦簡日書作爲參考,限制了他們的整理。現在,孔家坡漢簡日書已全文發表,提供了與殘簡更爲接近的參照系,而日書研究也日益深入,我們有條件對以往的成果進行補充。本文僅就我們整理日書殘簡所得,對殘簡整理可以着力的四方面略作概述,以就教於方家。

---

①　林劍鳴《〈睡〉簡與〈放〉簡〈日書〉比較研究》,《文博》1993 年第 5 期,第 15—20 頁。

②　胡文輝《居延新簡中的〈日書〉殘文》,《文物》1995 年 4 期,第 56—57 頁。何雙全《漢簡〈日書〉叢釋》,《簡牘學研究》(第二輯),蘭州,甘肅人民出版社 1998 年 3 月出版,第 36—41 頁。劉昭瑞《居延新出漢簡所見方術考釋》,《文史》(第 43 輯),北京,中華書局 1997 年 8 月出版,第 49—59 頁。魏德勝《居延新簡、敦煌漢簡中的"日書"殘簡》,《中國文化研究》2000 年春之卷(總第 27 期),第 65—70 頁。下文引述幾位先生觀點出自以上文章者,不再注明出處。

一、殘簡釋文和注解有待修正

殘簡由於殘斷和文字模糊,造成文字考釋的困難。下面就殘簡釋文、注釋和句讀需要修正者各舉一例說明。

(1)
●㹞(狗)良日:　□□□□　戊申五戌⊠
●天李:　酉　⊠

(《居延新簡》[1]T48:144)

本簡第一行敘述的是"狗良日",即買賣狗的吉日。出土報告誤釋"良"爲"食",認爲這是記載日食的殘簡[2]。《居延新簡釋粹》和《中國簡牘集成》仍持此說。魏德勝雖識别其爲日書,但沿用了錯誤的釋文,將其歸入了建除類。"食"字圖版作,上部作口形,是漢隸"良"的常見寫法。同樣的寫法還見於張家山249漢墓出土的日書。《書法》1986年第5期上公佈了這套日書6枚簡的照片,其中一枚寫有"犬良日",所附的釋文誤釋"犬良"爲"不食"。

(2)
⊠五月不肥命　天候在中　五月移徙吉凶　西北殷光⊠
⊠□功□□□　……　吏卒失亡　正北吉昌⊠

(《居新》T5:57A)

胡文輝最早指出此簡爲日書,"文字書寫分四段,應當按分段自上而下豎讀",而"原簡是自右而左横讀",後面幾句可以和睡乙《家(嫁)子□》對應,當讀作"……五月移徙吉凶,吏卒失亡……西北殷光,正北吉昌"。也有學者在研究日書歲篇時關照到此簡下段的文字[3]。但各家對於簡上段的"天候"未有解釋。

---

① 甘肅省文物考古研究所、甘肅省博物館、中國文物研究所、中國社會科學院歷史研究所《居延新簡—甲渠候官》,北京,中華書局1994年12月出版。下文簡稱《新簡》。

② 甘肅居延漢簡考古隊《居延漢代遺址的發掘和新出土的簡册文物》,《文物》1978年第1期,第1—25頁。

③ 晏昌貴《簡帛〈日書〉歲篇合證》,《湖北大學學報》(哲學社會科學版)2003年第1期,第73—78頁。

“天候”,指二十八宿之東井。《開元占經》卷六十三《南方七宿占四・東井占》“巫咸曰:東井爲天亭、天候”[①]。《呂氏春秋・仲夏紀》曰:“仲夏之月,日在東井。”睡甲《除》及《玄戈》都以東井爲五月朔日之宿[②]。這提示我們此簡雖然分段,但上下段也有關聯,所述皆五月事。

另外,原釋“殷”的字圖版作,左側從戶從口尚可辨認,當釋“啓”。孔簡及港簡33號相應的占語皆作“啓”,睡乙作“續光”。“啓”疑讀爲“晵”。《說文》:“晵:雨而晝姓也。”段玉裁注:“雨而晝除見日則謂之晵,晵亦謂之姓。”“晵”指雨過天晴,可與睡乙相應的占語“續光”對應。《焦氏易林》屯之咸:“炎絶續光,光滅復明。”

(3) ☒持水,北行持☒　　(《額濟納漢簡》[③]2002ESCSF1:14)

劉樂賢指出此簡與厭劾有關,將釋文標點作“持水北行,持”[④]。他的依據是周家臺秦簡363號:“有行而急,不得須良日,東行越木,南行越火,西行越金,北行越水,毋須良日可也。”但是,周家臺簡的“越”指跨越,象徵克制,與“持”不同。可以與額濟納簡對照的是孔家坡日書中《五勝》所述的另一種利用五行相勝求出行吉利的方法:

> 東方木,金勝木。啓鐵,長三寸,操,東。南方火,水勝火。以箬盛水,操,南。北方水,土勝水。操土,北,裹以布。西方金,火勝金。操炭,長三寸,以西,纏以布。欲有□□行操此物不以時。(105—107)

---

① [唐]瞿曇悉達《開元占經》,常秉義點校,北京,中央編譯出版社2006年9月出版,第434頁。

② 劉樂賢《睡虎地秦簡〈日書〉二十八宿紀日法補證》,《簡帛數術文獻探論》,武漢,湖北教育出版社2003年2月出版,第70—84頁。

③ 魏鑒《額濟納漢簡》,桂林,廣西師範大學出版社2005年3月出版。

④ 劉樂賢《額濟納漢簡數術資料考》,《歷史研究》2006年第2期,第173—177頁。

額簡的“持”就相當孔簡的“操”,指攜帶。前往某方向時,隨身攜帶與所去往方向五行相勝的某物,可以獲得吉利。南方屬火,水勝火,故“持水”上可補“南行”。北方屬水,不當操水,而當操土以勝之,故“北行持”下可補“土”。

二、殘簡原屬的篇目有待明確

何雙全《漢簡〈日書〉叢釋》將日書殘簡進行歸類並擬定篇名,一些殘簡的性質得以明確,如曾在《居延新簡釋粹》中斷爲曆書殘文的 EPS4T2:105 被正確地擬名爲“大小時”。但有些篇名並不準確或過於籠統,如《星占》、《吉凶》、《時刻》等。魏德勝對殘簡僅作了“建除”、“擇日”、“驅鬼祭祀”、“生子”和“其他”的分類,各類的概括程度並不一致,造成了歸類的混亂。出土的完整日書分篇明顯,且多存有篇題,是我們對殘簡進行歸類的依據。劉樂賢的近作《懸泉漢簡中的建除占“失”殘文》就是參照孔家坡日書明確懸泉簡冊所屬篇目的優秀範例[①]。下面是我們用類似方法明確其歸屬的兩枚敦煌漢簡。

(4) ▨方九日以辛酉　居□▨　　　　(《敦煌漢簡》[②]2364)

此簡何雙全擬名爲“日忌”。我們發現孔家坡日書中《徙》的文句可以與之對應:

> 夏六月,咸池以辛酉徙西方。居四旬五日以丙午徙南方。居九日以乙卯徙東方。居五旬七日以壬子徙北方。居九日,有(又)以辛……(111 貳—115 貳)

殘簡“居”下字《敦煌漢簡》未釋,《疏勒河流域出土漢簡》及《敦煌

---

① 劉樂賢:《懸泉漢簡中的建除占“失”殘文》,《文物》2008 年 12 期,第 81—85 頁。

② 吴礽驤、李永良、馬建華、甘肅省文物考古研究所《敦煌漢簡》,北京,中華書局 1991 年 6 月出版。下文簡稱《敦》。

漢簡釋文》釋爲"西"。對照孔簡,知敦煌簡所記爲咸池由北向西徙的情况,正好補足《敦》簡殘缺的部分。殘簡釋文可補爲:"☐【居北】方九日以辛酉【徙】,居西【方】……"。

(5) ☐日利以□□及行;壬子,吉;不可殺牛☐ (《敦》2350)

張鳳稱此簡爲"利祓曆表"①。陳槃論"不害日"時提到此簡②。何雙全將其擬名爲"日忌",魏得勝則將其歸入日書的擇日類。我們認爲此簡與睡虎地日書甲種《星》、乙種《官》和孔家坡日書《星》中的星宿日"牽牛"有關。那三套日書中的相關簡文如下:

牽牛,可祠及行,吉。不可殺牛。以結者,不擇(釋)。以入牛,老一,生子,爲大夫。(睡甲76正壹)

牽牛,【可祠及行】,吉。不可殺牛,以桔(結)者,不擇(釋)。以入牛,老一。生子,子爲大夫。(睡乙104壹)

牽牛,利以祠祀及行、入貨、馬□□……□爲啬夫妻。(孔57)

"日利以"下兩個未釋字,張鳳釋"祓祠"。圖版模糊難識,但二字皆從"礻"可以確定。這就可與各套日書"利以祠祀及行"之類説法對應起來。"壬",疑爲"生",與睡簡"生子,爲大夫"對應。"不可殺牛"的説法也見於睡簡日書。日書星篇的占測是基於二十八宿紀日。同燧所出有多枚"星宿表"殘簡,可能與此簡存在關聯。

三、殘簡新見的擇日項目有待整理

已發表的完整日書的時代基本在秦統一前夕至漢初,而殘

① 張鳳《漢晉西陲木簡彙編》,民國20年(1931)有正書局珂羅版印本。

② 陳槃《漢晉遺簡偶述》,《歷史語言研究所集刊》(第十六本),1948年1月出版,第309—341頁。

簡大多是出於漢武帝後的烽燧。兩漢是擇吉發展的重要時期,但學者論述這一時期的擇吉術時,只是利用《論衡》中對於擇日的批判或者出土曆日來勾畫漢代日書流行的情況,或援引睡虎地等早期日書以爲佐證,一些漢代新的擇日項目不能得到很好的說明。比如"血忌"屢見於漢簡曆日,如敦煌漢簡永元六年曆日"十一日甲午,破,血忌,天李"(敦 1968B),居延新簡東漢永元二年年曆日"十八日丁酉滿血忌往亡"(EPT65. 425B)[①]。《星曆考原》卷四引《曆例》曰:"血忌者,正月丑、二月未、三月寅、四月申、五月卯、六月酉、七月辰、八月戌、九月巳、十月亥、十一月午、十二月子。"從敦煌具注曆日至清末曆書,血忌日辰的安排均按此法[②]。但在已公佈的完整日書中,這種"血忌"(以下稱"血忌A")未有記載。孔簡日書和港藏日書簡中另有一種用二十八宿紀日法推算的"血忌"(以下稱"血忌 B"):

血忌:春心,夏輿鬼,秋婁,冬虛,不可出血若傷,必死。血忌,帝啓百蟲口日也。甲寅、乙卯、乙酉不可出血,出血,不出三歲必死。 (孔 397)

☐婁 虛 是胃(謂)血忌,出血若傷,死。 (港 73)

"血忌 B"是按季節運行的,與出土曆日不同。我們在敦煌和居延簡中各發現一段殘簡,記録的正是"血忌 A"的運行:

(6) 血忌 丑 未 寅 ☐ **(《敦》1848)**

(7) ☐申 卯 酉 辰 戌 巳☐ **(《居新》EPT65. 179)**

敦煌簡 1848 原釋"毋忘 丑 未 寅 ☐"。此簡未有圖版,釋文是根據最早發佈此簡的沙畹《斯坦因在東土耳其斯坦沙

① 鄧文寬《居延新簡〈東漢永元二年(90 年)曆日〉考》,《敦煌學國際研討會論文集》,北京,北京圖書館出版社 2005 年 3 月出版,第 284—288 頁。

② 張培瑜《出土漢簡帛書上的曆注》,《出土文獻研究續集》,北京,文物出版社 1989 年 12 月出版,第 141 頁。

漢所獲漢文文書》中下面一段敘述寫出的①：

> 在簡首，我們能認出兩個字：毋忘（意爲“記住”）。
> 下面還有字蹟“丑、未、寅”。

沙畹書中沒有公佈這枚簡的照片，大概是簡文模糊的緣故。“毋忘”很可能是“血忌”的誤釋。漢簡“血”字上的撇常寫作長横，寫成，與“毋”相近。“忌”、“忘”亦形近。而“丑、未、寅”的順序也和血忌在一至三月與地支的搭配一致。同樣的，居延新簡EPT65.179上的干支就是四至九月的血忌所在。

兩種血忌雖然在計算上有明顯不同，但兩者的出血對象都是人，有相通之處。而《論衡・譏日》中提到的“血忌”則是有關牲畜：“假令血忌、月殺之日固凶，以殺牲設祭，必有患禍”。將“血忌A”與殺牲聯繫的，只有敦煌殘卷《唐大和八年甲寅歲(834)具注曆日》(伯2765)。其凡注“血忌”之日，均並言“不煞生”。漢簡中明確提到不可殺牲的，有《居新》殘牘EPT58.21。該牘每月下寫有哪些日子“不可以殺六畜見血”，雖然沒有“血忌”的名稱，但和《論衡》“以殺牲設祭，必有患禍”的說法相近。

1972年甘肅武威旱灘坡東漢墓出土的醫簡中有一枚記錄針灸飲藥忌日的木牘②：

> 五辰、辛，不可始久(灸)剌、飲藥，必死；甲寅、乙卯，不可

---

① Edouard Chavannes：Les documents Chinois découverts par Aurel Stein dans les Sables du Turkestan Oriental, Oxford, 1913, P135. 引文法語原文：En haut, on lit les deux mots 毋忘'nepas oublier'. Plus bas, on distingue les caractères 丑、未、寅。

② 此牘最早公佈于《武威漢代醫簡》(甘肅省博物館、武威縣文化館，北京，文物出版社1975年10月出版，圖版：第十，摹本及釋文：第18頁)，《中國簡牘集成[標注本]・甘肅卷下》作了標點(第233頁)。今釋文參考兩者意見而稍有改動。牘背兩個連寫的“可久”，《武威漢代醫簡》認爲衍一“可久”，《集成》則標點作“皆不可久，可久、剌見血止。己□”。

久刺,不出旬死;五辰不可飲藥,病者日益加 深 (90A)

無□禁朔、晦日,甲午皆不可始……入月六日、十六日、十八日、廿二日,皆不可久可久刺見血 止 已□(90B)

這裏敘述的多種推算方法中,有入月某日不可見血,與上述殘牘 EPT58.21 類似,唯具體日期不同。可見當時血忌十分繁雜,而"血忌 A"推算較爲簡便,故後世沿用。

四、殘簡多樣的抄寫格式有待梳理

日書作爲一種日常使用手册,相對於經籍、簿籍類簡册來説,有其獨特的格式。完整日書因爲是陪葬物,經過認真抄寫,篇章比較清楚,可以算作日書的早期典型形態。而日書殘簡有些時代較晚,可以豐富我們對於日書抄寫格式的認識。下面就以我們搜集的建除簡爲基礎,對日書建除表的抄寫傳統作一些討論。

建除是歷代擇日術的首項,今所見出土日書凡有建除者,也都將其抄寫在簡册的最前面。建除篇均由一個建除十二直搭配表和吉凶説明文字組成。表格爲横竪各十二項,表内填十二地支,但横縱向上或爲月或爲建除,加上歲首的不同,造成了各種表格形式。從已公佈的幾套完整日書建除表中我們歸納出了兩類格式。

第一類有睡虎地甲種《秦除》、放馬灘甲種《建除》、孔家坡簡《建除》、睡虎地乙種《徐》和九店楚簡。它們一簡對應一個月份,以正月爲首,横欄對應建除十二直,表格内填寫建除神名及地支。前四者的神名屬於同一系統,與現在仍流行的建除術基本相同,學者將這一系建除稱作秦除。九店楚簡則被認爲是楚除,表格第一簡爲楚月罶層,相當於秦月一月。我們把這種建除表形式稱爲 A 式。

第二類有睡甲《除》、睡乙《除乙》。雖從直神名稱看爲楚除,但格式與九店不同。它們一簡對應一個直神，橫欄對應十二月份，以十一月爲首，表格内僅填地支。我們把這種建除表形式稱爲B式。

上述完整日書，九店簡是在戰國晚期的早段，放馬灘秦墓的下葬年代在秦始皇八年（前239）冬或九年（前238）初，睡虎地秦墓的下葬年代在秦始皇三十年（前217）。漢代日書僅有孔家坡簡，該墓下葬年代爲漢景帝后元二年（前142）。這些日書無法表現建除表在漢代的發展。歷次簡牘發現中的零散漢簡日書雖然殘斷混亂，但存有干支順序的一枚甚或半枚建除表簡就能透露出整表的格式。下面就對我們輯得的漢代建除殘簡逐條討論，最後列表以求得日書建除篇的發展脈絡。

(8) ☒ | 子 | 丑 | 寅 | 卯　利祠祀、入錢財、奴婢、馬牛☒
(《香港中文大學文物館藏簡牘》[①]45)

此爲香港中文大學文物館在港肆所購藏的漢簡，出土地可能在湖北隨州一帶，爲漢惠帝三年（前192）之後所抄寫。港簡整理者將此簡歸入《稷（叢）辰篇》。但叢辰的月支安排並不是一月一支。我們判斷此簡爲建除殘簡，以十一月爲首，現存七、八、九、十月的日支，爲建除表B式。從説明文字之上未見直神名來看，直神名原當處於簡首。這種説明文字直接與該直對應，以及畫隔線的抄寫方式，與睡甲《除》尤其一致。

本簡下欄的吉凶説明與楚除接近："利祠祀"，睡甲《除》有"祭祀"；"入錢財"，睡甲《除》有"入材"（6），睡乙《除乙》有"必入資貨"（18）。與秦除接近的是"奴婢、馬牛"的占語，睡乙《徐（除）》"定"日有"可以入馬牛、臣【妾】"（40壹）。

(9) ☒卯 | 辰 | 巳 | 午 | 未 | 申 | 酉 | 戌 | 亥 | 子 | 丑 | 寅
利[illegible]除凶出逮，歓樂（藥）除病，以毄（繫）先罪除，吉。

(印臺漢墓所出簡)

此爲荆州市沙市區關沮鄉嶽橋村發掘的印臺墓地九座漢墓

---

① 陳松長《香港中文大學文物館藏簡牘》，香港，香港中文大學出版社2001年出版。

中出土的西漢簡,時代在漢初景帝時期[①]。由於簡端殘去,相關的簡也未公佈,所抄直神爲何尚難確定。從格式看,與睡甲《除》、睡乙《徐乙》及港簡最爲接近,可能也是以十一月爲歲首,那麼此簡所抄應該相當於楚除的"陷"。關於該直神,睡甲《除》的説明"利以除凶厲、兑(說)不祥"(5正貳)和睡乙《徐乙》的"棄疾"(17)都能在印臺簡中找到對應。

當然也不能排除印臺簡是以正月爲首的可能。那麼從地支順序看,這枚簡對應的就是"除"日,這可由簡文多次提到"除"字印證。睡甲《秦除》和孔簡也都提到該日可以"飲樂(藥)",放馬灘簡則有"君子除罪"(14)。楚秦兩系的這兩個直神雖然在月支搭配上相差兩支,但都是緊隨他們共有的直神"建"之後,兩者或許有某種淵源。當然,正解還要等待印臺漢簡日書整理本的出版。

(10) 危 約 酉 戌 亥 子 丑 寅 卯 辰 巳 午……(張家山 249 號漢墓所出簡)

此簡屬張家山 249 號漢墓所出日書。墓葬年代上限爲西漢初年,下限不晚于景帝[②]。《書法》1986 年第 5 期上公佈了 6 枚日書簡的照片,此其第 6 簡。照片發表時被剪去了下段,故今僅録上段文字。從照片看,各地支間有刀刻劃的横線,從"戌"起每支均緊貼刻線書寫。

"危"屬秦除直名,正月在酉,則此表以正月爲首。但"約"字用意未明。從圖版看,"約"在編繩下,與地支字大小一致;而"危"抄寫在第一道編繩上,字形長大,似乎是後來補寫。此表更接近 B 式,或許是以十一月爲首。"約"也許是楚除的直神名。從月支安排來看,相當於睡甲《除》的"蓋"、睡乙《徐乙》的"盍

① 鄭忠華《印臺墓地出土大批西漢簡牘》,《荆州重要考古發現》,北京,文物出版社 2009 年 1 月出版,第 204—208 頁。

② 荆州地區博物館《江陵張家山三座漢墓出土大批竹簡》,《文物》1985 年第 1 期,第 1—8 頁。彭浩《江陵張家山漢墓出土大批珍貴竹簡》,《江漢考古》1985 年第 2 期,第 1—3 頁。

絶”。“危”或許是將其讀爲A式而補寫上去的。當然這種猜測仍有待張家山相關簡的公佈。

(11) ☒卯，定辰，執巳，破午，危未，成申，收酉，開戌，閉亥。(《敦》3432)

此簡是斯坦因第二次探險所獲，但直到近期才在《英國國家圖書館藏斯坦因所獲未刊漢文簡牘》中刊佈[①]。此爲建除表十一月殘簡，格式屬A式。

(12) 正月建寅，二月建卯，三月建辰，四月建巳，五月建午，六月建未，七月建申，八月建酉☒ (《敦》1061)

此簡出於馬圈灣第12探方，屬漢宣帝時期。“建”，原釋皆作“盡”。本簡圖版模糊，我們認爲“盡”是“建”的誤釋。“建”所從“聿”與“盡”所從“⺻”本形近；“建”所從“廴”常寫成“乚”甚或横畫，而“盡”所從“皿”亦或作此形，故兩字形近。

(13) 成・戌不出・亥不出・子不出・丑不出・寅不出・卯不出・辰不出・巳不出・午不出・未不出・申不出・酉不出。

(《敦煌懸泉漢簡釋粹》[②] Ⅰ0309③:209A)

第十 (《懸粹》Ⅰ0309③:209B)

(14) 收・亥北四・子北四・丑北四・寅東四・卯東四・辰東四・巳南四・午南四・未南四・申西四・酉西四・戌西四。

(《懸粹》Ⅰ0309③:208A)

第【十】一 (《懸粹》Ⅰ0309③:208B)

(15) 閉・丑北六・寅北六・卯北六・辰東六・巳東六・午東六・未南六・申南六・酉南六・戌西六・亥西六・子西六。

(《懸粹》Ⅰ0309③:265A)

第十三 (《懸粹》Ⅰ0309③:265B)

這三枚殘簡出土于敦煌懸泉的第三堆積層，該層時期爲西

① 汪濤、胡平生、吴芳思《英國國家圖書館藏斯坦因所獲未刊漢文簡牘》，上海，上海辭書出版社2006年11月出版。

② 胡平生、張德芳《敦煌懸泉漢簡釋粹》，上海，上海古籍出版社2001年8月出版。下文簡稱《懸粹》。

漢晚期。簡文發表在《懸粹》中,編爲“典籍文化類”第二六一簡冊,定名《建除》。整理者根據睡虎地甲種《除》的第一枚十二月配二十八宿星宿簡,“推想,此處的《建除》簡冊似乎也應當有這樣一支月份排序的簡放在開頭”。根據本簡冊背面寫有的順序號,“成”與“收”連續,“收”與“閉”間隔一簡,這與十二神中“成、收、開、閉”的順序相合。“成”是第九神,處在第十簡,則第一簡確實有可能是月份簡。

下面我們將完整日書和日書殘簡按格式分 A、B 兩類,列表比較其特徵。每類按時代先後爲序。不能確定的特徵填“?”表示。

表一　各日書建除表抄寫格式比較

	横向	縱向	格内	歲首	十二直名	説明文字	欄線	大致時期
A式								
九店	建除神	月	建除神＋支	一月	楚	下欄	無	戰國晚期
睡乙《徐》	建除神	月	建除神＋支	一月	秦	另簡	無	
睡甲《秦除》	建除神	月	建除神＋支	一月	秦	另簡	無	秦始皇時期
放甲《建除》	建除神	月	建除神＋支	一月	秦	另簡	無	
孔《建除》	建除神	月	建除神＋支	一月	秦	另簡	無	漢景帝時期
敦 3432	建除神	月	建除神＋支	一月	秦	未見	無	漢武帝後期至東漢
敦 1061	?	建除神	月＋建除神＋支	一月	?	未見	無	漢宣帝時期
懸泉	月	建除神	支	一月	秦	未見	有隔點	西漢晚期

续表

	横向	縱向	格内	歲首	十二直名	説明文字	欄線	大致時期
B式								
睡甲《除》	月	建除神	支	十一月	楚	下欄,與神直對應。	墨筆隔線	秦始皇時期
睡乙《除乙》	月	建除神	支	十一月	楚	另簡	無	
港45	月	建除神	支	十一月	?	下欄,與神直對應。	墨筆隔線	漢孝惠至文帝初
張249	月	建除神	支	十一月?	?	?	刀刻的線	漢初至景帝
印臺	月	建除神	支	十一月?	?	下欄,與神直對應。	墨筆隔線	漢景帝時期

A、B兩式以歲首月份爲最顯著區别,其次爲神與月的縱横安排。另外,B式有表頭簡,在格中僅填寫地支;A式無表頭簡,格中寫“建除神＋支”。可能簡編中每簡易上下滑動,表格横欄不易對齊,故A式不避繁瑣,將建除神一併寫上。B式則有墨書或刀刻的横隔線以利抄寫和閲讀時對齊,可無此憂,故僅寫地支。

現所見楚除表除了在戰國末的九店爲A式外,全爲B式,而秦除全爲A式。戰國是否有B式的楚除不得而知,睡虎地日書甲乙種中各有秦楚兩套建除分别作AB兩式,知秦時兩種建除在格式上是涇渭分明的。雖然B式更爲簡略便捷,但漢初的秦除仍保持A式。而漢初B式的幾套日書尚不能判明所屬爲秦或楚,很可能秦、楚除的格式之分在漢初仍然延續。楚除逐漸被棄用,而秦除在漢中期以後也産生了變式,如敦1061和懸泉簡冊。

敦1061的縱横安排似爲B式,但其後的簡如何抄寫已不可知。或許其並非處在建除表中,只是單獨的“月建”,即每月斗柄所指辰位。《淮南子·天文訓》“斗杓爲小歲,正月建寅,月從左行十二辰”,“小時者,月建也”。“月建”是建除的基礎,其他建除神可以依建日推算,《天文訓》云:“寅爲建,卯爲除,辰爲滿,巳爲平主生,午爲定未爲執主陷,申爲破主衡,酉爲危主杓,戌爲成主小德,亥爲收主大德,子爲開主太歲,丑爲閉主太陰。”故後世選擇通書一般不列建除表,而只説明每月月建所在,再進行推算。《星曆考原》卷五引《曆書》曰:“其法從月建上起,建與斗杓所指相應,如正月建寅,則寅日起建順行十二辰是也。”《協紀辨方書》曰:“建者,一月之主,故從建起義,而參伍於十二辰。”因此“月建”得到了特别的重視。漢簡曆日往往將“建日”突出標示在首位,如敦煌元康三年(前63年)曆譜標注了該年所有建日①,尹灣元延三年五月曆日木牘頂端抄有該月幾個重要神煞,在左起“五月小”右緊接着就是“建日午”。或許,此殘簡正體現了這種建除篇簡化和月建受重視的發展趨勢。

關於懸泉簡冊,劉樂賢已指出每支下“不出”,“北四”之類詞語,是孔簡日書中的占“失”内容,並認爲“這三支簡文只是利用建除十二辰進行占測,本身並不屬於‘建除’篇”②。我們認爲此簡冊並非與建除無關,而是建除和死咎的合抄。同出一燧的還有一組《日書·死》簡(簡冊第二六二)③,簡背序號最小者爲“十四”,和本篇末簡“第十三”恰可連接,或許本爲一編。《死》是關於死喪之事,那麽其與占“失”簡排在一起是十分合理的。正是日書篇目歸併、簡化的趨勢打破了原來的抄寫傳統,造成秦除格式逸出了A式的傳統。

日書殘簡整理需要努力的方面還有很多,以上只是我們的一些淺見,希望能起到抛磚引玉的作用。

---

① 羅見今《敦煌漢簡曆譜年代之再研究》,《敦煌研究》1993年第3期,第91—100頁。

② 劉樂賢《懸泉漢簡中的建除占“失”殘文》。

③ 胡平生、張德芳《敦煌懸泉漢簡釋粹》,第178—180頁。

清高宗與四庫私人進呈書題咏

江慶柏

摘要:本文考察了清高宗爲表彰各地私人藏書家和在京官員其進呈圖書百種以上者所作的題詩情況,並據此糾正了《四庫全書總目》著録的若干訛誤。

關鍵詞:清高宗　御制詩　四庫題咏

乾隆三十七年修四庫全書,清高宗向全國徵集圖書。爲表彰各地的私人藏書家和在京官員其進呈圖書在百種以上者,清高宗特下諭旨,要在一部分進呈的圖書上題詩。乾隆三十九年五月十四日諭曰:"其進書百種以上者,並命擇其中精醇之本,進呈乙覽,朕幾餘親爲評咏,題識簡端。"又云:"其已經題咏諸本,並令書館先行録副,即將原書發還,俾收藏之人,益增榮幸。"(《纂修四庫全書檔案》,第211頁)

在此之前,乾隆三十八年十一月十五日,多羅之郡王永瑢等奏代紀昀等恭謝恩賜題詩摺也談到此事:"本年十一月初五日,四庫全書處總裁官欽遵諭旨,將在京官員所進之書數在一百部以上者,分别揀取進呈。所有在館纂修各員內,蒙恩賜題紀昀所進孫覺《春秋經解》七言排律六韻、勵守謙所進趙蕤《長短經》七言絶句四首、汪如藻所進陳經《尚書詳解》七言排律六韻。昀等俱各叩首跪領訖。"(《纂修四庫全書檔案》,第180頁)

清高宗爲表彰四庫私人進呈書而作的題咏有多少?據本人統計,共十八篇。清高宗的題詩題在原書卷首,也收在四庫全書相關各書卷首,又收入《御制詩四集》。按照《御制詩四集》的順序,清高宗的相關題咏如下:

《題鶡冠子》,見《御制詩四集》卷十五。《四庫全書總目》卷一百十七著録《鶡冠子》爲兩淮馬裕家藏本。《四庫進呈書目》中,此書見於《兩江第一次書目》、《兩淮商人馬裕家呈送書目(三)》。因此可以肯定此詩即爲馬裕獻書而題。兩淮商人馬裕家呈送圖書數量,爲私人進獻圖書第一人。清高宗在徵集圖書的過程中,也十分關注馬家藏書,諭旨中多次提及。所以高宗爲其書題詩,是很自然的。乾隆四十二年六月十五日兩淮鹽政寅著奏發回書籍請留館閣之儲摺也提到"蒙御制題《鶡冠子》詩一章"之事(《纂修四庫全書檔案》,第180頁)。這是清高宗爲表彰進獻圖書者而題咏的第一部書。

《題孫覺春秋經解六韻》,見《御制詩四集》卷十七。《四庫全書總目》卷二十六著録《春秋經解》爲兵部侍郎紀昀家藏本。《四庫進呈書目》中,此書見於《浙江省第五次范懋柱家呈送書目》,也見於《浙江採集遺書總録》。但因永瑢等上奏摺中明確提到高宗爲此書題咏事,高宗詩注中也有"今爲翰林紀昀所藏"等語,故此爲表彰紀昀進獻圖書而作。

《題陳經尚書詳解六韻》,見《御制詩四集》卷十七。《四庫全書總目》卷十一著録《尚書詳解》作編修汪如藻家藏本。永瑢等上奏摺中明確提到高宗爲此書題咏事,高宗詩注中也有關於汪氏前人汪森收藏此書經過的記載,如說:"休甯汪森於康熙乙卯年泛舟濮川,見人鬻舊籍於市,盡數購歸。中有抄白本,乃《尚書詳解》也。翻檢合五十卷,遂録而藏之,詳見汪森跋語。"汪森,浙江桐鄉人,原籍安徽休甯,建裘杼樓以藏書。汪如藻爲其玄孫。《四庫進呈書目》中,此書見於《兩淮鹽政李呈送書目》、《浙江省第四次吴玉墀家呈送書目》,惟不見於《國子監學正汪(如藻)交出書目》。

《題易祓周易總義八韻》,見《御制詩四集》卷十九。《四庫全書總目》卷三著録《周易總義》作副都御史黄登賢家藏本。《四庫進呈書目》中見於《浙江省第四次吴玉墀家呈送書目》,也見於《浙江採集遺書總録》。據《都察院副都御史黄交出書目》,黄登賢進獻圖書二百九十九種,故亦在高宗題詩表彰之列。惟此書不見於黄氏書目。

《題魏了翁周易要義》,見《御制詩四集》卷二十。清高宗在詩中寫道:“四庫廣搜羅,懋柱出珍藏。鈔刻俾歸之,牖世文教昌。卷首題五言,用賁世守長。”顯然此書是出於浙江天一閣范懋柱家。乾隆三十九年刻本《浙江採集遺書總録》“癸集”後附載“御制詩”,即以此詩爲首,詩題下署曰“天一閣”。《四庫全書總目》卷三經部三易類三著録此書,作副都御史黄登賢家藏本。查《四庫進呈書目》,此書見《浙江省第四次鮑士恭呈送書目》、《浙江省第五次范懋柱家呈送書目》,同時亦見於《浙江採集遺書總録》。而在著録副都御史黄登賢進呈書的《都察院副都御史黄交出書目》中,並無此書。可見此書不可能是黄登賢所進。

《題趙蕤長短經》,見《御制詩四集》卷二十。高宗在詩中寫道:“津瀛文苑繼家聲,四庫搜羅俾贊成。邂逅世臣獻遺簡,向年論學憶西清。”原注云:“四章紀事。實是書爲編修勵守謙所呈,乃其家藏本。‘教忠’則勵廷儀堂名也。守謙之曾祖勵杜訥,祖廷儀,父宗萬,皆侍直内廷。今守謙亦官翰林,爲四庫全書纂修,可謂以文學世其家者。”可見此詩是爲勵守謙作。《四庫全書總目》卷一百十七著録《長短經》,正作編修勵守謙家藏本。永瑢等上奏摺中明確提到高宗爲此書題咏事。《四庫進呈書目》中,見於《兩江第一次書目》、《編修勵第一次至六次交出書目》。

《題意林四絶句》,這組詩見《御制詩四集》卷二十一,但目録作《題意林三絶句》。《四庫全書》本《意林》卷首清高宗題詩亦作《題意林三絶句》。實質詩有四首,《四庫全書》本《意林》所缺者爲第四首。而這一首詩對判斷清高宗題詩爲何人進呈書所作,至關重要。其詩寫道:“五卷終於《物理論》,《太元經》下已亡之。設非天一閣珍弆,片羽安能欣見斯。”馬總《意林》見《四庫全書總目》卷一百二十三著録,題江蘇巡撫採進本。然查《四庫進呈書目》,在著録江蘇巡撫進呈書的《江蘇省第一次書目》、《江蘇省第二次書目》,及《江蘇採輯遺書目録》,都無此書。可見此書不可能是江蘇巡撫所進。此書見於《浙江省第五次范懋柱家呈送書目》,同時亦見於《浙江採集遺書總録》。清高宗《題意林四絶句》的第四首詩是講正是由於天一閣對此書的收藏,才使得世間能看到這部著作。可見清高宗對這部圖書的來源非常清楚,他對這首詩的表彰對象也非常明確。如上所說,這第四首詩對判斷清高宗題詩爲何人進呈書所作,至關重要。還可作爲例證的是,《浙江採集遺書總録》著録此書版本即"天一閣寫本"。乾隆三十九年刻本《浙江採集遺書總録》"癸集"後附載"御制詩",所收高宗題詩,也是作《題意林四絶句》,與《御制詩四集》卷二十一同。詩題下署曰"天一閣"。可見清高宗對這部書的表彰對象並無疑義,《四庫全書總目》對此書的著録則有誤。

《題宋仁宗武經總要六韻》,見《御制詩四集》卷二十一。《四庫全書總目》卷九十九子部九兵家類著録《武經總要》,作江蘇巡撫採進本。此書見《兩江第一次書目》、《浙江省第四次鮑士恭呈送書目》,及《浙江採集遺書總録》,與江蘇巡撫均無關係。此詩亦見乾隆三十九年刻本《浙江採集遺書總録》"癸集"後附載"御制詩",詩題下署"知不足齋",即鮑士恭家藏書處。高宗題詩顯然是爲鮑士恭家進書而作。

《題劉一清錢塘遺事》,見《御制詩四集》卷二十一。此詩爲汪啓淑家進書而作,非常明確。《四庫全書總目》卷五十一著録《錢塘遺事》,作浙江汪啓淑家藏本。此詩亦見乾隆三十九年刻本《浙江採集遺書總録》"癸集"後附載"御制詩"。《四庫進呈書目》中,此書僅見於《浙江省第四次汪啓淑家呈送書目》。高宗詩注也有"是書爲汪啓淑飛鴻堂所藏"之語。

《題許嵩建康實録》,見《御制詩四集》卷二十二。《四庫全書總目》卷五十著録《建康實録》,作江蘇巡撫採進本。此書見《江蘇省第一次書目》、《兩淮鹽政李續呈送書目》、《浙江省第四次汪啓淑家呈送書目》,以及《江蘇採輯遺書目録》、《浙江採集遺書總録》。故《四庫全書總目》著録不爲無據。但因此書見於汪啓淑家呈送書目,此詩亦見乾隆三十九年刻本《浙江採集遺書總録》

“癸集”後附“御制詩”，詩題下即署“飛鴻堂”。飛鴻堂即汪啓淑家藏書樓名。由此可知清高宗此詩是爲汪啓淑家獻書所題。

《題呂祖謙歷代制度詳説》，見《御制詩四集》卷二十二。《四庫全書總目》卷一百三十五著録《歷代制度詳説》，題兩淮馬裕家藏本。按照《四庫全書總目》的著録，進這部書的應該是兩淮馬裕。但查《四庫進呈書目》中的《兩淮商人馬裕家呈送書目》，以及《江蘇採輯遺書目録》，都没有著録這部書。前者是反映馬裕家呈送圖書的最基本的書目，後者是反映江蘇省也包括馬裕家呈送圖書的最基本的書目。在這兩種書目中都没有《歷代制度詳説》一書，可見此書的進呈和馬裕家及江蘇省都無關係。《四庫全書總目》的著録有誤。

那麼這部書的進獻者是誰呢？我認爲是浙江吳玉墀。此書在《四庫進呈書目》中，見於《浙江省第四次吳玉墀家呈送書目》，同時亦見於《浙江採集遺書總録》。同上相類，前者是反映吳玉墀家呈送圖書的最基本的書目，後者是反映浙江省也包括吳玉墀家呈送圖書的最基本的書目。《歷代制度詳説》一書見於這兩種書目，可見此書的進呈和吳玉墀家及浙江省都有關係。更能説明問題的是，在乾隆三十九年刻本《浙江採集遺書總録》“癸集”後，附載有“御制詩”多首，均是清高宗爲表彰獻書者所作之詩，其中就有乾隆甲午夏御筆《題呂祖謙歷代制度詳説》這首詩。詩題下署曰“瓶花齋”。瓶花齋即吳玉墀家藏書樓名。由此可知清高宗此詩確實是爲吳玉墀家獻書所題。

《題兩漢博聞》，見《御制詩四集》卷二十二。詩中寫道：“因披遺籍知來雨，正值望霖雨庶來。”上一句有注：“周厚堉家藏書處名來雨樓，是時盼澤甚殷，見樓名亦爲心動，故落句及之。”此詩題寫緣由，清高宗詩注已非常明確，即爲周厚堉家藏書而作。在《御制詩集》中，有大量與雨相關的詩篇，地方官員奏報得雨，高宗都要以詩記之。雨與生産、年成，乃至社會穩定等都有密切關係。周厚堉家藏書處名來雨樓，甚合望雨心切的高宗心意。周厚堉獻書三百六十六種。地方長官對此非常重視，乾隆三十八年九月初四日,江蘇巡撫薩載專門爲此事上了一道奏摺,稱:"計共得書三百六十六種,理合另繕目録清單,恭呈御覽。"(《纂修四庫全書檔案》,第148頁)但未知何故,江蘇巡撫並未爲其繕寫目録清單,致使周厚堉家進獻的圖書種類無人知曉。就《兩漢博聞》一書來說,《四庫進呈書目》中見於《編修朱(筠)交出書目》,《四庫全書總目》卷六十五著録作兩淮鹽政採進本,都與周厚堉無關。《兩漢博聞》也見於《江蘇採輯遺書目録》,則是因爲並未爲其單獨編制目録,而將其所獻圖書和江蘇其他採進圖書一並解送四庫館的緣故。好在清高宗的題詩是爲表彰周厚堉進獻此書而作,這一點非常清楚。

《題曲洧舊聞四首》,見《御制詩四集》卷二十三。《四庫全書總目》卷一百二十一著録《曲洧舊聞》,作浙江汪汝瑮家藏本。詩中已說此爲"汝瑮獨藏本",是此爲汪汝瑮家獻書而作。此詩亦見乾隆三十九年刻本《浙江採集遺書總録》"癸集"後附"御制詩"。《四庫進呈書目》中,此書見於《浙江省第四次汪汝瑮家呈送書目》。

《題說文篆韻譜》,見《御制詩四集》卷二十三。此書《四庫全書總目》卷四十一題《說文解字篆韻譜》,兩江總督採進本。此書見於《兩江第一次書目》、《浙江省第四次吳玉墀家呈送書目》、《浙江採集遺書總録》,是《四庫全書總目》的著録不爲無據。因高宗詩中已說"即看繡谷勤收弆(原注:繡谷乃吳玉墀家藏書處。)",是此爲吳玉墀家獻書而作。此詩亦見乾隆三十九年刻本《浙江採集遺書總録》"癸集"後附"御制詩"。

《題唐闕史》,見《御制詩四集》卷二十三。《四庫全書總目》卷一百四十二著録《唐闕史》,作浙江鮑士恭家藏本。《四庫進呈書目》中,此書見於《浙江省第四次鮑士恭呈送書目》。此詩亦見乾隆三十九年刻本《浙江採集遺書總録》"癸集"後附"御制詩"。

《題書苑菁華》,見《御制詩四集》卷二十三。《四庫全書總目》卷一百十二著録《書苑菁華》,作浙江汪汝瑮家藏本。《四庫進呈書目》中,此書見於《浙江省第四次汪汝瑮家呈送書目》。此詩亦見乾隆三十九年刻本《浙江採集遺書總録》"癸集"後附"御制詩"。

《題乾道臨安志》,見《御制詩四集》卷二十五。《四庫全書總目》卷六十八著録《乾道臨安志》,作浙江巡撫採進本。按:此書爲孫仰曾家舊藏,並由孫仰曾進獻,殆無疑義。《四庫進呈書目》中,此書僅見於《浙江省第四次孫仰曾家呈送書目》。《浙江採集遺書總録》著録其版本作"壽松堂藏刊本",壽松堂爲孫仰曾家藏書樓名。此書由浙江巡撫送到四庫全書館,當時在四庫館中任校辦各省送到遺書的纂修官翁方綱並有記録。《四庫全書總目》作浙江巡撫採進本,不甚確切。

《題職官分紀》,見《御制詩四集》卷二十七。詩中"雙松書屋東臯隱"下原有注云:"此皆蔣曾罃家藏書處。"可見此爲蔣曾罃家獻書題。蔣曾罃的進獻書籍情況,和周厚堉非常類似。江蘇巡撫薩載也曾爲蔣曾罃進獻圖書事上過奏摺,稱:"(蔣曾罃所獻書中)一百二種似係舊籍,現在另繕目録一併恭進。"(乾隆三十八年五月二十日,《纂修四庫全書檔案》,第 119 頁)不過江蘇巡撫並未爲其繕寫目録清單,致使蔣曾罃家進獻的圖書種類無人知曉。就《職官分紀》一書來說,《四庫進呈書目》中見於《江蘇省第一次書目》,另見於《江蘇採輯遺書目録》。《四庫全書總目》卷一百三十五子部四十五類書類一著録,江蘇巡撫採進本。顯然是因爲將其所獻圖書和江蘇其他採進圖書一併解送四庫館的緣故。好在清高宗在題詩中直接寫有"此皆蔣曾罃家藏書處"等語,可以看到詩是爲表彰蔣曾罃進獻此書而作。

從現有資料來看,這也是清高宗爲表彰進書者所作題咏詩中最後的一首。自此以後,國家範圍内的徵集圖書活動基本結束,個人獻書的高潮已過,清高宗也就没有可能、也没有必要再題寫這類詩篇了。我們從《御制詩四集》中可以看到,儘管清高宗對收入四庫全書中的圖書很感興趣,並因此還有多首題詩,如《題胡宿文恭集》(永樂大典本)、《題影宋鈔周易輯聞》(内府藏本)等(《御制詩四集》卷二十八),但爲表彰獻書者的題咏已不再見。

據統計,當時進獻書籍在百種以上的個人有馬裕、鮑士恭、范懋柱、汪啓淑、周厚堉、吳玉墀、孫仰曾、汪汝瑮、蔣曾罃、黄登賢、汪如藻、勵守謙、紀昀十三人,清高宗出於表彰獻書者這一目的而作的題咏詩爲十八篇。將以上所述歸納一下,可得下表:

序號	清高宗題詩	獻書者	《四庫全書總目》著録
1	《題鶡冠子》	馬裕	兩淮馬裕家藏本
2	《題孫覺春秋經解》	紀昀	兵部侍郎紀昀家藏本
3	《題陳經尚書詳解》	汪如藻	編修汪如藻家藏本
4	《題易祓周易總義》	黄登賢	副都御史黄登賢家藏本
5	《題魏了翁周易要義》	范懋柱	副都御史黄登賢家藏本
6	《題趙蕤長短經》	勵守謙	編修勵守謙家藏本
7	《題意林四絶句》	范懋柱	江蘇巡撫採進本
8	《題宋仁宗武經總要六韻》	鮑士恭	江蘇巡撫採進本
9	《題劉一清錢塘遺事》	汪啓淑	浙江汪啓淑家藏本
10	《題許嵩建康實録》	汪啓淑	江蘇巡撫採進本
11	《題吕祖謙歴代制度詳說》	吳玉墀	兩淮馬裕家藏本
12	《題兩漢博聞》	周厚堉	兩淮鹽政採進本
13	《題曲洧舊聞》	汪汝瑮	浙江汪汝瑮家藏本
14	《題說文篆韻譜》	吳玉墀	兩江總督採進本
15	《題唐闕史》	鮑士恭	浙江鮑士恭家藏本
16	《題書苑菁華》	汪汝瑮	浙江汪汝瑮家藏本
17	《題乾道臨安志》	孫仰曾	浙江巡撫採進本
18	《題職官分紀》	蔣曾罃	江蘇巡撫採進本

從表中可以看到,清高宗對上述進獻書籍在百種以上的個人都有題咏詩,但也僅限於這些人。

此外,《御題太平御覽六韻》(《御制詩四集》卷二十一)是否爲表彰而題,還有疑問。《太平御覽》此書在《四庫進呈書目》中,僅見于《提調張交出書目》,爲侍講張燾家藏本。張燾進獻之書,雖此一種,但數量有二百本之多。就單部書來看,篇幅之鉅,恐無出其右者。高宗題詩是否爲表彰而作,不得而知。但高宗寫此詩,有自己的用意。從内容上來看,顯示了高宗的戒懼心理,"必也勵乾惕,還當戒滿盈",是對當前的告誡。而從圖書編纂的角度來看,一千卷的《太平御覽》雖然以徵引廣博著稱,但在高宗看來,仍然存在問題,而正在修纂的四庫全書則在各方面都超邁前代,從"五言寫我情"一句中,不難看出高宗的躊躇滿志。

需要説明的是,從以上清高宗所下諭旨和永瑢等所上奏摺可知,清高宗所要表彰的只是獻書的個人,即各地的私人藏書家和在京官員,中央機構和地方政權哪怕呈送圖書再多也不在題詩表彰之列。盡管清高宗爲這類書題咏的也不少,但都不具有表彰圖書呈送者的意義。

清初戲曲家葉奕苞生平新考

陸　林

摘要:清初戲曲家葉奕苞出生於明代官宦之家,師友多爲遺民。葉家不僅自有大雲堂家班,通過所撰觀戲咏劇詩詞,亦有助於研究宜興樂孺堂和吳縣雲津堂家班。其參加戲曲活動,兼有養親娛老、醉生夢死與寄寓滄桑、感慨興亡的動因。所著詩歌觸忌犯禁之處甚多,流露出對抗清義士的同情,揭露了新朝統治的嚴酷,知其不僅有貴冑子弟的裘馬輕狂,亦不乏遺民後代的悲涼情懷。其對清朝的態度,從無意功名到隨順時世的轉變,反映了現實力量對志節精神的銷蝕。

關鍵詞:葉奕苞　清初戲曲家　經鋤堂樂府　禁毁書目

清初江南崑山葉奕苞,字九來,一字鳳雛,號二泉,别署群玉山樵。出身名門,自幼師事明遺民葛雲芝、葉弘儒、柴永清,學有根柢,史志、金石、詩文、詞曲皆擅。所著今存者,除了雜劇《老客婦》、《長門賦》、《奇男子》[①]、《燕子樓》四種之外,尚撰有方志、金石題跋、詩詞文集等著述,可謂清初江南的重要文學家和文化人。鄧長風先生(1944.11—1999.3.8)曾在《〈吳中葉氏族譜〉中的清代曲家史料及其他》一文中,對其生平事蹟有所考證[②];其後又兩次修訂觀點、增補史料[③],表現出精益求精的嚴謹學風。出

① 《老客婦》、《奇男子》,筆者原文誤作《老客行》、《盧從史》。此據杜桂萍教授《葉奕苞〈經鋤堂樂府〉相關史實考》訂正,見《文學遺産》2008 年第 3 期——補注。

② 鄧長風《明清戲曲家考略》,上海古籍出版社 1994 年出版,第 283—287 頁。

③ 鄧長風《明清戲曲家考略三編》,上海古籍出版社 1999 年出版,第 113—117 頁,第 277 頁。

於對已故優秀學者的學術敬意，筆者將鄧文未涉之史料予以介紹，以期能夠對先生大作有所修正、豐富或補充，這或許不失爲對這位英年早逝的明清戲曲文獻學家的一種特殊紀念。

一、葉奕苞的卒年辨析

關於葉奕苞這位文學家的生卒年，學術界向無確定不移的意見。《古典戲曲存目彙考》僅言"約清康熙初前後在世"[①]；《明清江蘇文人年表》未涉其生年，卒年注爲康熙二十六年(1687)，著録根據爲《湛園藏稿》卷三[②]，而未言具體篇目；新近出版的《全清詞》則未涉及其生卒。《清人詩文集總目提要》認爲其"生年不詳"，而將其大致視爲"生於天啓元年至五年(1621—1625)"之間者，卒年則與《明清江蘇文人年表》一致[③]。

鄧長風先生的考證，卒年沿用張慧劍先生之説而未予辨正，生年則根據其堂兄弟葉方藹、葉方蔚的情況而推知：

> 奕苞是方藹的從弟、方蔚的從兄，故其生年約在1630年(當然，他也有可能是方藹的同歲弟，方藹生於崇禎二年己巳[1629]四月二十八日；或方蔚的同歲兄，方蔚生於崇禎四年辛未[1631]八月二十八日。茲取其中)。[④]

首先應該指出，在没有掌握確鑿史料的前提下，鄧先生的考證思路和方法是相當科學的，也是非常聰明的，既考慮到各種可能的情況，又以折中之法取其中，故其推算的結論參考價值甚大。但是，這一推論被鄧先生隨後發現的史料所修正，他在《四位明末

---

① 莊一拂《古典戲曲存目彙考》，上海古籍出版社1982年出版，第718頁。

② 張慧劍《明清江蘇文人年表》，上海古籍出版社1986年出版，第861頁。

③ 柯愈春《清人詩文集總目提要》，北京古籍出版社2002年出版，第174頁。

④ 鄧長風《明清戲曲家考略》，第285頁。

清初戲曲家生平考略》一文中,根據奕苞自撰《次函白吳丈韻爲予題勝公畫鳳》七古長詩首句"憶予初生歲己巳,崇禎御宇歌喜起",確認其"生於崇禎己巳(1629),卒於康熙丁卯(1687),年五十九"[①]。江慶柏先生大著《清代人物生卒年表》即據此著録[②]。

鄧先生的文章,前者寫於1991年冬,後者寫於1995年夏。其實在此之前,由人民日報出版社1988年出版的黃裳先生《筆禍史談叢》中,引述的葉氏《經鉏堂文稿·贈白生璧雙序》中的文字,已經涉及其生年問題:白生"戊戌夏訪予靎園[③],請奏所謂新曲者,一再彈,滿座愴然……嗚呼!高岸成谷,深谷爲陵,吾生三十年中,盛衰遞見"(此書後收入《黃裳文集》)[④]。戊戌指清順治十五年(1658),奕苞年已三十,其生恰在明崇禎二年己巳(1629)。

至於其卒年,筆者覆按了張慧劍先生引證的資料。在姜宸英(1628—1699)撰《湛園藏稿》[⑤]卷三中,惟有《藺園文讌集跋》一文與奕苞之死有一定關係:"予住京師九年,今年春奉命隨局纂修《一統志》,復至玉峰,則徵君之捐館已三歲矣。"[⑥]看來其卒於康熙二十六年(1687)之説,也屬輾轉推論。其實在葉奕苞同邑摯友朱用純(1627—1698)的有關著述中,不僅有葉氏生年的同

---

① 鄧長風《明清戲曲家考略三編》,第114頁。

② 江慶柏《清代人物生卒年表》,北京,人民文學出版社2005年出版,第111頁。

③ 靎園當爲藺園之誤。奕苞父國華,園林名藺園,清初一分爲三,奕苞得其一,重新修葺,號半藺園。無獨有偶,《方志著録元明清曲家傳略》所録《昆山新陽合志》葉奕苞小傳,將"半藺園"誤抄爲"半靎園",見中華書局1987年版第225頁。《清代人物生卒年表》誤爲"半園"。

④ 黃裳《筆禍史談叢》,《黃裳文集》第三册,上海書店出版社1998年出版,第682頁。

⑤ 筆者2002年11月13日所閲爲南京圖書館藏本,書號88077,恰好此書書簽空白處有鋼筆字蹟:"63、10、20、張慧劍"。40年前張先生爲撰《明清江蘇文人年表》而借閲此書,40年後的後學如我復據先生提供的線索調閲原著,睹字思人,頗生感慨。

⑥ [清]姜宸英《姜西溟先生全集》卷十八,光緒十五年(1889)毋自欺齋刻本。

樣表述，還發現了有關其卒年的確鑿記載。

關於其生年，朱用純《祭葉二泉文》開篇即曰："嗚呼！君之年少予二歲，而中表行輩則尊者也。"[①]朱用純以《朱子治家格言》而著稱於世，與葉氏爲中表親戚，奕苞獨子汝濟爲其弟子，故所言自然可信。其出生於明天啓七年(1627)四月十五日[②](舊版《辭海》、《辭源》皆誤署其生年爲1617，筆者曾撰專文考辨[③]，2000年版《辭海》已改爲1627)。而奕苞小其兩歲，生於崇禎二年(1629)無疑。關於其卒年，朱用純康熙二十六年(1687)"丁卯四月"爲奕苞《聽松圖》撰《後記》，言及"昨歲首春，而九來復奄棄矣。俯仰今昔，不勝存亡之感"[④]。農曆正月爲首春，奄棄義爲忽然捨棄，即去世的意思，可見其準確卒年爲康熙二十五年(1686)正月，享年58歲[⑤]。

二、葉奕苞的師友交遊

鄧長風先生在其先後三篇文章中，介紹了葉奕苞的親屬族人，如父親國華、胞兄奕荃、叔父重華、堂兄方藹及族兄葉燮，友人袁于令、李良年、陳維崧等，並從良年曾孫李集《鶴徵録》、葉燮《已畦詩集》、李良年《秋錦山房集》、陳維崧《迦陵文集》中鉤稽出有關葉奕苞的傳記、唱和詩及詩集序等稀見史料，頗顯其不凡的考據功力。但是文獻發掘和史實考證之於明清文學而言，可以說是難以窮盡的。今就知見所及，擇其重要者予以補充。

---

① [清]朱用純《愧訥集》卷八，民國18年(1929)木活字排印本。

② [清]彭定求《朱柏廬先生墓志銘》，見《愧訥集》附録。

③ 參見拙文《朱柏廬生卒和别號》，載《中國典籍與文化》1996年第1期。

④ [清]朱用純《柏廬外集》卷三，光緒八年(1882)刻本。

⑤ [華亭]《灣周世譜》卷四周稚廉《冰持公傳》記葉奕苞病危事："葉徵君二泉與公同坐，尚無恙也。公偶察其脈，謂右弦左硬，木將乘脾失。今不療，當嘔泄不治，且戒宜速歸家料理。後月餘，果嘔泄大作而卒。"參周鞏平《清初戲曲家周稚廉生平事蹟補正》，載《文學遺産》2005年第6期——補注。

鄧先生所引《葉九來詩集序》,不見於今存《經鋤堂詩集》卷首[①],但對後世影響頗大。序中所謂"爲人磊砢善使氣,目光閃閃,若岩下電,酒間譚説,聲如洪鐘",爲《清史列傳》一字不差地照抄[②];在講到葉奕苞師承時,陳序有"葉九來者,集勛、瑞五之高弟也"之語。引者只以"活畫出一位貴胄子弟的裘馬輕狂形象"來概括這篇序文的價值[③],而未及奕苞師長爲何人。關於九來之師,方志還有另外的記載:"少師事臥龍山人葛芝及默齋葉宏儒,學有根柢。"[④]這段文字經今人徵引後,竟被標點、改成"少師事臥龍山人葛芝及默齋葉弘。儒林有根柢"[⑤]。今人所撰有關權威工具書,沿其"葉弘"之誤,只是將明顯不通的"儒林有根柢"改爲"務爲根抵之學"[⑥]。其實,詩序和方志講的"集勛、瑞五"和"臥龍山人葛芝及默齋葉宏儒"只是三個人,都是崑山當地人士,以下分别略考。

"集勛"姓柴名永清(約1620—約1658)[⑦],"少補諸生,讀書

① 其序有云:"一日者,余與得仲、古晉諸賢相遇于桃葉酒家,九來適至,余拍九來肩而語曰:'九來、九來,宋大夫之玉釵羅袖,天下莫不聞矣;淳于髡之羅襦薌澤,臣心已最歡矣。登墻而望者三年於兹,子豈無意乎?'會石衛尉家歌舞有屬意葉生者,陳生故爲此言挑之。九來恐諸人聞余語,亟以他語亂之,曰:'子慎無妄言,且爲我序詩。'"載《迦陵文集》卷一。如此序文,固然文字跳脱生動,只是事涉情感隱私,當事者實難採用——補注。

② 《清史列傳》第18册,北京,中華書局1987年出版,第1796頁。

③ 鄧長風《明清戲曲家考略三編》,第277頁。

④ [乾隆]《崑山新陽合志》卷二七《文苑》。

⑤ 趙景深、張增元《方志著録元明清曲家傳略》,北京,中華書局1987年出版,第225頁。

⑥ 錢仲聯主編《中國文學家大辭典》(清代卷),北京,中華書局1996年出版,第111頁。

⑦ [清]葛芝《題朱昭芑手評世法録後》:"余年二十一歲時,朱君昭芑來讀書余家……是時常相過從者,爲柴君集勛、何君茂清……何君年最少,病消渴,最先死;更五六年,君繼之;又五六年,柴君繼之。"見《臥龍山人集》卷十四。朱昭芑即朱明鎬(1607—1652),太倉人,明遺民。則柴永清約卒於清順治十五年(1658),年三十九,生當明泰昌元年(1620)。

常至達曙;爲文高朗英博,纚纚千言,與太倉張采、同里朱集璜、葛芝最厚善。名籍甚,長吏皆折節引重,遇公事,言無不盡。鼎革後數年卒,年三十九”①;“少精敏好學,鏃厲備至,篝燈夜讀,雞晨鳴不已……爲舉子業,縱横浩渺,端倪莫測。既而悔之,沉潛于唐應德、歸震川諸先生文,引繩削墨,務合矩度,然其廉傑精悍之氣,猶隱映行墨間”②。所著有《柴集勛文集》,葛芝爲撰序,認爲其文“闊達英博”有餘而“澹泊寧静”不足③。

“瑞五”和“臥龍山人”,分别是葛芝(1618—?)的字和號,原名雲芝,明代河南按察使葛錫璠(1579—1634)④次子鼐(1600—1660)⑤之子。十五補諸生,游張溥之門,十七娶張采之女⑥。早年入復社,入清隱居。所著今存《容膝居集雜録》六卷、《臥龍山人集》十四卷。傳見徐枋《居易堂集》卷十二、佚名《皇明遺民傳》卷六、乾隆《崑山新陽合志》卷二八《隱逸》。

葉弘儒(1619—1675)⑦,“字岳心,號默齋……未冠補諸生,既抗節爲人師,與朱集璜、陶琰、顧天逵輩友善,先道義後文章,風義凜然,里中人皆嚴憚焉。乙酉後棄諸生,遁蹟安亭舊居。久之,故人子弟邀致入城,承其教者率成令器……卒年五十七”⑧。所著《默齋遺集》,今未見。葛芝和弘儒皆是奕苞的長兄奕荃

① [道光]《崑新兩縣志》卷二五《孝友》。

② [清]葛芝《柴集勛墓誌銘》,《臥龍山人集》卷十。

③ [清]葛芝《柴集勛文集序》,《臥龍山人集》卷八。

④ 生年見《江蘇藝文志》蘇州卷第1946頁,葛芝《太常府君家傳》云其“年五十六”卒,見《臥龍山人集》卷十三。

⑤ [清]葛芝《先府君行狀》,《臥龍山人集》卷十。

⑥ “十五補諸生”云云,原誤作“復社黨魁張溥女婿”,據本人學生李娟2008年碩士論文《葛芝研究》改——補注。

⑦ [清]葛芝《祭葉母曹碩人》:“岳心少好學……無何,天崩地坼,中原淪喪,岳心于是入告於母,裂儒冠而棄之。當此之時,年才二十有七耳。”見《臥龍山人集》卷十三。順治二年(1645)27歲,則生於明萬曆四十七年(1619);享年57,故死於清康熙十四年(1675)。

⑧ [乾隆]《崑山新陽合志》卷二五《文苑》。

(1608—1645)[①]的摯友,前者與奕荃爲兒女親家(奕荃次子娶葛芝女),後者與奕荃爲同學友人;兩人曾爲早逝的葉奕荃分别撰寫過《南陽伯子傳》和《水修府君傳略》[②]。

除了師長、昆季之外,葉奕苞友人甚夥,與之感情較深的一位便是明遺民朱用純。在朱氏文集中,專爲奕苞撰寫的文章便有四篇,一爲《〈聽松圖〉後記》[③],對考其卒年至關重要;一爲《葉九來詩餘序》[④],亦見《經鋤堂詩餘》卷首,此不贅;一爲《題葉九來小照》,文短具録於下:

> 文章足以待詔金馬之門,才略足以高議雲臺之上;湛深之學足以校論天禄石渠,邁往之氣足以傲睨王侯將相。而圖爲形容,烟霞放曠;既薜荔以成帷,亦岩巒而作障。豈見夫古之偉人,建立非常,其所得多在寬閑之野、幽遐之壤耶?[⑤]

最後一篇便是《祭葉二泉文》,篇幅甚長,記述了朱用純在摯友去世後"不二十日三臨君喪,哭之輒慟"的心情和原由——其"所獨哀者"有四,講其兩人獨有之情誼(略);"人所同哀者"有六,分别是:

> 君文章峭厲,詩詞贍雅;揮灑毫素,龍蛇飛走。古人畏其淩轢,當代奉爲宗工。自君没而文采風流倏與俱往焉,可

---

① [清]葛芝《經鋤堂詩集序》:"吾子之辱交于余也,子之兄水修實先之……子之兄視余十年以長,吾子則少余十餘年也。"見《臥龍山人集》卷八。奕荃字水修,順治二年(1645)爲亂兵所殺;葛芝生於明萬曆四十六年(1618),故奕荃生於萬曆三十六年(1608)。對其生年,鄧長風《明清戲曲家考略》只做出了"當不遲於1610年"的推測(第284頁)。

② [清]葉長馥《吴中葉氏族譜》續庚集,康熙五十二年(1713)刻本。

③ [清]朱用純《柏廬外集》卷三。

④ [清]朱用純《愧訥集》卷三。

⑤ [清]朱用純《愧訥集》卷七。

哀也。往昔金石之刻、秘異之書、珍奇之玩，睹聞苟接，不憚重購遠搜，期於必致。自君沒而博物好古罕其儔焉，可哀也。意氣倜儻，與世之賢豪冠蓋爭相投分，履倒轄投，殆無曠日。自君沒而縞紵定交者徒徙倚而寥落焉，良可哀也。周急濟乏，類爲族屬倡，而窮交故好輒復經紀其斂葬，婚娶其子弟。自君沒而親朋依庇待澤者皆望閭而返焉，又可哀也。邑里備荒賑饑之役，水利財賦之事，靡不悉心籌畫，忘勞任怨。自君沒而桑梓綢繆之交誰與共焉，更可哀也。君又少騰才譽，數踏闈門不利，及登薦剡、膺征命，又卒報罷。方慨有文憎命達，而復齎志不祿。即達士大觀，要亦深可哀也。[1]

通過這六"可哀"，歌頌了友人和故人的文章才華、金石造詣[2]、處世爲人、道德風範。一像贊、一祭文，使我們對這位清初戲曲家、文學家，在"貴胄子弟的裘馬輕狂"之外，有了更加清晰和豐富的認識。或許，這就是所謂蓋棺之論吧。

三、葉奕苞的戲劇活動

鄧長風先生所撰有關葉奕苞的三則考證文字，多側重其基本生平，而未暇或略於其戲劇活動的考述。以下僅就所見資料稍加介紹。

葛芝所撰七言古詩《葉九來攜伎過從吾館奏樂歌》，對研究其弟子的戲曲創作和活動頗有裨益：

---

① [清]朱用純《愧訥集》卷八。

② 所著《金石録補》二十七卷《續跋》七卷，已被今人收入《續修四庫全書·史部金石類》，爲金石學重要著述。清初錢曾《讀書敏求記》稱其學識遠出宋代趙明誠之上；近代支偉成(1899—1928)撰《清代朴學大師列傳》，將之列入"金石學家列傳"中。

……葉生喜我歸，攜得梨園部。命我高闢開，爲奏新樂府。我怪葉生運意奇，顛倒陰陽乃爾爲。狂態直比漁陽鼓，駡座如聞膝席辭。我愛梨園風格好，腰支一一將人惱。就中小者才數齡，滿樹黄鸝吐音早。因向葉生三太息，憶昔相見城南陌。生鬢垂垂我壯年，一言快意深相得。生今强仕我衰老，倏忽流光真可惜。梨園前隊誰最名，子弟三班舊教成。婁上典型聞樂老，吳門少俊説王生。此日西風悲黄葉，盛年那得常相傾。感此便欲常相見，莫學參差西飛燕。大雲堂側牡丹開，奏生新著重開宴……[①]

從"生今强仕"一句中，可知此詩約寫於康熙七年(1668)奕苞40歲左右[②](《禮記·曲禮上》："四十曰强，而仕。")。詩題中"從吾館"，是葛芝父親的别墅[③]；詩句中"大雲堂"，爲繭園名勝之一[④]。

此詩史料價值，表現在以下幾個方面：1. 葉氏有其自己的家庭戲班，蓄養家班的目的主要是爲了娛親奉老；並注意聘請名師(蘇州王生當爲名伶王紫稼、王子嘉，太倉樂某待考)培養幼伶，因而風格雋雅，舞姿超群，具有較高的藝術水準；由王紫稼被殺于順治十一年(1654)[⑤]，其家班組建時間必在此之前。詩中"就中小者才數齡"一句，可補歷來家班史料之缺。過去人們所熟知的記載家庭女伶年齡最具體的咏劇詩，是錢謙益《冬夜觀劇歌》"十三不足十一零，金花繡領簇隊行"[⑥]；而葉氏家班的這位數歲的幼伶，已經歌喉清亮、悦耳動人了。2. 詩句"爲奏新樂府"和

---

① [清]葛芝《臥龍山人集》卷三。

② 拙文原書爲"康熙五年(1666)"，是誤將卒年當生年來推論了——補注。

③ [清]葛芝《從吾館記》，《臥龍山人集》卷十。

④ [光緒]《崑新兩縣續修合志》卷十三《第宅園亭》。

⑤ 孟森：《王紫稼考》，見《心史叢刊》，《新世紀萬有文庫》本，瀋陽，遼寧教育出版社1998年出版，第85—97頁。

⑥ [清]錢謙益《初學集》卷十六，《四部叢刊》本。

"奏生新著重開宴"等,說明葉氏在康熙七年(1668)40歲時,已經從事戲曲創作多年,此次演出的是其新創作的劇本;由此推測,奕苞或于順治後期即已開始創作戲曲。3. 葉氏戲曲創作的特點是運意新奇,出人意表;劇作意藴,憤世放誕。這一概括,令人自然想起長洲尤侗(1618—1704)爲撰《葉九來樂府序》,在以"古之人不得志于時,往往發爲詩歌,以鳴其不平"開篇之後,所云:"予生世不諧,索居多恨,灌園餘暇,間作彈詞……然當酒酣耳熱,仰天嗚嗚、旁若無人者,其類放言自廢者與?若吾友葉子九來,門地人材,並居最勝,方以文筆掉鞅名場,夫何不樂而潦倒于商黄絲竹之間,或者遊戲及之耳。雖然,以葉子之才,荏苒中年,風塵未偶,豈無邑邑於中者。忽然感觸,或借此爲陶寫之具,未可知也,是則予所引爲同調者也。"兩者同樣揭示了葉奕苞劇作"嘻笑怒駡、縱横肆出、淋漓極致而後已"[①]的激憤情懷。

葉奕苞《經鋤堂詩稿》亦有多首反映了他的戲曲交遊和活動,鄧長風先生已經徵引了"寫到袁于令"的幾篇[②],但是不知什麼原因而忽視了與宜興徐暎薇及其友人觀戲咏劇的作品。如卷四"七言律詩"有《集鄰園觀劇,戲題長句呈徐暎薇先生》和《過陽羨訪徐暎薇先生留飲樂孺堂觀劇》,卷八"七言絶句"有《陽羨徐暎薇先生攜女樂湘月輩數人過昆,侍家大人觀劇,次韻四首》、《前題次盈水韻六首》[③],《經鋤堂集唐人句》有《贈徐氏歌姬六首》。諸詩對研究江南文人戲劇活動和家班組織,均提供了有用的史料。由康熙二十八年(1689)患立堂刻陳維崧《湖海樓詩集》卷四《感舊絶句》之三《徐太守映薇》自注:"太守諱懋曙,崇禎辛未進士,官至江西吉安府知府。性曉音律,喜賓客,家居蓄女伎

① [清]尤侗《西堂雜組》二集卷三,康熙十一年(1672)周亮工序刻本。

② 鄧長風《明清戲曲家考略三編》,第114頁,第277頁。

③ "盈水",當即《經鋤堂詩稿》卷二《勸酒寄張盈水兼示顧五一》之張盈水,一作張鶯水,見《集唐人句·贈徐氏歌姬》詩序。《經鋤堂花信詩》有"張對揚鶯水"唱和詩兩首,可知其名對揚。崑山人,朱用純《愧訥集》卷八有《祭張盈水文》。

一部,姿首明麗。正末湘月,旦泥凝香、花想,色藝尤爲動人。……無何,太守既亡,歌姬亦散,聞湘月已黃帔入道矣。"①可知此人簡歷。

徐暎薇所蓄家庭戲班,演員衆多,技藝超群,知名者便有十位;角色齊全,生、旦、外、末、淨、丑,完全是按照"梨園色目"來配置女伶。奕苞《贈徐氏歌姬六首》詩序曰:

> 宜興徐太守暎薇,蓄歌姬如梨園色目,無不輩列,皆妙齡雅技也。……姬之演生者曰湘月,旦曰凝香,小旦曰花想,若貞玉、尋秋、雲菇、來紅、慧蘭、潤玉、拾緣,則雜色也。②

此以"雜色"代稱其角色分工的另七位,其實並不準確,她們的具體分工是老旦貞玉,末尋秋,外雲菰,大淨來紅,中淨慧蘭,小丑潤玉,補色拾緣③。昆劇演出,一般以"十行角色"爲主體④,足見其家班水平的非同一般。其《贈徐氏歌姬六首》詩後並附録"暎翁詩五絶",末有奕苞跋語:

> 暎翁集唐詩,落韻自然,寓巧於雅……細讀全什,花君之歌情舞態,不啻頰上三毫矣。他若翁之贈外,則云:"賴逢鄉語曾相識,漫學他家作使君。章孝標、張謂";贈淨則云:"忽似擬金來馬上,飛揚跋扈爲誰雄。劉長卿、杜甫"。皆係改妝,覺其謔之非虐也。鳳雛跋。

這一序一跋,對於研究清初宜興徐氏家班的規模和角色搆成,頗

---

① 參陸萼庭《昆劇演出史稿》,上海文藝出版社 1980 年出版,第 168 頁。

② [清]葉奕苞《經鋤堂詩稿·集唐人句》,康熙刻本。

③ 參見拙文《清初戲曲家徐懋曙事蹟考略》,《藝術百家》2006 年第 4 期。

④ 胡忌、劉致中《昆劇發展史》,北京,中國戲劇出版社 1989 年出版,第 196 頁。

有價值。

《經鋤堂詩稿》後附《花信詩》一卷，乃與友朋唱和之作，詩均無題，總名“花信唱和”。從“錫山同學弟劉恒震修”[①]序：“鳳雛葉子，心醉遏雲之曲，目成回雪之容，與迎風動影情事迥别。然而來兮飛燕，去兮驚鴻，未能葉葉相當，花花相對，因之躅慮成端，沒情多緒，試探彩筆，遂滿香箋”諸句，已可略知其事涉曖昧。陳維崧[滿江紅]（易識君家）詞序曰：“……九來向與余邑某氏歌姬有目成之約，曾爲作《花信詩》。今某家歌舞久散，此姬亦入道多年矣。”[念奴嬌]（賣餳天氣）詞序亦曰：“春日玉峰葉九來招飲半繭園……九來向與吾邑某氏歌姬有目成之約，今此姬已屬他人，故及之。”[②]其實，在撰《花信詩》之後不久，奕苞已經另有所愛。《花信詩》載其友方禮（字幔亭）撰唱和詩兩首，次首後四句爲：“精衛永填滄海石，斗牛遙掛碧天槎。而今恐有人先渡，桃葉空期水一涯。”注曰：“鳳雛另納姬人，故有是句。”似有微詞隱含其中，看來並非如陳維崧所云這麼簡單。《花信詩》作于“辛丑春”（小序），時在清順治十八年（1661）。陳維崧與徐懋曙爲同縣友人，其懷念徐映薇的詩注亦有“聞湘月已黃帔入道”之說，故此處所云“九來向與吾邑某氏歌姬有目成之約”，極有可能是指徐氏家姬。由此亦可推測葉奕苞與徐暎薇戲劇交遊的大致時間，即順治末、康熙初[③]，這與葛芝《葉九來攜伎過從吾館奏樂歌》所反映的葉氏戲曲創作時間也是基本一致的。[④]

另《經鋤堂集唐人句》尚有《題朱珩璧雲津堂》，詩題注曰：

---

① 劉恒即劉雷恒（1623—?），字震修，無錫人，康熙十九年吳縣貢生；《花信詩》中另有“劉霖恒沛元”爲其弟（1629—1698），文采風流，並稱“二劉”，參趙國璋主編《江蘇藝文志·無錫卷》，南京，江蘇人民出版社1995年出版，第316、325頁。

② 程千帆主編《全清詞》，北京，中華書局2002年出版，第4034、4111頁。

③ 徐懋曙生於明萬曆二十八年（1600）七月十一日，清康熙九年（1670）前已經去世。詳參拙稿《清初戲曲家徐懋曙事蹟考略》。

④ 以上一段發表時被刪去——補注。

“堂中蓄歌姬十餘輩,近皆散遣。”亦涉及一家樂戲班。《歸莊集》卷三有《朱珩璧六十壽序》,自注:“代吴梅村司成。”故此序是以吴偉業口吻行文:“吾聞朱君居莫釐之麓,有園亭花木之勝,特建高樓,名之曰縹緲,以望西山。崇禎末,以才人舉,嘗登金門、上玉堂;頃之,以時方多難,遂遁蹟山中。於是擁東山之姬侍,羅後堂之絲竹,曼睩盛鬋,遝進於前;激楚陽阿,不絶於耳。”[①]朱珩璧生於明萬曆二十八年(1601)[②],爲蘇州洞庭東山人,明崇禎十三年八月至十四年六月,吴偉業官南京國子監司業[③],時珩璧爲“太學上舍”即國子監生。

朱珩璧、趙經達《歸玄恭先生年譜》和馮、葉兩先生《吴梅村年譜》均未詳其人。今從乾隆初年東山人氏吴定璋(1679—1750)所輯《七十二峰足徵集》中,查得其名及事蹟簡況。該書《東山朱氏合編》朱必振傳云:

> 朱必振,字仲玉,恂恂儒雅,出言有章……伊弟必掄,字珩璧,性豪華,喜聲色。其居傍湖,迎笠澤之洪濤,面西山之縹緲,有樓矗然在蒼翠間,曰縹緲樓。嘗妙選名姝,歌舞其中。花晨月夕,亦與諸名士張樂游觀,出家姬佐酒,如西園雅集故事。既病,猶令人掖以登樓,四望雲山,潸焉出涕,酹酒丈人峰石,揖而别之。後吴梅村先生過其地,爲詩以吊焉。蓋仲玉、珩璧之好尚雖殊,而風流自命,依然伯仲,未可以詩闕而不爲之傳也。[④]

“足徵集”選朱必振詩作五首,其三爲《家園歌女演劇諸公贈詩屏

① [清]歸莊《歸莊集》,上海古籍出版社 1984 年出版,第 246—247 頁。

② 《朱珩璧六十壽序》:“洞庭朱君珩璧,以上章困敦之歲,年登六十,人日爲其攬揆之辰。”上章困敦指庚子,即順治十七年(1660)。

③ 馮其庸、葉君遠《吴梅村年譜》,南京,江蘇古籍出版社 1990 年出版,第 101、110 頁。

④ [清]吴定璋《七十二峰足徵集》卷二六,乾隆十年(1745)依緑園刻本。

障答和》，足見其兄弟的確"風流自命，依然伯仲"。

查吳偉業詩歌，有《過東山朱氏畫樓有感》五律，詩序曰：

東洞庭以山後爲尤勝，有碧山里，朱君築樓教其家姬歌舞。君每歸自湖中，不半里，令從者擫船屋作鐵笛數弄，家人聞之皆出。樓西有赤欄杆累丈餘，諸姬十二人，豔妝凝睇，指點歸舟于烟波杳靄間。既至，即洞簫鉫鼓，諧笑並作，見者初不類人世也。君以布衣畜伎，晚而有指索其所愛者，以是不樂，遣去，無何竟卒。余偶以春日過其里……客爲余言，君生平愛花，病困，猶扶而瀝酒，再拜致别。諸伎中有紫雲者，爲感其意，至今守志不嫁。嗟乎！由此足以得君之爲人矣。[①]

研究明清家樂戲班的學者，是陸蕚庭先生最先注意過此詩序，他將之視爲"明末"有代表性的女樂之一，只是未詳其人，僅以"洞庭東山朱氏女樂"代稱[②]。但是，當我們將《過東山朱氏畫樓有感》與上引葉詩、壽序、小傳等有關史料對讀時，一切便豁然明朗了：東山朱氏即朱必掄[③]，畫樓即縹緲樓[④]，吳詩寫於康熙六年(1667)三月[⑤]，則屬清初家班甚明。此詩有助於進一步了解朱氏

① [清]吳偉業《吳梅村全集》卷十四，上海古籍出版社 1990 年出版，第 387—388 頁。

② 陸蕚庭《昆劇演出史稿》，上海文藝出版社 1980 年出版，第 162—163 頁。

③ 胡忌、劉致中《崑劇發展史》在論述"明末"家班時，也提及"洞庭東山朱必掄家女樂"，見中國戲劇出版社 1989 年版，第 194 頁。惟其僅舉吳偉業《過東山朱氏畫樓有感》爲例，實不知其考證過程。

④ 舊址在東山朱巷，乾隆時爲王金增所購，擴充爲壑舟園，今已廢。參《太湖備考》卷六、《蘇州詞典》第 719 頁(蘇州大學出版社 1999 年出版)。

⑤ 吳偉業在順治、康熙之際，僅兩游蘇州太湖洞庭東、西山，一在順治十六年(1659)，一在康熙六年(1667)，兩者皆爲春季，參《吳梅村年譜》第 378、467 頁。但由歸莊代撰《朱珩璧六十壽序》說明朱氏在順治十七年尚存，足證此詩寫作時間。

家班:其一,其家班演員爲 12 人[①],朱必掄自爲教師;其二,朱家藝伶生活優裕,頗得善待,故必掄死後尚受愛戴;其三,由吳詩尾聯"傷心闕盼盼,又是一年春"推論,朱氏可能就死於康熙五年(1666)春,享年約 67 歲。奕苞既云"雲津堂"家伶"近皆散遣"而又未及堂主去世之事,故葉詩當寫於康熙三、四年之間。

考述葉奕苞觀戲賞姬之事,既有助於了解他作爲戲曲家的行爲活動,亦反映出清初文人的生活狀態。這令人想起其師葛芝《紀年前録序》中所說的一段話:

> 自余作此録畢而喟然曰:嗚呼! 此四十年之間,天下之興廢、一身之盛衰繫之矣。方余五六歲時,家門顯盛,群從赫奕,相與爲竹馬蠟鳳之戲,甚樂也。是時天下太平,萬里之内不見兵革,窮谷之老抱子弄孫以自娱,抑何休與? 迨余十五六歲時,東西屢用兵矣,然中原幅員尚完,赤眉銅馬之流尚未盛也。吾輩同學少年,溯南皮之游,仿金谷之集,選伎征歌、采蘭贈芍以爲樂,見者以爲有承平公子之風焉。至二十以後,四海之内,烽烟極目;即大江以南,民幾荷擔而立。吾輩雖時時賦詩飲酒,不勝感時濺淚之悲矣。嗚呼,若壯年以來,天下事尚忍言哉! 至於今一紀,碧雞金馬,渺爾徒聞;白鶴青鷹,翻然滿望。一二衣冠遺族,坐卧一車之中,或時爲阮籍之歎、唐衢之哭而已,不亦悲乎![②]

《紀年前録》是葛芝在 40 歲時自撰年譜,約寫于清順治十四年

---

① 陸萼庭《崑劇演出史稿》第 163 頁認爲吳偉業云朱氏家姬 12 人"似取古來十二金釵之説",所解略嫌其深。其實此數極可能如實反映了其家班的角色組織。晚明王驥德《曲律》卷三《論部色》:"今之南戲,則有正生、貼生(或小生)、正旦、貼旦、老旦、小旦、外、末、淨、丑(即中淨)、小丑(即小淨),共十二人,或十一人。"可參。胡忌、劉致中《崑劇發展史》第 194 頁便是以此爲例來證明"一部有比較完備組織的家班女樂,一般由十二人左右組成"。

② [清]葛芝《卧龍山人集》卷九。

(1657),今已不存;但是他對包括自己在内的明季士人頹風陋習的沉痛反思,卻連自己的弟子都未被觸動;即便是衣冠遺族,在所謂阮籍歎、唐衢哭越來越微弱的同時,選伎徵歌、採蘭贈芍以爲樂卻始終没有衰歇。當然,這其中既有娱親遣興或醉生夢死的一面,亦有寄寓滄桑和感慨興亡的一面,只是比例、成分的不同會因人而異。奕苞《集鄰園觀劇,戲題長句呈徐暎薇先生》第四首所謂"追歡行樂慣逢場,其奈中年易感傷"①,則是將纏綿燕婉與唏嘘慷慨結合於一身了。

四、《經鋤堂集》禁毁及其他

葉奕苞傳世著述甚富,僅集部書便有《經鋤堂詩稿》八卷,《詩餘》、《集唐人句》、《雜著》各一卷,《文稿》六卷,《樂府》四卷(即雜劇四種),《倡和詩》、《花信詩》、《北上録》各一卷(《花信詩》、《北上録》亦爲唱和之作)②。但是有關作品流傳極稀,其主要原因何在呢。

由黄裳先生曾在《筆禍史談叢》一書中言及《經鉏堂文稿雜著》,提醒筆者查找了《清代禁毁書目》。該書在著録"安撫部院閔"奏繳禁書16種内,有"《經鋤堂集》崑山葉奕苞著",理由是"荒誕悖逆,語多狂吠"③。"安撫部院閔"指的是乾隆時任安徽巡撫的閔鶚元(四十一年至四十五年任),清廷於"乾隆四十五年七月初八奏准"④,從此《經鋤堂集》遭禁。但是,黄裳先生因爲"未見"該集"詩稿八卷,雜詩及詩餘五種",只是根據自己所藏之"一

---

① [清]葉奕苞《經鋤堂詩稿》卷四,康熙刻本。

② 李靈年、楊忠主編《清人别集總目》,合肥,安徽教育出版社2000年出版,第315頁。

③ [清]姚覲元輯《清代禁毁書目》,北京,商務印書館1957年出版,第324至325頁。

④ 雷夢辰《清代各省禁書彙考》,北京圖書館出版社1989年出版,第132頁。

冊雜著、文稿看,内容多半是考訂金石舊史之作,看不出有什麽違礙之處,不知何以竟得到'荒誕悖逆,語多狂吠'的評語而列入禁書"[①]。由此來看,黄先生將《經鉏堂文稿雜著》作爲"清代的禁書"之一種予以介紹[②],恐怕不是非常妥當的,因爲清廷禁毁的是整部《經鋤堂集》而非僅是其中的雜著和文稿。此雜著、文稿固然珍稀,連《中國古籍善本書目·集部》均無著録,但如果未見《經鋤堂集》主幹部分,似可不必在"筆禍史"著作中予以評説。

其實,在篇幅不算大的《經鋤堂集》中,觸忌犯禁之處真不在少數。如卷三《崇禎皇帝挽歌詞甲申五月》,主旨在緬懷先帝聖德、抨擊庸臣誤國;同卷《寓蕭山韓氏》,後四句爲"故國春風恨,他鄉夜雨愁。最憐逢驛使,烽火逼蘇州",當寫於清軍下蘇州前夕(其後是《哭長兄水修》,因有"吾父遠仍阻,家書久不傳"之句,可知約寫于順治二年春夏之際),表達了對輿圖换稿的憤懣憂傷。卷二《文果十笏庵拜觀崇禎皇帝御書》,記崇禎帝爲文震亨(1585—1645)手書詩聯,文氏"擎歸邸舍賓朋羨,掛向山堂魑魅驚"。鼎革時震亨自盡,其子文果(1631—?)負之逃亡:"一自蘇臺走麋鹿,十口伶仃身竄逐。可憐車廏廢平津,何有牙籤與玉軸。蒙恩感激負之趨,百死一生少坦途。與君拜觀疑在夢,摩挲雙眼淚俱枯。"對清軍陷蘇導致世家毁滅的憂憤感傷,對先朝君恩的深情緬懷,都是不難感受到的。同卷《秋夜雨》分四節,各以"秋夜雨"疊句起興,第一節似指抗清義旅隱匿太湖:"陣雲高結蔽東吳,殺氣遠纏亙南楚,蘆中固有不羈士,天涯半屬思歸旅";後三節是描述兵燹戰亂和苛税重賦對人民的傷害:"白田浩淼秧未齊,硃筆縱横便輸賦,可憐十室九室空,荒涼新被兵過處","大江此日血漂鹵……升米湧騰五十五"。凡此,流露了對抗清義士的同情、

① 黄裳《黄裳文集》第三冊,上海書店出版社 1998 年出版,第 681 頁。

② 《筆禍史談叢》介紹該書内容爲:雜著兩種不分卷,是《半繭園十叟圖詩》和《醉鄉從事圖傳》,均有自序,左圖右文;《金石小箋》二卷;"文稿"不分卷;最後爲"附集",收録陳維崧、姜宸英、施閏章、葛芝、歸莊、彭士望、徐開任、李良年、顧苓、魏禧等人爲其園林中的園、堂、軒、閣所撰記文。

揭露了新朝統治的嚴酷。由前二首《白或如彈琵琶》寫於"戊戌五月十二日",即順治十五年(1658)夏,可以推知《秋夜雨》當作于順治末年奏銷案發生前。

最爲觸目的是卷二"七言古詩"《悲哉行》。據詩序,其創作起因是:順治十二年"乙未九月二日,常熟陳丈崑良過繭園,酒半譚甲申三月北都事甚悉,且曰:'悲哉,南狩之不果也。'因記張尚書召對一事,作《悲哉行》。"全詩以"日落荒城照古寺,柴門欲闔客始至。西鄰濁酒東園蔬,促膝篝燈共揚觶。感今追昔甫銷魂,搔首停杯更裂眥"開篇,詳細記述了常熟陳璧(1605—?,字崑良)在崇禎十七年以兵部司務效力京城,當李自成兵臨城下時,曾建言兵部尚書張國維將朝廷南遷而不果,隨即城陷而陳璧潛逃出京:

> 北望號呼烈帝魂,南歸願睹中興瑞。誰知阮馬復登壟,江左不得如晉季。嗚呼靈武即位古何人,南渡臨安豈百二?猶然河北有賢豪,何況金甌尚完備。禎皇求治本聖明,心膂股肱半攜貳。天乎不祚又何尤?玉兔金烏走如駛。庭中草已十回青,白髪鬖鬖亦可畏。不覺添燈話自長,樽前空落興亡淚。

結尾諸句,雖然假借陳璧口吻爲辭,但亦强烈地表達了作者自己的黍離之悲、滄桑之感。陳璧詩作,今存有古風《飲葉工部白泉繭園,譚及甲申事,白泉公子九來即席作長歌以記其事,聊賦短句答之》,結尾四句爲:"嗚呼野老空悲傷,得君詩史垂嶽瀆。天壤倘有采詩人,請獻君詩作實録。"學者或認爲作于順治十三年初春[①],然將陳詩首句"江頭十載吞聲哭"與葉詩"庭中草已十回青"對讀,似當撰于順治十一年;而《經鋤堂詩集》所收此詩小序則明確指出寫於"乙未九月二日",即順治十二年(1655)深秋。

葉奕苞《悲哉行》在當時就影響頗大,順治十五年(1658)已收入明遺民太倉陳瑚(1613—1675)所輯《離憂集》(今存《峭帆樓

① 江村、瞿冕良《陳璧詩文殘稿箋證》,上海古籍出版社 1984 年出版,第 109 頁。

叢書》本)[①]。值得注意的是,兩者文字頗有出入。《離憂集》本不僅在"何況金甌尚完備"後多出"未嘗一日愁土崩,忽焉瓦解天如醉"兩句,而且凡是《經鋤堂集》本三處"懷宗"、一處"禎皇",均為"先帝"和"先皇",由此可見《悲哉行》原貌和作者收入別集時的修改。但是這些對崇禎皇帝稱謂上的改動和對惋惜先朝覆亡詩句的删節,絲毫不能掩抑眷念故國、期冀恢復的情感傾向。所以陳璧"九來即席作長歌以記其事"詩中,有"感君同是歲寒人,把酒相看淚相續。我歸腸斷不成聲,君自悲歌夜擊築。廟謨顛倒天地荒,髪豎目眥揮穎秃"等句,既描寫出葉奕苞當時奮筆賦詩之時的憤激的心態和神態,亦表現了陳璧這位堅貞遺民將葉奕苞引為"歲寒"同調的明確態度。

上述諸詩,詩、史結合,是記載清初史實的極好作品。但由於本集的罕見流傳,故現當代學者所撰《清詩紀事初編》、《清詩紀事》和《清人詩集敘録》等書皆未見徵引。拙文之所以不憚其冗地詳加過録,不僅是想説明它們被清朝統治者視為"荒誕悖逆,語多狂吠"應屬當之無愧的評價,而且試圖借此提供一個理解其戲劇創作的個人思想背景,因為他的戲劇創作和戲劇活動可能就是開始于順治末年的。此外,結合這些詩作和其他資料,探求葉奕苞的遺民傾向是怎樣隨着時間的推移而逐漸淡化的思想軌蹟,對於研究清初文學也應當是具有一定意義的學術努力。

葉奕苞這種無意新朝、澹泊功名的處世態度,一直持續到康熙初年。葛芝《經鋤堂詩集序》云:"九來……十餘年來,以試事三至金陵。同行諸生簡練揣摩,期得一當,九來視之若無有也。方上雨花臺,問桃葉渡,吊晉代之衣冠,悲故宫之花草。"[②]此序約撰於康熙二年(1663)[③],可見此前葉奕苞雖然三赴南京

① 江村、瞿冕良《陳璧詩文殘稿箋證》,第200頁。

② [清]葛芝《臥龍山人集》卷八。

③ 序中云"子之兄捐骨中野者幾二十年",奕苞兄奕荃卒于順治二年(1645)。補注:撰於康熙二年之説不確。錢謙益順治十八年十二月撰《經鋤堂詩序》言及"葉子九來以近刻詩見貽……呼、葛二子之序庶幾似之"(呼指呼谷),可知葛芝序言亦撰于當年。

應舉人試,卻功名之心非殷,而於吊挽明代遺蹟、緬懷故國勝地則用力甚勤。作爲"富貴吾所自有"的"游閑公子"[①],奕苞不汲汲於新朝的科舉,除了對於功名富貴生性就較爲澹泊之外,與其具有一定的遺民意識亦不無關係,畢竟其父受明祿而爲遺民,畢竟其兄因鼎革而死戰亂。但是到了康熙十五年(1676),在他爲友人朱用純五十初度撰[水龍吟]詞相賀時,思想已經有所變化:

> 算來三十餘年,惟君閑卻持螯手。幾回俯仰,石言星隕[②],乾坤如舊。衮衮輕肥,少年同學,舒眉伸首。獨棲遲不改,簞瓢陋巷,人堪得,其憂否。　姓氏高於南斗。論年華,日之方晝。屈伸至理,他時得意,風雲馳走。且共偷閒,良朋高弟,勸酬春酒。又何須執著,是非今昨,固辭稱壽。[③]

詞中固然對朱用純入清以來能固窮守節、堅貞無悔十分欽佩,但是面對烈士死難(如用純之父集璜)卻無法阻擋新朝定鼎,識時務者大多飛黄騰達的社會現實,奕苞由衷地希望好友能看淡是非、隨順時世、一展才華、人生得意。

正是因爲有了這樣的思想基礎,奕苞後來出應宏博之試就不足爲奇了,雖然其於赴試十分勉强,其對落選亦十分坦然[④]。但與朱用純聞聽奕苞堂兄葉方恒(1615—1682)要薦舉自己參試

---

① [清]陳維崧《葉九來詩集序》,《湖海樓全集·文集》卷二,乾隆刻本。

② "石言"或應爲"石坼",古人常將石坼、星隕兩者連用,以喻賢哲名儒去世。石言指神靈憑附石頭說話,于此難解。

③ [清]葉奕苞《經鋤堂詩餘》,《經鋤堂全集》,康熙刻本。

④ [清]施閏章《春及軒記》:"去年夏秋間,以博學宏詞征,有司敦迫切峻,單車詣闕,逾冬涉春,逡巡待明詔,(九來)乃南望歎曰:'春已過半,逐逐無所底,安能舍吾軒、蕪吾田而塵壒處乎?旦暮不歸,吾病矣!'"《施愚山集》文集卷十二,合肥,黄山書社1992年出版,第246頁。

宏博,立刻託人嚴詞拒絶,甚有以死自誓之意相比[①],兩人還是有很大差别的。

葉奕苞康熙十八年舉宏博見擯,李集《鶴征録》卷七云是爲其堂兄葉方藹(1629—1682)“所忌,並試卷匿之”。現當代學者葉德輝、鄧長風均力辯其非[②],但是權威史書中有關此事的記載,卻未見徵引:

> 康熙十八年,舉博學鴻儒,試畢,閣臣以卷進呈。上顧杜立德、馮溥、葉方藹等曰:“此外豈無漏珊瑚之網者乎?”於是馮溥以吳農祥、徐林鴻、徐咸清、王嗣槐對,杜立德以白夢鼐、施清、高向臺對;葉方藹以奕苞對,且曰:“渠,臣從弟也。”上不懌,乃俱放歸。[③]

看來,時任翰林院掌院、會試副主考的葉方藹,不僅沒有匿卷不呈之舉,似乎還想事後乘機提名增補。不料因爲一言不當,惹得龍顔不悦,使得補漏不成,並一齊打發回家。只是在現存奕苞詩作中,沒有一首與方藹詩是寫於此際前後的,兩兄弟之間似乎已有什麼過結,作爲外人和後人已經很難弄清究竟了。尤其是奕苞分别撰於康熙十八年(1679)三月“懷歸頗切”的《憶鶴》和四月“時將南還”的《後憶鶴》(合之爲《北上録》),共收入在京友人46人的唱和詩,卻未見其堂兄葉方藹的大名;而且在方藹《讀書齋偶存稿》四卷中,亦無一首與“九來弟”贈别懷感唱和之作,實在都是意味深長的事情。鄧長風先生以《經鋤堂詩集》卷九的“倡和詩”中還收入了兩人的唱和之作,來證明並沒有“兄弟失和”之事[④],其實這並不能説明康熙十八年前後兩人關係如何。因爲據該組唱和詩奕苞“壬寅秋”自序,唱和起因於“今年春,訒庵兄里

① [清]朱用純《與陶康令》,《柏廬外集》卷一。

② 鄧長風《明清戲曲家考略》第285頁、《三編》第115至116頁。

③ 《清史列傳》第18册,第5795—5796頁。

④ 鄧長風《明清戲曲家考略三編》,第116頁。

居無事,好爲詩歌,於元日得七言長句四首,苞屬而和之”。壬寅此處指康熙元年(1662),葉方藹正因“奏銷”案中欠銀一厘而革職家居。時傳“探花不值一文錢”之謡,咏的便是這位順治十六年一甲第三名進士。

(原載《文學遺産》2007年第3期,第一節文字爲新補)

《古今圖書集成》版本研究

曹紅軍

摘要:《古今圖書集成》的實際編纂者是陳夢雷,而非蔣廷錫,久已爲學界所共知。在該書的印刷過程中陳夢雷主持印刷了絶大部分内容,後期主持者蔣廷錫所印刷部分不足全書的4%。蔣廷錫對陳夢雷所印部分進行了審核校改,其校改方式爲"挖補鈐蓋",這因此成爲《古今圖書集成》一書中普遍存在的版本特徵。相對於全書的文字總量來說,蔣廷錫所校改文字量極爲有限,因此今本《古今圖書集成》基本仍是陳夢雷所編原貌。《古今圖書集成》的實際成書數量爲64部,相關文獻記載中的數字差異正是《古今圖書集成》成書過程和蔣廷錫工作步驟的真實反映。印刷《古今圖書集成》的銅活字是刊刻而非鑄造,其活字數量以20餘萬字左右較爲合理,清内府銅活字應該只有這一套。

關鍵詞:《古今圖書集成》　陳夢雷　蔣廷錫　銅活字

《古今圖書集成》的編纂、印刷研究一直是學界關注較多的一個問題,自19世紀20年代至今,研究論文不斷。經過幾代學者的共同努力,其編纂、成書過程已基本形成共識。

《古今圖書集成》的實際編纂人是陳夢雷,並不是書中列名的蔣廷錫。陳夢雷字則震,又字省齋,福建閩縣人。順治七年(1650)生,康熙九年(1670)舉進士,爲庶起士,十一年(1672)授翰林院編修。靖南王耿精忠發動"三藩之亂"時,陳夢雷正請假在原籍老家休假。他被耿精忠脅授官職,托病稽延不就。暗地裏與當時也在家居住的同年安溪人李光地共謀,派人用蠟丸向朝廷呈送情報。三藩之亂平復後,李光地因呈送蠟丸情報而受獎升官。李隱瞞了陳夢雷參與密謀蠟丸情報之事,陳被以從逆的嫌疑治罪。康熙十九年(1680)陳夢雷入獄,二十年

(1681)被判問斬。陳悲憤至極,寫下了著名的《與李厚庵絶交書》,轟動士林。後得李光地政敵徐乾學爲陳出頭,在代李所作奏章中委婉地將事實説明,康熙諭旨減刑免死,於二十一年(1682)流放瀋陽尚陽堡。陳夢雷學識淵博,在戍所十餘年,關外達官顯宦子弟多從他就學,聲譽日隆。康熙三十七年(1698),玄燁東巡奉天,陳夢雷獻詩稱旨,被特赦召回北京,在西苑侍三王子允祉讀書。回京後的陳夢雷雖無官職,但頗得皇帝的關懷和允祉的敬重。康熙帝曾三次賜給他御書,其中有對聯云:"松高枝葉茂,鶴老羽毛新。"陳夢雷遂以"松鶴老人"自號,名自己的詩文集爲《松鶴山房詩文集》。爲報答帝王知遇之恩,陳夢雷自康熙四十年(1701)起潛心編輯一部大類書,歷時五年,初稿編成,名曰《彙編》。其《松鶴山房文集》卷二中收有一篇《進〈彙編〉啓》,對該書的編輯起因、過程及規模交待甚詳。"不揣蚊力負山,遂以一人獨肩斯任。謹於康熙四十年(1701)十月爲始,領銀雇人繕寫。蒙我王爺殿下頒發協一堂所藏鴻編,合之雷家經、史、子、集,約計一萬五千餘卷,至此四十五年(1706)四月内書得告成。"[①]可證《彙編》初稿是陳夢雷獨力完成的。此後陳夢雷花了很長一段時間對該書進行校正整理,康熙五十五年(1716)將目録、凡例謄清一冊上呈,玄燁閱後賜名《古今圖書集成》。認爲該書仍需校改增益,命開館編輯,由允祉、陳夢雷帶領80名相關人員專司其事。

康熙六十一年(1722)十一月十三日康熙帝去世,二十日雍正帝登極。陳夢雷所依附的三皇子誠親王允祉因參與爭奪皇權受到嚴辭斥責,"與阿其那、塞思黑、胤禵交相黨附。其子弘晟兇頑狂縱,助父爲罪",[②]被革爵禁錮。陳夢雷也以"招搖無忌,不法

---

① 裴芹《〈古今圖書集成〉研究》,北京:北京圖書館出版社,2001年版,第30頁。

② 趙爾巽等《清史稿》,北京:中華書局,1977年版,第9068—9069頁(列傳七·諸王六)。

甚多"[①]的罪名,再次被謫戍塞外。但尚未完成的《古今圖書集成》並未廢棄,雍正命蔣廷錫爲總纂,組織相關人員重新加以整理。蔣廷錫(1669—1732),字楊孫,號酉君,又號南沙,江蘇常熟人。康熙四十二年(1703)進士,雍正間累遷禮部侍郎,充《聖祖實録》總裁,官至文華殿大學士。擅畫工詩。在他的帶領下,至雍正四年(1726),銅活字排印《古今圖書集成》工程全部結束。正式印成的《古今圖書集成》不見編者姓名,僅署"經筵講官戶部尚書臣蔣廷錫等奉敕恭校"字樣。卷首冠雍正皇帝御制序文,稱:"(聖祖)乃命廣羅群籍,分門別類,統爲一書。成冊府之鉅觀,極圖書之大備。而卷帙豪富,任事之臣費克衹承,既多訛謬,每有缺遺,歷經歲時,久而未就。朕紹登大寶,思繼先志。特命尚書蔣廷錫等董司其事,督率在館諸臣重加編校。"[②]將編纂《古今圖書集成》說成是康熙的想法,陳夢雷二十年來爲該書所付出的心血被一筆抹煞。全書共六編三十二典,千一百零九部,一萬卷,目録四十卷。

以上關於《古今圖書集成》編纂原委在陳夢雷的《進〈彙編〉啓》、萬國鼎先生的《〈古今圖書集成〉考略》(《圖書館學季刊》第2卷第2期,1928年)、胡道靜《〈古今圖書集成〉的情況、特點及其作用》(《圖書館》1962年1期)、楊玉良《〈古今圖書集成〉考證拾零》(《故宮博物院院刊》1985年1期)等文中闡述得十分清楚,本文只介紹其梗概。雍正皇帝出於政治鬥爭的需要,掩蓋了陳夢雷等人編纂《古今圖書集成》的真相,但存世的有關檔案史料,爲澄清問題提供了依據。經對相關資料進行研究分析,筆者覺得在《古今圖書集成》的後期刷印、蔣廷錫的重加編校、《古今圖書集成》刷印部數等具體環節上,尚有若干問題值得探討,有作進一步補充和考證的必要。

---

① 陶湘《故宮殿本書庫現存目》,民國22年(1933)故宮博物院鉛印本,中冊,類書,第2頁。

② 《〈古今圖書集成〉研究》第162頁,《古今圖書集成·序》注譯。

一、今本《古今圖書集成》與陳夢雷原本之間的差異

前文已述,我們今天所看到的銅活字本《古今圖書集成》是在蔣廷錫主持下完工的。由於陳夢雷的原本已不存在,兩者之間究竟有何差異,無法進行直接比對,只能從相關史料的分析中判斷其大略情形。

1. 銅活字的排印時間與陳夢雷的印刷工作

銅活字排印《古今圖書集成》的工作究竟開始於何時?現行各版本學和印刷史著作大都認爲是雍正年間。如李致忠先生《歷代刻書考述》稱:"陳夢雷爲了使《古今圖書集成》最終能夠印行,就曾計劃鑄造銅活字,準備排印。這時康熙駕崩,雍正即位,到雍正三年(1725),便鑄造了這套銅活字開始擺印《古今圖書集成》。"[①]潘吉星先生在《中國金屬活字印刷技術史》中說:"皇四子胤禛與胤祉等爭奪帝位取勝後即位,改元雍正(1723—1735),是爲清世宗。他將胤祉詞臣陳夢雷逐出,命蔣廷錫(1669—1732)對陳夢雷書稿重編,雍正四年(1726)完成,六年(1728)由武英殿修書處以內府銅活字排印66部,名爲《欽定古今圖書集成》。"[②]張秀民先生在《清代的銅活字》一文中亦說:"(雍正帝)把陳夢雷多年的苦心一筆抹煞,並改名爲《欽定古今圖書集成》,分成一萬卷,目録四十卷。於雍正四年用銅活字擺印了66部,每部5020冊。"[③]上述三家之說雖於印書年代上有所出入,但其基本意思是清楚的,即《古今圖書集成》是在雍正初年始用銅活字來排印的。這種說法影響較大,近年出版之《活字本》亦稱該書"雍正三年

① 李致忠《歷代刻書考述》,成都:巴蜀書社,1990年版,第303頁。

② 潘吉星《中國金屬活字印刷技術史》,瀋陽:遼寧科學技術出版社,2001年版,第94頁。

③ 張秀民《清代的銅活字》,《張秀民印刷史論文集》,北京:印刷工業出版社,1988年版,第251頁。

(1725)完成初稿,次年初世宗御制序文,於雍正四年(1726)以銅活字排印成書。"[①]以相關史料與之相印证,其實際情形與此頗有出入。

《四庫全書總目》經部易類收有陳夢雷所著《周易淺述》八卷,書目下有陳氏傳記一則,"夢雷字省齋,閩縣人。……官翰林院編修,緣事謫戍,後蒙恩召還,校正銅板。復緣事謫戍,卒於戍所"。[②] 雖寥寥數句,然點明了一個事實,即陳夢雷兩次謫戍之間在北京所做的主要事情是"校正銅板"。四庫館臣們距陳夢雷的時代不遠,所言當有所據,可能陳夢雷用銅活字排印《古今圖書集成》是當時大家所熟知的一個史實。從今本《古今圖書集成》的避諱情況看,其結果亦與此若合符節。今本《集成》中對康熙皇帝名字的避諱較嚴,不僅"玄"字一律諱作"元",即從"玄"之合體字,如鉉、炫、玹、眩、泫、痃等皆作缺筆處理。而對雍正皇帝的名諱,只將"胤"字諱作"引",而對從"真"之字大多未作缺筆處理。這說明印刷《古今圖書集成》的銅活字在製作時已考慮到對康熙名字的避諱,雍正名諱則未作考慮。所以銅活字的製作和開始印刷應該都是康熙年間的事。今本《古今圖書集成》中的雍正諱字,應該是蔣廷錫到館所爲。"胤"字用得不多,故一一作了處理,從"真"之字太多,就只好從寬了。

《古今圖書集成》的銅活字製作於何時?何時開始印刷?史無明文。考陳夢雷康熙四十五年《進〈彙編〉啓》稱:"恭請御制序文,冠於書首,發付梓人刊刻。"[③]可見他最初的想法是希望此書能刊刻印行的。康熙五十二年(1713)陳夢雷曾用銅活字排印了他的《松鶴山房文集》二十卷、《松鶴山房詩集》九卷,這很可能是跟《古今圖書集成》的排印大有關聯的一個舉動。因爲用銅活字

① 徐憶農《活字本》,南京:江蘇古籍出版社,2002年版,第139—140頁。

② [清]永瑢等《四庫全書總目》,北京:中華書局,1965年版,1983年第3次印刷,第39頁。

③ 《〈古今圖書集成〉研究》第30頁。

排印上萬卷的鉅著是史無前例的事,任何一個主事者都不可能不慎重考慮。《松鶴山房文集》、《松鶴山房詩集》的卷數、字數都不多,正是一個理想的試驗對象。先用銅活字來試印一下自己的詩集,也正反映了陳夢雷的謹慎小心之處。有論者指出,排印《詩集》的銅活字與《集成》的銅活字字型不一致,《詩集》雖爲宋體字,但筆劃較粗,略近顔體;《集成》則爲横輕竪重的標準方體宋字①。筆者以爲,字型的大小並不妨礙陳夢雷檢測銅活字印刷的效果,很可能正是覺得《詩集》的字體尚有欠缺,才選擇了《集成》最後的字體。至少在康熙五十二年(1713),陳夢雷已對銅活字印刷有了非常明確具體的認識,其時應已確定用銅活字來排印《古今圖書集成》。

清《内務府檔案・硃批諭旨奏摺・文教圖書類》雍正元年(1723)正月二十七日蔣廷錫、陳邦彦奏摺中有"查康熙五十九年(1720)奉先帝諭旨,《古今圖書集成》刷印六十部"②之語,雍正三年(1725)十二月蔣廷錫的另一奏摺中還提及"查康熙五十八年(1719)四月,誠親王摺奏《古今圖書集成》館纂校人員,經署包衣昂邦事海張等議奏,有書完之日比尋常修書之人加等分議"③等語。這説明至康熙五十八年(1719)四月,《古今圖書集成》的編纂工作已接近完成,所以才有誠親王摺奏請賞事。康熙五十九年(1720),康熙帝既對印刷的數量作出具體指示,説明其時所有書籍編纂、銅活字製作、印刷紙張諸事都已準備停當,只待印刷。所以《古今圖書集成》的正式印刷時間應該是在康熙五十九年(1720)初。自康熙五十九(1720)至六十一年(1722),近三年的

---

① 張秀民《清代的銅活字》,《張秀民印刷史論文集》第250頁。張先生未見《松鶴山房文集》,其實《文集》、《詩集》均爲銅活字排印,今南京圖書館有藏。

② 楊玉良《〈古今圖書集成〉考證拾零》,《故宫博物院院刊》,1985年1期,第33頁。

③ 楊玉良《〈古今圖書集成〉考證拾零》,《故宫博物院院刊》,1985年1期,第33頁。

時間裏,陳夢雷等人的工作就是排版刷印《古今圖書集成》。

截止至康熙六十一年(1722)底再次被貶,陳夢雷等人的工作究竟進行到什麼程度呢? 接替陳夢雷的蔣廷錫在雍正元年(1723)正月初八日到館後,對陳夢雷的印刷成品通部按卷一一作了清點,其正月二十七日奏摺稱,"查得《古今圖書集成》共一萬卷,已刷過九千六百二十一卷,未刷者三百七十九卷。"①這是一個非常具體的數字,筆者經過計算,陳夢雷在不到三年的時間內排版刷印了 9621 卷,已完成了全書的 96.21%。平均每月至少印刷 267 卷以上。也就是說,再給陳夢雷一個月多一點的時間,全書的排版印刷工作就可全部結束。傾注二十多年心血苦心經營的一項浩大工程眼看就可完工,而突遇非常之變,爲山九仞,功虧一簣,陳夢雷的時運可謂不濟之極,至今思之,尤令人扼腕長歎。

2. 關於蔣廷錫的工作

雍正元年(1723)正月初五日,雍正帝在給蔣廷錫的諭旨中說:"《古今圖書集成》皇考費數十年心力方成是書,今刷印校對之工尚有未完,特派爾爲正總裁,陳邦彥爲副總裁。爾等務期竭心盡力,將通部重行校看,凡訛錯字句及有應删應添之處,必逐一改正,以成皇考未完之書。"②蔣廷錫奉旨上任後,首先對《古今圖書集成》館的工作人員進行了整頓。由於此前康熙六十一年(1722)十二月雍正諭旨對陳夢雷父子及門生作出了明確的處理意見,"著將陳夢雷父子發遣邊外,或有陳夢雷之門生,平日在外生事者,亦即指明陳奏"。③ 因此與陳夢雷有關的所有親友全部被從書館清理了出去。其清理結果在蔣廷錫奏摺中有着詳細陳

---

① 楊玉良《〈古今圖書集成〉考證拾零》,《故宫博物院院刊》,1985 年 1 期,第 33 頁。

② 楊玉良《〈古今圖書集成〉考證拾零》,《故宫博物院院刊》,1985 年 1 期,第 33 頁。

③ 陶湘《故宫殿本書庫現存目》,民國二十二年(1933)故宫博物院鉛印本,中册,類書,第 2 頁。

述,"今除陳聖恩、陳聖眷(陳夢雷之子)已經發遣,周昌言現在緝拿,汪漢倬、金門詔已經黜革,其陳夢雷之弟陳夢鵬、侄陳聖瑞、陳聖策應驅逐回籍。林鐔、方僑、鄭寬、許本植四人皆福建人,係陳夢雷之親。林在衡、林在峩二人係已革中書林佶之子,亦應驅逐。李萊已先告假,王之栻從未到館,亦皆行文去。"[①]被黜革的十六人中有十四人都是陳夢雷的"親屬"和"門生"。可謂是一場相當嚴峻的政治清查。後蔣廷錫又要求從翰林院增選數員來書館分領校對工作。

在完成了對工作人員的重新整合分工後,蔣廷錫立即對陳夢雷的工作進行了數字統計、抽樣調查和實績評估。在給雍正帝的奏摺中,蔣廷錫彙報:"查得《古今圖書集成》共一萬卷,已刷過九千六百二十一卷,未刷者三百七十九卷。……將已刷之書,每人先各分校十卷,一卷之中必有十餘頁錯誤應改印者,是雖名爲將完之書,其未完之工實有十分之四。"[②]對於蔣廷錫的這份彙報,故宫博物院楊玉良研究員認爲:"蔣廷錫的第一次奏報時,説《集成》已刷印'九千六百二十一卷,未刷者三百七十九卷',二者之比當是百分之四,並非'十分之四'。……因此,蔣氏初次調查和奏報數可能有誤。"[③]對於楊先生的説法筆者不敢苟同。理由是一場空前慘烈的政治風波之後,蔣廷錫承擔新君所賦予的重任,必定勤勉謹慎,全力以赴,彙報情況決不至於出現十倍左右的誤差。經筆者詳細核算,《古今圖書集成》版式爲每頁 18 行,行 20 字。全書 1 萬卷 1.6 億字,約 444000 餘頁。平均每卷 44 頁左右。蔣廷錫的測算是根據抽查結果來估算的,應是個約數。如果每卷有 16 頁左右的錯誤需改印,1 萬卷則有 16 萬餘頁需改

---

① 楊玉良《〈古今圖書集成〉考證拾零》,《故宫博物院院刊》,1985 年 1 期,第 35 頁。

② 楊玉良《〈古今圖書集成〉考證拾零》,《故宫博物院院刊》,1985 年 1 期,第 33 頁。

③ 楊玉良《〈古今圖書集成〉考證拾零》,《故宫博物院院刊》,1985 年 1 期,第 33—34 頁。

印。加上未刷者379卷,約16700餘頁。則總數爲177000頁左右,差不多正佔全書的"十分之四"。楊先生可能忽略了蔣氏"一卷之中必有十餘頁錯誤應改印"這句話。從蔣廷錫彙報的措辭來看,他顯然是準備對《古今圖書集成》大動干戈的。在蔣氏看來,陳夢雷近乎完工的《集成》尚有十分之四沒有完成,其中需改印者佔到90%左右,未印者佔10%左右。

讓蔣廷錫沒有想到的是,他的這一工作設想遭到雍正皇帝的斷然否定。雍正在硃批諭旨中明確指示:"改印者不必,恐有後論。將已成好之書改壞,大有所關。如必有不可處,亦當聲聞於衆而行。"[①]這是一個關乎《古今圖書集成》命運的重要批示!它不僅表達了雍正對改印《古今圖書集成》一書的意見,同時也隱約顯示了雍正内心對處置陳夢雷一事的真實想法。陳夢雷是皇三子允祉的得力詞臣,多年來一直在允祉王府行走。因而不可避免地受到允祉政敵的仇視。在康熙諸子中,允祉年紀較長,有文才,很受康熙帝的重視。"凡行圍、謁陵、皆從。"[②]康熙生前臨幸允祉王府達18次之多。允祉還多次參與研究對付准葛爾丹部策旺阿拉布坦叛亂對策、審理盜發明陵案等重大事件的處理。在康熙晚年的皇位之爭中,允祉是雍正的重要對手。因此雍正上臺後,迅速處置陳夢雷等人是其鞏固皇位、提高威望的必行之舉,打擊陳夢雷,就是打擊了允祉的勢力,抬高了雍正自己。這是他深謀熟慮的一著棋。雍正帝深知,他强加給陳夢雷的"招搖無忌,不法甚多"的罪名都是莫須有的,把陳夢雷傾注二十多年心血編輯而成的《古今圖書集成》說成是康熙的功勞,終究難以盡掩天下人的耳目,事實真相終有大白於天下的一天。對於後人如何評述這一段公案,雍正帝頗爲忌憚,一句"恐有後論",折射出他内心深深的憂慮。他顯然不願意承擔隨意删改《古今圖書集成》這部曠世鉅典的惡名,因此他在貶陳夢雷之人,除陳

① 楊玉良《〈古今圖書集成〉考證拾零》,《故宫博物院院刊》,1985年1期,第33頁。

② 《清史稿》第9067頁,《列傳七·諸王六》。

夢雷之名之後,選擇了全陳夢雷之書,明確告誡蔣廷錫"將已成好之書改壞,大有所關。如必有不可處,亦當聲聞於衆而行"。顯示出對陳夢雷原作的尊重和對歷史評述的畏懼。

蔣廷錫到館時,陳夢雷所印刷即將完工之《古今圖書集成》共爲66部。既然改印之議遭到雍正的否決,蔣廷錫的原計劃工作量也因此鋭減了90%,剩下的就是對全書文字内容的審查校改和對未印者379卷的補印工作了。補印工作所需時日不多,如果文字審查完畢,按照陳夢雷原先的工作進度,只要一個月多一點的時間,就可全部排版補印結束。蔣廷錫的實際工作時間接近三年,其大量的時間應是花在對全書文字内容的審查校改上。任何一個稍有編輯常識的人都知道,在不許重印的前提下,對已印好的清樣進行改動是非常困難的,大段的增删幾乎不可能。所以陳夢雷已經印好的9621卷中能夠改動的只是一些諱字、錯字、訛字和文字量極少的句子。蔣廷錫若想進行大段增删,恐怕只能在未印之379卷中進行。一個很明顯的例證是,今本《集成》中仍然收有楊文言的作品,楊文言是雍正皇帝在流放陳夢雷的諭旨中點名遣責的"耿逆僞相,一時漏網"①,其作品理在删除之列。有人據此認爲,蔣廷錫審查得不是十分仔細②,其實這正是蔣廷錫忠實執行雍正帝"改印者不必"諭旨的體現。由於陳夢雷所印部分每改易一字,都要重複改動60餘次,且不能損壞原印樣,所以這是一項需要細心、耐心,不容易看到明顯成績而又十分繁難的工作。筆者在相關文獻中找到反映蔣廷錫等人工作狀況的幾個例證:一、《書品》1999年5期辛德勇先生在《書林剩話》一文中說:"我收得一冊銅活字《古今圖書集成》零本,其中頗有挖去重補字蹟,俱用原銅活字鈐蓋。詢諸友人,告未聞《古今圖書集成》有印成後挖補者,因此我推測此當爲校樣用試印本。司校對者因捨不得毁棄此印樣,才鄭重挖去誤字,再

① 《故宫殿本書庫現存目》中冊第2頁。

② 《〈古今圖書集成〉研究》第40頁。

補上重新鈐蓋的新字。”①二、裴芹《〈古今圖書集成〉研究》披露，徐州圖書館王守龍先生、王曉萍女士稱該館所藏《古今圖書集成》中，亦有不少挖補鈐蓋字現象②。三、南京圖書館藏有《古今圖書集成》銅活字本三冊，卷端鈐有“皇十一子印章”、“永瑆”收藏印，説明其來自內府，可能是賞賜用書。經筆者詳細辨認，書內多處有挖補痕蹟。其中《氏族典》第158卷《宇文姓部·列傳一》第11頁挖補“社”字，第23頁挖補“厲”字，第25頁挖補“贊”字2處；第159卷《宇文姓部·列傳二》第14頁挖補“爲”字，第15頁挖補“根”字2處，第18頁挖補“暮”字；《主父姓部·列傳》第1頁挖補“貸”字。其挖補手法是將原字從字的邊緣小心裁去，再將用銅活字鈐蓋好的正字從印樣的背面小心補上。所補字與原銅活字風格一致，所補紙張與原印樣完全相同。由於歷年已久，不仔細端詳，幾已分辨不出。如果筆者所料不差，此正爲陳夢雷先期所印後爲蔣廷錫所改動者。辛德勇先生所藏的應該就是《古今圖書集成》正本，而非所謂“校樣用試印本”。現今散處世界各地的銅活字印《古今圖書集成》書中應當普遍都存在這種現象，且一本有改動，他本在同一位置應當都有同樣的改動。《古今圖書集成》的特殊際遇，賦予了它獨特的版本特徵。

有一種觀點認爲，陳夢雷初期編輯的《彙編》分三級類——編、志、部，今本《古今圖書集成》改“志”爲“典”，這是蔣廷錫所爲③。此説大可商榷。6部32志6109部是陳夢雷在康熙四十五年(1706)時所訂體例，此後陳夢雷又對全書進行了十多年的修訂，其間可能改“志”爲“典”。若陳夢雷所印者體例爲“志”，此字不錯不訛，在雍正帝明確指示不必改印的前提下，蔣廷錫根本沒必要改動。且這一改動波及全書，在《集成》已基本印成的情況下，再改實在是很繁難的。在今本《古今圖書集成》中，“典”字根

① 辛德勇《書林剩話》，《書品》，1999年5期，第58頁。

② 《〈古今圖書集成〉研究》第155頁。

③ 張秀民、韓琦《中國活字印刷史》，北京：中國書籍出版社，1998年版，第85頁。

本就無改動的痕蹟,所以改“志”爲“典”應當在陳夢雷手中就已確立,而非蔣廷錫所爲。

經過近三年時間的審核校改,蔣廷錫等人總共作了多少文字改動呢?雍正四年(1726)九月二十日御制序中有一個基本統計,“朕紹登大寶,思繼先志,特命尚書蔣廷錫等董司其事,督率在館諸臣重加編校。窮朝夕之力,閱三載之勤,凡厘定三千餘卷,增刪數十萬言。”[①]這裏的“厘定三千餘卷”之“厘定”是一個伸縮性較大的詞,全文審核並改動部分文字即可稱爲“厘定”。據此似可認爲全書一萬卷中有七千卷左右基本未做改動或文字改動極少,三千卷左右文字改動稍多。“增刪數十萬言”是一個相對明確的數字,是對所“厘定三千餘卷”更進一步的說明。其中“數十萬”具有一定的不確定性,若爲 30 萬字,則佔全書 1.6 億字的 0.19%;若爲 60 萬字,則佔全書的 0.38%;若爲 90 萬字,則佔全書的 0.56%。也就是說蔣廷錫等人所作文字增刪最多不會超過全書的 0.6%,今本《古今圖書集成》所署“經筵講官戶部尚書臣蔣廷錫等奉敕恭校”一行字,在某種程度上就是其工作內容接近實際情形的表達。

綜上所述,筆者得出如下結論:一、今本《古今圖書集成》基本就是陳夢雷所編原貌,其精確率可達到 99.4%以上。認爲蔣廷錫對全書進行了重新編輯[②],以爲今本《集成》“絶非陳夢雷所編之原來面目”[③]的說法是不正確或不全面的。今本《古今圖書集成》中的挖補鈐蓋字現象是蔣廷錫等人所爲,其文字改動量不足以改變原書的基本面貌。二、今本《古今圖書集成》是陳夢雷所主持印刷者與蔣廷錫所主持印刷者的複合體。在全書一萬卷中,陳夢雷所印者佔 96%以上,蔣廷錫所印者不足 4%。以爲《集成》“雍正三年完成初稿”和開始刷印於“雍正三年”、“四年”、“六年”都是不正確的。三、雍正皇帝對於保全《古今圖書集成》

① 《〈古今圖書集成〉研究》第 164 頁,《古今圖書集成·序》注譯。

② 《中國金屬活字印刷技術史》第 94 頁。

③ 《歷代刻書考述》第 302 頁。

是有一定貢獻的。他對歷史評述的顧忌客觀上給了《古今圖書集成》一條生路。陳夢雷的名字雖然被從書中删除了,但他傾注二十多年心血編成的鉅著基本原樣保存了下來,這不能不歸功於雍正的明智決策。若聽由蔣廷錫改印十分之四,那才真正是千古遺憾。

二、關於《古今圖書集成》的刷印部數

《古今圖書集成》當時共印刷了多少部？說法不一。或以爲60部,或以爲66部,或以爲64部,外國學者又有稱30部或100部者[①]。張秀民、潘吉星二先生在各自的著述中均稱印了66部[②];錢存訓先生則認爲是64部[③];近年出版之《活字本》則稱"印成64部,另樣書1部"。[④] 經考索,相關説法的原始依據有以下數條:

1. 雍正元年(1723)正月二十七年蔣廷錫奏報,康熙五十九(1720)年諭旨"刷印六十部,今查得六十部之外,尚多印六部,亦當歸入官書之內。"[⑤]說明60部是康熙諭旨所印數目,66部是陳夢雷實際所印數目。

2. 雍正三年(1725)十二月蔣氏在全書告竣請賞摺中稱:"今雍正三年(1725)十二月纂校已竣,除進呈本已裝潢外,尚有六十三部現在折配,俟完日交與武英殿收管。"[⑥]這裏所說連同進呈本在內的實際印數爲64部,較前說相差2部。

---

① 張秀民《清代的銅活字》,《張秀民印刷史論文集》第251頁。

② 《中國金屬活字印刷技術史》第94頁。

③ 錢存訓《中國紙和印刷文化史》,桂林:廣西師範大學出版社,2004年版,第200頁。

④ 《活字本》第140頁。

⑤ 楊玉良《〈古今圖書集成〉考證拾零》,《故宫博物院院刊》,1985年1期,第34頁。

⑥ 楊玉良《〈古今圖書集成〉考證拾零》,《故宫博物院院刊》,1985年1期,第34頁。

3. 乾隆四十一年(1776)四月十八日,總管内務府事務大臣多羅質郡王永瑢等在《清查武英殿修書處餘書請監造司庫等官員議處》摺中稱:"又有不全《古今圖書集成》一部,内每典缺欠不一,共少六百八十一本。查此一書於雍正六年(1728)刷印六十四部之後,並未重印。今已將各處陳設並頒賞現存《古今圖書集成》數目按册逐一詳查,與原刷印六十四部之數相符。是此一部或係當時初刷樣本,歷年久遠,遂至散佚不全。"①比蔣廷錫所奏64部,又多出一部樣本。

故宫博物院楊玉良先生在對上述材料分析後認爲:"蔣氏初次到館調查不細,奏報有誤,因而有'六十六部'之數。如其中包括樣書一部,則只多報一部。蔣氏的第二次奏報'六十四部'應是準確的,與乾隆年復查結果只差一部樣書。因此,可以斷定《集成》正式刷印六十四部是可信的。"②對於楊先生的結論,筆者不持異議,最終刷成64部之數,既有蔣氏奏明於前,又有永瑢核查於後,應當是確鑿無疑的。對於楊先生的材料分析,筆者則不敢苟同。筆者以爲,在相關史料出現差異或矛盾時,輕易斷言古人出錯恐欠妥當。要知道每一部《古今圖書集成》有40多萬頁,在清點部數這個簡單環節上,學前孩童都可完成,蔣廷錫是不可能出錯的,陳夢雷所印者爲66部應屬可信。相關數位上的差異可能正是《古今圖書集成》成書過程和蔣廷錫工作步驟的真實反映。

前文已述,今本《古今圖書集成》實際上是陳夢雷所印者與蔣廷錫所印者的複合體,係二部分拼接而成。蔣廷錫到館時,陳夢雷所印共9621卷,未印者只餘379卷。蔣廷錫的工作程式應當是先對全書内容進行審核,然後是對陳夢雷所印部分進行文字校改和對未印部分進行文字增删,最後才是補印工作。因此

---

① 故宫博物院文獻館《史料旬刊》,民國19年(1930)鉛印本,第14期,末2頁。

② 楊玉良《〈古今圖書集成〉考證拾零》,《故宫博物院院刊》,1985年1期,第34頁。

陳夢雷所印 66 部中,應當有一部已成爲蔣廷錫的工作底本。在底本上進行文字校改後,其餘 65 部再照此挖補,用銅活字鈐蓋改定。由於雍正明確指示不必改印,因此這項工作應當是十分仔細小心的。從蔣氏最後成書 64 部來看,可知陳夢雷所印部分經校改後只有 64 部尚足 9621 卷之數,故蔣廷錫補印餘下 379 卷時,也只需印足 64 部即可。餘下一部顯然缺失頗多,無法成書,只有裝訂存檔,否則蔣廷錫斷沒有不續成完帙之理。

至於這餘下一部《古今圖書集成》不全的原因,筆者以爲原因可能有兩個。第一,陳夢雷的刷印工作是突然中斷的,不可能剛剛好印完 66 部 9621 卷,即被流放。因此其最後一部《集成》可能先天上就不足 9621 卷之數。第二,蔣廷錫等人從事校改時,偶有損壞印樣者,可能會從這不全的一部中進行抽換,由於原版早已拆版,所以一旦抽換,便再也無法補全。永瑢摺中所稱"每典缺欠不一"的情況,可能正是這樣造成的。據稱共少 681 本,則所缺內容約佔全書的 14%左右。

永瑢所稱"初刷樣本",筆者以爲是不存在。理由是以銅活字排印《古今圖書集成》,其情形與傳統雕版印刷者迥異。傳統的雕版印刷,在全書刻竣後,往往會試刷一部全書樣本,以事校改之用。《古今圖書集成》全書 1.6 億字,決無全書排竣後再從事刷印的可能。其工作步驟一定是將全書分爲若干段,分卷分部排版印刷。每排定一部分,則一次性印完所需複本數。然後拆版,歸類,重新排版下一部分。如此滾動下去,方能印完全書。一旦拆版,想多印一頁都不可能。其工作程式就決定了不需要一個覆蓋全書內容的"初刷樣本"存在。加上該書的刷印過程曾經中斷過,後期主持者對前期所印部分進行了詳細的審核校改,還存在一個足本"初刷樣本"的可能性就更小了。蔣廷錫在工作後期明言刷印了 64 部,至永瑢清查時 64 部之數一一相符,就不應該有另外一個足本存在。永瑢所見之不全本,只能是陳夢雷初期所印,複爲蔣廷錫校改抽換成書後所剩餘者。且《古今圖書集成》何等重要!兩代皇帝親自過問,屢發諭旨,成書過程還牽扯着一樁重大的政治事件,所成書內府必定妥善保管。至乾隆四十一年(1776)清查時,不過區區 50 年左右,其間國泰民安,社會安定,整套書散失的概率極小。況其他 64 部俱不缺不失,焉有獨此所謂"樣本"缺失 681 本之理? 若真有所謂"樣本"存在,"樣本"的價值顯然高於其他諸本,應該更加謹慎保管才是。據此,筆者認爲至乾隆年間清查時,《古今圖書集成》並未有任何缺失,永瑢所謂"歷年久遠遂至散佚不全"之論,極有可能是想當然之言。

三、關於銅活字的製作及其數量

排印這些書籍的銅活字是如何製作出來的。學者們有刻、鑄兩種說法。

鑄字說的主要依據有:1. 清代吳長元在《宸垣識略》中云:"武英殿活字版向係銅鑄,爲印《古今圖書集成》而設。"[①]2. 清代龔顯在《亦園脞牘》中云:"康熙中武英殿活字版範銅爲之。"[②]

刻字說的主要依據有:1. 清高宗在《題武英殿聚珍版十韻》中自注云:"康熙年間編纂《古今圖書集成》,刻銅活字爲版……"[③]2.《大清會典事例》記載,武英殿修書處有銅活字庫,"刻銅字人"的工資每人每字工銀二分五厘,比刻木活字的工資幾乎貴幾十倍[④]。銅質比木質堅硬,工價自然倍增。

張秀民先生和盧秀菊先生在各自的著述中均主張內府銅活

① [清]吳長元《宸垣識略》,北京:北京古籍出版社,1981 年版,第 55 頁。

② [清]龔顯《亦園脞牘》,清光緒四年(1878)誦芬堂木活字本,卷 1,第 14 頁。

③ [清]慶桂等《國朝宮史續編》,《續修四庫全書》,上海:上海古籍出版社,1995 年影印本,第 825 册,第 793 頁。

④ [清]崑岡等《欽定大清會典事例》,清光緒二十五年(1899)石印本,卷 1199,第 1 頁上。

字是刻成的,而非鑄成的[①]。李致忠先生則認同吳氏說,認爲是鑄成的[②],著名學者潘吉星先生在近年出版的《中國金屬活字印刷技術史》一書中力主鑄造說,認爲:"就清代而言,鑄字技術已在中國有400年以上持續不斷的發展史,已趨於更加完美與成熟,怎麽能想像會突然發生技術大倒退,不用鑄造,反而以手逐個刻成?!這是違反技術發展規律的。"[③]"即令乾隆皇帝說'刻銅活字爲活版',也改變不了鑄活字爲活版的歷史事實。在歷史上,只有木活字是逐個手刻的,木質材料易於下刀並製成同一規格。將幾十萬銅活字逐個手刻,既難操作,又費時間,從技術經濟角度觀之,是行不通的。"[④]

筆者以爲潘先生所論值得商榷。首先從歷史記載來看,主張"鑄字說"的都是一些私人記載,這些作者距離宫廷生活較遠,不大容易看到銅活字印本,更不可能見到銅活字,所述可能都是以常情度之。相比較之下,乾隆的說法和官方記載顯然可信度更高。其次,從皇家處事的習慣來看,經濟因素往往是次要的。雅致、美觀,能夠體現皇家氣派,才是決策者首先考慮的方面。如果鑄字技術不能達到盡善盡美的程度,只要切實可行,清廷完全可能不惜人力物力逐個刻銅爲字。第三,從銅刻技術的傳播來看,康熙時,歐洲銅版鎸刻印刷技術已傳入宫廷,銅版刷印的《御制避暑山莊三十六景圖》、《皇輿全覽圖》得到康熙帝的稱贊。康熙受西方技術影響,刻銅爲活字的可能性完全存在。法國學者儒蓮即認爲"康熙由於接受了歐洲傳教士的建議,命刻銅字。"[⑤]第四,從清内府銅活字印本的實物分析來看,刀刻的字筆

---

① 張秀民《清代的銅活字》,《張秀民印刷史論文集》第252頁。盧秀菊《清代盛世之皇室印刷事業》,《中國圖書文史論集》,北京:現代出版社,1992年版,第33—74頁。

② 《歷代刻書考述》第303頁。

③ 《中國金屬活字印刷技術史》第93頁。

④ 《中國金屬活字印刷技術史》第95—96頁。

⑤ 《清代的銅活字》,《張秀民印刷史論文集》第252頁。

鋒尖鋭、字體規整、立體感强；鑄造的字需打磨修整，字劃筆鋒遲鈍，立體感差。將内府所印銅活字本與韓國銅活字印本相較（韓國活字爲鑄造），内府印本明顯具備前一種特徵。第五，從鑄造技術的特點來看，如銅活字爲鑄造，同一母字所出的字必定相同。故宫博物院翁連溪先生曾在《古今圖書集成》中找出筆劃簡單字體相同的 30 個“氏字”，經用放大鏡觀察對比，每個字各成特點，無一字相同。如係鑄造，最少應有幾個相同之字。英國目録學家波拉特亦指出，《古今圖書集成》書中同一字有着顯著的區别[①]。綜合這些因素，應該認爲清内府銅活字是手工鎸刻，而不是鑄造。

潘吉星先生爲加强自己的觀點，徵引了朝鮮學者李圭景的一段記載，這段論述亦有點問題。文曰：“康熙末、雍正初鑄造的這批銅活字的形制，朝鮮國學者李圭景（字五洲，1788—1862?）作過如下描述：‘中原（中國）活字以武英殿聚珍字爲最，字背不凹而平，鑽孔貫中，故字行間架如出一線，少不横斜矣。我國字式，則或大或小，又凹字皺，不鑽不貫，故字行齟齬，開帙自無爾雅之態。’當時出訪中國的朝鮮使團成員與中國官員對話中得知這一情況，李圭景聽到後便記録下來。”“李朝學者李圭景客觀承認朝鮮官刊銅活字本不及清初殿版銅活字本精良。他所説‘武英殿聚珍字’，指排印《古今圖書集成》時所用的銅活字，不是乾隆年排印《武英殿聚珍版叢書》時所用的木活字。”[②]筆者以爲，李圭景生活的年代約在清朝嘉、道間，當時的中國官員根本就沒見過銅活字，内府銅活字在乾隆初年就已毁掉，以此立論，殊難服人。從李圭景對活字的稱謂來看，他所記載的應該就是武英殿木活字，要知道“聚珍”二字是乾隆嫌木活字名不雅馴，特地爲木活字所取的名字。康熙末年銅活字根本就無“聚珍”之名。將乾隆間木活字强指爲康熙末年銅活字，恐有張冠李戴之嫌。關於

① 《清代的銅活字》，《張秀民印刷史論文集》第 252 頁。

② 《中國金屬活字印刷技術史》第 96—97 頁。

内府銅活字是如何製造的,李圭景這段話根本就提供不了什麼幫助。

清内府銅活字的數目,學者間亦有不同的意見。清包世臣認爲是百數十萬個[①];法國漢學家儒連認爲是 25 萬個;麥高文以爲是 23 萬個[②]。潘吉星先生不同意儒連的説法,認爲:"法國漢學家儒連認爲印這部書(指《古今圖書集成》)需活字 25 萬個,這是按乾隆時刊《武英殿聚珍版叢書》用 25.3 萬個木活字而估計的。但這套叢書不足 2400 卷,而《古今圖書集成》達萬卷,因而所需銅活字爲 100—200 萬個,即包世臣所説百數十萬個。"[③]筆者以爲,對内府銅活字數量的估算,要從漢語的規律和漢文書籍實際情形出發,不能主觀臆斷。金簡在乾隆年間主張製作木活字時,曾就排印漢文書籍需要多少活字給乾隆皇帝算過一筆賬,"臣謹按御定《佩文(韻府)》詩韻詳加選擇,除生僻字不常見於經傳者不收集外,計應刊刻者約六千數百餘字。此内虚字以及常用之熟字,每一字加至十或百字不等,約共需十萬餘字,又預備小注應刊之字,亦照大字每一字加至十字或百字不等,約需五萬餘字,大小合計不過十五萬餘字。"[④]顯然在金簡看來,排印一般書籍 15 萬個活字就夠用了。實際操作中,乾隆又下令增刻了 10 萬個,共計 25 萬餘個。這 25 萬餘個活字共排印了《武英殿聚珍版叢書》中的 134 種,嘉慶年間還陸續排印過一些書籍。雖然《古今圖書集成》的卷數是《武英殿聚珍版叢書》的 4 至 5 倍,但所需銅活字的數量並不需要同比放大。因爲排印《古今圖書集成》這樣的鉅著一定是將其分爲若干段,滾動操動的,拆版後的活字可以反復使用。卷帙的龐大不過是延長了排版印刷的時間,並不需要增加新的活字。依此推斷,清内府銅活字的數量在

① 《中國金屬活字印刷技術史》第 93—94 頁。

② 《中國活字印刷史》第 87 頁。

③ 《中國金屬活字印刷技術史》第 95 頁。

④ [清]金簡《武英殿聚珍版程式》,卷首,見劉托、孟白,《清殿版畫匯刊》,北京:學苑出版社,1998 年影印本,第 12 册,第 103—104 頁。

20餘萬左右比較合理,100至200萬個恐怕離實際情形太遠了。

范景中在《銅活字套印本〈御制數理精蘊〉》一文中稱,他曾經把《數理精蘊》、《星歷考原》、《欽若曆書》、《律呂正義》等内府銅活字本逐一與《古今圖書集成》進行比較,結果發現"不僅在字體、大小、風格上與《古今圖書集成》完全相同,而且行格、字數、書口、魚尾、邊框也全然一致,均爲半頁9行,行20字,四周雙欄,白口,線魚尾,連書框的高廣都如出一轍。"[①]翁連溪先生也作過同樣的比較。據此,我們可以初步認爲,到目前爲止所發現的清内銅活字本其實都是同一副活字所排印的。張秀民認爲内府的銅活字不止一副。理由是康熙五十二年(1713)陳夢雷在北京誠親王胤祉邸,借用内府銅活字印行了他的《松鶴山房詩集》九卷《松鶴山房文集》二十卷,詩文集雖爲宋體字,而略近顔體,筆劃較粗,與印《古今圖書集成》的横輕竪重的標準方體不同,可見武英殿中銅活字不止一副[②]。可惜的是,張先生未注出陳夢雷借用活字印書一説的原始出處,《詩集》中亦無此記載。范景中推測張先生的出處是來自於傅增湘,傅氏在爲《故宫殿本書庫現存目》所撰寫的題辭中云:"陳夢雷《松鶴山房文集》亦即此銅活字(按:指《古今圖書集成》銅活字)排印,當是在誠王邸中時所印也。"[③]如果這就是張先生借字説的來源,那麼這個説法顯然是值得商榷的。姑不論傅氏説的錯誤,一個很明顯的事實是,迄今爲止,還没有發現任何一部銅活字本與《松鶴山房詩集》《松鶴山房文集》用的是同一副活字。如果這副活字確爲内府所製,不可能只印一部小部頭的詩文集就棄置不用了。如果内府還用這副活字印過其他書籍,那麼内府所出者向爲藏書家所珍視,康熙末年距今並不十分久遠,完全絶蹟的概率極小,歷代藏書家和版本學家也不可能全無述及。據此,筆者大膽推斷,清内府銅活字其實

---

① 范景中《銅活字套印本〈御制數理精蘊〉》,《故宫博物院院刊》,1992年2期,第88—91頁。

② 張秀民《清代的銅活字》,《張秀民印刷史論文集》第250頁。

③ 《故宫殿本書庫現存目》書首題辭。

只有一副。陳夢雷排印《松鶴山房詩集》《松鶴山房文集》在正式印刷《古今圖書集成》之前,這很可能是陳夢雷爲用銅活字排印《古今圖書集成》所做的一個試驗,畢竟用銅活字排印上萬卷的鉅著是史無前例的事。此前的銅活字只在民間出現,從未進入宮廷,任何一個主事者都不可能不慎重考慮。用自己的詩集做試驗,正反映了陳夢雷的小心之處。《詩集》《文集》的文字量不大,因此所需活字也不需要太多,正是一個理想的試驗對象。這同時也是《詩集》《文集》的活字較粗糙,排版欠規整,遠不如《古今圖書集成》的活字雅致精湛的原因。在正規的內府銅活字出來後,這套試驗品也就完成使命了。

(原載《故宫博物院院刊》2007 年第 3 期)

《誠齋詩話》版本及流傳述考

楊新勛

摘要：楊萬里《詩話》約創作於 1195 年左右，收入《誠齋集》中。《誠齋詩話》單行本的流行是在明代，由明人從《誠齋集》中摘出，其中有些增刪。今見《誠齋詩話》基本上可以分爲《誠齋集》本和單行本兩類，以抄本爲多。集本主要包括端平本和《四部叢刊》本、明抄本、清初抄本、《四庫全書》本、清抄本等。端平本時間早、刊刻精，爲各本之祖本；《四部叢刊》本名爲仿宋本，實較端平本已有了距離；明抄本較《四部叢刊》本更近端平本，只是有些明顯的異文；清抄本文字更遠離了端平本。單行本之清抄本與端平本和明抄本相近，文字也基本相同；庫本蓋與清抄本《誠齋詩話》關係較近；趙之玉抄本有些不同於庫本和清抄本的失真；《螢雪軒叢書》刊本與趙氏抄本關係密切；丁福保《歷代詩話續編》刊本基本上應屬於清代流行本子的系統，至少與之所出之本相近。

關鍵詞：《誠齋詩話》　楊萬里　端平本

《誠齋詩話》是南宋著名文學家楊萬里的一部文學理論著作，《四庫全書總目》對其評價云："萬里本以詩名，故所論往往中理。"無疑，《誠齋詩話》是楊萬里文學思想和詩文批評的集中體現，在宋代文學理論的發展中佔有重要地位。筆者不揣簡陋，對此書的版本和流傳作一考定。

對於《誠齋詩話》的版本，郭紹虞在《宋詩話考》中云："今傳本有《歷代詩話續編》本、《螢雪軒》本、《昌平叢書》本。《千頃堂書目》卷一五有《廣説郛》本。"他認爲《廣説郛》本大概是節略本，今已不存。對比《歷代詩話續編》本與《皕宋樓藏書志》卷八十七所録《誠齋詩話》的鮑淥飲（名廷博）《跋》，可知皕宋樓藏本實爲

《歷代詩話續編》本所自,此本後流至日本靜嘉堂文庫[①]。《增訂四庫全書簡明目録標注》云有《誠齋集》本,續録又云有《歷代詩話續編》本和日本刊本[②]。對於《誠齋集》本,莫友芝《郘亭知見傳本書目》卷一六下曾著録一卷;又《崇雅堂書録》卷一五載有一卷《誠齋詩話》,並云"誠齋全集附刻本,四庫著録"[③]。對於日本刊本,《八千卷樓書目》卷二〇曾著録,又嚴紹璗《日本藏宋人文集善本鈎沈》第271頁附録有"日本光格天皇享和二年(1802)官刻《誠齋詩話》一卷",我懷疑此即邵氏《增訂四庫全書簡明目録標注》所言之本。《螢雪軒》本爲日本近藤元粹所藏之本,他加以校勘評訂,由明治三十六年(1903)青木嵩山堂鉛印[④]。又《中國古籍善本目録》載有清抄本和清星鳳閣趙之玉抄本。

對於《誠齋詩話》的流傳,郭紹虞在《宋詩話考》中說:"是書一卷,原附《誠齋集》中,但亦有别行之本。"蓋《四庫全書總目》卷一九五稱《誠齋詩話》"此乃别行之本"爲郭氏所本。然而,四庫館臣和郭氏的言論卻頗含混。今筆者不僅沒有發現任何宋元刻本和抄本,而且在翻檢宋元目録時,也不見對此書著録。這和歐陽修的《六一詩話》形成了鮮明對照:《歐陽文忠公文集》卷一二八收有《詩話》一卷;但是,幾乎宋代所有的目録書都著録有歐陽修的《詩話》,表明《六一詩話》在宋代確有單行本。又魏慶之《詩人玉屑》收楊萬里論詩之語甚夥,内容幾乎完全同於《誠齋詩話》,但卻不注出處,只言"誠齋……";而其所收歐陽修的論詩之

① 對此,日本《靜嘉堂秘笈志》卷四九、嚴紹璗《日本藏宋人文集善本鈎沈》(杭州大學出版社1996年版)第271頁有著録。

② 邵懿臣撰、邵章續録《增訂四庫全書簡明目録標注》第932頁,中華書局1959年版。

③ 此處所云有誤。《四庫全書》著録的是單行本《誠齋詩話》,並不同於《誠齋集》本,當然《四庫全書》同時也著録了《誠齋集》。疑此處所云爲自《四庫全書》中《誠齋集》流出之本。詳見下文所述。

④ 嚴紹璗《日本藏宋人文集善本鈎沈》第271頁云"明治二十五年至三十年(1950—1955)青木嵩山堂鉛印本",今閲《螢雪軒叢書》知此書出版於明治三十六年;又嚴紹璗對日本紀年推算有誤,蓋將"明治"誤作"昭和"所致。

語均注"《歐公詩話》"[①]。疑魏氏所録源於《誠齋集》,似未見單行之《誠齋詩話》。與此相似,《優古堂詩話》收有"誠齋論山谷詩"條[②],其收録格式和內容均同於《詩人玉屑》,這似乎反映了與《詩人玉屑》相同的情況;然而,《優古堂詩話》的作者吳幵是南北宋之交的人,生活年代略早於楊萬里。對此,四庫館臣"疑傳寫有訛,或後人有所竄亂歟"[③]。對於《優古堂詩話》,郭紹虞認爲其"著者與內容均有問題,真僞莫辨"。那麽,此中的意義則更爲微妙。

然而,我們還不能據此斷定《誠齋詩話》在宋元無單行本。宋人鄭清之(1176—1251)在《和趙從道賦菜畦春富貴》"多生菜氣粥魚僧,味菜還如好色登。戲學挑根和露煮,正是摘稻配香蒸"之後注有"見《誠齋詩話》"[④]。此爲今見最早出現的《誠齋詩話》名。但鄭氏之語並不見於今傳各本《誠齋詩話》中,蓋鄭氏所注重在用《誠齋詩話》中的"吾鄉民俗:稻未熟,摘而蒸之,春以爲米,其飯絶香。元素有云:'和露摘殘云淺碧,帶香炊出玉輕黄'"語釋證"戲學挑根和露煮,正是摘稻配香蒸"。那麽,其所注的"誠齋詩話"仍有可能指《誠齋集》中的《詩話》,而非單行本,這也可以從詩話的發展史中得到説明。從詩話的發展史來看,詩話之名始自歐陽修的《詩話》,司馬光繼之作《續詩話》,後人所作此類作品在集中多相沿稱《詩話》,時人遂冠以作者名、字等稱之,如"歐陽永叔詩話"、"溫公續詩話"、"東坡詩話"等,這是詩話產生的前期特徵。這種詩話命名法不但與文學史上的"傳奇"、"雜劇"等的命名發展類似,而且和詩話體裁由筆記的"資閒談"逐漸

---

① 《六一詩話》最初只名"詩話",後人加稱"六一詩話"、"六一居士詩話"、"歐公詩話"、"歐陽永叔詩話"或"歐陽文忠公詩話",詳見郭紹虞《宋詩話考》第2頁。

② 以下對《誠齋詩話》條目的冠名沿用《詩人玉屑》,《詩人玉屑》沒收的,今爲方便計以條目的首句結合條旨名之。

③ 《四庫全書總目》卷一九五《優古堂詩話提要》。

④ 鄭清之《安晚堂集》卷一二,又《兩宋名賢小集》卷二三〇。

向純粹的文學批評的發展同步。應該説,宋代詩話在很大程度上還沒有形成明清詩話那樣的文體特徵,也沒有充分受到人們的重視,這是宋代詩話亡佚的一個重要原因。毫不例外,楊萬里的《詩話》也是詩話發展前期的作品,内容龐雜,文體獨立性不强,收入《誠齋集》中,自然後人引用冠以"誠齋"。也許鄭氏的這種做法只是證明了這一點,並不意味着《詩話》的單行。此外,宋人董更《書録》卷下劉岑條有"誠齋詩話言於湖嘗参書法於公",所指即《誠齋詩話》"張孝祥師劉岑學書"條,這與鄭氏之舉有相似性,應該説也是這種命名法前期的特徵。但是,結合《詩人玉屑》的著録情況,我們可以看出一點:楊萬里《詩話》較爲時人重視,有着潛在的單行的可能性。

與楊萬里詩集的流傳有些類似,我認爲《誠齋詩話》單行本的流行是在明代,由明人從楊萬里全集中摘出,其中有些增删。郭紹虞在《宋詩話考》中稱是書:"乃楊氏晚年之作,當在光宗甯宗之間。"[①]那麽,楊萬里《詩話》的問世時間約在 1195 年左右。雖然《誠齋集》在元代以後已爲藏書家珍愛,尤其是端平刊本《誠齋集》在中國的亡佚令人歎息,但是有關《誠齋集》抄本在各書目中的著録仍然非常豐富,而且我們可以從中探知其版本源流的消息。然而,有關《誠齋詩話》的著録卻與此判然有别,均爲明清兩代的目録著作。從黄虞稷《千頃堂書目》知道司馬泰《廣説郛》卷六六收有《誠齋詩話》。司馬泰字魯瞻,江寧(今江蘇南京)人,嘉靖二年(1523)進士,曾任南京監察御史。這是今見最早的《誠齋詩話》單行本的記載。又胡震亨《唐音癸籤》卷三二集録收有《誠齋詩話》一卷,署名廷秀。據此卷前言知胡氏文獻名目源於焦竑《國史經籍志》,而今存焦氏之書並無《誠齋詩話》,所以此中《誠齋詩話》的所出還成問題;不過,這至少説明《誠齋詩話》在這時單行本並不多,不易爲人經眼。今天,這兩種本子都已不存。又明人董斯張《吴興備志》卷二五劉岑條載有"張孝祥師劉岑學

① 郭紹虞《宋詩話考》第 85 頁。

書”，即署引自《誠齋詩話》。雖然，我們無法由此得知董氏所引《誠齋詩話》之版本；但是，明代《誠齋詩話》的存世情況倒可由此作一管窺，這似乎比目録書更能説明問題。當然，《吳興備志》的情況也有可能是沿襲宋人董更的説法。清人趙魏撰有《竹崦庵傳抄書目》，主要收不見於其他書目的書，尤以抄本爲主，其集部詩文評收有《誠齋詩話》一卷，並注明“三十五（葉）”，有突出的意味。限於趙氏目見所及，雖不能説明至此還無《誠齋詩話》的刊本，但至少説明此時傳本不多，爲人罕見。

當然，相對來説，清代有關《誠齋詩話》的著録的作品較前代爲多[①]，而且日漸詳細，反映了《誠齋詩話》流行的擴大和人們對此認識的深化；自然也給人帶來了《誠齋詩話》古已單行，並與《誠齋集》並行的錯覺。這一點類似於楊萬里詩集的流傳。楊萬里在世時，曾陸續將其詩集編纂刊行，用以贈送好友，《宋史・藝文志》著録的即是楊萬里的詩集，今仍有宋代遞刻本《誠齋詩集》存世。但是，端平元年（1234），“楊長孺編定《誠齋集》百三十三卷本，精善完足，遂取代了有詩無文之宋遞刻本而流傳”[②]，所以，宋遞刻本《誠齋詩集》幾乎不見於歷代目録書。然而，到了明清兩代又出現了自百三十三卷本《誠齋集》中分離出來的《誠齋詩集》，其中以呂留良抄本和吉水楊氏帶經堂刊本爲代表。

當然，對《誠齋詩話》作這一論斷還不只是依據目録學上的常識和《誠齋詩集》的類比；下面，再就見到的《誠齋詩話》各本情況作一説明。今見《誠齋詩話》基本上可以分爲《誠齋集》本（以下簡稱集本）和單行本，以抄本爲多。

---

① 清代著録《誠齋詩話》的目録書主要有黄虞稷《千頃堂書目》的《廣説郛》本；錢曾的《述古堂藏書目》，其卷二載有一卷抄本；趙魏的《竹崦庵傳鈔書目》收有《誠齋詩話》一卷；又《四庫總目》、《續通志》、《續文獻通考》、《崇雅堂書録》、《郘亭知見傳本書目》、《拜經樓藏書題跋記》、《適園藏書志》、《八千卷樓書目》以及《皕宋樓藏書志》等均有著録。

② 吳鷗《誠齋詩集版本述略》，北京大學《國學研究》第二卷第177頁，北京大學出版社1994年版。

一、集本《詩話》

《誠齋集》在流傳過程中,魚魯豕亥以及衍脱錯簡的情況很多,我們可以利用這些情況,結合目録書的著録與其他文獻的參證來考訂《誠齋集》的版本源流,進行楊萬里全集的校勘和整理。作爲《誠齋集》的一個重要組成部分,集本《詩話》不同版本間的考訂,不僅是整理《誠齋集》的一個部分,而且可以認識《誠齋詩話》流傳中的變化,尤其是可以提供不同的一卷本《誠齋詩話》的版本參照,進而確定《誠齋詩話》單行本的流傳和體系。

1. 端平本和《四部叢刊》本

端平本《誠齋集》[①]卷一一四爲《詩話》,《四部叢刊》本《誠齋集》爲影宋抄本,是端平本的流出之本,亦卷一一四爲《詩話》。二者差别較小,内容均完足。但是,叢刊本文字爲俗體,如"幾"、"體"、"於"均作"几"、"体"、"于",也有錯誤,如"研"誤作"斫"、"干"誤作"于"、"及"誤作"反"等;又叢刊本多在條尾增語詞"矣"、"也"、"云"等。相對來説,端平本要好些,這種錯誤要少得多,但也並非沒有,如李商隱的"夕陽無限好"的"限"誤作"恨",又唐人韓偓的"偓"誤作"渥",杜甫詩"朋酒日歡會,老夫今始知"的"歡"訛爲"飲"。

2. 明抄本[②]

此本書首題"雷堠藏閱"。吳鷗稱此本"文集部分各卷多缺首少尾,殘缺不全",但此本卷一一四爲《詩話》,内容完足。此本《詩話》字體爲正體,有少量訛誤,如"云"誤作"雲","漸"誤作"稀","葉"誤作"夜","宗"誤作"祖"等。此本提行、空格及分條等格式頗近端平本,又無條尾語詞,與《四部叢刊》本不同。但此本也有不同於端平本之處,主要是:

---

① 端平本《誠齋集》,國内已亡,但日本宫内廳書陵部有藏本,北京大學倪其心先生帶回膠片一部,現藏北京大學古文獻研究中心。

② 此本見吳鷗《誠齋詩集版本述略》二之(七)。

(1)“論山谷詩”條,端平本“賈云”前有“特改五字耳”,“賈云”句爲夾行注,作“‘桃花歷亂杏垂香’,又‘不吹愁’又‘惹夢長’。”賈至詩爲“桃花歷亂李花香,東風不爲吹愁去,春日偏能惹夢長”,疑楊萬里將其裁併而成。此本“此唐人賈至詩也”後無“特改五字耳”。“賈云”句爲大字“桃花歷亂杏垂香,又不吹愁惹夢長”,看似通順,卻不合賈詩與楊意,似非原文。

(2)“評李杜蘇黄詩體”條,引詩云“桃花流水窅然去”的“窅”不同于端平本的“杳”,所引爲李白《山中答問》詩句,傳本亦有此異文,“窅”意勝。

(3)“論驚人句”條,端平本之“水盡到底看海空”,此本作“盡看見底看海空”,不辭。又之後端平本爲夾行小注,此本爲大字。

(4)“韓愈行箴”條,端平本“洪撫兩州山川之勝”的“勝”,此本作“盛”,非是。

(5)“論祭文”條,此本“陰虹吐氣”的“氣”,端平本作“氛”。又此本之“歎其的對”,端平本作夾行小注。

(6)此本十七葉尾爲“杜《蜀山水圖》云:‘沱水流中座,岷山’”;十八葉首爲“曰:‘在辟’”,十八葉尾爲“‘汝猶稱良優乎?’對曰”;十九葉首爲“‘赴北堂,白波吹粉壁’”,尾爲“王曰:‘宥之’,有司”。很明顯,這裏此本所出之本於此將十八葉與十九葉位置顛倒,是錯葉,抄者徑直鈔寫,沒有改正。

(7)“本朝制告表啓用四六”條,此本脱去端平本“雖詩書所稱何以加”的“詩”字。又此本“紹興間,金人歸我河南”後接“湖山如舊,魚鳥亦怪其衰殘”,至“此全不用古人一字,而氣象塞乎天地矣”再接“地,洪景泊賀表云”。按:“湖山如舊,魚鳥亦怪其衰殘”至“此全不用古人一字,而氣象塞乎天地矣”此一部分與“地,洪景泊賀表云”至“東坡《謝湖州表》云”部分錯簡。此處錯簡不在葉尾,尤其“湖山如舊,魚鳥亦怪其衰殘”與“紹興間,金人歸我河南”意思似亦順,不易察覺,其竄亂由來今已無法得知,但此後集本、單行本多沿此。

(8)“李綱罷相,汪彥章行詞”條,此本無“則李公族矣。怨豈至是,此言"十一字。

(9)"淵明、子美、無己三人作《九日詩》大概相似"條,此本作"日月依辰舉,俗愛其名辰也"。

無疑,此本當出於端平本。對勘此本的最大收穫是:一是此本文字與端平本基本相同,說明此本與端平本距離並不太遠;二是此本與端平本在文字上和格式上(如端平本夾行注改爲大字等)的差異爲判定其他本子提供了參照和依據,其他本子的差異不少就是由此而來的;三是此本的兩處錯簡,說明了《誠齋集》在明代流傳中的竄亂情況,尤其"本朝制告表啓用四六"條的竄亂多爲後世繼承,並不斷演變,爲《誠齋詩話》版本系統的考訂提供了依據。

3. 清初抄本《誠齋集》一百三十三卷本之《詩話》(清抄甲本)

此書爲清初季振宜收藏,後爲吳銓所藏,終收入瞿氏鐵琴銅劍樓,今存國家圖書館。《鐵琴銅劍樓藏書目録》卷二一有著録,認爲"此出端平刻本"。此本卷一一四爲《詩話》。其文字、分段已與端平本有了不同,基本沒有端平本、叢刊本的宋版格式,條尾沒有語詞。此外與端平本或叢刊本的文字區別主要是:

(1)"評李杜蘇黄詩體"條,此本首句作"問君何意棲碧山"。

(2)"詩人驚人句"條,此本"蓬萊頂上斡海水"下空五格後接"海空",脱去"水盡到底看"五字。

(3)"論翻案法"條,此本"劉浚"作"劉淩□"。

(4)"韓愈用他人語"條,此本"韓退之答李鍚書"作"韓文"。

(5)"東坡知徐州,宴李某"條,此本"坡忽問李:'相法謂……'"。端平本和叢刊本作"坡忽問李曰:'相法謂……'"

(6)"論祭文"條,此本亦作"陰虹吐氣",又《祭李清卿文》有"大帝欲仆","帝"字不同於端平本之"地"。

(7)"本朝制告表啓用四六"條,此本脱去"雖詩書所稱何以加"的"詩"字,錯簡同於明抄本,又將"地"字誤作"施"字。

(8)"中書舍人洪景盧"條,"都"字誤爲"郡"字。

(9)“李綱罷相,汪彥章行詞”條,此本亦無“則李公族矣。怨豈至是,此言”十一字。

(10)“山谷戲筆”條,“劉沆”形誤作“劉沅”。

(11)“淵明、子美、無己三人作《九日詩》大概相似”條,此本作“日月依人,舉俗愛其名”。

(12)“介甫當國喜言農田水利”條,此本“有獻議梁山濼可涸之爲田”的“濼”下衍“事”字,爲不明句讀妄增;又誤“雱”爲“雩”。

(13)“詩人用弓”條,將“去村店五百弓”的“村”誤作“寺”。

4.《四庫全書》之集本(庫集本)

《四庫全書》中《誠齋集》爲四庫編修汪如藻家藏本,卷一一五爲《詩話》。此本無條尾語詞,分段基本同於清抄甲本;除去清人爲避忌而改字外,文字上與端平本和叢刊本又互有歧異:如此本“論山谷詩”條録庾信詩“白雲岩際出,初月波中上”,他本之“初”均作“清”;杜甫詩“枯腸未易禁三碗,臥聽山城長短更”,此本將“禁”作“經”。但是,此本應出自端平本①,在格式上仍有由宋本發展而來的痕迹。端平本凡遇“聖上”、“皇上”、“朝廷”、“行在”及各宋帝廟號,或提行或空格,叢刊本同此,而此本在端平本空格處多補以“昔”、“我”、“至”、“蒙”等字,殊陋,其間錯誤亦有:如“中書舍人洪景盧”條,有“(洪景盧)召至郡下,而從臣未有虛位者,孝宗除爲在京宮觀兼侍讀太府少卿”,此處的“者”字即爲他本所無,疑爲此本抄者見原本有空格而妄加,致使文意難通;當然,此本也有沿襲原書之空格者(如同條後“適梁叔子丞相以病辭位,孝宗愛重之”的“孝宗”前有空格)和徑直略去空格者(如“靖康北狩”條,“張邦昌既僭竊,竄謫,《謝高宗表》有云”之“高宗”前即無綴詞亦無空格)。此本又有沿襲宋本錯誤者,如“朋酒日飲會,老夫今始知”的“飲”字,即爲以訛傳訛。

但是,庫集本與端平本和叢刊本仍有重大的不同,主要有以

① 有關此本與宋本和抄宋本的關係,可參看吴鷗《誠齋詩集版本述略》第二(十一)。

下幾個方面:

(1)“論山谷詩”條,此本作“此唐人賈至詩也。賈云:‘桃花歷亂杏垂香,不爲吹愁惹夢長’”,其改動與楊氏原貌更遠。

(2)“評李杜蘇黄詩體”條,此本“問君何事棲碧山,笑而不答心自閑”的“君”、“事”兩字,不同於端平本之“余”、“意”,與李白詩不合。

(3)“七言褒頌功德”條,將“褒頌功德”誤作“功德褒頌”,不辭。

(4)“論造語法”條,此本的“或三字或兩字”端平本作“或兩字或三字”。

(5)“論翻案法”條,此本“劉淩闕字景明”的“淩闕”,端平本作“浚”,“浚”是。

(6)“鄉先生劉美中”條,此本云“粤惟古初,豺獺有祭以如許大”,“以如許”爲他本所不同。

(7)“韓愈用他人語”條,同於清抄甲本。

(8)“本朝制告表啓用四六”條,此本“紹興間,金人歸我河南”後接“其賀表有‘湖山如舊’之句”至“此全不用古人一字,而氣象塞乎天地矣”再接“施,洪景泊賀表云”。此處錯簡同明抄本;卻改“湖山如舊,魚鳥亦怪其衰殘”爲“其賀表有‘湖山如舊’之句”,又改“東坡《謝湖州表》云”爲“東坡《謝湖州表》是也”,當均爲彌合文意所改。

(9)“中書舍人洪景盧”條,“前中書舍人洪景盧知婺州。召至郡下,而從臣未有虚位者,孝宗……”,其中“前”、“者”二字較端平本增,有誤;“郡”字誤爲“都”字。

(10)“李綱罷相,汪彦章行詞”條,此本“客又曰:‘詞有云:“乃傾家積,陰與賊通。”若此言何從知?’”端平本“此言”後有“則李公族矣。怨豈至是,此言”。味此條之意及此句語氣,庫集本蓋誤視前後兩個“此言”爲一而脱此十一字。

(11)“梁叔子丞相生日”條,此本“及仲秉爲刑部侍郎,觸一權貴,因外得丹陽,《謝廟啓》云”之“因”字雖略通,但依然語氣不順,似非原文。端平本作"㔷",爲"丏"之異體,語氣大順;而叢刊形訛爲"句"字,不辭。

(12)"山谷戲筆"條,"劉沆"亦作"劉沅"。

(13)"淵明、子美、無己三人作《九日詩》大概相似"條,同明抄本。

(14)"介甫當國喜言農田水利"條,同清抄甲本。

(15)"詩人用弓"條,此本作"云寺居五百弓"。

(16)庫集本末尾有"予嘗論近世之詩人,若范石湖之清新、尤梁溪之平淡、陸放翁之敷腴、蕭千岩之工致,皆余之所畏者",爲他本所無。但是,不能由此認爲此本原不同於他本:因爲,此段文字實爲《誠齋集》卷八二《千岩摘稿序》末尾之文。審核《誠齋詩話》所收文字,知均不見於《誠齋集》其他詩文。清抄本《誠齋詩話》曾自《誠齋集》中輯録十條楊萬里論詩之語,列爲附録(此亦見於《四庫全書》本《誠齋詩話》),即爲例证。所以,我懷疑庫集本此段文字爲前本流傳中好事者附益。

5. 清抄本《誠齋集》一百三十三卷本之《詩話》(清抄乙本)

此本爲納蘭揆敍謙牧堂舊藏,吳鷗在《誠齋集版本述略》中有介紹①,疑與抱經樓抄本同出朱彝尊舊藏抄本。今筆者以此二本比勘端平本(二本均以一一四卷爲《詩話》),發現此本訛誤遠較抱經樓抄本少,尤其是沒有抱經樓抄本那樣的脱文,而與清抄甲本和庫集本有些相近,故亦眵列於此。其主要問題有:

(1)"論山谷詩"條,此本賈至詩爲"桃花歷亂李花香,又不吹愁惹夢長"。

(2)"評李杜蘇黄詩體"條,亦作"問君何意棲碧山"。

(3)"詩人驚人句"條,"斡"作"幹",無"水盡到底看"五字,但有空格。

(4)"論翻案法"條,同清抄甲本。

(5)"鄉先生劉美中"條,此本"劉弇偉明獻南郊大禮"下多

① 吳鷗對此本卷數的著録有誤。實殘存 62 卷,即卷 61 至卷 122。

"祭天地祖宗"五字,"賦"下又多"比觀其"三字,疑爲衍文。又此本無庫集本"以如許大"四字,而有"夫"字。

(6)"韓愈用他人語"條,同清抄甲本。

(7)"論祭文"條,同清抄甲本。

(8)"本朝制告表啓用四六"條,錯簡與表現基本同於清抄甲本,但將"施"字脱去。

(9)"李綱罷相,汪彦章行詞"條,同清抄甲本。

(10)"淵明、子美、無己三人作《九日詩》大概相似"條,作"日月依人,舉俗愛其名辰",不辭。

(11)"介甫當國喜言農田水利"條,同清抄甲本。

(12)"詩人用弓"條,同清抄甲本。

可見,此本與清抄甲本源出相同的版本,只是小有差異。

6. 其他集本

今天易見的集本《詩話》還有抱經樓抄本《誠齋集》和清禮親王府藏本《誠齋集》。

抱經樓抄本,吴鷗在其文章中已介紹。今以此本比勘其他各本,發現此本不但在錯簡、衍脱上近於庫集本和清抄甲、乙本,而且文字錯訛、空缺尤甚,分段亦與他本有異(有的地方連續幾條不分段,有的地方又一條内分段);更大的問題是:"詩人驚人句"條,無"水盡到底看"五字,亦無空格;"論造語法"條於山谷詩中妄增"龍蛇"二字;"論翻案"條缺刪幾不能讀;"詩人用弓"條脱去"二里許也"四字。蓋抄者粗率所致,不足爲憑。

清禮親王府藏本《誠齋集》百二十卷,卷九〇爲《詩話》。是本《詩話》文字、分段基本同於庫集本,而文字錯訛較庫集本稍多。

二、一卷本《誠齋詩話》

《廣説郛》爲明人司馬泰編的一部叢書,此書版本不詳,根據《千頃堂書目》知道這是一部明抄本,《誠齋詩話》與其他十五種詩話共同收入《廣説郛》的卷六六，已不存。郭紹虞認爲是節本，大概不會錯。今見的《誠齋詩話》有五種本子。

1.《誠齋詩話》一卷，清抄本

此本爲素紙抄，每半葉十行，行二十字，卷末有朱文"檇李曹氏藏書印"、"曹溶"及"鐵琴銅劍樓"印記。吳騫(1733—1813)《拜經樓藏書題跋記》、瞿氏《鐵琴銅劍樓藏書目録》和張鈞衡(1872—1927)《適園藏書志》均著録，知是本初爲曹溶(1613—1685)收藏，後爲吳騫收入拜經樓，又流入瞿氏鐵琴銅劍樓，張鈞衡見到的是由此本流出的影抄本。此本今存國家圖書館。

此本在分段上與端平本和明抄本相近，文字也基本同于端平本和明抄本：如"評李杜蘇黄詩體"條，首句同于端平本；"論詩一句有三意"條，引陳師道詩同於叢刊本，而庫集本"和"作"知"，爲不明詩意妄改；"東坡煎茶詩"條亦作"枯腸未易禁三碗"；"本朝制告表啓用四六"條，引龔尹賀啓云"雖詩書所稱何以加"的"詩書"同于端平本；"梁叔子丞相生日"條，此本作"匀"字；"淵明、子美、無已三人作《九日詩》大概相似"條，此本同于端平本；"介甫當國喜言農田水利"條，此本同于端平本、明抄本。但是，端平本與明抄本文字不同的地方，此本多同於明抄本：如"評李杜蘇黄詩體"條，引詩云"桃花流水窅然去"的"窅"不同于端平本和庫集本的"杳"；"論韓柳曾王箴"條此本引王安石箴"兩州山川之盛"的"盛"同明抄本而不同端平本的"勝"；"李綱罷相，汪彦章行詞"條，此本同於明抄本，也脱去十一字；"劉美中祭文親切"條，此本引其祭文"陰虹吐氣"同於明抄本的"氣"。這又説明此本與明抄本有著較端平本更近的關係。此外，當明抄本與清抄甲本和庫集本不同處，此本又有與清抄甲本和庫集本同者：如"論東坡介甫詩流麗相似"條，此本引東坡詩爲"歌管樓臺聲寂寂，秋千院落夜沈沈"，同於庫集本，而其中的"聲"、"沈沈"端平本和明抄本分別作"人"、"深深"。蓋此本亦爲端平本流出之本，不但與明抄本同源，而且與清抄甲本和庫集本的源出之本關係較近。然而，此本還有另外值得注意者：

(1)“評李杜蘇黄詩體”條,此本條尾“此山谷體也”下有小字注“山谷詩,去杜蘇遠矣”。此語與楊萬里的思想差距較大,疑爲後人所加,尤明人的可能性大。

(2)“論金針法”條,有云“李尚書期不至,云‘不是尚書期不至’”,前一個“至”字叢刊本和庫集本作“赴”,後一個作“顧”。

(3)“論句外之意”條,此本“此不言熱而言寒,反言之也”的“言寒”多不見他本。

(4)“論翻案法”條,此本“孔子程子相見傾蓋”之“程”端平本和庫集本作“老”。又此條下有小字注“劉詩雖翻案,卻不佳,宋人好尚多如此”。此語與(1)所加之語類似,更能説明非出於楊萬里之手,而與明人觀念相合。

(5)“論五七字絶句”條,此本引王安石詩云“暗香一陣東風起”,端平本作“暗香一陣連風起”,庫集本作“暗香一陣風吹起”,《臨川文集》卷二九同於庫集本。

(6)“品藻中興以來諸賢詩”條,此本云“《咏金林禽花》云‘梨花風骨杏花妝’,寫物之工如此,《黄薔薇》云‘已從槐借葉,更染菊爲霜’,二語粘滯,村學究之體也”。端平本和庫集本作“《咏金林禽花》云‘梨花風骨杏花妝’,《黄薔薇》云‘已從槐借葉,更勝菊爲霜’,寫物之工如此”。《詩人玉屑》引此文,同於端平本。今查端平本《誠齋集》卷二四有《和張功父送黄薔薇並酒之韻》詩“海外薔薇水,中州未得方。旋偷金掌露,淺染玉羅裳。已换桃花骨,何須賈氏香?更煩麴生輩,同訪墨池楊”,下注:“功父詩云:‘已從槐借葉,更與菊爲裳。’”知端平本爲作者原文,而此本爲後人妄改。又此本將“姚宋佐輔”訛作“姚宋輔佐”。姚宋佐是南宋初年詩人,字輔之。

(7)“鄉先生劉美中”條,此本“粤惟古初”的“初”作“禮”,甚無義,當不明妄改。又無“以如許大”四字。

(8)“論韓柳曾王箴”條,引柳宗元箴的“宜言不言”的“不”作“而”,與文意不合。

(9)“東坡知徐州,宴李某”條,此本“其人大喜,以爲坡愛敬之"的"愛敬",端平本、叢刊本和庫集本均作"敬愛"。

(10) 此本無"評韓愈《盤古序》云"條。

(11) "本朝制告表啓用四六"條,此本"技巧工拙精其能"之"拙",端平本和庫集本作"匠"。又此本於"其意亦貫"换行,下徑直接"四六有作流麗語者……"至"……而氣象塞乎天地矣"後接"紹興間,金人歸我河南地……",其錯簡同於明抄本,而處理又不同於明抄本:於"其意亦貫"换行,移"四六有作流麗語者,亦須典重而不浮。東坡《謝知湖州表》云"至"湖山如舊,魚鳥亦怪其衰殘"前;又移"紹興間,金人歸我河南"於"地,洪景伯賀表云"前,使文意較明抄本和庫集本都更爲通順。這説明此本來源也是一個于此錯簡的本子,傳抄者發現此處軒輊難通,前後翻檢,發現兩個可以彌合的的句子,遂作此調换,似乎更加彌滅了文本錯簡的事實。但是,魏晉以後,人們説的"錯簡"已由單支或部分簡牘的錯位演變成書葉的錯位,即錯葉,單個句子竄亂出現的概率極小。此本的"紹興間,金人歸我河南地……"部分在條目歸屬上的問題就説明這樣處理並不合適。其實,從上面列舉傳抄的訛誤中,我們也不難看出此本抄者的水平並不太高明,文意、常識理解有誤的情況較多。

(12) "李綱罷相,汪彦章行詞"條,此本"客又曰"後脱去"詞有云"三字。

(13) "詩人用弓"條,此本同清抄甲本。

(14) 此本卷末有附録十條,均爲《誠齋集》卷八十至卷八十四中文字,收入時有删節和改動。情況與庫集本後的一條一致,疑爲《誠齋詩話》自《誠齋集》流出中的附加品,爲《誠齋詩話》編輯者所爲,亦爲《誠齋詩話》流出於《誠齋集》的明證:既反映了明清文人對詩話的重視,反映了明清人編書的風氣,又説明了《誠齋詩話》的不穩定性。

2.《誠齋詩話》一卷,《四庫全書》所收,江蘇巡撫採進本

《四庫全書》詩文評收有《誠齋詩話》一卷,認爲"此乃別行之本,今亦別著於録焉"。今以是本比勘其他各本,發現此本與清抄本《誠齋詩話》幾乎相同,文字、分段與清抄本差别很小[①],也無"評韓愈《盤古序》云"條,"本朝制告表啓用四六"條錯簡處理相同,也有十條附録。個别地方有不同,主要是:

(1)"論山谷詩"條,此本引賈至詩徑直作"桃花歷亂杏垂香,東風不爲吹愁去"。

(2)"論東坡、介甫詩流麗相似"條,此本引東坡詩作"歌管樓臺聲細細,秋千院落夜深深"。

(3)"評李杜蘇黄詩體"條尾"此山谷體也"下"山谷詩,去杜蘇遠矣"作大字。

(4)"論翻案法"條尾"劉詩雖翻案,卻不佳,宋人好尚多如此"作大字。

(5)"品藻中興以來諸賢詩"條,此本作"《咏金林檎花》云'梨花風骨杏花妝',《黄薔薇》云,二語粘滯,村學究之體也,'已從槐借葉,更探菊爲霜',寫物之工如此"。不可解。引詩云"笛聲吹徹内門前",端平本作"胡兒吹笛内門前",庫集本作"北人吹笛内門前"。此句下又有"此詩卻有餘味"。

(6)"品藻中興以來諸賢詩"條,將"歐陽安永"誤作"歐陽永安"。

(7)此本中所有"張欽夫"皆作"張敬夫"。雖然,張栻也字敬夫,但在《誠齋集》中皆作"欽夫",楊萬里與張栻關係密切,這反映了楊萬里的個人習慣;後人誤改"張欽夫"爲"張敬夫",只能證明因某種原因經他們改動過。

從以上情況看來,庫本蓋與清抄本《誠齋詩話》關係較近,或二者源出同一底本,或庫本即流出於清抄本,二者屬於同一系統,而庫本劣於清抄本。

3.《誠齋詩話》一卷,清星鳳閣趙之玉抄本

趙之玉名典,以字行,星鳳閣爲其室名,生平不詳。此本爲

① 庫本《誠齋詩話》同於清抄本而不同於他本者,可見清抄本《誠齋詩話》所列各條,此處不再羅列。

格紙抄,細黑口,上下雙魚尾,版心有"誠齋詩話星鳳閣正本趙某泉手抄"字樣,半葉十行,行二十一字,共二十九葉。首葉有"趙輯甯"、"孫翁斌印"朱記。卷首題"誠齋詩話"、"廬陵楊萬里廷秀"。此本不見於清代目録著作,只是今人編《中國古籍善本目録》方將其録入,書存國家圖書館。此本文字基本同於清抄甲本和庫集本,也有些地方同于明抄本而異於清抄甲本和庫集本,如"介甫當國喜言農田水利"條;分段與清抄甲本多合,但也有地方清抄甲本分段的,此本不分,清抄甲本和庫集本不分段的地方,此本分。此本沒有清抄本和庫本《誠齋詩話》多的文字和條目。此外,主要問題是:

(1)"論金針法"條,此本將"唐人云'葛溪漫淬干將劍……'"至"猶有人間四壁居"由條尾移至"不是尚書期不顧,山陰野雪興難乘"下面。"猶有人間四壁居"下換行。蓋此本抄者見是有兩處"野雪興難乘",遂移之,是不知條旨妄改。實際上,端平本"不是尚書期不顧,山陰野雪興難乘"恰在行尾,"猶寒已自和"後空格,對其意思的區分還是明顯的。相比來說,《詩人玉屑》將此一部分分爲"論金針法"、"論一句有三意"和"論句外之意"三條要比庫集本合爲一條穩妥。

(2)"論驚人句"條,引白居易詩"爲問姮娥更有無"的"有"作"要"。又此本"詩人驚人句"作"詩人有驚人句"。又此條與下面兩條連續不分段。

(3)"論七言八句之奇"條,此本於"東坡煎茶詩云"處換行。

(4)"論五言絶句"條,引李商隱詩"鶯花啼又笑"作"鶯啼花又笑"。

(5)"鄉先生劉美中"條,此本無"以如許大"四字。

(6)此本"本朝制告表啓用四六"條不錯簡,但"紹興間,金人歸我河南"下無"地"字。懷疑此本源出之本於此也錯簡。由於《誠齋集》在明代竄亂情況嚴重,成爲目録學家和抄書者的共識,後人各自對自己認爲的是竄亂的文字作了調整和改動,所以各種本子差異較大。此處,抄者可能已發現錯簡的真相,遂將其作了調整,但卻丟掉了"地"字,給人認識這一問題留下了可尋的痕迹:"河南"在明清特指今河南省一帶,但"河南地"在楊萬里本意中指的意義較寬泛,二者並不等同。脱去"地"字的原因有二:一是清抄乙本已經脱去,可能此本出本已無,二是也許此處的"地"已經訛作"施",抄者難以理解,遂删之。

(7)"李綱罷相,汪彦章行詞"條,此本同於清抄甲本和庫集本,也脱去十一字。

(8)"詩人用弓"條,此本同清抄甲本。

可見,此本與端平本已有了距離,又沒有叢刊本那樣的參考,在傳抄中遂因抄者水平有些失真,而使此本的情況與清抄本和庫本《誠齋詩話》相類,只不過表現不同罷了。

4.《誠齋詩話》一卷,《螢雪軒叢書》刊本

《螢雪軒叢書》卷八收有《誠齋詩話》一卷,近藤元粹稱此爲據其所藏之本校勘、評訂録入。書分上下兩欄,上欄爲近藤評語,下欄是主欄,爲《詩話》内容。卷首題"誠齋詩話",下爲並列兩行"廬陵楊萬里廷秀撰,近藤元粹純叔評訂"。《詩話》前録有《四庫全書總目》之《誠齋詩話》提要,但此書卻絶非自庫集本或庫本《誠齋詩話》出。近藤評語著眼於《詩話》的藝術性,已頗有些近代的觀點,與中國傳統觀念不大相同。今以此本核校他本,發現此本與他本差異較大,而與趙氏抄本幾乎相同:此本文字與他本異處,多同于趙氏抄本;此本分段完全同于趙氏抄本;"論金針法"條,此本同于趙氏抄本;此本"本朝制告表啓用四六"條亦同于趙氏抄本。但具體細微之處,此本與趙氏抄本仍有差異,如趙氏抄本的第一人稱詞多作"余",同于端平本和叢刊本,而此本作"予",同於清抄甲本和庫集本;也有字誤(如誤"浙東"爲"淅東";又"山谷戲筆"條庫集本"常有子爲伍伯",同端平本,庫本《誠齋詩話》的"伍伯"作"卒伍",而此本作"任伯",亦屬此類)。此外,與趙氏抄本的差異還有:

(1)"論驚人句"條,此本"詩人驚人句"的"人"作"有"字。

(2)"論造語法"條,此本"初學詩者須用古人好語"的"用"作

“學”字。

(3)“論翻案法”條,此本的“孔子老子相見傾蓋”的“老”作“程”,近藤注云:“原本作‘老’,今訂正。”《孔子家語·致思》:“孔子之郯,遭程子於途,傾蓋而語終日,甚相親。”雖此處“老”誤“程”正爲事實,但未必是楊萬里原語,因爲端平本作“老”,而有關《誠齋詩話》中人名、詩詞名、詩句的錯誤早已有人指出。古人隨文而引,未必檢核原書,此亦爲常識,何況孔子與老子的關係是常識,近藤未免過於膠著。

(4)“論五七字絶句”條,此本引李商隱詩“芭蕉不展丁香結”的“展”作“解”。

(5)“品藻中興以來諸賢詩”條,此本“姚宋佐輔”作“姚宋位輔”,不辭,顯係由“姚宋佐輔”發展而來。引僧顯萬詩“須臾雲去作行雨”同於清抄甲本和庫集本,而端平本、明抄本和趙氏抄本的“須臾”作“三更”,《詩人玉屑》同端平本。又“余先太中貧”的“余”作“子”。

(6)“尤袤誦吴則禮詩”條,此本引“春風相送過江南”的“南”作“村”。

(7)“坡笑秦勞攘”條,“客舉少游《燕子樓》”的“少游”作“秦”。

(8)“四六用古人字聲”條,此本“介甫《賀生皇子表》云”的“皇”作“王”。

(9)“四六作流麗語須典重”條,“東坡《謝知湖州表》云”的“表”作“謝啓”①。

(10)“四六有截斷古人語”條,“四六有截斷古人語,五字而補以一字如天成者”的“五字”無之,使語意與古語和四六關係無著。

---

① 按:《誠齋詩話》此條所引蘇軾原文出自《東坡全集》卷七十《杭州謝執政啓》,與湖州無涉;《東坡全集》卷六十七有《湖州謝上表》。我認爲此處楊萬里引用有誤,後人因之。但《螢雪軒叢書》的做法並不可取,似合《詩話》與《東坡全集》之文而成,而非楊氏原貌。

(11)“李綱罷相,汪彥章行詞”條,此本將“汪彥章初除北門”的“北”形訛爲“此”。

(12)“莆田陳丞相乞表”條,此本“其客鄭僑惠叔代作表云”的“惠”字作空格。

(13)“投人詩文有語忌”條,“初許薦而後不與,請於族弟炎正”的“請於”作“諸餘”,則句讀亦應改變。

今以詩人原詩,核校此本録詩,發現他本不誤,而此本有誤。

綜上所述,可見,此本雖與趙氏抄本關係極近,但較趙氏抄本,傳抄過程中的訛誤又有增加。限於此兩種本子的著録資料,今只能推測《螢雪軒》本或是從趙氏抄本流出,或是與趙氏抄本同源而展轉傳抄的次數更多,水平更差,劣于趙氏抄本。

5.《誠齋詩話》一卷,丁福保《歷代詩話續編》刊本

《歷代詩話續編》由上海醫學書局一九一六年印行,收有《誠齋詩話》一卷。是書於書前目録下有各書提要,《誠齋詩話》的提要是從《四庫全書總目》而來,有刪節,也有改動,而“蓋萬里詩自有此病,故論詩亦爾也”爲丁氏之語。此本卷尾有鮑廷博跋,爲筆者所僅見。復核目録書,知此本源出皕宋樓藏本(即今日本靜嘉堂文庫所藏一卷《誠齋詩話》抄本)。丁氏收入時曾依據庫集本加以校訂,有些地方又核對原詩文出處,對楊萬里的語誤有所改動,均以小字注出,較爲穩妥。此本以條目分段,類例分明。今人華文實加以標點,一九八三年中華書局出版鉛印簡裝本。今以是本比勘他本文字,發現是本雖訛誤、衍脱也較少(有些標點本已改正、補足);但是,其文字多與端平本和叢刊本不同,而與趙氏抄本相合,它們的錯誤、空缺,此本也延承下來:如“詩人驚人句”的“人”作“有”;“猶寒已自和”的“和”作“知”;“滿船賣了洞庭柑”的“船”作空格;無“大音脩小大”(庫集本作“以如許大”)字;無“則李公族矣。怨豈至是,此言”十一字等(標點本已補)。尤其是“論金針法”條、“本朝制告表啓用四六”條和“投人詩文有語忌”條,此本同于趙氏抄本和《螢雪軒》本,爲認識三者的關係提供更爲充分的依據。又此本有與《螢雪軒》本同而與他本異者：如"論造語法"條的"用"作"學"字；"品藻中興以來諸賢詩"條的"余"作"子"；"坡笑秦勞攘"條的"少遊"作"秦"；又"莆田陳丞相乞表"條和"投人詩文有語忌"條此本同於《螢雪軒》本，這都說明此本與《螢雪軒》本有較近的關係。又此本還有同於清抄本和庫集本的情況，如"論翻案法"條，此本的"孔子老子相見傾蓋"的"老"作"程"同於清抄本；"本朝制告表啓用四六"條的"詩書"作"書史"，同於庫集本。此種情況不多，但卻說明此本基本上應屬於清代流行本子的系統，至少與之所出之本相近。此外，此本也有不同於他本之處，如"李綱罷相，汪彥章行詞"條將"渠不用我"作"渠不我用"，"某如何知得"作"某何從知得"等都有特殊性。

此外，《崇雅堂書録》、《郘亭知見傳本書目》、《增訂四庫全書簡明目録標注》均著有《誠齋集》本《誠齋詩話》一卷，今不見，疑爲清代中後期自四庫全書《誠齋集》流出者。

綜上所述，可見所有一卷本《誠齋詩話》均自《誠齋集》流出，各本流出時間並不相同。雖然它們具體源出的本子和時間今已不可詳考，但大致都在明清兩代。各單行本和明清集本，不但有嚴重的錯簡，而且有傳抄者的訛誤和增删，雖能反映一定時代的習尚，但對《誠齋詩話》的版本來說價值要小。端平本之《詩話》最接近楊萬里原作原貌；今中華書局《歷代詩話續編》本基本完好，又有校勘，可作一般之需，但具體到細節應須慎重，甚至要核對端平本之原文。

韓氏讀有用書齋書目版本述略

李　軍

摘要：松江韓氏是上海地區近代著名的藏書世家，除了二十世紀初請人編定的《藏書志》稿本外，讀有用書齋藏書在上世紀三十年代初出讓時，伴隨售書的需要，出現了多種書目，其間版本源流有待廓清。同時還湧現了不少相關的書目批校本，對研究當時韓氏藏書之流散具有重要的參考價值。本文在對韓應陛生平作簡介的基礎上，分別對韓氏藏書目的稿本、印本、抄本及其批校本略作考述。

關鍵詞：韓應陛　讀有用書齋書目　版本流傳

松江韓氏讀有用書齋藏書，第一代主人爲韓應陛。應陛(1813—1860)，字對虞，號緑卿，又號鳴塘。幼從鄉中老輩姚椿遊，"得望溪、惜抱相傳古文義法，尤究心世事。讀書有得，援古證今，筆之於紙，不爲浮薄華藻之語"[①]。道光十一年(1831)，韓應陛中辛卯科秀才[②]，二十四年中舉，此後雖屢次進京應試，卻未中式，後曾官内閣中書。韓應陛精於數學，張文虎在其《讀有用書齋雜著序》中稱：

> 西人點綫面積之學，莫善於《幾何原本》，本凡十五卷，明萬曆間利瑪竇所譯止前六卷。近歲，英吉利末士偉烈亞力續譯後九卷，海寧李壬叔寫而傳之。君反覆審訂，授之剞劂，亞力以爲西洋舊本弗及也。外若新譯諸重學、氣學、光學、聲學諸書，君每自校録，復爲之推極其致，往往出西人所

---

① 張文虎《舒藝室雜著》乙編卷上《讀有用書齋雜著序》，光緒刻本。
② 《松江府屬歷科採芹録》三編，民國28年上海國光印書局排印本。

論外，故其發之於文益奇。[1]

咸豐十年五月，太平軍攻打到松江，韓應陛與其子韓載陽（字陽生）攜書倉黃走避，塗中觸暑，不久就病逝了。張文虎《舒藝室詩存》卷五《感逝二十首》其四云：

讀必有用書，吾黨韓子夏。闡幽繼文定，絶學通者寡。雪涕校遺文，有子不羈馬。

自注："婁縣韓緑卿中翰諱應陛，顔其室曰讀有用書齋，其爲學可知也。明徐文定公所刊《幾何原本》衹六卷，近西人偉烈亞力與李壬叔續譯其後九卷，君校刊之。歲庚申，賊犯松郡，君居被毁，書籍板片俱煨燼，鬱鬱發病死。去秋，君子陽生以遺集求序，予爲編定上下二卷。"[2]可見韓載陽繼承先志，在返鄉後積極爲其父整理遺文並謀刊印問世。

韓載陽的好友楊葆光，在同治十三年甲戌（1874）作《歲末感舊》詩，其《同邑韓緑卿中翰（應陛）》一首云：

好古探奇足品題，銅香供養目應迷。不圖文字艱深甚，絶學搜求到泰西。

自注："君篤耆金石，顔其室曰銅香供養。精算學及西法，重學、光學皆心知其意，手訂成書。"[3]復旦大學藏《韓緑卿稺梧桐館藏趙醴泉古泉搨本五冊題跋》抄本一冊，其後録馬昂題記云：

道光己酉冬十月十又九日，過修竹居，緑卿孝廉出趙氏搨本見示，欣賞一過。喜多罕覯之之品，遂假歸，隨筆略書

---

① 張文虎《舒藝室雜著》乙編卷上。
② 張文虎《舒藝室詩存》，光緒刻本。
③ 楊葆光《蘇盦詩録》卷四，光緒九年刻本。

所見。越數日,復返歸之,深悔佛頭著穢也。①

全書乃過録韓應陛對古泉所作的考訂之語而成,從中可見其精於此道。上海圖書館藏潘渠輯《選青室古泉搨本》,其後亦有韓應陛跋云:

余收得古泉,不論精粗貴賤,必用墨搨,積得數百紙。續得李竹朋觀察搨贈,及京都賣古泉人李寶臺處易得者幾及數千張。己未春,應禮部試,未及蘇,失去。入秋北行,筠谷索搨古泉,并許爲余搨得若干紙,又從諸知交處借搨,必多搨一紙贈余。自今以後不可知,現所有者,兩處蓋無不同也。咸豐十年閏三月十八日,既從筠谷索觀所藏,遂書其後歸之。②

可見韓應陛受其父影響,藏書之外,於古泉書畫均精鑒藏。而其齋名除讀有用書齋外,尚有銅香供養室、稺梧桐館等。

從韓氏藏書目録所著録各書看,韓應陛藏書之高峰期約在咸豐五年至十年間,所獲以黄丕烈、汪士鐘、戈載等吴中舊家藏書爲多,此外又有湖估以浙中藏書來售,或韓氏購自京師者。韓應陛每獲書,即於書衣題記得書年月及購自何家,故現存讀有用書齋藏書中所謂韓應陛跋,往往僅此一句而已。惟於宋元舊刻及名家抄校本中,始能見韓氏長跋。繆荃孫於民國初年作《華亭韓氏藏書記》稱:

當乾嘉盛時,蘇州黄蕘圃士禮居藏書甲天下,晚年於玄妙觀前開滂喜園書鋪,生前已分與友人,歿後書盡出。

① 《韓緑卿稺梧桐館藏趙醴泉古泉搨本五冊題跋》,抄本,復旦大學圖書館藏。

② 《上海圖書館藏善本題跋選輯》(史部),《歷史文獻》第六輯,上海古籍出版社,2004年,第65頁。

先生與常熟之瞿、金山之錢、上海之徐、郁同時收書，玉軸牙籤，名鈔舊刻，所積約十餘萬卷，校讎考訂，手不停披，又精於疇人家學。與南匯張嘯山、金山顧尚之傳刻《幾何原本》，西人亦以爲勝於歐洲舊刻。得書，即識緣起於書衣。咸豐丁巳、戊午之間，猶時至金閶收書。迨庚申，粤逆陷松江，君之藏書板片、古器書畫與所居俱毁，君遂鬱鬱以歿。①

繆氏之所說，乃出於其民國三年(1914)秋赴韓氏看書的直接感受。韓應陛在咸豐五年以後熱衷收書，雖然當時明知太平軍將攻打上海地區，仍未停止買書的步伐。據今所見韓應陛題跋最晚者爲明刊本《昌黎先生文集》，時在咸豐十年庚申閏三月十八日，跋文可以爲证，其文云：

咸豐庚申二月十六日，松江誉兵由省中調去開舡。余於寶晉齋書坊内見此及□□齋集，共還洋二元五角，主人不售。已□□□□□□，續告警。時隔一月有餘，又閒行到彼，仍以原還價收之，此書約得二洋。書係初印，紙張長濶，惜缺廿四卷第十葉，日後安得補此。②

據張文虎咸豐十年庚申冬仲爲韓氏所藏明抄本《孟東野詩集》作跋文稱：

此係緑卿中翰藏本也。中翰得善本書，必以見眎，借校不吝，且屬跋識。此集題識後兩月，郡垣遭寇。中翰所居煨燼，避難阮溪，得疾不起。③

① 繆荃孫《藝風堂文漫存·癸甲稿》卷三，民國刻本。
② 《雲間韓氏藏書題識彙録》，稿本，上海圖書館藏。
③ 《雲間韓氏藏書題識彙録》，稿本，上海圖書館藏。

按阮溪即今金山之漕涇鎮,可見韓氏父子爲避難,一路南行,應陛觸暑病發,逝世於漕涇。身後韓載陽爲編《讀有用書齋雜著》二卷,有同治間刻本,稿本今藏上海圖書館,藏書題跋未收入其中。

韓氏藏書書目有《藏書志》一種,乃是清末民初韓氏後人請人代編,後經韓德均改訂者,今藏南京圖書館。《藏書志》稿本不分卷,五册,寫於無界闌稿紙上。書中有"韓繩夫一名熙字價藩讀書印"白文長方印、"百耐讀過"白文方印及"來燕榭珍藏書籍印記"朱文方印等。蓋《藏書志》解放後曾一度歸黄裳收藏,後讓歸南圖。書中無編者姓名及序跋,惟有黄裳題記二則,其一云:

> 此《讀有用書齋藏書志》原稿本五册,有韓繩夫印記,當寫成於光宣之際,不知出誰何之手。所記殊詳盡,而韓氏數刊書目,皆未以此爲底本,則大不可能事也。卷中有硃筆校改,"韓緑卿"均改爲"先大父",是出繩夫手無疑。更有"百耐讀過"印,則當時挾韓氏書入市之鄒百耐也。韓氏後人挾來海上,余輾轉得之來青閣中,遂重裝藏之。韓氏書目凡三刻,石印之附書影者最常見,校印粗疏,最不足觀。嘉靖許宗魯刻《國語》,則以之充宋元之際所刻本,可笑類此。又有石印小册,寫頗精,亦較備。又松江封氏所刊,往往附黄蕘翁、曹君直跋,實最備本,然較此仍不及也。緑卿於蕘圃爲姻婭,滂喜園劫餘所得最富。書散於數十年前,適園張氏得其强半,今皆歸域外,不可見矣。余收書晚,所藏韓氏書僅數種,今乃得此底簿,亦可喜事也。[①]

所謂有人將稿本中之"韓緑卿"均改爲"先大父"者,當即韓德均。《藏書志》中宋刊本《諸儒校正西漢詳節》、《東漢詳節》兩種上有"德均審定"白文方印,因此兩條書目重出,德均作記號擬删去。

① 《讀有用書齋藏書志》不分卷,稿本,南京圖書館藏。

黄裳跋文之二云：

> 松江韓氏書目行世凡三本，余皆有之，詳略各異。取校此本，漏略甚多，蓋此爲當日書目提要底冊也。朱墨雜下，迻録藏記跋文甚詳，足資考證。此本出韓繩夫手，緑卿孫也。其後人挾來滬上，售之來青閣，余先後得緑卿手校本二種於此肆，云尚有他書。今果得此，亦大可喜。頗冀黄跋數種，更繼此而出也。此目所藏諸種散歸各處，在潘氏寶禮堂者如宋本《三國志》，余曾見之。其歸適園諸種，後歸中央圖書館，爲蔣賊挾去臺灣，今且轉赴異域。留此目在，猶能見原書面貌，亦大可慶幸矣。跋此不禁慨然。乙未四月初十燈下記於來燕榭中，小燕書。[1]

按乙未即一九五五年，黄裳以韓繩夫爲應陛之孫，又以《藏書志》出繩夫手，未確。《讀有用書齋藏書志》，據筆者粗略統計，收書約五百一十餘種，其稿未分部類，其中一冊多載舊抄本，或載宋元舊槧，似欲以版本優劣分別著録。每書略記書名、卷數、版本、行款、藏印等項，後附録原書之題跋全文。全稿中正文本身朱墨兩色雜用，從字蹟看，亦非一所寫。一冊書目末有"後附緑卿公手抄本十七種"語並附其十七種書目，當是韓氏後人所補，似已至全稿之末。而此冊後多空白紙，末葉有"尚有明刊《宣和畫譜》及《呂氏家塾讀詩記》未録"墨筆一行，核之其他四冊，則二書已經著録，始知此必非最後一冊也。

與《讀有用書齋藏書志》稿本相類似的韓氏書目是上海圖書館藏《雲間韓氏藏書題識彙録》稿本，題韓應陛藏、鄒百耐纂。全稿四冊，經、史、子、集四部各一冊，每部各有目録。每冊書衣均由鄒氏題寫書名，並記每部收數之數量。是書原名《雲間韓氏讀有用書齋藏書題識彙録》，據吳梅意改今名。第一冊書衣題"四

---

① 《讀有用書齋藏書志》稿本。

部合得四百零三種”,“甲戌九月初再校一過。”著録共計“經部二十六種”、“史部八十種”、“子部九十一種”,“集部二百零六種”。全稿寫於無闌格稿紙上,每半葉十三行,行二十三字。每種書名天頭均有朱筆記其部類,如經部各書均題一“經”字。原稿係分葉抄寫,最後加以裝訂,經部《刊謬正俗》一頁末有“癸酉殘臘,百耐初校。一萬七千三百五十三字”墨筆一行,可見一九三三年十二月鄒百耐已經從事抄纂工作。書中間有剪貼處,主要爲了調整各書之部類與次序,故其間行款或有更動。其中偶有鄒氏補寫之處,以致《藏書題識彙録》收書頗有溢出各部目録者,重加統計,得書四百十六種。全書前有吳梅序云:

雲間韓緑卿先生爲咸同間藏書大家,南北舟車,先後所得,幾及五百種,洋洋乎山海大觀也。往歲曹君直(元忠)客韓氏,屢約往觀,塵事雜遝,迄不果行。癸酉之冬,韓氏書盡出,鄒君百耐實爲郵介,因得遍覽所藏,撮録諸書題識,凡四百餘種,都若干萬言,而徵序于余。竊謂江南藏書之富,據古刻以正俗譌,往往一語一字,足以發群蒙,息聚訟。雖見聞學識得諸穀澗蘋爲多,而晦明風雨,丹黄甲乙,實大裨于藝林。近人以賞鑑目蕘翁,不足服翁之心。其後若藝芸汪氏、罟里瞿氏、聊城楊氏、滂喜潘氏,穫蕘翁舊藏者,輒雄視宇内。而緑卿先生最後出,所得黄氏故物亦不讓諸家,且有爲諸家所未見者。其他宋元舊槧及舊鈔校諸本,亦復稱是。是故欲徵黄氏藏弆之全者,非見先生之藏,無從研討。而欲徵韓氏搜羅之富者,非讀百耐此編亦不得要領,此其貢獻於學子者何如也。今歲秋仲,重客金陵,方治《急就篇》,就《四部叢刊》本校核,無所獲。因取此帙中鈕匪石跋讀之,“屏厠清溷”句在“墼壘廥廐”句上,“變化迷惑”句在“姦邪並塞”句上,而“蠡升參升”句韓藏本作“蠡斗”,“祠祀社稷”句韓藏本作“社保”。始知舊鈔之貴,與古刻相等。舉此一事,亦足以槩其餘矣。百耐尊人侍講公亦喜儲書,插架多佳本。趨庭詩禮，習聞久義，顧品題所及，明槧而止。百耐縱覽天水、奇屋溫諸刻，藏家議論，備録無遺。使侍講公而在，其愉快又何如也，余又有所感矣。鶡冠子曰：賢者之于濁世也，絶豫而無由通，異類而無以告，苦乎哉！百耐少席華胄，壯宦京曹，又身當盛年，正指顧風雲之日，乃垂翅南下，隱蹟蠹餘，知必有無通無告之苦。而後甘守閭里，隨靈威之丈人，作食字之脈望，此其間有未可言者在也。此余所以盱衡太息也。甲戌中秋，吳梅。

序前有吳梅朱筆批語："尊稿四冊，來京時僅携首冊，爲作序地步。玆先將此文及自序（改稿）二篇寄上（原稿首冊亦寄上，别郵寄奉），尚餘三冊在家，已屬大兒賡堯檢出送上也。百耐弟大鑒。霜頓首。"[①]按鄒百耐爲晚清翰林鄒福保（咏春）之子，民國間在蘇業書，肆名百擁樓，設於蘇州觀前之塔倪巷，韓氏藏書之出售，由其經手。鄒氏自序云：

余少隨先侍講京寓，國變後南歸，仿諄公著述之暇，輒喜考訂群籍，命司政治之役。因略得識刊籍源流，顧未嘗措意記述焉。厥後南北奔馳，不親文史者數年。丁卯冬，居家無俚，挈楹書爲易米計，與遠近通人往還探討。經眼既多，隨諳甄别，擬師先哲成稿，録見聞，以志鴻爪。卒以碌碌，未遑寫次。去歲冬，有以雲間韓氏藏目求沽者，介往披覽，盡讀所藏。得宋元明古本暨鈔校舊本都四百餘種，觀其題跋藏印，得知展轉收藏之蹟。而聚久必散，爲藏家所必然，固無庸感慨。雖所見僅止於斯，要亦書林小史矣。苟不存録，則過眼一瞥，又等雲烟。既自懲向日之翫忽，因以補此日之辛勤。彙而存之，自充篋衍而已。朋好慫恿，爰付摹印，讕

① 鄒百耐編《雲間韓氏藏書題識彙録》，稿本，上海圖書館藏。

陋疏誤,尚待博雅君子匡正焉。[1]

從序文中,可知鄒百耐於辛亥革命後,在家侍奉老父。鄒咏春去世後,百耐以家藏之書易米。在此過程中,他與同人交往密切,遂精於鑒藏。他因經理韓氏讓書的機會,對經手之書作了較爲詳細記録。粗檢《藏書題識彙録》可知,其體制是每種書除書名、卷數之外,還有簡單提要,記録每書版本、行款等,後附記藏印,並録各家題跋。雖然不是每種書都洋洋灑灑數千字,但對於書之概貌介紹卻已足夠了。

對於《讀有用書齋藏書志》和《雲間韓氏藏書題識彙録》兩種稿本之間是否某種關係,筆者通過對比兩本知,雖然前者先成稿,後者晚出,但從數量上來說前者反比後者多一百餘種。蓋前者爲韓家自編之目,即家藏書籍之底簿,後者係鄒百耐所經眼之售書目録,前者求其全,後者擇其精也。通過審視《藏書題識彙録》所收題跋修改痕蹟來看,似其書是先從《藏書志》選録各條,後始據所見原書加以校訂,《藏書志》稿本中有鄒百耐印記,也就不足怪了。雖然《題識彙録》出自《藏書志》,並少收書一百餘種,但因鄒百耐曾以所見原書加以校訂,故亦有可補《藏書志》之不足者。如《藏書題識彙録》集部載宋刊本《范文正公集》(殘存十二卷)提要,《藏書志》僅存其目,正文未見著録。《藏書志》尚屬草稿,未分部類,《藏書題識彙録》既經編定,頗具條理,著録方面也更準確。如《藏書志》中宋本《壺山四六》不分卷六册,《題識彙録》改作《宋四家四六》,蓋其書含壺山、臞軒、巽齋、後村四家之作,《藏書志》未加細考,此書今藏北京國家圖書館,題爲《四家四六》。不過,兩種稿本都失載的情況也是存在的,如北京大學圖書館藏元至正十二年建安日新堂刻本《詩傳通釋》二十卷《詩傳綱領》一卷《外綱領》一卷(卷十九有缺葉),書中韓應陛跋文[2]。

---

① 鄒百耐編《雲間韓氏藏書題識彙録》稿本。

② 北京大學圖書館編《北京大學圖書館藏古籍善本書目》,北京:北京大學出版社,1999 年,第 11 頁。

此書韓氏各書目、書志均未見著録，故研究韓氏藏書除利用書目、書志之外，仍有廣泛追查原書歸宿的必要。

韓氏讀有用書齋的出讓，從一九二九年開始，至一九三三年最終成議，期間曾有數種藏書簡目印本問世。黄裳在《讀有用齋藏書志》跋語中稱韓氏石印本書目有三種，但就筆者所見，似不止此數。

第一種石印本書題爲《雲間韓氏藏書目》，每半頁十行，每行字數不等。四周雙邊，單魚尾。收書凡四百八十一種，後並附宋元本書影三十一種。此目收書次序、附注内容與王欣夫傳抄所據之本略同，字蹟不甚工，似爲坊間印本。又有僅以此本書目部分行世者，名稱不一，其書影亦有以《雲間韓氏書影》等名單行者。

第二種石印本題爲《讀有用書齋古籍目録》（附藏書記十一篇），開本較小。每半頁十三行，行十九字，有界闌。左右雙邊，綫口，無魚尾。書目凡三十一頁，收書四百七十七種。後"附吴縣曹君直先生（元忠）所著藏書記得十一篇（書已見前）"，始自宋刊本《後漢書》，止於舊抄本《淮海居士長短句》。字蹟工整，一絲不苟。

第三種石印本題爲《松江韓氏珍藏古書目録》，行款同前書，無界闌，寫印頗精，收書四百七十七種，僅有書目三十一頁，末不附藏書記。

第四種石印本題爲《讀有用書齋古籍目》，每半頁十三行，行十九字，無界闌。凡三十一頁，收書四百七十七種，與《松江韓氏珍藏書目》絶似，惟首頁首行空白，無"經部"二字，字蹟與前者亦略異。

此外，封文權編訂《韓氏讀有用書齋書目》一卷，民國二十三年瑞安陳氏襃殷堂鉛印本，每半頁十行，行二十字。左右雙邊，白口，單魚尾。據封文權民國二十一年序文云：

> 甲寅、乙卯間吴門曹君直閣讀元忠館其家，曾爲之董理

而未竟也。舊存目録一冊,譌脱淩雜,鈔胥所爲,閣讀校語,僅於遺集中録出數則,爰重加編訂。原書不獲見,遺漏尚多,前賢題識亦付闕如,以待續補。①

此目收書凡四百七十七種,除詳記各書行款、批校人姓名外,並附録黄丕烈、曹元忠等人題跋。然據上海圖書館收藏石印本《讀有用書齋古籍目録》一種,曾經封氏以朱墨二色筆塗改,首頁闌外有"讀有用書齋書目"朱筆一行及"華亭封文權編次"墨筆一行,書前副葉朱筆開列四部類名。鉛印本韓氏書目僅分四部,至封文權重加編次,始見條理,鉛印本僅有四部之名,隱藏其類屬名。玆詳載封氏所列部類名如下:

經部分易、書、詩、周禮、儀禮、禮記、樂、春秋、左傳、公羊傳、穀梁傳、胡傳、孝經、論語、孟子、四書、爾雅、小學、諸經總義;

史部分正史、編年、紀事本末、别史、雜史、詔令、奏議、傳記、載記、史鈔、地理、職官、政書、譜諜、目録、史評;

子部分儒家、兵家、法家、名家、墨家、縱横家、雜家、小説家、農家、醫家、天文曆算、術數、藝術、譜録、時令、類書、釋家、道家;

集部分别集、總集、詩文評。

每類又以時代先後爲序,其前後參差不齊者,封文權以朱墨二色筆標其部類於天頭,列其時代、作者於地脚,鉛印底本即據此録出也。書目正文、附注頗多以朱筆勾乙增删處,如《李氏易傳》一條下"雅雨堂"前加"盧見曾"三字,將"註"字改"注"等,皆與鉛印本所著録文字同。書中收書附題記者凡十几種,始於《大易粹言》。惟《讀有用書齋古籍目録》中十一種皆見於此本,且原跋文

---

① 封文權編《讀有用書齋書目》,民國23年瑞安陳氏排印本。

中之“□”，鉛印本皆仍之。蓋此石印本即封文權重編所用之底本也。

綜合以上對各印本的介紹，鉛印本《韓氏讀有用書齋書目》與石印本《讀有用書齋古籍目録》、《松江韓氏珍藏古書目録》、《讀有用書齋古籍目》乃同一書目之不同印本，可以説毋庸置疑，這也就解釋了爲何各目次序各項雖或有不同，但其收書總數卻都是四百七十七種。

與之類似的簡目，現存抄稿本頗多。據各館藏書目録可知，北京國家圖書館藏有《松江韓氏書目》一冊，藍絲闌抄本；封文權編《西吳韓氏書目》二冊，周復亮書種樓朱絲闌抄本；封文權編《讀有用書齋古籍目録》一冊，抄本；《松江韓氏藏宋元明本書目》二冊，民國十九年硃格抄本；《讀有用書齋書目表》一冊，稿本。上海圖書館藏有《讀有用書齋韓氏藏書目》一冊，常熟丁祖蔭淑照堂緑絲闌抄本；《韓氏藏書目》一冊，民國十九年葉恭綽紅格抄本；封文權編《讀有用書齋書目》一冊，無闌格抄本，書中無封氏序。南京圖書館藏有《讀有用書齋古籍目録》一冊，寫本。中國科學院圖書館藏有《西吳韓氏書目》不分卷，韓篤生抄本。天津圖書館藏《讀有用書齋戊午七月以後書目》，稿本。大連圖書館藏有《讀有用書齋古籍目録》四卷，抄本。山西省文物局藏有《松江韓氏書目》不分卷一種，傅增湘雙鑑樓抄本，有傅氏批校。北京大學圖書館藏有《西吳韓氏書目》，抄本；《西吳韓氏書目》，民國二十七年燕京大學圖書館抄本。復旦大學圖書館藏有《（雲間韓氏）藏書目録》一冊，民國間無闌格抄本；《讀有用書齋書目》一冊，王氏學禮齋抄本。

雖然《讀有用書齋藏書志》、《雲間韓氏藏書題識彙録》二稿以及數種書目印本，對韓氏藏書的來源、版本等内容有較爲詳細的記録。但要研究藏書出售情況，民國間藏書家所自存的批校本一類，卻也是不應被忽視的。如復旦大學圖書館藏有學禮齋抄本《讀有用書齋書目》，與傅增湘所抄《松江韓氏書目》一樣，保存了很多親歷售書活動的王欣夫的記録。《書目》凡二十九頁，寫於"學禮齋校録"十行烏絲闌稿紙上。正文首行頂格題"讀有用書齋善本書目",次行低十字題"婁縣韓應陛緑卿藏",三行低二字題"經部"。書目正文頂格,書名卷數大字,附注小字雙行。書中有"學禮齋藏書印"朱文方印。

雖然《蛾術軒篋存善本書録》著録此書,但跋文爲王欣夫晚年重作,簡明扼要。而抄本後題記則爲王欣夫當年檢書及參加競購韓氏藏書後陸續所寫,較爲詳細。此外,各書附注項中偶用墨筆補注行款、題跋者姓名,而天頭或用鉛筆打勾,或有墨筆批語,出於王欣夫之手。此目後經王蔭嘉過目,他又將所知者補注於天頭,批語下往往鈐"蔭嘉"藍文方印,以示區別。此書末王欣夫借抄書目後所作題識云:

己巳十一月二十日因事返里,遇孫君伯淵於滬寧車中。出示書目一冊,云是松江故家求售者,不言其爲何氏。披覽之,所載宋元校鈔,多煊赫名蹟,而士禮居藏宋刻《戰國策》固共知爲韓氏物。韓氏藏書在咸同間,葉菊老《藏書紀事詩》無之。近章式之丈輯《蕘圃藏書題識》,有録自松江韓氏者,始稍稍知名。今案諸目中,題識所未録者猶數十種。余方廣搜宋廛遺蹟,而有此寶庫之發見,不可謂非幸,當謀一一借録之。至韓氏名字、事實考諸張嘯山《舒藝室詩文集》,得其一二,兹録於首。而題曰《讀有用書齋善本書目》者,以韓氏有《讀有用書齋雜著》也。原本略分四部,中仍不免雜糅。兹因急於傳録,故亦未遑校正。補安記於滬上思顔堂。[①]

① 《讀有用書齋書目》,學禮齋抄本。按葉昌熾《緣督廬日記》民國四年(1915)九月廿七日"益庵(孫德謙)偕曹夔一(曹元忠)内翰同來,談簿録板本之學。在都門所見内閣大庫及學部圖書館藏書,雲間韓氏、封氏兩家所藏舊槧舊鈔,校勘異同,娓娓不倦。"(《緣督廬日記》,江蘇古籍出版社,2002年影印本)在此之前葉昌熾並不知韓氏、封氏藏書事蹟,而《藏書紀事詩》增訂本已於宣統二年(1910)刊印問世,其間相距五年之久,故不及韓氏藏書無足怪也。

己巳爲民國十八年(1929),未幾書目石印本已流傳滬肆間。王欣夫作題記云:

> 此目滬上書坊已有印本,韓淥卿之名亦人皆知之,故《舒藝室集》中所載事實不復再録。辛未十月,補安。①

民國二十二年初,王欣夫曾借高燮藏民國十九年石印本《書目》校勘過,復題書後云:

> 癸酉一月二十四日,借金山高吹萬先生韓氏自印目録對勘一過。補安呵凍記於校書樓。②

就學禮齋抄本《讀有用書齋書目》中王欣夫補注内容來看,他向高吹萬所借書目應出自石印本《讀有用書齋古籍目録》系統。書中王欣夫的眉批,從時間上看大約可分爲兩部分:一是民國二十二年六月底看書時所作,一是十二月親歷售書時所作。前者較簡略,主要是將在松江所見之書用鉛筆在天頭勾出,據此可見韓氏留於松江之善本的概貌。後者較爲詳細,主要分兩個方面,一是對讀有用書齋藏書版本價值之評定,一則記録了有關藏書購買者及售價。在版本鑑定方面,以王欣夫個人意見爲多,但也時有稱引張乃熊、張元濟等人評語。如舊抄本《南詔野史》條王欣夫眉批云:

> 凡沈劍舟書皆不佳。③

按沈劍舟即沈叔埏(1736—1803),號雙湖,浙江秀水人。乾隆五十二年進士,官吏部主事。性喜藏書,與修《四庫全書》。著有

① 《讀有用書齋書目》,學禮齋抄本。
② 《讀有用書齋書目》,學禮齋抄本。
③ 《讀有用書齋書目》,學禮齋抄本。

《頤綵堂文集》十五卷。在讀有用書齋藏書中,沈氏舊物不少,王欣夫每於沈氏舊藏上記一"劣"字,至此總記一句,殆不厭其煩矣。宋本高誘注《戰國策》三十三卷條王欣夫眉批云:

此書趣味在《荀子》上,人反棄此而取《荀》,耳食之徒也。[①]

康熙刻本《鈞磯立談》一卷附《墨經》一卷條王欣夫眉批云:

校本中當以此及《金石録》、《滏水集》爲冠。價四百五十元。[②]

明刊本《宣和遺事》二卷條王欣夫眉批云:

歸蔣。圖極精。[③]

舊抄本《建康古今記》一卷附《絶域紀略》一卷條王欣夫眉批云:

此呂無黨手抄本也。《絶域紀略》爲桐城方氏所著,秘笈可寶。以百元爲芹伯所得。[④]

宋本《傷寒要旨》二卷條王欣夫眉批云:

千六百元。爲蔣得。爲全部書中最廉最佳之書,羡之。[⑤]

---

① 《讀有用書齋書目》,學禮齋抄本。
② 《讀有用書齋書目》,學禮齋抄本。
③ 《讀有用書齋書目》,學禮齋抄本。
④ 《讀有用書齋書目》,學禮齋抄本。
⑤ 《讀有用書齋書目》,學禮齋抄本。

明就堂和尚抄本《清河書畫舫》十一卷條王欣夫眉批云：

此書抄甚工。據芹伯言，與《滏水集》絶出兩手，然《滏水集》較此爲佳。①

舊抄本《龍筋鳳髓判》二卷條天頭有鉛筆鈎，王欣夫眉批云：

此並爲充之手抄，好書。殷泉得之。

按《龍筋鳳髓判》一書這年六月王欣夫在松江看過，至十二月爲其兄王蔭嘉（殷泉）在滬購得。②《書目》中王蔭嘉的批語，是王欣夫將此目帶回蘇州後，王蔭嘉翻閲時追記見聞，如元刻明印本《春秋屬辭》十五卷《春秋師説》三卷條王蔭嘉眉批云：

洪武元年刊，初印本。薄皮紙，精善，惜僅存二種。百耐攜蘇獲見，原定二百五十元，今可六折出售。甲戌九月下浣，殷泉記。③

舊抄本《刊謬正俗》八卷條王蔭嘉眉批云：

又有元人《秋聲集》四卷，順治刊，薄啓源校補並二跋。此目未載，予以百元得之。甲戌九月，殷泉。④

舊抄本《皇明帝後紀略》二十卷條王蔭嘉眉批云：

---

① 《讀有用書齋書目》，學禮齋抄本。

② 按此書王蔭嘉《二十八宿研齋善本書録》（稿本，蘇州圖書館藏）著録爲張充之抄弘治刻並校徐禎卿本，黄蕘翁、韓渌卿藏。解放後，王蔭嘉藏書由家人售予北京圖書館，此書亦在其中，今藏國家圖書館。

③ 《讀有用書齋書目》，學禮齋抄本。

④ 《讀有用書齋書目》，學禮齋抄本。

明竹紙藍格抄。百耐攜蘇售去,僅見其目。又有《燕對録》抄同版匡抄本,顧千里不署名校訂數則。百六十元,六折太昂。蔭嘉記。①

從上文所引各條可見,王欣夫昆季批注除了對書的版本作記録與鑑定外,更對部分書的歸屬作了及時的記録,這爲研究韓氏藏書的流散與歸宿提供了寶貴的綫索。

上海圖書館所藏石印本韓氏書目多且備,其中有張元濟自用之韓氏書目一種,乃石印本《松江韓氏珍藏古書目録》,書中鈐有"元濟"白文長方印。書目天頭間有朱墨二色小圈,地脚偶用鉛筆批注册數及售價。上圖所藏葉恭綽抄本《韓氏藏書目》中,夾有張元濟手札一通云:

手教謹悉,韓氏書並未列價。得文甚詳,檢查始知誤以李氏目上呈。有圈各書,皆弟與友人所選者。據稱不願析售,故亦未問價。韓氏書目補呈,祈詧入。手覆。祇頌玉虎老兄道安。弟張元濟頓首。四月八日。②

據此可知,葉氏抄本即據張元濟本出。韓氏藏書出售時,傅增湘屢請張元濟代往觀書,張元濟書札中所謂"有圈"應指朱圈而言。因墨圈各書與傅增湘所寄書單開列者略同,應是一九三四年初所記。當時張元濟覆傅增湘函稱:

前日至韓氏觀書。凡吾兄單内多開者,僅存明抄《唐書志》十册(開價四百元),確出明人手筆。至《契丹》、《大金》二志係用掃葉山房刊本,所謂錢竹汀手校者,全靠不住,然開價亦四百元。《宣和畫譜》卻係舊抄,是否猿人之筆則不

① 《讀有用書齋書目》,學禮齋抄本。
② 葉恭綽抄本《韓氏藏書目》,上海圖書館藏。

> 敢說,開價乃至一千元。《燕閒筆記》係爲吳枚庵手抄,僅一薄本,開價至二百元。《秋聲集》僅一本,一百元。《網山月魚文集》二册,一百元。此書瞿氏有抄本,弟與《四庫》本對過,無異同。此書列入珍本内,可不必買矣。《方壺存稿》,六十元。外此皆無有,蓋菁華竭矣。鄙見《唐書志》、《宣和畫譜》尚可用,然取價未免太昂。應否議價,敬求核示。[1]

比較張元濟所藏書目地腳所批書價,如《唐書志》下注"十本,四百元",《契丹國志》、《大金國志》兩種下合注"四百",《宣和畫譜》下注"一千",《秋聲集》下注"一本,一百",可知確是爲傅增湘看書時所記。

以上兩種韓氏藏書目批校本,只是衆多類似書目中較爲突出的例子,如果將各種抄校稿本韓氏書目中的批語、題記匯聚一處,則讀有用書齋藏書的搜集、流轉等情況將更加明晰。而通過前文對韓氏藏書目録版本的考察,不難發現,非但稿本需要通過比勘定其源流,即使是一種石印小本書目,非一一目驗原書,不能定其版本之異同優劣,並考數本之源流。

---

① 《張元濟傅增湘論書尺牘》,北京:商務印書館,1983年,第318頁。